대 산 세 계 문 학 총 서 **0 0 1**

트리스트럼 샌디 1

The Life and Opinions of Tristram Shandy, Gentleman

Laurence Sterne

트리스트럼 샌디 1

로렌스 스턴 지음
홍경숙 옮김

문학과지성사
2001

대산세계문학총서 001_소설
트리스트럼 섄디 1

지은이 로렌스 스턴
옮긴이 홍경숙
펴낸이 이광호
펴낸곳 ㈜문학과지성사
등록 제1993-000098호
주소 04034 서울 마포구 잔다리로7길 18(서교동 377-20)
전화 02)338-7224
팩스 02)323-4180(편집) 02)338-7221(영업)
전자우편 moonji@moonji.com
홈페이지 www.moonji.com

제1판 제1쇄 2001년 6월 5일
제2판 제1쇄 2010년 12월 13일
제2판 제3쇄 2021년 12월 3일

ISBN 89-320-1247-4
ISBN 89-320-1246-6(세트)

한국어판 ⓒ 홍경숙

이 책의 판권은 옮긴이와 ㈜문학과지성사에 있습니다.
양측의 서면 동의 없는 무단 전재 및 복제를 금합니다.

이 책은 대산문화재단의 외국문학 번역지원사업을 통해 발간되었습니다.
대산문화재단은 大山 愼鏞虎 선생의 뜻에 따라 교보생명의 출연으로 창립되어
우리 문학의 창달과 세계화를 위해 다양한 공익문화사업을 펼치고 있습니다.

트리스트럼 샌디 1

트리스트럼 샌디 | 차례

트리스트럼 샌디 1

　제1권 · 9
　제2권 · 101
　제3권 · 191
　제4권 · 293

트리스트럼 샌디 2

　제5권 · 9
　제6권 · 97
　제7권 · 179
　제8권 · 262
　제9권 · 331

　옮긴이 해설: 18세기에 씌어진 현대 소설 · 395
　작가 연보 · 408
　기획의 말 · 410

젠틀맨 트리스트럼 샌디의 삶과 견해

제1권

인간을 괴롭히는 것은 현실이 아니라 현실에 대한 편견이다.[1]

THE
LIFE
AND
OPINIONS
OF
TRISTRAM SHANDY,
GENTLEMAN.

Ταρασσει τὲς Ἀνθρώπες ἐ τὰ Πράγματα,
αλλα τὰ περι τῶν Πραγμάτων, Δογματα.

VOL. I.

1760.

진심으로 존경하는
피트 경[2]께

각하,

자신이 헌정하는 작품에 대해 이처럼 절망을 느끼는 가엾은 헌정자도 없을 것이니, 그 까닭을 말씀드리자면 이 작품을 이 나라 한 귀퉁이 외딴 초가집에서, 병약한 육신의 질병[3]과 그외 인생의 해악을 웃음으로 이겨보려 애쓰며 저술했기 때문인데, 우리가 미소를 짓거나,—더욱이 소리내어 웃을 때마다, 보잘것없는 삶의 단편에 무엇인가 더한다는 강한 신념 때문입니다.

각하께서 시골에 가실 때 이 책을 가지고 가신다면—(책은 스스로를 보호해야 하므로—선생님의 보호가 필요하기 때문은 아닙니다만)—제게는 큰 영광이 될 것이며, 혹시 이 책이 선생님을 미소짓게 했다는 소식을 듣는다거나, 한순간의 고통이라도 잊게 했다는 생각만 해도 저는 일국의 재상 못지않게 행복할 것이며,—지면을 통해 접했거나, 풍문으로 아는 어떤 재상보다 (한 분만 제외하고는) 아주 행복할 것입니다.

각하,
(각하께 무엇이라 덧붙이겠습니까)
훌륭하신 각하
당신의 행복을 비는,
참으로 보잘것없는 백성,
저자 올림

※ 각주 중 번호가 있는 것은 독자의 이해를 위해 *The Life and Opinions of Tristram Shandy, Gentleman*(Penguin Classics, 1997) 판본을 참조하여 옮긴이가 추가한 것이고, *표는 원저자의 것이다.
1 고대 그리스 스토아 학파 철학자 에픽테투스의 『엔케이리디온』에서 인용.
2 피트 경(윌리엄 피트)은 『트리스트럼 샌디』1, 2권이 출판되었을 당시 영국의 장관이었다.
3 스턴은 폐결핵을 앓고 있었으며, 『트리스트럼 샌디』를 저술하는 동안 건강이 악화되어 고생했다.

제1장

나는 아버지나 어머니, 아니 사실 두 분 모두 나를 수태하기 위해 애쓰고 계셨을 때, 두 사람이 막 하려는 일에 좀더 신중을 기했더라면 좋았을 것이라고 생각하곤 하는데, 당시 그 행동에 얼마나 많은 것이 좌우되는지 충분히 인식하셨더라면,―즉 이성적인 존재의 생산뿐 아니라, 그의 적성과 성품의 형성, 그리고 균형 잡힌 육체와 건강한 체질,― 또한 부모님은 모르고 계셨지만, 그 순간의 가장 우세한 체액[4]과 기질에 따라 가문의 운명 자체도 뒤집힐 수 있었으니,―이 모든 것을 충분히 고려하고 숙고하여, 필요 적절한 조처를 취했더라면,―지금 독자들이 만나는 저자와는 전혀 다른 내가 되어 있을 것을 확신하기 때문입니다.―여러분,[5] 사람들이 흔히 생각하는 것처럼 이런 일을 하찮게 여겨서는 안 되며,―여러분도 혈기[6]가 어떤 경로로 아버지에서 아들에게,

---

[4] 고대와 중세 생리학에서는 네 가지 체액이 사람의 기질을 좌우한다고 생각했다. 네 가지 체액이란 혈액, 점액, 담즙, 흑담즙으로서 각각 생기와 무기력, 분노, 우울함을 지배한다는 것이 그들의 생각이었다.

[5] 『트리스트럼 샌디』에서 독자는 매우 중요한 역할을 한다. 선생 Sir, 혹은 부인 Madame, 각하 Your Honour 등 다양한 호칭으로 불리는 독자는 트리스트럼의 의식의 가장 중요한 부분을 차지하며, 단순한 관찰자로 머물지 않고 질문을 하고 응답을 하는 등 이야기의 진행에 적극적으로 동참한다.

[6] 당시 유럽의 지식인들은 혈기 animal spirit라는 '묽고 순수한 액, 혹은 체액'이 정신과 육체의 상호 작용을 주관하며, 신경을 통해 감각과 운동을 통제하는 미세한 입자들을 운반하고, 수태 시에는 정자 속에 있는 극미인 Homunculus(미세한 인간)을 동반하여 난자에까지 인도한다고 생각했다.

아들에서 손자에게 대대로 전해지는지 이미 알고 계시리라 생각하는데—사실 그 일에 관해 많은 것을 익히 들었을 것입니다.—인간의 이성과 야성의 9할, 그리고 이 세상에서의 성공과 실패가 혈기의 움직임과 활동, 그리고 그 주어지는 진로와 경로에 따라 좌우되며 이들은 일단 움직이기 시작하면 좋고 나쁜 건 아무런 상관 없이,—미친 듯이 전진할 뿐이며, 동일한 경로를 반복적으로 통과하기 때문에 머지않아 산책로같이 반반하고 매끄러운 길을 만들어버려, 일단 익숙해지면 악마도 이들을 쫓을 수 없게 됩니다.

그런데, 여보. 어머니가 말했습니다. *시계 밥 주는 거 잊지 않으셨지요?*—하나님 맙—! 아버지가 목소리를 누그러뜨리려 애쓰며 소리쳤습니다.—유사 이래 이런 어리석은 질문으로 여자가 남자를 방해한 일은 없었을 거요. 도대체 작가 선생의 부친께서는 무슨 말씀을 하시는 겁니까?—아무것도 아닙니다.

제2장

—사실 어머니의 질문 자체가 좋다거나 나쁘다거나 할 것은 없었습니다.—다만, 선생, 그 시기가 적절하지 않았다는 말이며,—결국 어머니의 질문이 혈기를 흩어 쫓아버리고 말았는데, 이들에게는 **극미인**[7]을 호

---

[7] 수태 시 정자 안에는 완전한 인간의 모습을 갖춘 극미인이 들어 있어, 정자는 이 극미인을 난자까지 운반한다고 생각했다. 극미인이나 혈기에 대한 내용은 18세기 지식인들 사이에 유행했던 생식에 관한 논쟁을 반영하는 것이다. 극미 동물설

위하여 그의 손을 잡고 목적지까지 가야 하는 책임이 있었습니다.

경망스럽기 짝이 없는 이 시대의 어리석고 편견에 찬 눈을 통해 볼 때, 극미인은 보잘것없고 바보스럽게 여겨지겠지만,—과학적 탐구의 이성적인 눈에는, 이미 그 권리가 보장되고 보호되는 존재로 인정받고 있습니다.—말이 났으니 말이지만 세상에서 그중 박식하다는 세심한 철학자[8]들이 (그들의 정신은 탐구에 반비례하므로) 극미인도 인간을 만든 동일한 손에 의해 창조되었으며—인간이 태어난 동일한 자연적 경로로 태어나,—동일한 운동력과 능력을 부여받았음을 명백히 보여주고 있지 않습니까.—극미인도 우리와 마찬가지로 피부, 모발, 지방, 근육, 정맥, 동맥, 인대, 신경, 연골, 뼈, 골수, 뇌, 분비선, 생식기, 체액, 관절로 되어 있으며,—말 그대로 영국의 대법관 나리만큼이나 활동적이며, 그에 못지않은 우리의 동포라 할 수 있는 것이지요. 극미인도 우리와 마찬가지로 이득을 볼 수도, 손해를 입을 수도 있으며,—보상을 받을 수도 있고,—요컨대 털리,[9] 퍼펜돌프[10] 및 여러 저명한 윤리학자들이 인간 상태와 인간 관계에서 기인한다고 말하는 모든 권리와 자격을 갖추고 있습니다.

그런데, 선생, 그가 만약 혼자 가다가 사고라도 당한다면?—혹은, 이렇게 나이 어린 여행자에게는 당연한 일이겠지만, 이 작은 신사가 여

---

  animalculism을 주장하는 사람들은 남성의 정자 속에 완벽한 상태의 미세한 인간이 들어 있으며, 여성의 난자는 아홉 달 동안 영양분을 제공할 뿐이라고 생각했다. 반면 난자설 ovulism은 여성의 난자가 생식에서 보다 중추적인 역할을 한다는 이론이다.
8 과학자들은 아주 세밀한 연구를 하지만 폭넓은 정신의 소유자라는 의미. 그러나 '세심한 minutest'이라는 단어를 사용함으로써 약간 비꼬는 듯한 저자의 의도가 배어나온다.
9 마르쿠스 툴리우스 키케로(기원전 106~43): 로마의 정치가이자 철학자, 웅변가, 작가.
10 사무엘 본 퍼펜돌프(1632~1694): 17세기 독일 철학자.

정에 대한 두려움에 시달린 끝에, 녹초가 되어 목적지에 도달한다면, ─그의 근력과 원기가 쇠약해질 대로 쇠약해지고,─혈기는 형용할 수 없을 정도로 엉망이 되어,─신경이 혼란에 빠진 침울한 상태에서 경기(驚氣)와 우울한 꿈 그리고 환상에 열 달 동안이나 끊임없이 시달릴 수밖에 없지 않겠습니까.─결과적으로 수많은 육체적, 정신적 결함의 기초가 다져지고, 이후로는 어떤 의사나 철학자의 능력으로도 온전하게 되지 못할 것을 생각하면 온몸에 전율을 느낍니다.

제3장

전술한 이야기는 나의 삼촌 *토비 섄디*에게 전해들은 것으로서,[11] 자연과학에 관심이 많고 사소한 일에도 논리적 사고를 잊지 않았던 아버지는, 그때의 상처에 대해 삼촌에게 자주 하소연하며 괴로워했다고 하는데, 삼촌이 기억하는 바로는, 언젠가 내가 팽이를 감으며 팽이 감는 방식의 정당성을 주장하는, 설명하기 힘든 이상한 행동(아버지 말에 의하면)을 보였을 때,─그 점잖은 신사는 머리를 저으며 꾸짖음보다는 비탄에 가까운 어조로,─당신의 아들이 다른 사람의 자식들과 전혀 다르게 행동하고 사고할 것이라는 사실을 마음속으로 오래 전부터 예감하고 있었고, 지금 바로 이 같은 경우를 비롯해, 아들에 대한 수많은 관찰로 미루어 이 사실을 확신하게 되었으며,─아버지는, *아아 슬프다!* 하고

---

11 트리스트럼은 자신이 태어나기 전의 일을 이야기하고 있으며 토비 삼촌이 그 '출처'가 된다.

말한 후, 다시 한 번 고개를 저으며 뺨을 타고 흐르는 눈물 한 방울을 훔치고는 트리스트럼의 불행은 그 아이가 세상에 나오기 열 달 전부터 시작되었네 하고 말했다는 것입니다.

―어머니가 옆에 앉아 계시다가 아버지를 올려다보았으나,―도대체 무슨 소리인지 알 수 없었으며, 그 일에 관해 익히 들어 알고 있던 나의 삼촌, *토비 섄디*는,―아버지를 충분히 이해할 수 있었습니다.

제4장

독서가들 가운데는,―물론 세상에는 책을 전혀 읽지 않는 훌륭한 사람들도 많지만,―주인공에 관한 모든 비밀을 처음부터 끝까지 다 알아내지 못하면 불안해 어쩔 줄 몰라하는 사람들이 있습니다.

이런 사람들의 심정을 존중하는 의미에서, 또한 이 세상 어느 누구도 실망시키고 싶지 않은 본인의 심정 때문에, 지금까지 이렇게 상세하게 기록한 것입니다. 나의 삶과 견해가 어느 정도 유명세를 치를 것으로 예상하고 있긴 하지만, 내 짐작이 맞다면 신분, 직업, 종파를 초월해 수많은 사람들이 읽을 것이며,―『천로역정』[12] 못지않은 인기를 얻어―몽테뉴[13]가 자신의 수필집이 거실 창문용 책이 될까 봐 두려워했다던 것처럼, 이 작품이 바로 그런 운명을 맞게 될 것이며,―나는 모든 사람들의

---

[12] 1678년 출판된 존 번연의 작품으로 역사적으로 많이 읽힌 책으로 기록되고 있다.
[13] 미셸 드 몽테뉴(1533~1592): 16세기 프랑스 수필가. 그의 『수상록』 중 「버질의 시에 관하여」라는 수필에서 몽테뉴는 이렇게 말했다. "나는 내 수필집이 부인들의 일상적인 가재 도구와 함께, 거실 창가에 놓이게 된 것이 화가 난다."

조언을 빠짐없이 참고해야 한다고 생각하기 때문에, 내가 혹시 한쪽으로 너무 깊이 빠져드는 경향을 보이더라도 양해해주시기를 미리 부탁드립니다. 바로 이 때문에 내 인생을 이런 방식으로 기록하기 시작한 것을 다행스럽게 생각하며, *ab Ovo*[14]라는 호라티우스[15]의 말대로 내 삶의 모든 것을 처음부터 더듬어가려고 합니다.

물론 호라티우스 씨는 이런 방식을 따르지 말라고 했습니다. 그러나 그 양반은 서사시나 비극에 한해서만 말한 것이며,—(어느 쪽인지는 기억나지 않지만)—만약 내가 틀렸다면 호라티우스 씨께 미리 용서를 구하고,—나는 내 이야기를 풀어나가며, 그의 이론을 포함한 지금까지 생존했던 어떤 인물의 이론에도 구애받지 않을 작정입니다.

그러니 이런 이야기에 너무 깊이 빠져들고 싶지 않은 분이 계시다면 이번 장의 나머지 부분은 건너뛰라고 할 수밖에 없으며, 이 글은 호기심 많고 캐묻기 좋아하는 사람들을 위해 쓴 것임을 미리 밝혀두는 바입니다.

———————————— 문을 닫으세요. ————————————

나는 1718년 3월 첫번째 일요일과 월요일 사이에 수태되었습니다. 물론 틀림없는 사실입니다.—내가 태어나기도 전의 일을 자신 있게 얘기할 수 있는 것은 우리 가족들만이 알고 있는 조그만 일화 때문이며, 이 점을 분명히 하고 넘어가기 위해 지금 그 일화를 최초로 공개하는 바입니다.

여러분이 이미 알고 계시는 나의 부친은 원래 *터키 물품*을 취급하

---

14 알에서부터, 즉 처음부터.
15 퀸투스 호라티우스 플라쿠스(기원전 65~8): 고대 로마의 시인. 호라티우스는 호머가 『일리아드』를 저술할 때 '알에서부터,' 즉 이 전쟁의 원인이 되었던 헬레네가 어머니 레다의 난자에 있을 때부터 시작하지 않고 '일의 중간에서,' 즉 트로이 전쟁에서 시작했다는 점을 높이 평가하고 있다.

는 상인이었으며, 지방에 있는 조부의 농장에서 여생을 보내기 위해 은퇴했습니다―아버지는 일이든 취미든 매사에 아주 규칙적인 분이었지요. 사실 노예적이었다는 표현이 더 어울리는 그의 극단적인 정확성의 조그만 예로, 아버지가 오랜 세월 규칙으로 삼았던 것은,―일 년 열두 달 매월 첫번째 일요일 밤에,―그 일요일 밤은 항상 돌아오게 마련이니,―뒷 층계 꼭대기에 서 있는 커다란 괘종시계의 태엽을 감아주는 일이었습니다.―그리고 그 무렵 아버지의 연세가 오십을 넘어 육십을 바라보고 있었으니만큼,―그 외 소소한 가정일도 차차 같은 시기로 몰아 모두 한꺼번에 해결해버리고 더 이상 이런저런 일로 한 달 내내 귀찮게 시달리지 않도록 했다고, 아버지가 여러 번 *토비* 삼촌에게 말했다고 합니다.

    그의 계획대로 여러 가지 귀찮은 일을 한꺼번에 몰아 해결할 수 있게 되긴 했지만, 한 가지 불행한 사건이 동반되었으며, 결과적으로 내가 그 희생양이 되어 무덤에까지 그 짐을 짊어지고 가게 된 것이 두려울 뿐인데, 서로 무관한 상념들의 불행한 결합으로, 가엾은 어머니는 시계 태엽 감는 소리를 결코 들을 수 없었으니,―그때마다 엉뚱한 생각이 갑자기 머릿속에 떠오르곤 했기 때문이며,―반대로 다른 일을 하는 도중에 시계 태엽 생각이 슬며시 고개를 들곤 했습니다.―이런 성질에 대해 누구보다 잘 알고 있던 학자 *로크*에 따르면,[16] 기묘한 상념들의 결합이 다른 어떤 편견의 원인보다 훨씬 뒤틀린 결과를 초래한다는 것입니다.

    그런데, 그건 그렇다 치고.

    탁자 위에 놓인 아버지의 수첩에 기록된 바에 의하면, 내가 수태되

---

16 존 로크(1632~1704)의 『인간 오성론』(1690)은 트리스트럼 샌디에게 중요한 영향을 끼쳤다.

었던 그 달 25일 *성모 마리아의 날*[17]에―아버지는 형 바비를 웨스트민스터 학교[18]에 입학시키기 위해 런던으로 떠났으며 동일한 기록에 따르면, 아버지는 *5월 둘째 주*가 될 때까지 아내와 가족에게 돌아가지 않았다고 하는데,―이것이 그 사실[19]을 확인시켜주는 것이지요. 그러나 무엇보다도 다음 장의 도입부를 읽어보면 의심의 여지가 없어질 것입니다.

―그런데, 작가 양반, 당신의 부친께서는 *12월,―1월*, 그리고 *2월* 내내 무엇을 하고 계셨습니까?―아닌 게 아니라, 부인,―저의 부친께서는 그 동안 좌골 신경통[20]을 앓고 계셨습니다.

제5장

1718년 11월 다섯째 날, 역사적인 그날에, 모든 남편들이 예상하는 바대로 열 달이 다 되어,[21]―나 젠틀맨 *트리스트럼 샌디*는 비열하고 비참한 이 세상에 태어났습니다.―내가 달이라든가, 혹은 그 외 다른 행성에서(추운 것은 질색이니 목성이나 토성은 제외하고) 태어났더라면 좋았을 것이라는 생각이 드는데, 이 악하고 지저분한 행성보다는 다른 곳에서(금성에 대해서는 할말이 없지만)[22] 더 잘 살지 않았을까 하는 미

---

17 3월 25일 성 수태 고지의 축제일.
18 귀족의 자녀들을 교육시켰던 18세기 영국의 학교.
19 트리스트럼의 수태일.
20 둔부에 오는 신경통으로 허리를 움직이면 매우 고통스럽다.
21 3월 첫째 일요일부터 11월 5일까지는 아홉 달에 더 가깝다. 트리스트럼의 아버지가 월터 샌디가 아닐 수도 있다는 장난스런 암시.
22 금성 Venus은 사랑의 여신의 이름이기 때문.

런 때문이며,—사실 좋게 말해 이곳은 다른 행성을 만들고 남은 찌꺼기 나부랭이로 만들었다는 생각을 버릴 수가 없으며,—물론 대단한 작위나 재산이라도 물려받는다거나, 혹은 어떻게든 정부 구호 대상자로 선정되거나, 품위나 권력이 따르는 직업이 있다면, 여기도 그리 나쁠 것은 없겠지만,—나는 그런 형편도 못 되고,—누구든 자신의 경험을 토대로 공평함에 대해 말하게 마련이니,—다시 한 번 이 지구상이 세상에 창조된 그중 비열한 곳이라는 사실을 확언하는 바이며,—내가 첫 숨을 들이쉰 순간부터, 플랑드르의 바람에 시달린 끝에 얻은 천식으로[23] 숨쉬기조차 힘들게 된 오늘날에 이르기까지,—사람들이 소위 운명의 여신이라 부르는 여인의 끊임없는 노리개가 되었으며, 그녀가 나에게 이 세상에서 적잖은 악의 무게를 느끼게 했다고 말해도 그녀를 욕되게 하는 것은 아니겠지만,—세상에 없는 좋은 성격에도 불구하고 내가 그녀에 대해 확실히 말할 수 있는 바는 내 인생의 고비마다, 또한 나를 괴롭힐 기회가 있을 때마다. 그 불손한 공작 부인은 가냘픈 헤로[24]가 견디었던 것과 같은 일련의 재난과 불상사로 나를 괴롭혔다는 것입니다.

제6장

지난 장의 도입부에서 나의 *생년월일*은 정확히 밝혔으나,—내가

---

23 스턴은 『트리스트럼 샌디』를 저술하는 동안 결핵을 앓았다.
24 헤로는 여신 아프로디테를 시중들던 여신관. 연인 레안더가 헬리스폰트 해협을 헤엄쳐 그녀를 만나러 오는 도중 익사한 것을 슬퍼하여 바다에 몸을 던졌다.

태어난 *경위*에 대해서는 말씀드리지 않았습니다. 사실 이 일에 관해서는 따로 한 장 전체를 할애할 계획이며,―무엇보다 선생님과 저는 전혀 안면이 없는 사이로서 나에 대해 너무 많은 것을 한꺼번에 알리는 것도 예의에 어긋나는 일이라고 생각하니,―조금만 참아주시기 바랍니다. 내 삶뿐 아니라 나의 신념에 대해서도 말씀드릴 계획이며, 내 삶을 통해 나의 성격과 사람 됨됨이도 알게 되고, 내 신념도 제대로 맛볼 수 있기를 바라고 기대할 뿐입니다. 나와 함께 이야기를 풀어나가노라면 우리 사이에 이제 막 싹튼 관심이 친밀함으로 자라서, 우리 중에 어느 쪽이든 싫다고만 하지 않는다면 결국 우정으로 끝맺을 것입니다.―*O diem præclarum!*[25]―이렇게 된다면 나에 관한 모든 것이 전혀 하찮게 여겨지지 않고, 내 이야기도 지루하게 생각되지 않을 것입니다. 그러니 친애하는 친구이자 동료여, 이야기를 시작하는 마당에 말을 너무 아낀다는 생각이 들어도,―조금만 참고,―내 방식대로 이야기를 이끌어나가도록 허락해주시기 바라며,―혹시 내가 여기저기서 시간을 낭비하는 것 같다거나, 때로는 길을 가다 잠깐씩 딸랑이가 달린 어릿광대 모자를 쓰게 되더라도,―달아나지 마시고,―보기보다는 분별력이 있어 보인다고 너그럽게 이해해주시기 바라며,―우리가 여행하는 동안, 나와 함께 웃든, 나를 비웃든, 말 그대로 무슨 짓을 하든,―성질만 부리지 말아달라고 부탁드리는 바입니다.

---

25 아 놀라운 그날이여!

제7장

    부모님이 살고 계시던 동네에는 체격이 마르고 꼿꼿하며, 자애롭고 살림 잘하는 산파 여인이 살고 있었는데, 그녀는 전문적인 능력에 의지하기보다는 주부로서의 본능과 평범한 상식에 힘입어 다년간 같은 직종에 종사함으로써,—나름대로 세상에서 적잖은 명성을 얻고 있었으며,—여기서 *세상*이 의미하는 바를 새겨드릴 필요가 있는데, 지구상이라는 넓은 원 안에 있는 영국식 단위로 지름 4마일 정도의 작은 원, 혹은 그 여인이 사는 오두막을 중심으로 그와 동일한 정도의 넓이라고 생각한다면 충분할 것입니다.—그녀는 마흔일곱에 과부가 되어 서너 명의 어린 자녀들과 함께 아주 어려운 처지에 놓이게 되었는데, 품위 있는 몸가짐—성실한 태도—게다가 말수까지 적어, 그녀의 고통과 그 고통 속에서의 침묵은 더 큰 소리로 우정 어린 도움을 요청했습니다. 그녀의 형편에 동정을 느낀 이 지역 교구 목사의 부인은 남편의 양떼들이 6, 7마일 말을 타고 나가지 않는 한 여성들이 해산할 때 산파로부터 어떠한 종류의 도움도 받을 수 없는 불편을 오래 전부터 호소해왔으며, 말이 7마일이지 어두운 밤 음침한 길로, 게다가 이 지역의 깊은 진창으로는 14마일이라 해도 과언이 아니었으니, 아예 산파가 없는 것이나 매한가지라는 사실을 잘 알고 있었기 때문에, 그녀는 그 과부에게 기본적인 산파 일을 익히게 한 후 일을 시작하게 한다면, 가엾은 그녀는 물론 교구민들 모두에게 희소식이 될 것이라고 생각했습니다. 자신이 계획한 일을 실행에 옮기기에 이 지역 어떤 여성보다 적격이었던 그 점잖은 부인은 기꺼이 그 일에 착수했으며, 교구 여성들에게 신망을 받았던 까닭에 원하는 방향으로 일을 진행시키는 데 아무런 어려움이 없었습니다. 사실 교구 목사도 부인과 함께 이 일에 관심을 가졌습니다. 가엾은 그 과부가 일을 정식으로 시작할 수 있도록 부인이 실제적인 면에서 도움을 준 것처럼, 목사는 그 여인이 일하는 데 필요한 법적 절차를 밟아주었고,—18실링 4펜스의 허가증 수수료도 대신 지불해주었으니, 결국 이들 두 사람 덕분에 그 여인은 자신의 일터를 갖게 되었고, 이에 따른 소유권, 허가증, 법률상의 권리 등 모든 것을 갖추게 되었습니다.

선생께서 염두에 두어야 할 것은 위에 언급한 용어들이 지금까지 산파에게 허가나 면허, 권리 등을 수여하였던 과거의 관례에 따른 것이 아니라는 사실입니다. 그 대신 품위 있는 *디디우스* 방식을 따랐는데, 이것은 디디우스 자신이 고안해낸 것으로서, 그는 모든 종류의 증서들을 조각조각 분해하여 새로 만들어내는 데 남다른 재주가 있었으며, 그와 같은 고상한 개정안을 생각해냈을 뿐 아니라, 구식 허가증을 가지고 있던 근방의 여성들을 꾀어 자신의 기묘한 발상을 써먹기 위해 새로 허가증을 받아 일을 시작하도록 만들었습니다.[26]

나는 이러한 *디디우스*의 발상을 절대 부러워하지 않는다는 사실을 확실히 말씀드리는 바입니다.—사람에게는 누구나 자기만의 취향이 있게 마련이니까요.—저명한 *쿠나스트로키우스*[27] 박사도 여가 시간에는 당나귀 꼬리털을 빗어주었는데, 주머니에는 항상 핀셋을 넣고 다니면서도, 이빨로 죽은 털을 뽑아주며 상상할 수 없는 쾌감을 느꼈다고 하지 않습니까. 사실 시대를 막론하고 솔로몬을 비롯해 세상에서 그중 현명

---

26 스턴은 계속해서 전문가들의 과도한 전문 용어 사용을 비웃고 있다. 디디우스는 『트리스트럼 섄디』에 등장하는 박식한 체하는 변호사들 가운데 한 사람이다.
27 '쿠나스트로키우스 Kunastrokius'라는 이름은 여성의 성기를 의미하는 라틴어 cunnus를 암시하는 말이다. 당시 리처드 미드라는 런던의 유명한 의사를 빗댄 것이라는 소문이 있었는데, 그는 사생활이 난잡했던 것으로 유명하다.

하다는 사람들도,—경주마—동전, 조가비, 드럼, 트럼펫, 바이올린, 그림,—구더기든 나비든——자기만의 목마[28]를 가지고 있었습니다. 그리고 누구든 자기 목마를 대로에서 평화롭게 조용히 타고 다니며, 선생이나 저에게 자기 뒤를 따르라고 강요하지 않는 한,—아무도 상관할 바 없지 않겠습니까?

제8장

—*De gustibus non est disputandum*,[29]—즉 목마에 대해 반론을 제기할 필요는 없으며, 나도 좀처럼 그렇게 하지 않는 편이고, 설사 그 양반들과 철천지원수를 졌다 해도, 예의상 그럴 수는 없으며, 나 자신 생시(生時)의 달의 주기와 형태에 따라, 본인의 의지와는 상관없이, 바이올린과 그림에 관심을 가지고 있으니까요.[30]—그래서 내게도 느러터진 말이 두 필 있어, (누가 알게 된다 해도 상관할 바 없으니) 번갈아가며 타고 나가 바람을 쏘이곤 한다는 것을 말씀드리며,—지혜롭지 못하게 때로는 너무 과하다 싶을 정도의 긴 시간을 말 타는 데 보내곤 하는 것을 부끄럽게 생각합니다.—그러나 사실,—나는 지혜롭지 못하기 때문에,—나처럼 세상에 있으나마나 한 사람이야 무슨 짓을 하든 문제될

---

28 스턴은 『트리스트럼 섄디』 전체에 걸쳐 목마를 중요한 상징으로 사용하고 있는데, 취미, 약점, 오락, 여흥, 강박관념, 지배적인 열정, 장난감 목마 등을 뜻한다. 17세기에는 (특히 여자) 바람둥이와 매춘부를 의미하기도 했다.
29 "개인적인 취향에 대해 왈가왈부할 필요는 없다."
30 스턴은 바이올린 연주와 그림에 재능이 있었다.

것이 없으니, 이런 일로 스스로에게 짜증을 내거나 화를 내는 일도 없습니다. 또한 아래에 나열한 훌륭한 선생님들과 위대한 인물들이,—예를 들어, 존경하는 A, B, C, D, E, F, G, H, I, K, L, M, N, O, P, Q님 등이 줄줄이 여러 마리의 말을 타고 가는 것을 보아도 잠을 설치는 일은 없으며,—어떤 분들은 등자가 큰 말을 절도 있고 침착하게 타고 가지만, 어떤 분들은 턱밑까지 올라오는 주름 장식에, 채찍을 입에 물고, 목숨을 내걸고 달리는 새끼 악마들처럼,—몇 사람은 마치 목이라도 부러지기를 바라는 듯 허둥지둥 질주합니다.—나는 그렇게 되는 편이 오히려 낫다고—중얼거리곤 하는데,—설사 최악의 상황이 벌어진다 해도 그들 없이 이 세상은 잘 돌아가도록 적응할 것이 분명하기 때문이며,—나머지 사람들은,—아닌 게 아니라,—하나님이 보호하사,—계속 말을 잘 타고 가기 바랄 뿐이니, 그분들의 말을 오늘밤 빼앗아버린다면,—십중팔구 내일 아침이 오기 전 대부분 지금보다 훨씬 악화된 상태로 다시 말에 올라 있을 것이 뻔하기 때문입니다.

따라서 이런 일로 잠을 설치는 경우는 없습니다.—다만 한 가지 나를 못 참게 만드는 경우가 있음을 인정하는데, 다름아니라 위대한 일을 위해 태어난 사람을 만날 때입니다. 그런 분은 본성적으로 선한 일로 이끌린다는 사실이 무엇보다 존경받아 마땅한데,—각하, 저는 행실과 신념이 혈통만큼이나 너그럽고 고귀하며, 또한 바로 그 때문에 부패한 세상이 한시도 가만두지 않는, 당신과 같은, 그런 사람을 만날 때마다,—각하 그런 분이 말을 탄 모습을 볼 때마다, 조국에 대한 나의 사랑과, 그분의 영광을 기원하는 나의 열정이 그에게 허락한 시간보다 불과 일 분만 초과되어도,—그럴 때면 나는 철학자가 되기를 포기하고, 도저히 참을 수가 없어 목마를 그 패거리들과 함께 악마에게 던져버리고 싶어집니다.

각하,

"내용, 형식, 장소의 3대 요소가 좀 특이하긴 하지만, 저는 이것을 감히 헌정사라고 말씀드리는 바입니다. 그러니 각하의 발 앞에, 정중함과 겸손함으로 바칠 수 있도록 허락해주시기를 간청드리는 바이며,—당신께서 여가가 있으실 때,—각하, 기회가 있다면, 또한, 선의를 위해——이대로 받아주시기를 소원하는 바입니다.

각하,

각하의 가장 충실하고

헌신적인,

각하의 미천한 종복이 되는 영광을 누리는

트리스트럼 샌디 드림."[31]

제9장

위의 헌정사는 이 나라, 혹은 그 외 기독교 세계 다른 국가의 왕자나 고위 성직자, 교황, 군주,—공작, 후작, 백작, 자작이나 남작 한 사람을 위한 것이 아니며,—이 작품은 공적으로나 개인적으로, 직접적으로나 간접적으로, 잘났건 못났건, 그 어떤 사람이나 인물에게도, 아직

---

31 스턴은 작품의 서두에 있어야 할 헌정사를 갑자기 엉뚱한 곳에서 튀어나오게 하는가 하면, 저자의 서문은 3권에 포함시켰다.

까지 팔려고 내놓은 적이 없으며, 누구에게도 써먹은 적이 없는 참으로 진실된 처녀-헌정사임을 엄숙하게 밝히는 바입니다.

내가 이 점을 유난히 강조하는 이유는 이 기회를 최대한으로 이용하려는 나의 태도 때문에 야기될 수 있는 반감이나 불쾌감을 피하기 위해서인데,―나는 이 헌정사를 공정하게 공매에 부치려고 하며, 바로 지금 그렇게 하려고 합니다.

――작가들이 본론에 들어가는 방식은 제각각 다르지만,―나는 금화 몇 닢 때문에 어두운 통로에서 아옹다옹하며 흥정하는 것은 질색인 까닭에,―처음부터, 솔직하고 공개적으로 여러분께 털어놓자고 마음속으로 결심했으며, 또한 이러한 방식이 결과적으로 얼마나 나은지 시험해보고자 하는 것이기도 합니다.

따라서 이 나라의 공작, 후작, 백작, 자작, 남작들 가운데 누구든 간결하고 점잖은 헌정사가 필요한 분이 계시다면, 그리고 그가 이 헌정사에 합당한 분이라면(사실 웬만큼 어울리는 분이 아니라면 내놓지도 않을 것이며)―기꺼이 50파운드에 드리겠으니,―천재가 제시하는 가격으로는 최소 20파운드 정도 싼값이라고 확신합니다.

각하께서 다시 한 번 자세히 살펴보신다면 여느 헌정사들처럼 싸구려 칠을 한 조잡한 물건이 아니라는 사실을 아실 것입니다. 보시는 바와 같이 구도도 좋고 색조도 투명하며,―그림도 좋고,―좀더 과학적으로 말해,―화가의 기준으로 제 작품을 평가한다면, 20점 만점에―, 도안은 12,―구성은 9,―색조는 6,―표현은 13 1/2,―그리고 구도는,―물론 자기 그림의 구도를 스스로 평가할 수 있다는 가정하에, 완벽한 구도를 20으로 본다면,―적어도 19는 된다고 생각합니다.―뿐만 아니라, 전체적으로 균형도 잡혀 있고, 작품의 배경 역할을 하는 목마의 어두운 획이, 각하의 모습에서 발하는 빛을 강조하여 멋지게 비치도록 함으로써,——*tout ensemble*[32] 참신한 분위기를 연출할 것입니다.

각하께서 저자를 위해 도즐리 씨[33]에게 위의 액수를 지불해주신다면 감사하겠으며, 그렇게 하신다면 다음 판에서는 이번 장을 삭제하고 대신 각하의 직함과 명성, 병역, 선행 등을 전장의 도입부에 집어넣도록 하겠습니다. 그러나 각하께서는 *De gustibus non est disputandum*을 포함한 이 작품의 목마와 관련된 부분만 헌정할 작정이며,——나머지는 달의 여신께 바치려고 하는데, 사실 그녀야말로 지금 생각나는 모든 후원자들과 후원녀들 가운데, 이 작품을 유명하게 만들어 사람들이 열광하며 따르도록 할 수 있는 가장 유력한 인물이기 때문입니다.

찬란한 여신이여,
당신께서 캉디드와 쿠네군드 양[34]의 정사 때문에 지나치게 분주하지 않으시다면——트리스트럼 섄디도 품안에 받아들여주시기 바랍니다.

제10장

그 산파에게 베푼 선행의 공덕이 어느 정도나 인정될지, 또한 그 공덕이 누구에게 돌아갈지는,——언뜻 보아 이 이야기와 그다지 상관없는 듯 보이겠지만,——분명한 것은 모든 공덕이 점잖은 목사 부인에게 돌아

---

32 전체적으로.
33 제임스 도즐리는 스턴의 책을 출판했던 출판업자.
34 이들 두 사람은 볼테르의 작품 『캉디드』의 주인공들이다. 이 작품은 1757년 처음 출판되었으며, 영어판은 『트리스트럼 섄디』 1, 2권과 같은 해에 나왔다.

갔다는 사실입니다. 그러나 비록 목사에게 그 일을 처음부터 계획하는 행운은 없었다고 하더라도,—그는 이야기를 전해들은 직후부터 성심껏 협조했으며, 계획을 실행에 옮기기 위해 기꺼이 자기 돈을 들였으니, 공덕의 꼭 절반은 아니더라도,—목사에게도 치사를 들을 만한 자격이 있었다고 생각합니다.

그러나 당시 사람들의 생각은 전혀 달랐습니다.

책을 내려놓으시고, 일이 그렇게 된 경위에 대해 반나절 동안만 추측해보도록 허락해드리겠습니다.

다만 염두에 두어야 할 것은, 위에서 이미 상세히 밝힌 대로, 산파 여인이 허가증을 받기 5년쯤 전에,—위에서 언급한 그 목사는, 자신과, 자신의 지위와 임무에 반하여, 모든 법도에 어긋난 일을 저질러 동네 사람들의 입방아에 오르내렸는데,—그것도 다름아니라, 말라비틀어진 1파운드 15실링짜리 수탕나귀 같은 말을 타고 다니다 그렇게 되었습니다. 그 말을 간단히 묘사하자면, 외모상으로 닮은 점을 보아서는 *로시난테*[35]와 가히 친형제간이라 할 만했으니, 털끝만큼의 차이도 없이 모든 것이 일치하는 모습이었으며,—다만 *로시난테*가 천식을 앓았다는 소리를 들은 기억은 없으며, 무엇보다 *로시난테*는 뚱뚱하건 말랐건, 대부분의 스페인 말들이 누리는 행복이라고 할 수 있는,—의심의 여지가 없는 확실한 말이었던 것입니다.[36]

그 주인공의 말이 몸가짐이 정숙했다는 것은 널리 알려진 사실이기 때문에, 상반된 의견이 나올 수도 있었겠지요. 그러나 분명한 것은, 로시난테의 정절의 원인이 (양구아스인들의 암말떼가 도착했을 때 밝혀

---

35 세르반테스의 소설 『돈 키호테』에 나오는 말. 이 소설에서 세르반테스는 로시난테를 여러 번에 걸쳐 상세하게 묘사하고 있다.
36 여기서 '말'은 특히 성장한 수말을 가리키는 것으로서, 목사의 말은 성적으로 무능한 말임을 암시하고 있다.

진 바와 같이) 신체적인 결함에 있었던 것은 결코 아니며, 그의 혈통에 흐르는 절제력과 방정함에 기인했다는 것입니다.[37]—사실 말이지만, 부인, 세상에는 고귀한 순결함이 얼마든지 있으며, 부인의 삶에 대해서야 더 말할 나위가 없겠지요.

어쨌든, 나는 이 극적인 작품의 무대에 등장하는 인물들을 모두 공정하게 다룰 작정이기 때문에,—돈 *키호테*의 말에 유리하게 작용하는 이 차이점을 무시하고 지나갈 수는 없었으며,—이 점을 제외하고는 목사의 말과 꼭 닮았으니,—목사의 말도 마르고 껑충하여, 겸손의 여신이 타고 다녔음 직한 늙어빠진 딱한 놈이었던 것입니다.

여러모로 판단력이 부족한 나의 어림으로 보아, 목사의 말이 그런 형편에 처하게 된 것은 본인의 책임이 컸다는 생각인데,—사실 그에게는 끝이 봉긋하게 올라간 멋진 안장이 있었습니다. 안좌는 초록빛 비로드 천으로 누비고, 은제 꼭지가 달린 단추와 멋진 놋쇠 등자 한 쌍이 달렸고, 최상품의 회색빛 천으로 지은 마의는 가장자리를 검은 레이스로 장식하고, 짙은 검은색 실크 장식술로 마무리하여 *poudré d'or*[38] 폼나는 물건이었으며,—목사는 이 안장을, 구석구석 화려하게 양각한 고삐와 함께, 젊은 시절 한창때 구입했습니다.—그러나 자신의 말이 사람들의 놀림감이 되는 것을 막기 위해, 목사는 안장을 고삐와 함께 서재문 안쪽에 걸어두고,—대신 그만한 말의 체격과 값어치에 걸맞은 안장과 고삐를 새로 갖추었던 것입니다.

목사가 매번 교구를 돌아보거나, 근방에 사는 지주들을 방문할 때

---

37 『돈 키호테』를 보면, 산초는 로시난테를 '절제와 정숙함'을 아는 말이라는 이유로 고삐를 매지 않고 그냥 풀어놓는데, 근처에 있던 양구아스인들의 암말 냄새를 맡은 로시난테가 주인의 허락도 없이 달려가버린다.
38 금가루를 뿌린.

면,━직업이 직업이니만큼, 자신의 판단력이 무디어지지 않을 정도로 충분히 듣고 관찰하고 다녔습니다. 사실 그가 남녀노소의 주의를 끌지 않고 마을로 들어가기란 거의 불가능했습니다.━목사가 지나가는 동안 사람들은 일손을 멈추었으며,━우물 안의 두레박도 중간에 매달린 채 움직이지 않았고,━물레도 도는 것을 잊어버렸으며,━돈치기놀이나 카드놀이에 열중해 있던 사람들도 입을 딱 벌리고 그가 보이지 않을 때까지 서 있었는데, 목사의 움직임이 그리 신속하지 않았던 까닭에,━그에게는 근엄한 이들의 신음 소리와,━쾌활한 사람들의 웃음 소리를 듣고 관찰할 시간이 충분히 있었으며,━목사는 이 모든 것을 아무런 동요 없이 받아들였습니다.━그의 성격으로 말하자면,━내심 우스갯소리를 좋아했고━스스로 자신이 웃음거리가 될 만한 사람이라고 여겼기 때문에, 본인의 말에 따르자면, 사람들이 자기를 본인이 생각하는 것과 똑같이 생각한다고 해서 화낼 이유가 무엇이겠냐는 것이었습니다. 그래서 목사가 돈 때문에 그런 것이 아니라는 사실을 잘 알았던 그의 친구들이 목사의 지나친 유머를 주저함 없이 웃음거리로 만들어버려도,━그는 정확한 원인을 알려주기보다는,━오히려 자기를 비웃는 쪽과 한통속이 되어, 말 주인의 풍채가 그가 타고 다니는 말과 비슷하게 말라빠진 데다, 뼈대 위에 살이라고는 1온스도 붙이고 다닌 적이 없으니,━주인에게 정말 잘 어울리는 말이 아니냐고 둘러대곤 했으며,━말과 주인이 켄타우로스처럼,[39]━한 몸을 이룬다며 너스레를 떨었습니다. 그러나 한편으로는, 기분이 바뀌어, 그의 마음이 거짓된 유머의 유혹을 물리치는 경우에는,━자신은 폐결핵으로 급속히 쇠약해가고 있는 형편인 데다, 살찐 말을 보면 낙심이 되고, 맥박이 빠르게 뛰기 때문에, 체면뿐

---

39 상반신은 사람, 하반신은 말의 모습을 한 괴물.

아니라 본인의 심정을 위해서도 야윈 말을 골라 타고 다닌다고, 아주 심각한 표정을 지어보이며 말했습니다.

때로는 자신이 힘센 말을 제쳐놓고 야위고 기백 없는, 천식에 시달리는 말을 타고 다니는 데 대한 재미있고 그럴듯한 쉰 가지 이유를 늘어놓기도 했는데,—이런 말을 타고 있노라면 가만히 앉아서도, 해골을 앞에 놓고 있을 때와 동일한 혜택을 누리며 *de vanitate mundi et fugâ sœculi*[40]에 대해 즐겁게 명상에 잠길 수 있으며,—뿐만 아니라, 때로는 천천히 말을 타고 가는 중에,—서재에 있을 때와 마찬가지 효과를 거두며 시간을 보낼 수 있어,—설교의 주제를 구상한다거나,—승마 바지에 난 구멍을 잡아당긴다거나 하는 일을 아주 안정되게 할 수 있다는 것이었습니다.—말이 났으니 말이지만, 활기찬 속보와 느린 사고(思考)는, 기지와 판단력만큼이나 서로 상반된 운동이니까요.—그러니 목사는 말을 타고—모든 것을 결합하고 조합하며,—설교를 구상하고,—기침을 가라앉히고,—생리적 욕구가 있을 때는, 잠을 청할 수도 있었습니다.—말하자면, 목사는, 이유를 대야 하는 경우가 생길 때면 진짜 이유만 제외하고, 다른 모든 이유를 늘어놓았는데,—진실을 알리지 않은 것은 그의 결벽성 때문이었고, 목사는 그렇게 하는 것이 명예를 지키는 일이라고 생각했습니다.

그러나 이야기의 진상은 이렇습니다: 이 신사의 한창때, 즉 목사가 그 화려한 안장과 고삐를 구입했을 무렵, 습관이랄지, 허영심이랄지, 혹은 그 외 어떤 이름으로 부르든,—목사에게는 한쪽 극단으로 내달리는 경향이 있었습니다.—그가 살던 마을 사람들의 표현을 빌리자면, 목사는 명마를 좋아했으며, 대개의 경우 교구 전체에서 가장 훌륭한 말 한

---

40 헛된 세상과 덧없는 세월.

필이 그의 마구간에 항상 안장 얹을 준비를 하고 있었고, 전술한 대로 가장 가까이 사는 산파가 마을에서 7마일이나 떨어진 곳에 있었으며, 날씨까지 험악한 지방이었기 때문에,—가엾은 목사는 일주일이 멀다 하고 말을 혹사시키지 않을 수 없었으며, 그는 인정 많은 사람이었고, 매번 사정은 더 급박하고 위급했기 때문에,—자기 말을 사랑했던 만큼, 결코 거절할 수 없었으며, 결과적으로, 목사의 말은 박차에 찍히거나, 쩔뚝거리거나, 기름때로 더럽혀지는 일이 자주 발생했으며,—뼈가 어긋나거나, 천식에 걸리거나, 하여튼 항상 무엇인가 얻어걸려, 살이라고는 한 점도 붙어 있지 않았기 때문에,—목사는 아홉 달 내지는 열 달마다 병든 말을 처분하고,—건강한 말을 다시 마련할 수밖에 없었습니다.

이런 거래에서 생기는 손해가, *communibus annis*[41] 어느 정도인지 밝혀내는 일은, 동일한 거래로 피해를 본 사람들에게 맡기겠지만,—그 액수가 얼마가 되었든, 이 정직한 신사는 여러 해 동안 아무런 불평 없이 감내했으나, 결국, 똑같은 재난이 계속해서 반복되자, 이 일을 재고해보지 않을 수 없었으며, 총체적인 고찰을 거쳐, 마음속에 정리해본 결과, 다른 경비와 비교해 균형이 맞지 않을 뿐 아니라, 그 자체만으로도 너무 부담이 커, 교구 내에서의 다른 선행을 불가능하게 만든다는 결론을 얻었습니다. 뿐만 아니라, 말을 달려 없애는 액수의 절반만으로도, 지금보다 열 배 정도의 선행을 베풀 수 있다는 생각이 들었으며,—그 무엇보다 목사의 마음을 무겁게 만든 것은 자신의 자선 행위가 특정한 방면으로, 즉 그로서는 그다지 바람직하지 못하다고 생각되는, 교구 내에서의 아이낳기와 아이갖기로 국한된다는 사실이었으며, 성적으로 무능력한 사람들에게는 아무런 혜택이 돌아가지 않는 데다,—그가 빈

---

41 평균 혹은 평년.

번하게 방문해야 하는 가난과 병마, 그리고 고통이 공존하는 쓸쓸한 곳에도 줄 것이 아무것도 없다는 사실이었습니다.

이런 이유로 목사는 그 같은 지출을 중지하기로 결심했으며, 여기서 깨끗이 손을 씻는 방법은 오직 두 가지밖에 없다는 결론을 내렸는데, ―그 두 가지 방법이란, 어떤 사태가 벌어져도 그의 말을 빌릴 수 없다는 삭제 불가능한 법을 만들거나, ―아니면, 고통과 병마에 시달리는 그 불쌍한 놈을, 사람들이 원할 때마다, 마지막 순간까지 그대로 타고 다니는 것이었습니다.

그러나 첫번째 경우는 스스로 자신의 의지를 믿을 수 없었기 때문에, ―목사는 기꺼이 두번째를 선택했으며, 위에서 언급한 바와 같이, 명예를 위해 사람들에게 해명할 수도 있었으나, ―마찬가지 이유 때문에, 마음을 관대하게 먹고, 자찬하는 말로 들릴 수도 있는 이야기를 전하는 고통보다는, 원수들의 멸시와 친구들의 조롱을 선택했습니다

이처럼 그의 성품의 단편만 보아도, 이 성직자의 영혼과 고귀한 감성에 최고의 평가를 내리지 않을 수 없으며, 라만차의 기사[42]의 비길 데 없이 순수한 고매함에도 견줄 만하다는 생각이며, 말이 났으니 말이지만, 나는 그 기사의 우매한 행동에도 불구하고, 그를 만날 수 있다면, 고대의 어떤 영웅을 만나러 가는 길보다 더 멀리 쾌히 가겠습니다.

그러나 이 이야기의 교훈은 다른 데 있습니다. 내가 의도하는 바는 이 일에 반응하는 세상 사람들의 심성을 보여드리고자 하는 것입니다.―말씀드리고 싶은 것은, 이러한 변명이 목사에게 칭찬거리가 되는 한,―아무도 그 진상을 알아낼 수 없었다는 것이며,―원수들은 알려고도 하지 않았고, 친구들은 알 수가 없었습니다.――그러나 목사가 산파를 위해 분

---

42 돈 키호테를 가리키는 것으로서, 목사를 세르반테스의 기사와 동일시하고 있다.

발하기 시작하고, 그녀가 개업을 할 수 있도록 관내 허가증 비용을 지불한 것과 동시에,―그의 비밀이 탄로나고 말았으며, 지금까지 잃어버린 모든 말의 수에다, 두 필이나 더해져, 그 말들이 죽어가게 된 경위가 낱낱이 알려져 사람들의 머릿속에 또렷이 새겨지고 말았습니다.―소문은 순식간에 퍼져―"목사가 자만심이 재발하여 지금 거기에 사로잡혀 있으며, 그의 인생에 다시 한 번 명마를 타고 다닐 기회를 맞게 되었으니, 만약 그 소문이 사실이라면, 첫해에만 그가 면허증 비용으로 지불한 액수의 열 배를 챙기는 것은 정오의 햇볕 보듯 빤한 일이며,―그의 선행의 의도가 무엇이었는지 각자 다시 한 번 재고해보지 않을 수 없다"는 것이었습니다.

목사의 머릿속에는, 이번 일을 비롯해, 지금까지 살아온 자기 인생의 모든 행위의 의도가 무엇이었는지,―또한 이번 일과 관련해 사람들이 속으로 어떤 평가를 내릴지, 이런 생각들이 무수히 떠다니며, 잠에 빠져 있어야 할 시간에도 그의 휴식을 방해했습니다.

그러나 지금부터 한 십 년쯤 전에 목사는 그 일로 더 이상 고민하지 않아도 되는 운명을 맞았으니,―교구를 떠나본 적도 거의 없었던 그 사람이,―세상 전체를 뒤로 한 채,―불평할 것이라고는 전혀 없는 재판관 앞에 서게 되었던 것입니다.

때때로 어떤 사람의 행동은 가히 운명적이라 할 수 있습니다. 애초에 지시가 어떻게 내려지든 상관없이, 특정한 매개를 통과하는 과정에서 그 본질적인 방향으로부터 지나치게 뒤틀리고 굴절되어―정직한 사람들의 찬사를 한껏 받을 만함에도 불구하고, 그런 사람은 아무런 찬사 없이 살다가 죽고 마는 것입니다.

사실 이 신사야말로 그 뼈아픈 실례가 되고 말았지요.―어떻게 이런 일이 일어났는지 알고 싶다면,―또한 이런 지식에서 교훈을 얻기 바란다면, 다음 두 장을 꼭 읽어야 하는데, 다름아니라 그의 삶과 대화의 개략, 그리고 교훈도 함께 포함되어 있습니다.―그런 다음, 우리를 방해하는 것이 더 이상 없다면, 산파 이야기를 계속하도록 하겠습니다.

제11장

그 목사의 이름은 요릭[43]이었으며, 놀라운 것은, (질긴 양피지에 기록되어, 지금까지 완벽하게 보전되어 있는 아주 오래된 가족사에 따르면) 그 이름이 철자 하나까지 그대로,―아이고 하마터면 9백 년이라고 할 뻔했군요.―아무리 확실한 사실이라 하더라도, 잘 믿어지지 않는 것을 말해 내 신용을 흔들리게 하고 싶지는 않기 때문에,―이렇게 말하는 것으로 만족하려 하는데,―얼마나 되었는지는 모르겠지만, 철자가 한 글자의 변화나 전치 없이 정확하게 그대로 쓰여왔으며, 여기서 감히 밝힌다면 이 나라의 훌륭한 이름들 가운데 절반 이상이 원형대로 보존되지 못하고, 세월이 흐르는 동안 이름의 주인들과 마찬가지로 이름도 잘리고 갈렸습니다.―그런데 그렇게 된 것이 주인들 저마다의 자존심 때문일까요, 혹은 수치심 때문일까요?―사실대로 말하자면, 때로는 이쪽으로, 때로는 저쪽으로, 마음이 끌리는 대로라는 생각입니다. 그러나 어찌 되었든 잘못된 일인 것만은 분명하며, 필시 머지않아 사람들을

---

43 셰익스피어의 『햄릿』의 어릿광대와 이름이 같다. 『햄릿』에서 요릭이 남긴 것이라고는 해골과 그의 해학에 대한 왕자의 기억뿐이다. 스턴은 사회적으로나 문학적으로 스스로를 요릭과 동일시하고 있다.

모두 뒤죽박죽으로 섞어놓아, "우리 증조할아버지는 이런저런 일을 하신 바로 그분이오"라고 자신 있게 말할 수 있는 사람은 하나도 없게 될 것입니다.

이러한 해악을 충분히 막을 수 있었던 것은 요릭 가문의 현명한 처사와, 위에서 언급한 대로 기록을 소상하게 보전했기 때문입니다. 그 기록에 따르면, 이 가문은 원래 *덴마크* 출신으로서, *덴마크* 왕, 호르웬딜루스 시대에 영국으로 이주했으며, 요릭 씨의 조상들 가운데는 왕의 궁정에서 죽는 날까지 요직에 있었던 인물도 있는데 바로 그 사람이 그의 직계 조상입니다. 그 요직이 무엇이었는지는, 기록에 없지만,—다만, 지난 2백 년 동안, 덴마크뿐 아니라, 기독교 세계 모든 궁정에서 전혀 쓸데없는 공직으로 전락하여, 완전히 폐지된 상태라는 것은 확실합니다.

나는, 이 직책이 왕의 수석 어릿광대가 분명하다는 생각이며,—여러분도 아시다시피 *셰익스피어*의 작품들은 대부분 입증된 사실에 기초하고 있으며, 『햄릿』의 요릭이 바로 그의 조상인 것입니다.

이 사실을 확인하기 위해 *삭소 그라마티쿠스*[44]의 덴마크 역사를 확인해볼 여유는 없지만,—여유가 있고, 그 책을 수월하게 구할 수 있다면, 선생이 직접 확인해보시기 바랍니다.

내가 *덴마크*를 방문한 것은, 그러니까 1741년 노디 씨[45]의 장남과 동행하여, 지사 자격으로, 유럽 전체를 급하게 돌아보았을 때였는데, 우리 두 사람의 흥미로운 여행에 관해서는, 이 작품의 중간쯤에 재미있게

---

44 Saxo-Grammaticus(1150?~1220?) : 13세기 덴마크 역사가로서 『덴마크 사람들의 이야기 *Gesta Danorum*』라는 덴마크 역사서의 저자. 1514년에 출판된 이 책이 『햄릿』의 출처로 알려져 있다. 3권을 보면 암레스의 아버지, 호르웬딜루스가 살해되고 암레스가 복수하는 이야기가 나온다.
45 일반적으로 어리석은 사람을 가리키는 이름.

엮어드리도록 하겠습니다. 당시 내가 목격한 것은, 그 나라에 오래 거주한 경험이 있는 사람들의 말을 확인한 것뿐인데,―말하자면, "자연은 이 나라 사람들에게 지나치게 관대하지도, 인색하지도 않은 선물을 내려주어,―사려 깊은 부모처럼, 적당한 호의를 베풀었으며, 뿐만 아니라 평등한 자세로 호의를 베풀었기 때문에, 모든 사람이 서로 거의 대등한 위치에 있어, 이 나라에서는 세련미는 찾아보기 힘들지만, 각 계층의 사람들이 단순하고 상식적인 지식을 공유하고 있으니," 정말 훌륭한 일이 아니겠습니까.

여러분도 아시다시피 우리의 경우는 전혀 달라,―대체로 극과 극을 달리는 편이어서,―선생은 위대한 천재이거나,―혹은 50 대 1의 확률로 대단한 멍청이이거나 바보가 분명한데,―물론 중간 단계가 전혀 없는 것은 아니며,―사실,―우리가 그 정도로 변칙적인 사람들은 아니지만,―다만 이렇게 날씨가 변덕스러운 섬에서는, 양쪽 극단이 좀더 흔하다는 얘기이며, 자연이 내린 선물과 기질이 지나치게 변덕스럽고 종잡을 수 없어, 운명의 여신이라 해도 이렇게 제멋대로 재산을 분배하지는 않았을 것입니다.

요릭의 혈통에 대한 나의 믿음을 흔들리게 한 것은 이것밖에 없으며, 그에 대한 나의 기억과, 그에 관해 들은 모든 이야기로 미루어, 요릭의 몸 속에는 덴마크인의 피가 단 한 방울도 섞이지 않았다는 생각이 드니, 9백 년 동안 모두 없어져버렸는지도 모를 일이지요.―이 문제를 가지고 여러분과 길게 논의할 생각은 없으며, 일이 어찌 되었든 사실은 이렇습니다.―이런 혈통을 가진 사람에게서 발견되는 냉정한 감각과 기질, 그리고 정확한 규칙성 대신에,―요릭은, 쾌활하고 고상한 성격의 소유자였으며,―말하자면 어형 변화가 아주 불규칙한 인물이었고,―그의 생기와 변덕, 그리고 *gaité de cœur*[46]는, 무척 온화한 기후에서 설계되어 생산된 듯했습니다. 그 많은 돛을 달고도, 가엾은 요릭은 바닥짐이라고는 1온스도 싣지 않고 있었으며, 세상 경험이라고는 전혀 없어, 스물여섯의 나이에도 불구하고 세파를 헤쳐나가는 능력은, 순진한 열세 살 말괄량이 소녀 수준에 불과했습니다. 그러니 그는 출발부터, 활기찬 강풍 같은 성품 때문에, 여러분의 추측대로, 하루에도 몇 번씩 다른 사람에게 걸려 넘어지곤 했으며, 대개의 경우 엄숙하고 둔한 사람들이 그를 방해했기 때문에,―당연히, 이런 사람들과 가장 빈번하게 얽혀버리는 불행을 겪었습니다. 그리고 이와 같은 충돌의 밑바닥에는 항상 불운한 농담 한마디가 끼여 있게 마련이었지요.―요릭은 본래 엄숙함에 대한 절대적인 혐오감을 가지고 있었으나,―엄숙함 자체에 대한 것은 아니었으며,―그는 엄숙함이 필요한 곳이라면 며칠 며칠이고 그 누구보다 엄숙하고 심각해졌지만,―엄숙한 체하는 것을 무엇보다 싫어했고, 무지와 우매함의 은폐 수단으로서의 엄숙함에 대한 전면전을 공포했으며, 엄숙함이 그와 마주칠 때마다, 아무리 숨고 방어한다고 해도, 발붙일 곳을 내주는 법이 없었습니다.

때때로, 말이 거칠어지다 보면, 엄숙함을 못돼먹은 악당이라고 몰아붙였는데,―엄숙함을 그렇게 위험한 것으로 분류하는 이유는―그 교활함 때문이라고 말하며, 그는 정직하고 선한 사람들 가운데 한 해 동안 엄숙함 때문에 물건과 돈을 빼앗기는 사람들이, 7년 동안 소매치기나 들치기를 당한 사람들보다 많다고 굳게 믿었습니다. 기분이 좋을 때는 속마음을 내보이며,―그 당사자 말고는―위험할 것까지는 없다고 말하면서도,―엄숙함의 본질은 음모이고, 그 결과는 속임수로서,―사람들이 자신의 지각과 지식의 정도를 실제보다 좀더 인정받기 위해 터

---

46 명랑함.

득하는 요령이며, 그 모든 겉치레와 함께,—오래 전에 어떤 프랑스의 현인이 내린 정의보다 나을 것이 없으며, 오히려 더 나쁜 경우가 대부분 이라고 말하곤 했는데,—그 정의는 다름아니라, 엄숙함은 *이성의 결점을 감추려는 불가사의한 태도*[47]라는 것이며,—요릭은 이런 엄숙함의 정의를, 당장 금글자로 새겨야 한다고 말했습니다.

솔직히 말하자면, 그는 세상 경험이 부족한 미숙한 사람이었으며, 대화의 주제가 정략적인 절제를 요구하는 경우에는 대부분 지각 없고 어리석은 사람이 되고 말았습니다. 요릭은 오직 외곬으로밖에 생각하지 않았으며, 바로 그 시점에 문제삼고 있는 행위를 있는 그대로 받아들여, 자신의 생각을 에두르지 않고 솔직하게 내뱉곤 했는데,—흔히 인물, 시간, 장소의 특성에 관계없이,—한심스럽고 인색한 행동에 대한 얘기가 나오면,—그 행위의 주인공이 누구든,—그의 신분이 무엇이든,—혹은 그가 앞으로 얼마나 큰 상처를 줄 것인가도 생각해보지 않고,—다만 그 행동이 비열하다면,—아무것도 따질 필요 없이,—그 사람은 비열한 인간이라는 둥,—마구 욕을 퍼붓는 것이었습니다.—그리고 불행하게도 대개의 경우 요릭의 말은 재치 있는 명언 한마디로 끝을 맺거나, 익살이나 유머로 도처에 생기를 돋우는 통에, 경솔한 그의 언동에 날개를 달아주는 꼴이 되고 말았습니다. 말하자면, 그가 일부러 그런 것은 결코 아니었지만, 머리에 순간적으로 떠오르는 생각을 스스럼없이 말하기를 꺼리지 않았기 때문에,—그는 평생 재치와 유머,—그리고 조롱과 야유를 이웃에 퍼뜨리고 싶은 유혹을 떨쳐버리지 못했습니다.—그러니 우연히 그렇게 된 것은 아니었지요.

그 결과가 무엇이며, 또한 그로 인해 요릭에게 어떤 재앙이 내렸는지는, 다음 장에서 말씀드리겠습니다.

---

[47] 프랑수아 드 라 로셰푸코(1613~1680)의 『격언』(1665)의 한 구절.

제12장

    채무자와 채권자 사이의 지갑끈 길이의 차이와, 놀리는 사람과 놀림받는 사람 사이의 기억력 차이는 똑같습니다. 이들 사이의 비유는, 고전학자들의 말대로 서로 잘 어울릴 뿐 아니라, 호머의 훌륭한 비유들보다도 더 적절하게 들어맞는데,—말하자면, 다른 사람의 경비로 한쪽은 돈을, 다른 쪽은 웃음을 조달하고는, 그만 잊어버리는 것입니다. 그러나 양자 모두 이자는 계속 불어나,——주기적인 혹은 간헐적인 이자 지불이, 그 일에 대한 기억을 상기시켜주고 있다가, 마침내, 운이 다하면,——각각 빚쟁이가 나타나, 바로 그 자리에서 원금을 비롯해, 그때까지 쌓인 이자를 한꺼번에 요구하며, 그들의 채무의 범위를 최대한으로 상기시키는 것입니다.
    (나는 독자에게 만약이라는 말을 사용하고 싶지 않기 때문에) 독자가 인간의 본성을 충분히 이해하고 있다는 판단하에, 그를 납득시키기 위해, 나의 주인공이 위에서 말한 것과 같은 우발적인 추억거리를 만들지 않고 계속 이런 식으로 조용히 살아가지는 않았다는 사실을 굳이 설명드릴 필요는 없다고 생각합니다. 솔직히 말씀드리자면, 요릭은 무지하게도 수많은 자잘한 외상 매입금 관계에 말려들었으며, 유제니우스[48]의 빈번한 조언에도 불구하고, 이런 상황을 가볍게 무시해버리곤 했으며, 악의가 있는 것도 아니었고,—오히려, 솔직한 마음과, 유쾌한 감정에서 비롯된 것이니만큼, 머지않아 모두 지워지리라고 생각했습니다.

---

48 '출생이 좋다'는 의미의 그리스어에서 따온 이름이다. 스턴은 친구인 존 홀 스티븐슨을 이 인물의 모델로 삼았다.

그러나 유제니우스의 생각은 전혀 달랐으며, 언젠가는 반드시 셈할 날이 올 것이라고 여러 차례 말하며, 비탄에 잠겨 우려를 표했으며,— 최후의 한푼까지도 말이네 하고 덧붙였습니다. 여기에 대해 요릭은, 특유의 경솔한 태도로, 흔히 체!라는 대답과 함께,—이런 대화가 밭에서 이어졌을 경우에는,—밭 끄트머리에서 삼단뛰기를 했으며, 반면 그가 거실 벽난로 구석에 꼭 갇혀, 테이블과 안락의자로 죄인처럼 에워싸인 채, 옆으로 빠지기가 용이하지 않을 때는,—유제니우스는 신중함에 대한 설교를 계속할 수 있었으며, 그는 취지에 비해 다소 완곡한 표현을 썼습니다.

이봐 요릭, 경솔하고 익살스런 자네 행동 때문에 결국은 곤경에 빠져, 아무리 뒷궁리를 해도 빠져나오지 못하고 말 걸세.—내가 자주 느끼는 바이지만, 자네의 공격에 비웃음을 당하는 사람들은, 스스로 상처를 입었다고 생각하기 때문에, 이런 상황에 처한 사람의 모든 권리를 가지고 있다고 여기게 마련이며, 일단 그가 그렇게 생각하기 시작하면, 그의 친구들, 가족들, 친척들과 동지들이 합세하고, 동병상련 의식으로 모여든 수많은 보충병들이 이들과 함께 그를 따르게 되어,—그리 복잡한 계산 없이도, 농담을 열 번 할 때마다,—백 명의 적을 만든다는 것을 알 수 있으니, 자네는 그렇게 계속하다가, 결국 귓가에 몰려든 말벌떼에 쏘여 반죽음을 당할 때까지도, 그렇다는 것을 결코 인정하지 않을 것이네.

나는 내가 존경해 마지않는 사람의 행동에 손톱만큼이라도 악의나 적의가 담겨 있다고는 생각하지 않네.—사실 자네의 농담은 솔직하고 장난스럽다고 해야겠지.—그러나 한번 생각해보게나. 어리석은 사람들은 그런 분별력이 없고,—무뢰한들은 분별하지 않으려고 할 것이며, 자네는 누구를 약올리거나, 놀리는 것이 무엇인지도 모르고 있으니,—이들이 공동 방어를 위해 연합하는 날이 오면, 자네를 상대로 만만치 않은 싸움을 벌일 것이며, 자네를 지독하게 괴롭혀, 그만 죽어버리고 싶게 만들 것이 분명하네.

독을 품은 곳에서 오는 복수는 자네를 치욕적인 소문으로 공격하여 어떤 순수한 마음과 성실한 행위도 이를 바로잡지 못할 것이네.—자네 집안의 운세가 흔들리고,—집안에 운을 더했던 자네의 명성은 사방에서 피를 흘릴 것이며,—신앙이 의심받고,—행동은 비방받고,—기지는 잊혀지고,—학식은 짓밟혀버릴 걸세. 자네의 비극을 마감하는 마지막 장면으로, 잔인함과 비겁함, 이들 쌍둥이 악당들이, 어둠 속에서 악의에 고용되고 선동받아, 자네의 결점과 과실을 힘을 합쳐 공격하겠지.—여보게, 자네처럼 훌륭한 사람이, 이렇게 쓰러지다니,—내 말을 믿게.—믿어, 요릭, 개인적인 욕구를 채우기 위해, 결백하고 힘없는 존재를 제물로 바치기로 일단 결의한 후에는, 불을 피우기 위해, 아무 덤불에서나 흩어져 있는 나뭇가지를 주워 모으는 일은 그리 어렵지 않다네.

요릭은 자신의 운명에 대한 슬픈 예언이 읊어지는 것을 미처 다 듣기도 전에, 눈물을 한 방울 훔치며, 지불을 약속하는 표정과 함께, 앞으로는, 망아지를 좀더 신중하게 타겠노라는 결심을 표했습니다.—그러나, 불행하게도, 때는 이미 늦고 말았으니!—아무런 전조도 없이 * * * * *와 * * * * *를 우두머리로 거창한 연맹이 결성되었기 때문입니다.—유제니우스의 예언대로, 공격은 한꺼번에 쏟아졌으며,—동맹자들 편에서는 인정사정없이,—요릭 편에서는 도대체 무슨 일이 벌어지고 있는지, 아무런 낌새도 알아채지 못한 채,—정말 잘됐어! 곧 높은 자리로 승진할 수 있을 거야 하고 생각하고 있던 참에,—그는 뿌리가 짓밟히고 쓰러져, 먼저 쓰러져간 훌륭한 인물들의 대열에 끼게 되었던

것입니다.[49]

요릭은, 마지막 남은 용기를 내어 얼마간 사력을 다해 대항했으나, 결국, 수적인 열세와, 싸움에서 얻은 상처로 지쳐버리고 말았으며,—무엇보다, 그들의 비열한 공격 방식 때문에,—결국 칼을 버렸으며, 겉으로 보기에는 마지막까지 용기를 잃지 않았으나,—사람들은 그가 절망에 빠져 죽었다고 생각했습니다.

유제니우스도 다음과 같은 이유로 동일한 결론을 내리게 되었지요:

요릭이 숨을 거두기 몇 시간 전, 유제니우스는 그에게 마지막 인사를 하러 갔습니다. 침대 커튼을 들치고, 기분이 좀 어떠냐고 묻자, 요릭은, 유제니우스의 얼굴을 올려다보며, 그의 손을 잡고,—지금까지 그가 보여준 수많은 우정의 징표들에 고마움을 표하며, 차후에 서로 다시 만날 운명이라면,—몇 번이고 다시 감사하겠노라고 말했습니다.—그리고 그는 조금 있으면, 적들에게 영원히 항복할 것이라고 했습니다.—유제니우스는 눈물을 흘리며, 그렇게 되지 않기를 간절히 바란다고 대답했으며, 너무나도 애정어린 목소리로,—그렇게 되지 않기를 바라네, 요릭, 하고 말했습니다.—요릭은 고개를 들고 그를 쳐다보더니, 유제니우스의 손을 한번 부드럽게 쥐어주는 것으로 대답을 대신했으며, 그게 전부였지만,—유제니우스의 가슴을 찢어놓기에 충분했습니다.—자,—자, 요릭, 유제니우스는 눈물을 훔치며, 용기를 내어 말했습니다.—이보게 친구, 마음을 편히 먹게,—기개와 용기가 가장 절실한 이 위기의 순간에 자네가 포기하면 안 될 일이네,—어떤 방도가 있을지, 또한 자

---

[49] 스턴이 밝히는 요릭의 이력은 자서전적인 요소를 많이 담고 있다. 원만하지 못했던 큰아버지 자크 스턴(1695~1759)과의 관계와, 성직자로서 성공적이지 못했던 그의 경력을 엿볼 수 있다. 셰익스피어의 『헨리 8세』에서 월시 추기경이 이와 비슷한 말로 자신의 실각을 묘사하고 있다.

네를 위해 하나님이 어떻게 역사하실지 누가 알겠는가?─요릭이 가슴에 손을 얹고 머리를 가만히 흔들자,─유제니우스는 비통한 눈물을 흘리며 말했습니다.─요릭, 나는 자네와 어떻게 이별을 해야 할지 정말 모르겠네.─유제니우스는 목소리를 가다듬으며 이렇게 덧붙였습니다. 나는 아직도 자네가 주교의 자질이 충분히 있다고 생각하고,─내 살아 생전 그날을 볼 수 있을 것이라는 희망을 품고 있네.─그러자 요릭은 왼손으로 모자를 힘겹게 벗으며 말했습니다. 유제니우스, 부탁이니,─제발 부탁이니 내 머리를 한번 보게나.─병색이라고는 전혀 없네, 하고 *유제니우스*가 대답했습니다. 그러자, 요릭은, 아아, 슬프게도! 친구여, 내 말 좀 들어보게나, * * * * *와 * * * * *를 비롯한 나의 적들이 어둠 속에서 야비하게 휘두른 폭력으로 내 머리는 멍들고 뒤틀려, 산초 *판사*[50]가 말했듯이, 내가 회복하고, "주교관(主敎冠)이 하늘에서 우박처럼 마구 쏟아져도, 내 머리에 맞는 것은 하나도 없을 것이네."─이 말을 하는 동안, 요릭의 마지막 호흡이 그의 떨리는 입술에 매달려 떨어지려 하고 있었으나,─그의 목소리는 여전히 *세르반테스적인 어조*[51]를 잃지 않았으며,─요릭이 이 말을 하는 동안 유제니우스는 그의 눈에 한 순간 어른어른 불빛이 한 줄기 비치는 것을 보았으니,─왁자하게 떠들며 식탁을 차리곤 하던 (*셰익스피어*가 요릭의 조상들이 그랬다던 것처럼) 활기찬 순간들의 희미한 영상을 보았던 것이지요!

순간 유제니우스는, 친구가 절망에 빠졌음을 깨닫고, 그의 손을 꼭 쥐어주고는,─눈물을 흘리며, 방을 조용히 걸어 나왔습니다. 요릭은 눈으로 유제니우스를 문까지 배웅하고는,─눈을 감았으며,─그후 다시는 눈을 뜨지 못했습니다.

---

50 돈 키호테의 하인이자 단짝으로서, 주인보다 현실적이고 회의적인 인물이다.
51 『돈 키호테』의 주인공의 해학적이고 풍자적인 말투를 의미한다.

그는——교구 교회 한쪽 구석에, 친구 *유제니우스*가 유언 집행자의 허락하에, 그의 무덤 위에 세워놓은 평범한 대리석 석판 아래 묻혔으며, 그 석판에는 비문과 애가를 대신하여 단 세 마디를 새겨 넣었습니다.

> 아아, 가엾은 요릭![52]

요릭의 영혼은, 그를 기념한 이 비문이, 동정과 존경을 표하는 다양하고도 구슬픈 어조로 하루에도 수없이 읽히는 데 위로를 받았으며,——사람들은 그의 무덤 옆으로 1피트 정도 떨어진 교회 마당을 가로질러 지나갈 때면,——걸음을 멈추고 무덤을 쳐다보곤 하다가,——한숨을 지으며 가던 길을 다시 재촉했습니다.

아아, 가엾은 요릭!

---

52 요릭의 해골을 향한 햄릿의 대사(V.i.179~80).

제13장

    이 랩소디풍[53]의 작품에서 독자가 산파 여인과 너무 오래 헤어져 있었다는 생각이 드는데, 독자는 그런 사람이 아직 세상에 있다는 사실을 염두에 두고 있어야 하기 때문에, 다시 그녀를 언급할 때가 되었으며, 현재 나의 계획으로 미루어 확실한 것은,—그녀를 독자에게 정식으로 소개할 기회가 곧 올 것이라는 사실입니다. 그러나 새로운 일이 생길 수도 있고, 독자와 나 사이에 즉각적인 해결을 요하는 예기치 못한 일이 닥칠 수도 있으므로,—그 동안 내가 그녀를 잃어버리는 일은 없도록 하는 게 당연하니—그녀가 필요할 때 찾을 수 없다면 정말 큰일이 아니겠습니까.

    그 여인이 우리 동네와 교구 전체에서 꽤 중요한 무게 있는 사람이라는 사실은 이미 말씀드렸으며,—그녀의 명성은 그 중요한 원의 제일 바깥 경계선과 원 둘레에까지 퍼져 있었고, 사실 숨이 붙어 있는 사람이라면, 아무리 찢어지게 가난하다 하더라도,—누구나 이런 원에 에워싸여 살고 있게 마련이니,—*세상*에서 중요하고 영향력 있다고 생각되는 사람이라면,—각하의 기호대로 당사자의 지위, 직업, 지식, 능력, 높이와 깊이의 (양쪽 모두 측정하여) 혼합 비율에 따라 원을 확장하고 수축할 수 있는 것입니다.

    이번 경우에는, 내 기억이 정확하다면, 4마일 내지 5마일에 걸쳐, 교구 전체를 포함할 뿐 아니라, 이웃 교구의 경계 부분에 위치한 두세

---

53 rhapsodical work. 다양한 이야기가 섞여 있는, 혹은 여러 단편들을 집성한 형식의 작품이라는 의미로 쓰였다.

곳의 근접한 촌락에까지 연장되어, 상당한 규모를 이루었습니다. 설명을 덧붙이자면, 2, 3마일 내에 있는 큰 농가 하나와, 몇몇 외진 가옥과 농장에서도, 그녀의 집 굴뚝 연기가 잘 보였습니다.—지금, 반드시, 말씀드리고 넘어가야 할 것은, 이 모든 사항을, 현재 인쇄공의 손에 있는 지도가 완성되는 대로 좀더 정확히 묘사하고 설명드릴 것이며, 이 작품에 추가하고 보완해야 할 다른 많은 내용들과 함께, 스무 권 마지막에 덧붙이려고 하는데,—결코 작품을 부풀리기 위한 것은 아니며,—그런 짓은 질색이고,—개인적인 의견이나, 애매하다거나 의심스럽다고 생각되는 구절, 사건, 풍자 등에 대한 주석, 논평, 설명, 그리고 해석 등으로서, 나의 삶과 견해를 *세상* 모든 사람들이 읽고 난 후에 (이 말의 의미를 잊지 마시고) 반드시 필요한 부분입니다.—우리끼리 얘기지만, *대영 제국*의 모든 비평가들과, 그분들이 말하고 쓸 반대 의견에도 불구하고,—나는 내 작품이 반드시 그렇게 될 것이라고 확신합니다.—지금 언급한 내용이 비밀이라는 사실을 각하께는 굳이 말씀드리지 않아도 되겠지요.

제14장

이 전기(傳記)를 더 이상 진행시키기 전에, 한 가지 짚고 넘어가야 할 사항이 있어, 나와 독자의 의문을 풀기 위해 어머니의 혼인 계약서를 살펴보던 중,—읽기 시작한 지 하루 반이 채 되기도 전에, 내가 찾던 것을 운 좋게 발견했는데,—한 달 이상 걸렸을지도 모를 일이었습니다.—다름아니라, 일단 전기를 기록하기 시작하면,—잭 히커스리프트든 톰

섬브든,[54] 그 누구의 역사가 되었든, 중도에 부딪히게 될 방해나 혼란스러운 장애물을 전혀 예측할 수가 없을 뿐 아니라,—모든 것이 끝나기 전에는, 이리저리 끌려다니느라, 어느 장단에 맞추어야 할지도 알 수 없다는 것입니다. 노새 마부가 노새를 부리듯, 역사가가 역사를,—똑바로,—예를 들어, *로마*에서 *로레토*에 이르기까지,[55] 한 번도 오른쪽으로나 왼쪽으로 고개를 돌리는 일 없이 부릴 수만 있다면,—그의 여정이 언제 끝나게 될지 마지막 한 시간까지도 예측할 수 있겠지만,—사실, 이것은 불가능한 일입니다. 그가 약간의 기개라도 있는 사람이라면, 어쩔 수 없이 이 사람 저 사람과 교류하기 위해 여러 번 길에서 벗어나게 마련입니다. 또한 그의 눈을 끊임없이 유혹하는 경치와 전망을 걸음을 멈추고 구경하지 않고는 못 배기는 것도, 우리가 날지 못하는 것이나 마찬가지이며, 여기다 덧붙여

결산해야 할 셈,

기담 수집,

비문 판독,

이야기 짜넣기,

걸러내야 할 구전들,

그리고 방문해야 하는 사람들도 있고,

이쪽 문에는 칭송의 글을,

저쪽에는 풍자시도 붙여놓아야 합니다.—노새와 마부는 이 모든 것을 사실상 면제받은 셈이지요. 결론적으로 말하자면, 각 단계마다 조사해야 할 사료들도 있고, 명부, 기록, 서류, 길고긴 족보 등을 모두 공

---

54 Tom(Jack이 아니고) Hickathrift와 Tom Thumb는 영국 동요에 등장하는 인물들.
55 로마에서 로레토까지는 산타 카사를 방문하는 순례자들의 여행로였는데, 성모 마리아의 집인 산타 카사를 1294년 천사들이 나사렛에서 로레토로 옮겨 왔다고 한다.

평하게 읽고 지나가야 합니다.—요는, 끝이 없다는 것이며,—나의 경우, 지금까지 여섯 주 동안이나 최대한의 속도로 매달려왔지만,—아직까지 나는 태어나지도 못했습니다.—이제 겨우, 언제 그 일이 있었다는 것을 말씀드렸을 뿐, 그 경로에 *대해서는* 한마디도 하지 못했으니,—보시는 바와 같이 그 일이 완수되려면 아직 멀었습니다.

이와 같은 예상치 못한 방해물들을, 처음 시작할 때는 상상도 못 했음을 인정하며,—앞으로 줄어들기는커녕 계속 늘어날 것이 분명하기 때문에,—여기서 한 가지 깨달은 바가 있어 따르기로 결심했는데,—다름아니라,—서두르지 말고,—느긋하게 진행하여, 매년 자서전을 두 권씩 쓰고 출간하자는 것이며,—조용히 계속하도록 허락된다면, 그리고 내 출판업자와 괜찮은 흥정이 성사된다면, 평생 이렇게 계속할 수도 있을 것이라고 생각합니다.

제15장

앞에서 이미 밝힌 대로 그 동안 애써 찾고 있던 어머니의 혼인 계약서에 있는 조항 하나를 이제야 발견했으며, 그것이 무엇인지 지금 밝히려고 하는데,—내가 아무리 설명을 잘한다 해도, 그 증서 자체가 모든 것을 너무나 완벽하게 표현하고 있기 때문에, 법률가의 손에서 그것을 빼앗는 일은 잔인하다는 생각입니다.—그 조항은 다음과 같습니다.[56]

---

[56] 샌디 가의 혼인 계약서는 같은 말을 복잡한 용어를 써서 여러 번 되풀이하는 법률 서류를 빗댄 것이다.

"**이 증서가 밝히는바,** 상기한 상인 월터 샌디는, 상기한 월터 샌디와 상기한 엘리자베스 몰리노 사이에, 앞으로 예정된 혼인이, 하나님이 축복하사, 온전하고 진실되게 치러지고 완료되기[57]를 바라는 마음에서, 또한 특별히 그의 마음을 동하는 여러 가지 의미 있고 가치 있는 동기들과 고려 사항들과 관련해,─존 딕슨 님과 *제임스 터너* 님, 그리고 위에 명명한 피신탁인 등에게 허가하고, 서약하고, 기록하고, 승낙하고, 결정하고, 계약하고, 전적으로 동의하는바,─**즉**─차후로 아래와 같은 일이 벌어지거나, 닥치거나, 생기거나, 일어난다면,─즉 상인 월터 샌디와, 전술한 엘리자베스 몰리노가, 자연적인 경로에 따라, 혹은 그 외 특별한 사정하에, 자녀들의 출산과 양육을 끝내는 시점이 오기 전에, 사업을 그만두게 된다거나,─혹은, 상기한 월터 샌디가 사업을 중단한 결과, 상기한 엘리자베스 몰리노의 자유 의지와, 동의, 호의와 무관하게,─런던을 떠나 ⋯⋯주에 있는 *샌디홀*의 저택으로 은퇴하여 거주하거나,─혹은 이미 구입하였거나, 차후에 구입할 다른 저택이나, 성, 집, 주택이나 가옥, 혹은 농원이나, 그 일부에 거주하고자 하는 경우,─그리고 상기한 엘리자베스 몰리노가 자녀 혹은 자녀들을 각각 합법적으로 임신한 경우, 혹은 전술한 바 아내의 신분으로 상기한 엘리자베스 몰리노의 몸이 임신되는 경우,─상기한 월터 샌디는, 적절한 비용과 경비를, 본인의 수중에서, 온당하고 합리적인 통고 기간 내에, 즉 본 증서에 합의한 바로는, 상기한 엘리자베스 몰리노의 해산, 혹은 추측하고 계산한 출산일로부터 6주 내에,─120파운드의 온당하고 합법적인 액수를 존 딕슨 님과 제임스 터너 님 등 수탁인들에게 지불하거나, 지불되도록 해야 하는바,─신용과 신뢰를 바탕으로, 다음과 같은 용도와 용도들, 의도, 목

---

57 완료되고 consummate, 즉 결혼식을 끝내고 신방에 드는 것.

적, 목표를 위한 것이다.—**상세히 진술하자면,**—전술한 120파운드를 상기한 엘리자베스 몰리노에게 지불하거나, 혹은 상기한 수탁인들에 의해, 튼튼한 말을 충분히 갖춘 마차를 세내는 데 사용하여, 전술한 엘리자베스 몰리노와 임신 중인 그녀의 태아 혹은 태아들을 런던으로 실어날라야 하며,—런던이나 그 근교에서 예정된 그녀의 출산과 요양, 그리고 이와 관련되거나, 연관되거나, 상관되는,—추후의 모든 부수적인 비용과 경비, 지출은 무엇이든 지불하고 부담해야 한다. 그리고 상기한 엘리자베스 몰리노는 때가 될 때마다, 본 증서에 계약하고 합의한 대로, 조용하고 은밀하게 전술한 마차와 말을 세내고, 본 증서의 취지와 진의, 그리고 그 뜻에 따라, 어떠한 방해나, 소송, 재난, 훼방, 간섭, 해임, 장애, 몰수, 퇴거, 성가심, 보류나 거추장스러움 없이, 여행하는 동안 마차 안팎에서의 입장권, 외출권, 복귀권을 보장받아야 한다.—그리고 상기한 엘리자베스 몰리노가, 이따금, 그리고 그녀의 임신이 진행되면서 필시 더 자주, 여기 명기하고 합의한 시간까지,—그녀의 의지와 희망에 따라, 아내라는 현재 신분과 상관없이 femme sole[58]이자 미혼의 입장에서,—적당하다고 생각되는,—장소 혹은 장소들에서, 가족이나 가족들, 친지들, 친구들, 그 외 다른 사람들과 전술한 도시 *런던*에서 거주할 수 있도록 명시한다.—**또한 본 증서가 명시하는바**, 전술한 계약의 효과적인 수행을 위해, 상기한 상인 월터 섄디는, 존 딕슨 님과 *제임스 터너* 님, 그리고 법적 상속인들과, 유언 집행자들, 수탁인들에게, 현재 소유권 그대로, 상기한 존 딕슨 님과 *제임스 터너* 님에게, 상기한 월터 섄디는, 사용권을 점유권으로 양도하는 법령의 힘과 효력에 의하여, 양도와 매매 증서에 따라 일 년 간, 아래와 같이, 하사, 매매, 판매, 양도, 인증

---

58 독신녀.

하는 바이며, 전술한 일 년 간의 매매와 판매 시일은, 본 증서의 날짜 하루 전날 다음날이며, …… 지방 *샌디* 가의 **모든** 장원과 영지,──부수적인 모든 권리와, 부속물들, 종물들, 그리고 모든 가옥과, 주택, 건물, 헛간, 외양간, 과수원, 정원, 뒷마당, 언덕, 텃밭, 안뜰, 오두막, 토지, 초지, 목초지, 풀밭, 습지, 공유지, 총림, 덤불, 배수로, 양식장, 호수, 수로,──그리고 모든 임대료, 상속권, 부대 시설, 연금, 소작지, 기사 사례비, 예상되는 10분의 1세, 복귀 토지, 상속 상납금, 광산, 채석장, 중죄인과 탈주자의 가재 도구 일습, 그리고 마지막으로, 속죄물, 무료 조수 사육 특허권, 그외 모든 특허권 사용료, 영주의 특권과 권리, 관할권, 그리고 그외 모든 특권과 상속 재산,──**그리고** 성직 추천권, 기부금, 전술한 *샌디* 가의 교구 사제관 혹은 교구 목사관의 증정과 무료 양도, 그리고 온갖 10분의 1세, 십일조, 교회 소속 경작지, 그리고"──요컨대,──"어머니는 (그녀가 원하는 경우에) *런던*에서 해산하기로 했단 말씀입니다."

그러나 이런 종류의 혼인 계약서라면 너무나 용이하게 저질러질 수 있는, 어머니 쪽에서의 부정 행위를 막기 위해, 그리고 나의 삼촌 *토비 샌디*가 아니라면, 어느 누구도 생각해낼 수 없는,──아버지를 위한 안전 조항을 덧붙였는데, 그것은 다음과 같았습니다.──즉 "어머니가 추후로, 언제든지, 거짓 울음과 징후로, 아버지를 런던행의 번거로움과 지출로 괴롭힌다면,──그런 경우가 생길 때마다 그 조항에 대해 계약서가 부과한 권리와 자격을 박탈하며,──그러나 그 이상은 아니다,──등등, *toties quoties*.⁵⁹ 그런데 그 방법이 너무나 효과적이어서, 두 분 사이에 이런 계약서가 사실상 존재하지도 않는 것이나 마찬가지가 되고 말았습니

---

59 되풀이해서, 재삼재사.

다."—사실 이 조항은 합리적인 것이었으며,—합리적이기는 했지만, 나는 그 무게 전체가 내 위에 고스란히 떨어지게 된 연유에 대해 심각하게 생각해보지 않을 수 없었습니다.

나는 불행 속에 잉태되어 태어났으며,—가엾은 어머니는, 바람 때문이었는지 물 때문이었는지,—혹은 양자 모두의 복합적인 원인 때문이었는지,—아니면 그 어느 쪽도 아니었는지,—혹은 그것도 아니라면 넘쳐나는 그녀의 상상과 공상 때문이었는지,—혹은 임신을 너무나 원하고 소망한 나머지, 판단력을 잃어버렸기 때문이었는지,—간단히 말하자면, 그 일과 관련해 그녀가 속았는지, 속였는지, 결론을 내릴 수가 없었습니다.[60] 무슨 말인고 하니, 내가 태어나기 한 해 전인, 1717년 9월 하반기에, 어머니는 본의 아니게 아버지를 런던으로 모시고 가게 되었고,—아버지는 바로 그 조항을 단호히 주장했으며,—결국 나는 혼인 계약서 때문에 코가 납작하게 짓눌려, 애초에 코 없이 태어난 것이나 다름없는 신세가 되고 말았습니다.

어떻게 이런 사태가 벌어졌는지,—그리고 내 인생의 고비마다, 신체의 일부가 상실, 아니 압축되었다는 이유로, 끊임없이 짜증스런 좌절감에 시달린 이야기는,—때가 되면 독자들께 밝히겠습니다.

---

[60] 어머니의 '상상 임신' 사건.

제16장

당연한 일이겠지만, 아버지는 기분이 몹시 상한 채 어머니를 모시고 다시 시골로 내려올 수밖에 없었습니다. 아버지는 아버지대로, 어머니는 어머니대로, 단 1실링도 낭비할 필요가 없는 돈이었다는 아버지의 주장에, 그 망할 놈의 돈을 생각하며, 두 분 모두 처음 20 내지 25마일 정도는 초조함과 짜증스러움에 시달렸으며,—무엇보다 아버지를 화나게 만든 것은 바로 그 시기가 문제였는데,—말씀드린 바와 같이 때는 9월의 끝 무렵이었으며, 아버지가 아끼는 담넝쿨 과일들이 영글어가고, 특히 자두가 무르익을 즈음이었습니다.—"일 년 중 다른 때였다면 엉뚱한 용무로 *런던*에 불려 올라갔다 해도, 아버지는 단 한마디의 불평도 하지 않았을 것입니다."

말을 두 번 교체[61]할 때까지는, 아들을 얻지 못했다는 심한 충격에, 아무 말도 할 수 없었으며, 사실 아버지는 마음속으로, 큰아들 *바비*가 신통치 않을 경우에는, 노후에 집안의 두번째 기둥을 삼으리라고 생각하며, 수첩에 이미 그렇게 적어놓았던 것입니다. "아버지 말씀이, 이번 일로 인한 실망은, 생각이 있는 사람에게는, 여행 경비 등등을 합산한 것의 열 배나 더한 것이며,—그놈의 120파운드는,—하나도 아깝지 않다는 것이었습니다."

그리고 스틸턴에서 *그랜섬*까지 가는 동안 아버지를 가장 화나게 만든 것은, 친구들의 애도와, 다음주 일요일 교회에서 연출하게 될 두 사

---

61 장거리 여행에서는 마차를 끄는 말을 일정한 구간마다 교체하였다.

람의 바보스런 모습이었으며,——풍자적인 열정으로 가득한 그의 기지가, 신경질로 다소 날카로워져, 아버지는 익살맞고 자극적인 설명을 늘어놓으며,——교인들 앞에서, 아내와 자신의 고통을 다각적인 방식과 태도로 보여주겠다고 결심했으며,——어머니는 이 두 역참(驛站) 사이가 정말이지 너무나 희비극적이어서, 이 끝에서 저 끝까지 가는 동안, 단숨에 웃고 울기를 거듭했다는 것이었습니다.

그랜섬에서 트렌트 강을 건널 때까지, 아버지는 이번 일이 어머니가 그에게 뒤집어씌운, 비열한 속임수 내지는 사기라고 생각하며 분개했습니다.——그는 계속해서 이렇게 중얼거렸습니다. "여자가 스스로에게 속을 리는 절대 없어.——혹시 그렇다면,——그 허약함이란!"——고통스런 말이었지요! 이로 인해 아버지의 상상력은 가시 돋친 춤을 추기 시작했고, 그 춤이 미처 끝나기 전에 그를 온통 뒤흔들어놓았으며,——*허약함*이란 단어가 확실하게 입 밖으로 나와 그의 뇌리 속에 꼭 박혀버렸기 때문에,——아버지는 어쩔 수 없이 허약함의 종류를 분석하기 시작했으며,——육체적인 허약함,——정신적인 허약함,——또한 이 모든 고통의 원인이 그에게 있는 것인지, 또한 그에게 있다면 어디까지 있는 것인지, 마음속에서 삼단 논법으로 추론해보며 한두 구간을 지났습니다.

이 한 가지 일 때문에 수많은 자잘한 걱정거리들이 생겨나, 계속해서 아버지의 머릿속을 떠다니며 괴롭히는 바람에, 어머니는, 상경길은 어땠는지 모르겠지만, 귀향길은 거북하기 짝이 없었습니다.——다시 말해, 숨이 붙어 있는 사람이라면 누구든 아버지 때문에 인내심이 바닥났을 것이라고, 어머니가 토비 삼촌에게 말했다는 것입니다.

제17장

　이미 말씀드렸지만, 아버지의 귀향길은 결코 기분좋은 것이 아니었고,—내려오는 동안 내내 흥!과 체!로 일관했으나,—가장 결정적인 부분은 발설하지 않는 절제력을 보였는데,—사실은 *토비* 삼촌이 덧붙인 혼인 계약서 조항이 아버지에게 부여한 권한을 십분 활용하려는 마음을 먹고 있었으며, 열세 달이 지난 후 내가 잉태된 바로 그날 밤이 될 때까지, 어머니는 아버지의 계획을 전혀 눈치채지 못하고 있었으며,—여러분이 기억하시는 대로, 약간 분이 나고 화가 난 아버지는,— 그후 어느 날 침실에서 무거운 목소리로 어머니와 대화를 나누며 앞일을 의논하던 중,—두 분 사이에 맺은 혼인 계약 사항을 준수하기 위해 최대한의 노력을 기울여야 한다는 것을 어머니에게 상기시키며, 그렇게 하기 위해서는 작년 여행에 대한 셈을 맞추기 위해 다음 아이는 시골에서 해산해야 한다고 주장했습니다.
　아버지는 덕이 많은 신사였으나,—그의 기질에는 앞뒤가 맞지 않는 면이 있었습니다.—좋게 말하자면 인내심이고,—나쁘게 말하자면 고집이라 하겠는데, 아버지의 이런 성질을 너무나 잘 알고 있었던 어머니는 항의해보았자 아무런 소용이 없다는 것도 알았기 때문에,—가만히 앉아, 이 기회를 최대한으로 이용하자는 결심을 했습니다.

제18장

    그날 밤 합의한 바로는, 아니 두 분이 결론짓기로는, 나를 시골에서 해산하기로 했기 때문에, 어머니도 나름대로 조치를 취했으며, 아이가 들어선 지 사흘쯤 되던 날부터, 앞에서 여러 번 언급한 바 있는 바로 그 산파에게 눈길을 주기 시작했으며, 한 주가 채 가기도 전에, 어차피 저 명한 닥터 매닝햄[62]을 부를 수 없을 바에야, 어머니는 결정을 내리기로 했으며,—불과 8마일 밖에 과학적인 외과 의사가 있었고, 그는 조산술에 대한 5실링짜리 책을 집필했을 뿐 아니라, 그 책에는 산파들의 실책이 폭로되어 있고,—태아가 거꾸로 들어서는 경우 아기를 좀더 신속하게 끄집어낼 수 있는 방법과, 그 외 태아가 세상에 나오는 데 방해가 되는 여러 다른 증상들에 대한 다양하고 진기한 개선점들도 들어 있었으나, 그럼에도 불구하고, 어머니는 놀랍게도, 당신과 나의 목숨을, 다른 누구도 아닌 그 나이 많은 여인의 손에 맡기기로 굳게 결심했던 것입니다.—여기서 한 가지 바람직하게 생각하는 바는,—언제든지 우리가 원하는 것을 얻지 못할 때는,—절대 차선을 선택해서는 안 된다는 것인데,—그렇게 되면 말할 수 없이 비참해지기 때문이며,—내가 세상에 교훈을 남기기 위해 이 책을 집필하고 있는,—1759년 *3월* 9일,—오늘부터 꼭 일주일 전에,—사랑스런 *제니*[63]는 1야드에 25실링 하는 실크를 흥정하던 중, 내 표정이 약간 시무룩해지는 것을 보고,—포목상에

---

[62] 리처드 매닝햄 경은 당시 유명했던 산부인과 의사.
[63] 제니는 당시 스턴이 관심을 가졌던 캐서린 포맨틀이라는 여가수를 가리키는 것으로 생각된다.

게, 너무 귀찮게 해서 미안하다고 말하며,―당장 야드당 10펜스짜리 물건을 1야드 구입하는 것이었습니다.―이것은 동일한 탁월한 인간성의 복사판이라고 할 수 있으며, 어머니의 경우 다소 명성이 떨어지는 이유는, 그런 처지에 있는 사람이라면 당연히 그랬겠지만, 사태를 격렬하고 모험적인 극단으로까지 몰고 가지는 않았기 때문인데, 그 산파는 실제로 어느 정도 의지할 만한 자격을 갖추고 있었고,―성공이라는 측면에서 말하자면 그렇다는 것이며, 20년 가까이 교구민들을 돌보는 사이, 수많은 어머니들의 자녀들을 세상에 나오게 했으나, 그녀의 잘못으로 여겨지는 실수나 사고는 단 한 건도 없었습니다.

　이러한 사실이 나름대로 설득력을 갖긴 했지만, 어머니의 선택에 대한 불안감과 주저를 떨쳐버리지 못하고 있던 아버지의 마음을 충분히 풀어주지는 못했습니다.―이런 상황에서는 어떤 장애물도 남겨두지 말기를 요구하는, 자비와 정의의 일반적인 섭리에 대해,―또한 부부와 어버이로서의 소망에 대해 굳이 언급하지 않더라도,―*샌디*홀에서 해산하다가 아내와 아이에게 무슨 일이라도 생기는 경우 자신이 당하게 될 갖가지 불행들을 생각하며,―아버지는 이번 일만은 제대로 되어야 한다고 유난히 걱정을 했습니다.―세상은 사람을 결과로 판단하게 마련이니, 그런 불행이 닥친다면, 그가 모든 비난을 짊어지게 되어, 고통만 더해질 것을 알고 있었던 것입니다.―"아아, 안타깝게도!―*샌디* 부인이 소원대로 런던으로 가서 해산하고 내려왔더라면 얼마나 좋았을까,―들리는 바로는, 그녀가 무릎을 꿇고 빌고 빌었다던데,―그리고, 사실, *샌디* 씨가 아내 덕에 얻은 재산을 생각하면,―부인 말에 따르는 것도 그리 대단한 일은 아닐 텐데, 그랬더라면 부인과 아이는 지금 살아 있을 것이 아닌가."

　이런 외침에 아버지는 반박할 말이 없었지만,―사실 이번 일에 대한 아버지의 지나친 염려는, 자신의 이익만을 위한 것은 아니었으며,─게다가 자식과 아내만을 위한 것도 아니었으니,─아버지는 폭넓은 관점을 가지고 모든 일을 판단했으며,─무엇보다도, 공익에 대한 깊은 관심으로, 한 가지 불운한 일이 잘못된 방향으로 이용되는 것을 우려했기 때문입니다.

엘리자베스 여왕 시대부터 오늘날에 이르기까지, 정치 저술가들이 만장일치로 동의하고 애석해하는바, 사소한 일로, 사람과 돈의 흐름이 런던으로 향한다는 것이며,─이 흐름이 너무나 강하여,─민권에 위협이 될 정도라는 사실을 아버지는 통감하고 있었는데,─사실 그는,─흐름이라는 이미지를 그리 좋아하지 않았으며,─아버지가 선호하는 비유는 *질병*으로서, 완벽한 비유를 하나 만들어보자면, 국가든 개인이든, 혈액과 기운이 지나칠 정도로 급하게 머리로 빨려 올라가면 다시 아래로 내려가기 힘들기 때문에,─혈액 순환이 정지되고, 양자 모두 죽음으로 끝난다는 사실입니다.

아버지는, 우리의 자유를 위협하는 것이 프랑스의 정치나 침략이 아니며,─또한 우리 사회에 만연한 부패나 독설적인 해학 때문에 질병의 고통을 겪는 것도 아니고,─사실 예상만큼 그리 심하지는 않기를 간절히 바라는 마음이지만,─아버지가 진실로 두려워하는 것은 갑작스럽고 난폭한 공격에 의해, 우리 모두가, 한꺼번에, 국가적인 뇌졸중에 빠지는 것이라며,─ *하나님 자비를 베푸소서* 하고 말했습니다.

아버지가 질병에 대해 이야기하면서,─치료법을 덧붙이지 않는 경우는 결코 없었습니다.

"내가 절대 군주였다면," 그는 안락의자에서 일어나, 두 손으로 바지를 치켜올리며 말했습니다. "런던의 각 통로마다, 능력 있는 재판관을 두어, 그곳으로 들어가는 모든 얼간이들의 업무를 조사하여,─공정하고 합법적인 심의에 따라, 그들의 업무가, 짐짝과 보따리에, 아내와 자식들, 소작인의 아이들 등등을 뒤에 달고 집을 떠나올 만큼 중요하다고 여겨지지 않을 경우에는, 이들이 합법적인 거주지에 다다를 때까지, 부랑자들과 마찬가지로, 사실이 그렇지만, 경찰서에서 경찰서로 보내도록 하겠어. 이렇게 한다면 런던이 스스로의 무게 때문에 비틀거리는 것을 막아, 앞으로는 몸에 비해 머리가 지나치게 커지는 일이 없도록 하고,—지금은 쇠약하여 힘을 쓰지 못하고 있는 이 나라 구석구석까지, 마땅히 가야 할 영양분을 섭취하도록 하여, 타고난 활력과 미모를 되찾도록 하겠어.—그리고 우리 영토 내의 목초지와 밭이 노래하고 웃으며,—다시 한 번 갈채와 환대가 넘쳐나도록 하고,—이 나라 시골 지주들의 손에 책임과 영향력을 부여하여, 귀족들이 이들로부터 가져가는 것과 균형을 이루게 하자는 것이지."

"아름다운 프랑스의 시골에서 궁전과 대저택을 찾아보기 힘든 이유가 무엇인지 아는가?" 아버지는 방안을 서성이며, 감정을 넣어 물었습니다. "몇 채 남지 않은 저택들이 쓸모없게 되고,—가구도 없이, 황폐하고 적막하게 된 것이 언제부터인지 알고 있는가?"—(아버지가 덧붙였습니다) "그 이유는, 전원 생활에 호기심을 갖는 사람들이 아무도 없기 때문이고,—그나마 그들에게 남아 있는 약간의 호기심은, 모두 궁정과 군주의 시선으로만 집중되어, 군주의 표정이 맑다거나, 구름이 한번 지나가는 것으로도, 모든 프랑스인의 목숨이 왔다 갔다 하는 것이지."

어머니가 시골에서 해산하다가 생길 수 있는 가능한 모든 불행한 사태를 절대적으로 막아야 한다는 결심을 하게 된 또 다른 정치적인 이유는,—어떤 연유로든 이런 일이 생길 경우, 지주 계급을 비롯하여, 그와 동일한, 혹은 그보다 높은 계급의 아내들에게 이미 심하게 기울어져 있는 힘의 균형이, 그녀들에게 더욱 쏠리는 것을 피할 수 없게 되고,—

뿐만 아니라 이들이 지속적으로 빼앗아 확보하고 있는 다른 권리들과 함께,―결국 하나님의 천지 창조 때 확립된 가정 내의 왕정 체제가 치명적인 상처를 입을 수밖에 없다는 것이었습니다.

이 문제에 대해 아버지는 로버트 필머 경[64]의 주장을 전적으로 따르고 있는데, 그의 말에 의하면 동방의 모든 위대한 제국들의 체제와 제도는, 원래, 가정과 부권의 훌륭한 모형과 본을 빌린 것인데,―백 년 이상 흐르는 동안, 서서히 혼합형의 체제로 퇴보하였으며,―이런 제도는 인구가 많은 경우에는 바람직할 수 있지만,―규모가 작은 경우에는 골치 아플 뿐이며,―가져다 준 것이라고는 불행과 혼란 외에는 아무것도 없다는 것이었습니다.

어찌 되었든 이와 같은 사적이고 공적인 모든 이유를 종합한 결과,―아버지는 그 외과 의사에게 산파일을 맡기자고 완강히 고집했으며,―어머니는 완강히 반대했습니다. 아버지는 어머니에게, 이번 한 번만 어머니로서의 특권을 철회해달라고 빌고 간청했으며, 그가 어머니를 위해 선택할 수 있게 해달라고 부탁했으나,―어머니는, 반대로, 스스로를 위해 선택할 특권을 주장하며,―그 산파 여인 외에는 어느 누구의 도움도 받을 수 없다고 말했습니다.―아버지가 어쩌겠습니까? 어찌할 바를 몰라,―어머니를 설득하기 위해 온갖 방법을 다 동원했으며,―다양한 각도로 논쟁을 시도하기를,―기독교 신자로서,―이교도로서,―남편으로서,―아버지로서,―애국자로서―남자로서 호소했습니다.―그러나 어머니는 모든 경우에 여자의 입장에서만 응답했으며, 사실 어머니로서는 쉬운 일이 아니었는데―그녀는 이처럼 다양한 성격을 가정하고 싸울 능력이 없었을 뿐 아니라,―7 대 1이었으니,―상대도 되지 않았습

---

[64] 17세기 영국의 보수적인 정치 작가로 자신의 저서 『파트리아카』(1680)에서 국가는 가족과 같고 왕은 아버지이기 때문에 국민들이 순종해야 한다는 이론을 폈다.

니다.—어떻게 하겠습니까?—어머니의 강점은 (이것만 아니었어도 확실히 패하였겠지만) 사적인 원통함이 보강제 역할을 하며 그녀를 지지해주었다는 것인데, 이 때문에 아버지와 동일한 형편에서 이 문제를 논의할 수 있었고,—결국 두 분 모두 *테데움*[65]을 노래했습니다. 결론적으로 말해, 어머니는 산파 여인을 부를 수 있게 되었고,—아버지와 *토비* 삼촌은 그 외과 의사와 함께 뒷 거실에서 술을 한잔하는 것이 허락되었으며,—그 의사는 대가로 5파운드를 받기로 했습니다.

　이번 장을 끝내기 전에, 아름다운 독자의 마음에 절차 정지[66]를 신청하는 것을 양해해주시기 바라며,—다름아니라,—무심결에 던진 한두 마디 때문에,—'내가 기혼이라고,'—무조건 생각하지 말아달라는 것입니다.—사랑스런 *제니*의 애틋한 이름에 걸고 고백하건대,—여기저기, 부부 생활에 관해 아는 척을 했으니, 세상 누구보다 공정한 재판관이라 해도 오해하는 것이 당연하겠지요.—이 자리에서 부인께 한 가지 요청하고 싶은 것은 절대적인 공정함으로서, 나에 대해, 지금보다 좀 더 확실한 증거가 나오기 전까지는, 지레짐작으로 선입견을 갖지 말아주신다면, 나에게나 부인께나 공평하지 않을까 하는 생각입니다.—그렇다고 사랑스런 *제니*가 내 첩이라도 된다고 생각해주기를 바랄 정도로, 내가 어리석고 불합리한 사람은 아니며,—아니,—사실 그런 생각은 내 성격의 반대쪽 극단에서 찬사를 보내주는 것이니, 나에게는 그럴 만한 자격이 없음에도 신선한 미풍을 더해줄 뿐입니다. 말씀드리고 싶은 것은, 몇 권을 더 읽기 전까지는, 부인뿐 아니라, 세상에서 가장 통찰력 있는 사람이라 하더라도, 실제로 어떻게 된 사연인지 알 수 없다는 사실입니다.—이름처럼 아름다운, 나의 사랑스런 *제니*! 제니가 내 딸

---

65 「주님께 찬양을 돌리세」는 전통적인 찬송가로서, 전쟁이나 전투 후에 많이 불렀다.
66 (소송 따위의) 절차 정지 신청.

일 가능성도 있지 않겠습니까.— 한번 생각해보십시오— 나는 18년에 태어났으니 말입니다.— 제니가 내 친구라 해도 결코 얼토당토한 허황된 가정은 아니겠지요.— 친구!— 내 친구.— 사실 말이지, 부인, 이성간의 우정도 ……없이 지속되고, 보전될 수 있으니 말입니다.— 저런, *섄디 씨!*— 부인, 내 말은, 다른 것 없이, 이성간의 우정에 섞여 있게 마련인 애틋하고 감미로운 정서만으로도 가능하다는 얘기입니다. 프랑스의 대표적인 로맨스 소설의 순수하고 감상적인 부분을 자세히 읽어보라는 부탁을 드리고 싶은데,— 감미로운 감성들이, 온갖 순결한 표현으로 치장된 것을 읽어보신다면 놀라움을 금치 못하리라고 말씀드릴 수 있는 것을 영광으로 생각하는 바입니다.

제19장

아버지처럼 감수성이 풍부하고,— 독자들도 아시다시피 지식도 많고, 철학적이며,— 정치적인 논리와,— 수사학에도 (곧 알게 되겠지만) 정통한 분이,— 이렇게 상식에서 벗어난 생각을 갖게 된 연유를 설명하느니 차라리 어려운 기하학 문제를 푸는 편이 더 용이하리라는 생각이 듭니다.— 내가 더욱 불안해지는 이유는 성질이 좀 격한 독자라면 당장에 책을 집어던지고, 쾌활한 독자라면 파안대소하며,— 진지하고 무뚝뚝한 성향이라면, 별나고 허황한 일이라고 단정지을지도 모르기 때문인데, 다름아니라 이름을 선택하고 붙이는 문제로서, 아버지는 일반적으로 생각하는 것보다 사람의 이름이 훨씬 많은 것을 좌우한다고 여겼습니다.

이름에 관한 아버지의 생각은, 그의 말을 빌리자면, 좋은 이름이든 나쁜 이름이든, 각각 불가사의한 특성이 있어, 우리의 성격과 행동에 반드시 각인된다는 것입니다.

세르반테스의 주인공[67]도 이 문제에 대해 아버지보다 깊이 있게 논하지는 못했으며,―그의 확신도 아버지에 미치지 못했고,―그의 행동에 불명예를 더해주는 이와 같은 마술적인 힘에 관해서도,―또는 영광을 더해주는 둘시네아의 이름에 관해서도, 아버지가 트리스메기스투스나 아르키메데스,―그리고 니키와 심킨[68]에 관해 논한 것보다 충실하게 논하지 못했습니다. 아버지는 수많은 카이사르와 폼페이우스가, 그 이름의 영감만으로도, 이름 값을 했다는 소리를 들었다고 생각했습니다. 그리고 덧붙이기를, 훌륭한 자질을 타고난 수많은 사람들이, 성격과 기질이 의기소침하기 짝이 없는 니고데모[69]라는 이름이 붙어 쓸모없게 되었다고 합니다.

아버지는 이렇게 말했겠지요. "선생, 선생의 표정을 보니(아니 결과적으로 보아),―내 의견에 전적으로 동의하시지 않는 모양인데, 밑바닥까지 엄밀히 따져보기 전에는,―단단한 논지가 있다기보다는 허황해 보이는 게 당연하며,―선생, 제가 감히 선생의 성품을 잘 안다는 가정

---

67 돈 키호테는 보잘것없는 시골 처녀에게 둘시네아라는 고상한 이름을 붙여주고 그녀에게 헌신한다.
68 헤르메스 트리스메기스투스는 신플라톤 학자들이 이집트의 지혜 · 예술 · 과학의 신, Thoth에게 붙인 이름으로서, 점성술이나 연금술 등의 창시자이며 그리스 신화의 헤르메스Hermes와 동일시되는데, 그가 Hermetica를 저술했다고 한다. 아르키메데스는 고대 그리스의 수학자이다. 니키와 심킨은 니콜라스와 사이몬, 혹은 시미언의 애칭으로서, 월터 샌디가 선호하는 품위 있는 이름과 대조를 이룬다.
69 『신약성서』의 「요한복음」(3장 1~12절, 7장 45~53절)에 따르면 니고데모는 자신의 믿음이 공개되는 것을 두려워하여 한밤중에 몰래 그리스도를 방문하는데, 그로 인해 그의 이름은 약하고 소심한 성격을 상징하게 되었다.

하에 말씀드립니다만,―선생을 논쟁 당사자가 아니라,―재판관으로 생각하고 이번 일을 진술하여도 아무런 문제가 없을 것이라고 확신하며, 저의 항소를 선생의 판단력과 공정한 논지에 맡기는바,―선생은 다른 사람들과 달리, 교육이 낳은 편협한 편견에서 자유로운 분이며,―감히 선생의 속내를 좀더 잘 안다고 가정한다면,―동조자가 없다는 이유만으로 남의 의견을 짓밟아버리는 일이 없는, 천재의 관대함을 지닌 분이기 때문입니다. 선생의 아들!―선생의 귀한 아들의 상냥하고 대범한 성품에서 많은 것을 기대하시겠지요.―선생의 아들, 빌리 말입니다!―어떤 일이 있어도, 아드님의 이름을 유다라고 하시지는 않겠지요?"―그리고 아버지는 손을 당신 가슴에 얹고, *argumen-tum ad hominem*[70]의 특성상 필수적인, 품위 있는 태도와, 특유의 부드럽고 매혹적인 *피아노*[71]의 목소리로 물었겠지요.―"선생, 선생이라면, 유대인 대부[72]가 그 이름을 제안하며, 돈주머니도 함께 내어놓는다고, 아드님에 대한 그와 같은 신성 모독에 동의하시겠습니까?"――아버지는 하늘을 쳐다보며 계속 말했겠지요. "제가 선생의 성품을 제대로 알고 있다면, 하늘에 맹세코, ―그렇게는 못 하실 것이며,―그 제안을 밟아 뭉개버리고,―그 유혹에 혐오감을 더해 유혹한 사람의 머리에 던져버리실 겁니다."

"이러한 선생의 행동의 탁월한 정신에 경의를 표하는 바이며, 이번 거래에서 선생이 보여준 돈에 대한 경멸은, 진정으로 고귀한 것으로서, ―무엇보다, 그 원리에 고귀함이 있으니,―다름아니라, 바로 이 가설에 진실성과 확실성을 부여하는 부모의 사랑으로서, 선생의 아들 이름이 유다였다면,―그 이름과 붙어다니게 마련인, 탐욕스럽고 불충한 의

---

70 상대방의 개인적인 편견에 호소한다는 의미.
71 '부드럽게' 라는 의미의 음악 용어.
72 대부가 영세에 입회하여 이름을 지어주는 역할을 한다.

도가, 그를 그림자처럼 평생 쫓아다녀, 선생의 모범에도 불구하고, 결국 그를 수전노나 불량배로 만들어버릴 것이기 때문입니다."

나는 지금까지 위의 가설에 성공적으로 응대하는 사람을 만나본 적이 없습니다.―사실, 아버지를 솔직하게 묘사하자면,―연설과 토론에서 그를 당할 사람이 없었으며,― θεοδίδακτος [73]―타고난 웅변가였습니다.―그의 입술에는 확신이 매달려 있었고, 논리학과 수사학의 원리들을 훌륭하게 융화시켰으며,―무엇보다, 상대방의 약점과 열정을 빈틈없이 알고 있었기 때문에,―조물주가 벌떡 일어나,―"이 사람은 말을 잘한다"라고 말할 것만 같았습니다. 따라서 아버지가 논쟁의 유리한 입장에 있든 불리한 입장에 있든, 그를 공격하는 일은 지극히 위험했습니다.―그러나 한 가지 이상한 점은, 그는 키케로, 퀸틸리아누스, 이소크라테스, 아리스토텔레스, 롱기누스[74] 등 고전 작가들의 작품을 읽은 적이 없으며,―보시우스, 스키오피우스, 라무스, 파르나비 같은 현대 작가들의 작품도 읽은 적이 없고,―더욱 놀라운 점은, 일생 동안, 단 한 번도 크래켄소르프, 버거디시우스, 혹은 그 외 네덜란드 논리학자나 주석학자에 관한 강연을 듣고 마음속에 날카로운 불꽃 혹은 섬광이 튄 적도 없었으며,[75]―아버지는 *ad ignorantiam*[76]의 논쟁과 *ad hominem*의 논쟁이 무엇인지 그 차이도 알지 못했으나, 내가 분명히 기억하는 바로는, ＊＊＊＊의 지저스 칼리지[77]에 등록하기 위해 아버지와 함께 갔을 때,―그는 훌륭하신 지도 교수님과, 학문이 심원한 몇몇 학자들을 놀라

---

73 신이 가르쳐준.
74 롱기누스Longinus는 작자 미상의 1세기 작품인 『숭고의 이론*On the Subline*』의 저자에게 붙여진 이름이다.
75 트리스트럼은 고대와 르네상스 시대의 논리학과 수사학의 권위자들을 나열하고 있다.
76 논쟁의 주제에 대한 상대방의 무지를 이용하는 것.
77 스턴은 케임브리지 대학 지저스 칼리지에서 공부했다.

게 만들었는데,—연장의 이름도 모르는 사람이, 그 연장을 사용하여 그 토록 훌륭하게 작업을 한다는 사실이 말 그대로 경이로웠습니다.

그러나 아버지는 평소에, 그런 연장을 가지고 최선을 다해 일하지 않으면 안 되게끔, 끊임없이 종용받았으며,—갖가지 희극적이고 회의적인 개념들을 방어해야만 했는데,—내가 알기로는, 이런 개념들은 대부분 처음에는 일시적인 기분으로, 혹은 *vive la Bagatelle*[78]로 시작되어, 아버지는 30분 정도 즐기며 기지를 갈고 닦은 뒤, 다음 기회가 올 때까지 잊어버리려고 했던 것들입니다.

내가 이런 이야기를 하는 이유는, 아버지의 다양하고 기묘한 신념들이 어떻게 발달하고 확립되었는지 가정하고 추측하기 위한 것일 뿐 아니라,—다년간 우리 머릿속을 자유롭게 아무런 방해 없이 출입하다가,—결국 거기 똬리를 틀고 앉아,—때로는 누룩 같은 역할을 하기도 하지만,—대개 부드러운 열정같이, 농담으로 시작했다가,—진담으로 끝을 맺는 이런 손님들에 대한 경솔한 환대를 경계하라는, 박식한 독자들에게 보내는 경고이기도 합니다.

그 원인이 아버지의 기묘한 사고방식에 있었는지,—혹은 그의 판단력이, 결국, 그의 기지에 희생되었기 때문인지,—그리고 설사 기묘하다 하더라도, 그 많은 개념들 가운데 어디까지가 옳은지는,—독자가, 그때그때 결정할 일이겠지요. 다만 여기서 짚고 넘어가야 할 것은, 이 문제, 즉 이름의 영향에 대해, 시작이야 어찌 되었든, 아버지는 매우 심각했다는 사실이며,—일관성이 있었고,—체계적이었으며, 대부분의 체계적인 추론자들이 그렇듯이, 자신의 가설을 뒷받침하기 위해서라면, 하늘과 땅을 움직이고, 자연에 있는 모든 것을 비틀고 쥐어짰습니다. 요

---

78 경솔함 만세.

컨대—아버지는 심각했으며,—그 결과, 알 만한 사람들이,—강아지 이름을 폰토 혹은 *큐피드*라고 붙이듯이,—혹은 그보다 더 부주의하고 무심하게 자녀의 이름을 지을 때면, 모든 인내심을 잃고 말았습니다.

아버지는 정말 불행한 일이라고 말하며,—사람의 명성이 더럽혀진 경우에는 다시 깨끗하게 할 수 있고,—그 사람의 생전이 아니라면, 사후에라도 언젠가는,—어떻게든, 세상에서 바로잡을 수 있지만, 나쁜 이름이 부당하고 지각없이 붙여지는 경우에는, 이보다 훨씬 심각하다고 했습니다. 아버지 말씀에 따르면, 이와 같은 상처는 절대 회복할 수 없으며,—의회의 결의가 있다 해도 가능할지 의심스럽다는 것이었습니다.—독자들과 마찬가지로, 아버지도 성씨에 대한 권한이 입법부에 있다는 사실은 알고 있었으나,—그가 알고 있는 몇 가지 분명한 이유 때문에, 입법부는 거기서 한걸음도 더 나가려 하지 않는다는 것이었습니다.

이미 말씀드린 대로, 아버지는 이런 신념 때문에, 특정한 이름에 대한 강한 호감과 반감을 가지고 있었으나,—대부분의 이름은 아버지 앞에서 정확히 균형을 유지하여, 좋지도 나쁘지도 않은 부류에 속했습니다. *잭, 딕, 톰* 같은 이름이 여기에 포함된다고 하겠지요. 아버지가 이런 이름을 중립적인 이름이라고 부르며, 아무런 비난 없이 승인한 이유는, 창조 이래로 이런 이름을 가진 사람들 가운데, 건달이나 얼간이의 숫자와 현명하고 선량한 사람의 숫자가 비슷하기 때문인데,—동일한 힘이 반대 방향으로 상반되게 작용할 때처럼, 상호간에 서로 상쇄하는 효과가 있어, 이런 이름을 선택하는 일은 까다로울 게 없다는 말입니다. 형님의 이름인 *바비*도 이런 중립적인 이름의 하나로서, 어느 쪽으로도 치우침이 없다고 하겠으며, 형의 이름을 지을 때 아버지는 엡섬[79]에 출

---

79 엡섬 Epsom은 광천수와 경마로 유명한 관광지.

타 중이었기 때문에,—그만하기 천만다행이라고 여러 번 감사했습니다. 그는 앤드루라는 이름은 대수학에서 음수(陰數)와 같아서,—영보다 못한 것으로 여겼습니다.—윌리엄은 꽤 높은 위치에 있었으며,—넘프스는 아버지의 호감을 전혀 얻지 못했고,—닉은 사탄의 이름이라는 평가를 받았습니다.[80]

그러나, 세상 모든 이름들 가운데, 아버지는 트리스트럼[81]에 대해 가장 극복하기 힘든 혐오감을 가지고 있었으며,—지극히 천박하고 비열한 것 외에는, 어떤 *rerum naturâ*[82]도 나올 수 없고, 세상에서 가장 경멸스럽고 비열한 이름이라고 생각했습니다. 따라서 이런 논쟁이 있을 때마다, 아닌 게 아니라 아버지는 자주 이런 논쟁을 벌이곤 했는데,—때로는 힘찬 에피포네마[83]로, 아니 에로테시스[84]로 갑자기 대화를 끊고, 어조를 3도 내지는 5도까지 높여,—상대방에게, 기억나는 사람이 있는지,—읽은 적이 있는지,—즉 트리스트럼이라는 이름을 가진 사람이 기록에 남길 만한 위대하고 가치 있는 일을 했다는 이야기를 들은 적이 있는지 조목조목 따졌습니다.—"아니야,"—하고 아버지가 말했습니다.—"트리스트럼!—불가능한 일이야."

이와 같은 아버지의 이론을 책으로 써서 세상에 펴낸다 해도 아무런 손색이 없지 않겠습니까? 예민한 이론가라면 자신의 의견을 혼자서 주장하는 것만으로는 아무런 만족감을 얻지 못하며,—적당한 표출구를 마련해야 합니다.—아버지가 바로 그렇게 했는데,—내가 태어나기

---

[80] 넘프스 Numps는 '바보 혹은 멍청한 사람'을 의미하며, 사탄을 '닉' 혹은 '올드 닉'이라고 부르곤 했다.
[81] '슬픈 자' 라는 의미.
[82] 사물의 본질.
[83] Epiponema. 이야기를 끝맺음하는 감탄구.
[84] Erotesis. 수사적인 질문.

2년 전인 16년에, 그는 *트리스트럼*이라는 단어 하나로 논문을 쓰기 위해 심혈을 기울였는데,—그 이름을 그토록 혐오하는 이유를 공정하고 겸허한 태도로 세상에 알리려는 목적이었습니다.

이 이야기를 첫 페이지와 비교해본다면,—인정스런 독자는 마음속 깊이 아버지에 대한 연민의 정을 느끼지 않을 수 없을 것입니다.—좀 괴팍스럽긴 하지만, 모난 데 없는 사고를 가진,—논리적이고 너그러운 신사가,—온갖 엇갈린 의도에 극심하게 휘둘린 나머지,—무대 위를 내려다보자면, 그의 모든 이론과 소망은 좌절되고 파괴되어, 갖가지 사건들이, 비판적이고 매정하게, 지속적으로 그를 괴롭히는 바람에, 마치 그의 신념을 공격하는 것을 목적으로, 누군가 고의적으로 음모를 꾸몄다는 생각이 들 정도였습니다.—요컨대, 아버지를 지켜보자면, 연로하여, 불행을 감당할 힘이 없음에도 불구하고, 하루에도 수없이 비탄에 젖어,—하루에도 수없이 *트리스트럼*! 하고 기도하고 바라던 아들의 이름을 부르는 것이었습니다.—얼마나 우울하게 들리는 단어인가! 그의 귀에는, *니콤푸프*[85]를 비롯해, 하늘 아래 있는 모든 독설적인 이름과 동음어로 들렸습니다.—아버지의 넋에 맹세코!—어떤 악한 영혼이 인간의 계획을 방해하려 했다거나, 방해한 적이 있었다면,—바로 그때였던 모양이며,—내가 세례를 받기 전에 꼭 태어날 필요가 없었다면, 바로 지금 독자에게 그 이야기를 했을 것입니다.

---

85 바보, 멍청이.

제20장

── 부인, 앞 장을 정말 부주의하게 읽으셨군요! 거기서 분명히 말씀드렸을 텐데요, *우리 어머니는 가톨릭 교도가 아니라고*. ── 가톨릭 교도라고요? 작가 선생, 그런 말씀을 하신 적이 없어요. 부인, 재차 말씀드리지만, 분명히 말로 한 것이나 다름없이, 그런 일을 언질할 수 있는, 가능한 모든 방법을 동원하여, 직접적인 암시로 말씀드리지 않았습니까. ── 그렇다면, 작가 선생, 내가 한 페이지 놓쳤나 봅니다. ── 아닙니다, 부인. ── 부인은 한마디도 놓치지 않았습니다. ── 그렇다면 내가 졸았나 보군요. ── 그런 핑계는 제 자존심이 허락하지 않습니다. ── 그렇다면, 그 문제에 대해 전혀 모른다고 인정하겠습니다. ── 그래서 말인데요, 부인, 잘못은 부인께 있는 것으로 하겠으니, 그 벌로, 다음 마침표가 나오는 즉시 되돌아가, 앞 장 전체를 다시 읽으셔야 합니다.

내가 이런 고행을 그 부인에게 강요하는 이유는, 악의나 매정함 때문이 아니라, 선의에 의한 것이니만큼, 그녀가 다시 돌아오면 사과는 하지 않을 작정입니다. ── 이것은 그녀를 포함한 수많은 독서가들에게 퍼진 한 가지 바람직하지 못한 취향을 질책하기 위함인데, ── 다름아니라, 이런 종류의 책을, 반복해서 읽다 보면 얻을 수 있는 깊은 지식과 이해보다는, 흥밋거리를 찾아 계속 앞으로만 읽어나가는 것입니다. ── 우리의 정신은 책을 읽어나가며 지혜롭게 숙고하고, 흥미로운 결론을 내리는 데 익숙해야 하며, 이런 습관이 조카 플리니[86]로 하여금 "아무런 득

---

[86] 고대 로마의 작가이자 정치가였던 조카 플리니 Pliny the Younger(61~112)의 말은, 사실 숙부 플리니 Pliny the Elder(23~79)를 가리켜 언급한 것이다(『서한집

도 없을 정도로 나쁜 책은 읽은 적이 없다"고 단언하게 하지 않았습니까. 이러한 숙고와 적용 없이 훑어나간, 그리스와 로마 역사보다는,―숙고와 적용을 잊지 않고 읽은 *파리스무스*와 *파리스메누스*의 이야기나, 영국의 일곱 전사 이야기[87]가 훨씬 유익하다고 생각합니다.

―――여기 그 아름다운 부인이 오시는군요. 부인, 부탁드린 대로 앞 장을 다시 읽으셨습니까?―읽으셨다고요. 두번째로 읽으시면서, 제가 말씀드린 그 구절을 찾으셨습니까?―그런 말은 한마디도 없던걸요! 그렇다면, 부인, 앞 장의 마지막 부분에, 내가 "세례를 받기 전에 꼭 태어날 필요가 있었다"라고 말하는 대목이 있지 않습니까. 부인, 만약 어머니가 가톨릭 신자였다면, 그런 결론이 나오지는 않았겠지요.*

이와 같은 경향은 내 작품이나, 무엇보다 우리 문단에 커다란 불행이기 때문에.―여기서 이 문제를, 집중적으로 다룬 것이며,―무슨 일에 있어서든 새로운 모험을 추구하는 이런 열망이 우리의 습관과 기질에 너무나 강하게 파고들어,―그 열망의 성마름을 만족시키는데 온 정

―――
Letters』).
87 모두 영국의 옛날이야기.
* 로마 가톨릭 교회 전례서에는, 위험한 상황일 경우, 아기가 태어나기 전에 세례를 베풀 것을 명시하고 있는데,―다만, 세례자가 태아의 몸의 일부를 보아야 한다고 명시하고 있다.―그러나 1733년 4월 10일, 소르본 대학의 학자들이 논의한 끝에,―산파의 권한을 확대하여, 태아의 몸의 일부가 보이지 않더라도,―주입을 통해 세례를 베풀도록 결정했다.―*par le moyen d'une petite Canulle*(조그만 주입기를 사용하여).―Anglicé, *a squirt*(영어로는 *a squirt*).―성 토마스 아퀴나스는 신학적인 분규의 매듭은 잘 매고 푸는 비상한 머리를 가졌으면서도,―이 문제로 고생한 보람도 없이,―결국, 두번째는 *La chose impossible*라는 이유로 불가능하다는 결론을 내렸다.― "Infantes in maternis uteris existentes(성 토마스가 말하기를) baptizari possunt *nullo modo*"―오 토마스! 토마스! (토마스 아퀴나스는 그리스도 안에서 세례를 받고 다시 태어나기 위해서는 첫번째 탄생이 전제되어야 하기 때문에, 산모의 자궁에서 세례를 받는 것은 불가능하다는 의견이었다.) 소르본의 학자들에게 제출했던, 주입식 세례에 관한 문의서를 읽어보고 싶은 독자가 있을 것 같아,―이에 대한 그들의 심의 결과와 함께 다음에 실었다: 저자 주(이하 * 표시는 저자 주임).

신을 집중하여,—작품의 세속적이고 난잡한 부분들만 기억하는 것입니다.—학구적이고 미묘한 암시나 비밀스런 대화는 영혼처럼 위로 날아가버리고,——무거운 도덕은 아래로 빠져나가, 양자 모두 아직 잉크통 밑바닥에 남아 있는 셈이니, 아예 이 세상에 없는 것이나 마찬가지 아니겠습니까.

여성 독자가 놓치고 지나간, 그런 진기하고 신기한 것을 남성 독자도 그냥 지나치지 않기를 바랍니다. 그녀의 경우를 본보기로, 모든 선남선녀들이, 읽기뿐 아니라 사고하는 법도 배우기를 바라며—앞으로 효과가 있기를 기대합니다.

Memoire presenté a Messieurs les Docteurs de **Sorbonne***

Un Chirurgien Accoucheur, represente à Messieurs les Doctueurs de Sorbonne, qu'il y a des cas, quoique trés rares, où une mere ne sçauroit accoucher, & même où l'enfant est tellement renfermé dans le sein de sa mere, qu'il ne fait paroître aucune partie de son corps, ce qui seroit un cas, suivant les Rituels, de lui conférer, du moins sous condition, le baptême. Le Chirurgien, qui consulte, prétend, par le moyen d'une petite canulle, de pouvoir baptiser immediatement l'enfant, sans faire aucun tort à la mere.— Il demande si ce moyen, qu'il vient de proposer, est permis & légitime, et s'il peut s'en servir dans le cas qu'il vient d'exposer.

---

* Vide Deventer. Paris Edit. 4to, 1734, p. 366.

REPONSE

Le Conseil estime, que la question proposée souffre de grandes difficultés. Les Théologiens posent d'un côté pour principe, que le bapteme, qui est une naissance spirituelle, suppose une premiere naissance : il faut être né dans le monde, pour renaître en Jesus Christ, comme ils l'enseignent. S. Thomas, 3 part. quæst. 68. arctic. II. suit cette doctrine comme une verité constante : l'on ne peut, dit ce S. Docteur, baptiser les enfans qui sont renfermés dans le sein de leurs Meres, et S. Thomas est fondé sur ce, que les enfans ne sont point nés, & ne peuvent être comtpés parmi les autres hommes : d'où il conclud, qu'ils ne peuvent être l'object d'une action extérieure, pour recevoir par leur ministére, les sacremens nécessaires au salut : Pueri in maternis uteris existentes nondum prodierunt in lucem ut cum aliis hominibus vitam ducant; unde non possunt subjici actioni humanæ, ut per eorum ministerium sacramenta recipiant ad salutem. *Les rituels ordonnent dans la pratique ce que les théologiens ont établi sur les mêmes matiéres, & ils deffendent tous d'une maniére uniforme de baptiser les enfans qui sont renfermés dans le sein de leurs meres, s'ils ne font paroître quelque partie de leurs corps. Le concours des théologiens, & des rituels, qui sont les règles des diocéses, paroît former une autorité qui termine la question presente ; cependant le conseil de conscience considerant d'un côté, que le raisonnement des théologiens est uniquement fondé sur une raison de convenance, & que la deffense des rituels, suppose que l'on ne peut baptiser immediatement les enfans ainsi renfermés dans le sein de leurs meres, ce qui est contre la supposition presente; & d'un autre côté, considerant que les mêmes théologiens enseignent, que l'on peut risquer les sacremens qu' Jesus Christ a établis comme des moyens faciles, mais nécessaires pour sanctifier les hommes; & d'ailleurs estimant, que les enfans renfermés dans le sein de leurs meres, pourroient être capables de salut, parce qu'ils sont capables de damnation; — pour ces considerations, & en égard à l'exposé, suivant lequel on assure avoir trouvé un moyen certain de baptiser ces enfans ainsi renfermés, sans faire aucun tort à la mere, le Conseil estime que l'on pourroit se servir du moyen proposé, dans la confiance qu'il a, que Dieu n'a point laissé ces sortes d'enfans sans aucuns secours, & supposant, comme il est exposé, que le moyen dont il s'agit est propre à leur procurer le baptême; cependant comme il s'agiroit, en autorisant la pratique proposée, de changer une règle universellement établie, le Conseil croit que celui qui consulte doit s'addresser à son évêque, & à qui it appartient de juger de l'utilité, & du danger du moyen proposé, & comme, sous le bon plaisir de l'évêque, le conseil estime qu'il faudroit recourir au Pape, qui a le droit d'expliquer les règles de l'église, et d'y déroger dans le cas, où la loi ne sçauroit obliger, quelque sage & quelque utile que paroisse la manière de baptiser dont il s'agit, le conseil ne pourroit l'approuver sans le consours de ces deux autorités. On conseille au moins à celui qui consulte, de s'addresser à son évêque, & de lui faire part de la presente décision, afin que, si le prelat entre dans les raisons sur lesquelles les docteurs soussignés s'appuyent, il puisse être autorisé dans le cas de nécessité, où il risqueroit trop d'attendre que la permission fût demandée & accordée d'employer le moyen qu'il propose si avantageux au salut de l'enfant.*

Au reste le conseil, en estimant que l'on pourroit s'en servir croit cependant, que si les enfans dont il s'agit, venoient au monde, contre l'esperance de ceux qui se seroient servis du même moyen, il seroit nécessaire de les baptiser sous condition, & en cela le conseil se conforme à tous les rituels, qui en autorisant le baptême d'un enfant qui fait paroître quelque partie de son corps, enjoignent néanmoins, & ordonnent de le baptiser sous condition, s'il vient heureusement au monde.

Déliberé en *Sorbonne*, le 10 *Avril*, 1733.

A. Le Moyne,

L. De Romigny,

De Marcilly.[88]

---

88   소르본 대학의 학자들에게 제출된 문의서

소르본 대학의 학자들에게 밝힌 분만-외과 의사의 소견에 따르면, 아주 드물긴 하지만, 산모가 태아를 분만하지 못하거나, 혹은 태아가 자궁 안쪽으로 지나치게 쏠려 있어 신체를 전혀 볼 수 없을 때, 전례서에 따르면, 조건부 세례를 베풀 수 있는 경우에 속한다는 것이다. 위의 소견을 밝힌 외과 의사는 산모에게 아무런 해를 입히지 않고 조그만 관을 통해 태아에게 세례를 베풀 수 있다고 한다. 그러나 그가 제시한 방식이 합법적이며 허용된 것인지, 또한 위에서 언급한 경우에 사용 가능한 것인지 문의하는 바이다.

응답

자문위원회는 그 제안이 심각한 문제를 안고 있다는 의견이다. 신학자들은, 세례는 영적인 탄생으로서, 탄생을 전제로 한다는 것을 원칙으로 삼고 있다. 즉 교리에 따르면 그리스도 예수 안에서 다시 태어나기 위해서는 먼저 세상에 나와야 한다는 것이다. 『성 토마스』, 3권, 질의 68, 11항에 이 교리를 확고부동한 진리로 따르고 있으며, 성스러운 의사인 그분은 어머니의 자궁 안에 있는 태아에게는 세례를 베풀 수 없다고 밝히고 있다. 이러한 성 토마스의 견해는 정당한 것으로서 아직 태어나지 않은 태아를 다른 사람과 같이 취급할 수는 없는 것이기 때문에, 외부적인 조치를 통해 구원에 필수적인 성례전에 참여할 수는 없다는 결론에 도달한 것이다. 어

트리스트럼 샌디 씨가 르 모이네 선생님, 드 로미니 선생님, 그리고 드 마실리 선생님께 감사드리는바, 이처럼 힘든 논의 후에 충분한 휴식

머니의 자궁 속에 있는 태아는 아직 세상에 나온 것이 아니기 때문에 다른 사람들과 함께할 수 없으며, 때문에 인간 행동의 주체가 될 수 없고 인간이 베푸는 성례전에 참여함으로써 구원을 받을 수도 없다. 이 문제에 관해 신학자들이 확립하여놓은 것이 전례서에 관례로 규정되어 있으며, 신체 일부를 확인할 수 없는 경우에는, 산모의 자궁 속에 있는 태아에게 세례를 베푸는 것을 금하고 있다. 관구(管區)의 규칙인 전례서와 신학자들의 의견 일치가 이 문제를 해결하는 근거를 마련해준다. 그러나, 도의적인 측면에서 볼 때, 신학자들의 주장은 현실성에 바탕을 둔 것이고, 전례서의 금지 조항은 어머니의 자궁 속에 들어 있는 태아에게 직접 세례를 베풀 수 없다는 가정하에 확립된 규정이기 때문에 위의 제안에 상반된 것이며, 한편 예수 그리스도가 확립한, 인간을 정화시키는 수월하고 필연적인 방편인 성사(聖事)를 받기 위해서는 위험도 무릅써야 한다고 가르친 것을 고려하자면, 그리고 어머니의 자궁 속에 있는 태아가 영원히 저주받을 수 있는 것과 마찬가지로 구원받을 수도 있으니, 이 모든 것을 고려해볼 때, 그리고 산모에게 아무런 해를 입히지 않고 이런 상태의 태아에게 세례를 베풀 수 있는 방법이 발견된 이상, 자문위원회는 하나님이 이런 형편의 태아에게 아무런 도움을 주지 않을 리는 없다는 확신을 가지고 그 방법이 실행 가능하다는 판단을 내렸으며, 다만 위에서 언급한 대로 그 방법이 태아에게 안전하게 세례를 베풀 수 있는 경우를 전제로 한 것이다. 그러나 위에 제시한 방법을 인정하는 것은 기존의 확립된 법을 수정하는 것이기 때문에, 자문위원회는 조언을 구한 장본인이 주교를 비롯해 그 외 그 방법의 편리함과 위험성에 대해 판단을 내릴 만한 자격이 있는 사람에게 문의하는 것이 바람직하다는 판단이며, 주교의 허락하에 교황에게 호소할 필요가 있으니, 교회법의 해석 및 실행에 문제가 있는 경우 수정할 권한이 그에게 있기 때문이며, 이 세례 방법이 아무리 효율적이고 지혜롭다고 해도 위의 두 기관의 합의 없이는 자문위원회가 승인할 수 없기 때문이다. 의뢰인은 관구의 주교에게 문의하고 그가 결정을 내리는 일에 동참하여, 주교가 아래 서명한 학자들이 제시하는 논의에 동조하는 경우, 태아에게 지나치게 위험한 시기가 닥쳐 더 이상 허락을 기다릴 수 없어 그가 제시한 태아의 구원을 위해 유익한 그 방법을 사용하여야 할 경우가 언제인지 결정하도록 권하는 바이다. 자문위원회는 그 방법을 사용 가능하다고 인정하는 한편, 태아가 그 방법을 사용한 사람들의 예상을 빗나가 세상에 태어나는 경우를 대비하여 조건부로 세례를 베푸는 것이 마땅하다는 판단이며, 신체 일부가 노출된 태아에게 세례를 베푸는 문제와 관련하여, 태아가 건강하게 세상에 나오는 경우를 대비하여 조건부로 세례를 베풀도록 하여, 모든 전례서와 법령, 규정에 위배되지 않도록 하는 것이 마땅하다는 판단이다.

1733년 4월 10일 소르본 대학.

A. 르 모이네,
L. 드 로미니,
드 마실리.

을 취하셨기 바랍니다.—그가 알고자 하는 것은, 결혼식이 끝나고, 신방에 들기 전, 모든 극미인에, 한꺼번에, 무조건, 주입액으로 세례를 베푸는 것이 빠르고 안전한 방법이 아닌가 하는 것이며, 조건을 붙인다면, 첫째, 훗날 극미인이 건강하고 안전하게 세상에 나와, 모두 다시 세례를 받아야 한다는 것과(*sous condition*)[89]—두번째, *샌디* 씨의 생각대로, *par le moyen d'une* petite canulle, and, *sans faire aucun tort a le pere*,[90] 그 일이 가능해야 합니다.

제21장

——위층에서는 무엇 때문에 저렇게 왔다 갔다 하며 소란스러운 거야. 아버지가 한 시간 반 동안의 침묵을 깨고, 입을 열며, *토비* 삼촌에게 말했습니다.—독자께서도 아시다시피, 삼촌은 벽난로를 마주하고 앉아, 내내 담뱃대를 입에 물고, 입고 있던 새로 장만한 검은 비로드 반바지를 아무 말 없이 살펴보고 있었습니다.—도대체 뭘 하고 있는 걸까, 동생? 아버지가 말했습니다.—우리 얘기 소리도 잘 들리지 않을 지경이니 말이네.

제 생각에는 말입니다. *토비* 삼촌이 물고 있던 담뱃대를 입에서 떼며, 왼쪽 엄지손가락 손톱에다 담뱃대 꼭대기를 두세 번 치며, 제 생각

---

[89] 조건부의. 조건부 세례는 태아가 사망했거나, 심한 기형인 경우 조건부로 베푸는 세례로서, 흔히 아주 못생겼다는 의미의 우스갯소리로 통용되었다.
[90] 작은 관을 이용하여, 아버지에게는 아무런 해가 가지 않으면서.

에는 말입니다 하고 말하며,—얘기를 시작했습니다.—그러나 이번 일에 대한 토비 삼촌의 생각으로 들어가기 전에, 먼저 삼촌의 성격에 대해 어느 정도 알고 있어야 하기 때문에, 지금 대략 말씀드리려고 하는데, 그후에 아버지와 삼촌의 대화가 다시 이어지도록 하겠습니다.

—그런데 그 사람의 이름이 뭐더라,—너무 빨리 써내려가고 있었기 때문에, 기억을 더듬는다거나 조사해볼 시간도 없으니,—"이 나라의 공기와 기후가 매우 변덕스럽다"는 견해를 최초로 피력했던 사람이 누구였시요?[91] 그가 누구였든, 지당하고 훌륭한 관찰입니다.—그러나 이 관찰에서 전개된 추론인, "그 때문에 우리 가운데 괴벽스럽고 즉흥적인 사람들이 많이 나왔다"는 이론은 그의 견해가 아니었으며,—그 사람보다 최소한 150년 정도 후대 사람의 이론입니다.—뿐만 아니라,—우리나라의 희극이, 프랑스나 대륙에서 이미 발표되었거나, 앞으로 발표될 어떤 작품보다 뛰어날 수밖에 없는, 확실하고 당연한 이유가, 이처럼 독창적인 자료로 꽉찬 지식의 보고에 있다는 사실은,—윌리엄 왕 치세 중반에 와서야 제대로 인식된 사실이며,—위대한 드라이든[92]이, 그 양반 특유의 긴 서문을 써내려가던 중, (내 기억이 확실하다면) 정말 운 좋게도 떠올린 생각이었습니다. 그래서 앤 여왕 만년에는, 여러분도 잘 아시는 애디슨[93]이 그 이론을 높이 평가하여, 『스펙테이터』에서 한두 번 상세하게 다룬 적이 있으나,—그가 창안한 이론은 아닙니다.—그리고, 네번째이자 마지막으로, 이 나라 기후의 기묘한 불규칙성이 국

---

91 영국의 변덕스러운 기후가 국민들의 기벽의 원인이라는 견해는 당시에도 이미 오래된 것이었다. 존 드라이든의 *An Essay of Dramatic Poesy*(1668)와, 조셉 애디슨이 발행했던 정기 간행물 『스펙테이터 The Spectator』 No. 371(1712)에 언급되어 있다.
92 존 드라이든 John Dryden(1631~1700): 영국의 시인, 극작가, 비평가.
93 조셉 애디슨 Joseph Addison(1672~1719): 리처드 스틸과 함께 1711년부터 1714년까지 『스펙테이터』 신문을 발간했다.

민들의 성격에도 그와 비슷한 불규칙성을 더해주어,—날씨 때문에 야외에 나갈 수 없을 때에도 사람들이 실내에서 즐겁게 지낼 수 있으니, 어느 정도 보상을 받은 셈이라는 의견은,—나의 소견으로서,—1759년 3월 26일, 바로 오늘 비 오는 날 아침, 9시와 10시 사이에 떠오른 생각입니다.

이리하여,—친애하는 동포들과 교우들이여, 우리 앞에 무르익어가는, 위대한 학문의 수확기에, 불규칙적으로 전진하는 더딘 걸음걸이로, 우리의 지식은 자연과학적, 형이상학적, 생리학적, 논리학적, 해양학적, 수학적, 불가해학적, 공학적, 연대기적, 낭만주의적, 화학적, 산과(産科)적인 것을 비롯해, (여기 나열한 것처럼 대부분 ~적으로 끝나는) 나머지 수많은 분과들이 지난 2백 년 이상, 서서히 완벽함의 $Ak\mu\eta$[94]를 향해 뻗어 올라가고 있으며, 지난 7년 간의 진보로 미루어, 거기서 그리 멀지 않았음을 추측할 수 있습니다.

그날이 오면, 바라건대, 모든 종류의 글이 종말을 맞아,—결과적으로 모든 종류의 독서가 끝이 나고,—*전쟁이 가난을 낳고, 가난이 평화를 낳는 것처럼*[95] 조만간,—때가 되면, 모든 지식에 종지부를 찍고,—그러고 나면—우리는 모든 것을 새로 시작할 수 있게 되어, 말하자면, 우리가 출발한 바로 그 자리에 다시 서게 되겠지요.

——행복한! 너무나 행복한 그때여! 내가 태어난 시기와, 그 양식과 방법이, 조금만 달랐더라면,—그리고 부모님만 괜찮으시다면, 문학계에 몸담고 있는 사람에게, 좀더 장래성이 있는 시대로, 즉 20년 내지는 25년 정도 늦출 수 있었더라면 하고 바랄 뿐이지요.——

그나저나 담뱃대의 재를 털고 있던 토비 삼촌을 그대로 남겨둔 채,

---

94 정상.
95 당시 유행하던 노래 가사.

지금까지 잊고 있었군요.

삼촌은, 이 나라 풍토에 자랑거리가 될 만한, 특별한 기질의 소유자였으며, 사실 주저함 없이 그를 이 나라 최고의 걸작품으로 분류해야 마땅하겠지만, 우리 가족은 서로 닮은 점이 아주 많기 때문에, 삼촌의 특이한 성질이 바람이나 물, 혹은 그 변형이나 결합에 의한 것이라기보다는, 혈통에 의한 것으로 보아야 한다는 생각입니다. 그래서 내가 가끔 이상스럽게 생각하는 점은, 물론 나름대로 이유는 있었겠지만, 아버지는 내가 어렸을 적에 기벽의 조짐을 보일 때마다,─그 이유를 이런 관점에서 찾아보려 하지 않았다는 것이며, 사실 샌디 가의 사람들은 모두 개성적이었는데,──다만 남자들만 그렇다는 말이지,──여자들은 전혀 개성이 없었으나,──대고모 디나는 제외해야 합니다. 고모는 약 60년 전에, 집안의 마부와 결혼해 자식을 보았으며, 아버지 말씀이, 이름에 대한 그의 가설에 따르면, 그 잘못이 고모의 대부와 대모에게 있다는 것입니다.[96]

정말 이상한 일이지요,──그렇게 오래 전에 있었던, 그 일이, 어떻게 아버지와 삼촌 사이에 지속되어왔던, 애정 어린 평화와 화합을 방해할 운명을 타고났는지, 그 이유를 짐작해보라고 하는 것보다는, 내가 원하는 바는 아니지만, 차라리 독자에게 수수께끼를 하나 풀라고 하는 편이 더 낫겠습니다. 사람들은 대개, 모든 불행의 기운은 먼저 그 가정 내에서 소모되어 없어져야 한다고 생각하게 마련이며,──이것은 당연한 일입니다.──그러나 우리 집안으로 말하자면 무엇이든 평범하게 돌아가는 법이 없었습니다. 설사 그런 경우가 있다고 해도, 또 다른 일이 생겨 고통받게 마련이었으며, 고통이란 인간에게 덕이 되도록 내리는 것이지

---

[96] 『구약성서』의 「창세기」 34장을 보면 야곱과 레아의 딸 디나가 세겜에게 추행당한다.

만, *샌디 가문*에서는 아무런 덕이 되지 못한 것을 보면, 덕이 그 임무를 수행할 기회가 올 때까지 적당한 시간과 상황을 기다리고 있는지도 모르겠습니다.──보십시오, 나는 여기서 아무것도 결론짓지 못했습니다.──내 방식은 어디까지나 호기심 많은 사람들에게, 탐구를 위한 여러 가지 길을 열어주어, 독자 스스로 내가 하는 이야기의 원천에 도달하게 하자는 것일 뿐이며,──박식한 체하며 *가르치고 싶지도* 않고,─자기 자신과 독자들을 앞지르기 일쑤였던, 타키투스[97]의 단호한 방식도 아니며,─그저 호기심 많은 사람들에게 도움이 되고자 헌신하는 격의 없는 겸허함으로서,──나는 이런 사람들을 위해 쓰고,──이런 사람들에게 읽히며,──그렇게 오랫동안 읽는 것이 가능하다면, 이 세상 끝까지라도 계속하겠습니다.

무엇 때문에 이런 슬픔의 원인이, 아버지와 삼촌을 위해 예비되었는지, 나는 정말 모르겠습니다. 그러나 일이 어떻게, 어떤 방향으로 전개되어, 두 분 사이의 불만의 원인이 되었는지는 정확하게 말씀드릴 수 있으며, 그 내용은 바로 이렇습니다.

부인, 나의 삼촌 **토비 샌디**는, 흔히 신용 있고 정직한 사람들의 성품에서 드러나는 미덕을 지닌 신사였으며,─그의 성품은 매우 고귀한 수준이었으나 실제로 높이 평가받는 일은 거의 없었고, 그 유례를 찾아보기 힘들 정도로 극히 정숙한 천성을 타고난 사람이었는데,──여기서 천성이라는 말을 짚고 넘어가야 한다는 생각이니, 곧 심의에 들어갈 사항을 성급하게 판단하지 않기 위함이며, 다름아니라 삼촌의 정숙함이 선천적인 것인가 후천적인 것인가 하는 문제입니다.──그러나 *토비* 삼촌이 이것을 어떻게 습득하였든, 그의 정숙함은 정숙함의 진정한 의

---

97 타키투스(55~117): 로마의 역사가. 18세기 유럽에서 그는 지나치게 세밀하다는 평가를 받았다.

미 그 자체였으며, 여기서 나는 삼촌의 언행을 두고 하는 말이 아니라, 그는 불행하게도 말에 대해서는 선택의 여지가 별로 없는 사람이었기 때문에,—그의 행동에 관한 것이며,—이런 종류의 정숙함이 그를 사로잡았다는 사실과, 그 강도가 너무나 높아, 가능한 일인지는 모르겠으나, 여성들의 정숙함에 거의 필적할 정도였습니다. 말하자면, 부인, 우리 남성들을 압도해버리는 여성들의 정숙함과, 마음과 생각의 내적인 청결함 말입니다.

부인, 부인은 토비 삼촌이 이 모든 것을 한 가지 출처에서 얻었다고,—즉 삼촌이 여성들과 교제하는 데 많은 시간을 보냈으며, 여성에 대한 상세한 지식과, 그 아름다운 본보기가 전하는 피할 수 없는 모방의 힘을 통하여,—삼촌이 이런 온화한 마음의 변화를 성취하게 되었다고 생각하시겠지요.

나도 그렇다고 말하고 싶지만,—삼촌의 형수, 아버지의 아내, 나의 어머니 말고는,—토비 삼촌은 실로 오랫동안 여성들과는 단 몇 마디 대화조차 나누어보지 못했으니,—아닙니다, 부인, 그건 상처 때문이었습니다.—상처!—그래요, 부인, 그건 *나무르*[98] 공략에서 포탄에 맞아 성채의 흉벽(胸壁)에서 떨어진 돌이 삼촌의 샅에 맞아, 그로 인해 생긴 상처 때문이었습니다.—그런데 그게 지금 하고 있는 이야기와 무슨 상관이지요? 부인, 그 이야기는 길고 재미있지만,—나의 일대기를 부인께 한꺼번에 늘어놓고 싶지는 않습니다.—그건 차후에 말씀드릴 생각이며, 그와 관련된 모든 정황들을 제자리에 놓고, 충실하게 보여드리도록 하겠습니다.—그때까지는 그 일에 대해 언급한다거나, 이미 말씀드린 내용 외에 더 이상 얘기하는 것은 불가능한 일이며,—다만 삼

---

[98] 플랑드르 지방의 도시로서, 1695년 8월, 윌리엄 3세가 이끄는 영국, 네덜란드, 독일의 연합군에 의해 점령되었다.

촌이 비길 데 없이 정숙한 신사였다는 사실이, 가문의 소소한 자존심의 열기 때문에 희미해지고 엷어져,—두 가지가 그의 내부에서 마구 뒤엉켜버리는 바람에, 디나 고모 사건이 언급될 때마다 삼촌의 감정이 격해졌던 것입니다.—그 사건에 대한 약간의 힌트만으로도 삼촌은 피가 얼굴로 몰렸으며,—언젠가 아버지가 그 이야기를 사람들 앞에서 시시콜콜 늘어놓았을 때, 사실 그의 가설을 설명하는 자리에서 그런 일이 자주 발생했는데—우리 가문의 그중 아름다운 가지가 겪은 불행한 파멸이, *토비* 삼촌의 명예와 정숙함을 피 흘리게 했으며, 삼촌은 종종 아버지를 한쪽으로 불러, 근심스런 표정으로 그에게 부탁하기를, 그 이야기를 더 이상 하지 않는다면, 무슨 짓이라도 하겠다고 말했습니다.

아버지는, 형제 사이에 가능한, 지극히 진실한 사랑과 연민을 삼촌에게 품고 있었으며, 이번 일뿐 아니라, 다른 일과 관련해서도 삼촌의 마음을 편하게 해주는 일이라면, 도리에 어긋나지 않는 한, 형제가 형제에게 요구할 수 있는 것은 무엇이든 들어주었을 것입니다. 그러나 이번 일은 아버지의 역량 밖이었습니다.

—이미 말씀드렸지만, 그는 타고난 철학자로서,—이론적이고,—체계적인 분이었으며,— 디나 고모의 일은, *코페르니쿠스*[99]에게 행성의 역행이 중요했던 것만큼, 아버지에게 중요한 일이었습니다.—궤도 내에서의 *금성*의 이탈이 그의 이름을 딴, *코페르니쿠스설*을 뒷받침했다면, 궤도 내에서의 *디나* 고모의 이탈은, 아버지의 가설을 입증하는 데 동일한 역할을 했으며, 지금부터 영원히 아버지의 이름을 따서, *샌디설* 이라 부르겠습니다.

그 외 가족들의 불명예에 대해서는 아버지도 여느 사람들과 마찬가

---

[99] 16세기 초기에 활동했던 폴란드 태생의 천문학자. 니콜라우스 코페르니쿠스의 이론은 근대 천문학의 기초가 되었다.

지로 비슷한 정도의 수치심을 느꼈다고 생각하며,―아버지도, 코페르니쿠스도, 진실에 대한 의무를 염두에 두지 않았다면, 두 사람 모두 그 일을 누설하거나, 세상에 알리려는 노력을 하지 않았겠지요.―*Amicus Plato*, 아버지가 삼촌에게 해석을 해주며 말하기를, *Amicus Plato*, 즉 디 나는 고모지만,―*sed magis amica veritas*¹⁰⁰―진리는 나의 누이라는 뜻입니다.

    이와 같은 아버지와 삼촌 사이의 상반된 기질은, 종종 형제 간 입씨름의 씨가 되곤 했습니다. 한쪽은 가족의 지욕스런 이야기기 되풀이되는 것을 도저히 듣고 있을 수가 없었고,―다른 쪽은 그 일을 입에 담지 않고는 하루도 그냥 지나는 법이 없었습니다.

    토비 삼촌이 소리쳤습니다. 제발,―나를 위해, 우리 모두를 위해, 샌디 형님,―고모가 그 사연과 함께 편히 잠들게 하지 않고서,―어떻게,―어떻게 형님께서는 우리 가문의 명성에 대해 그처럼 무감각하고 무심할 수가 있단 말입니까.―가문의 명성에 비한다면 가설이 도대체 다 무엇이란 말입니까?―아닌 게 아니라, 그 문제라면―가문의 생명이 도대체 무엇인가 하고 아버지가 물었습니다.―가문의 생명이라고요!―삼촌은 안락의자에 몸을 기대고, 양쪽 손과 눈, 한쪽 다리를 위로 향하며 말했습니다.―그래 생명 말이네.―아버지가 강조하며 말했습니다. 매년 얼마나 많은 생명들이 이 땅에서 사라지는지 알고 있는가, (문명국들만 전부 따져도)―가설에 비한다면, 그 흔한 공기 같은 것 아니겠나. 저는 상식적으로,―범인이 누가 되었든, 그 모든 경우가 말 그대로 살인이라는 생각인데요 하고 삼촌이 대답했습니다.―바로 그 점이 자네의 착각이라네 하고 아버지가 대답했습니다.―*Foro*

---

100 Amicus~veritas: "플라톤도 친구지만, 진리는 더 절친한 친구다."

Scientiæ[101]에는 살인이란 없네,──죽음이 있을 뿐이지, 동생.

이런 경우 토비 삼촌은 릴리블레로[102]를 몇 소절 휘파람 부는 것 외에는 달리 논박을 펴는 법이 없었습니다.──이것은 삼촌이 충격적이거나 놀라운 일을 당했을 때, 열을 식히는 수단이었으며,──특히 그가 매우 어처구니없는 일을 당했다는 생각이 들 때면 그렇게 하곤 했습니다.

내가 아는 바로는, 어떤 논리학자나 그에 대한 주석가도, 이 특이한 논쟁 방식에 정식으로 이름을 붙인 적이 없으며,──바로 지금 내가 그렇게 하려고 하는 데는 두 가지 이유가 있습니다. 먼저, 논쟁에서 오는 모든 혼란을 막기 위해 ── 즉 *Argumentum ad Verecundiam, ex Absurdo, ex Fortiori* [103] 등과 마찬가지로, 다른 종류의 논쟁 방식과 최대한으로 구분하기 위한 것입니다.──그리고 두번째로는, 내가 세상을 떠난 다음, 내 손자들이,──박식한 우리 할아버지의 머리도 다른 사람들의 머리처럼, 무엇인가를 위해 한때 바쁘게 움직였다고 말하는 소리가 듣고 싶기 때문입니다.──우리 할아버지가 명칭을 하나 만들어냈으며, ──이 명칭이 *Ars Logica*[104] 보감에 논리학에서 그중 반박하기 힘든 논쟁 목록에 기록되었다고 말입니다. 그리고 논쟁의 목적이 설득이 아니라 상대방을 침묵시키는 데 있다면,──가장 훌륭한 논쟁 목록에 기록하여도 괜찮겠지요, 꼭 그렇게 하고 싶다면 말입니다.

따라서, 지금 이 자리에서, 엄격히 명시하고 지시하는바, 그 논쟁은 *Argumentum Fistulatorium*이라는 이름과 칭호로만 알려지고 분류하도

---

101 지식의 장.
102 Lillibullero. 1687년 혹은 1688년에 아일랜드에서 창작된 유명한 반가톨릭 민요. 상대편을 조롱하는 내용을 담고 있다.
103 Argumentum ad Verecundiam: 신중함에 호소하는 논증; ex Absurdo: 부조리를 밝혀내는 논증; ex Fortiori: 보다 확실한 증거를 밝히는 논증.
104 논리학의 기술.

록 하며,—추후로는 *Argumentum Baculinum*, 그리고 *Argumentum ad Crumenam*과 어깨를 나란히 겨루며, 지금부터 영원히 그 논쟁들과 동일한 장에서 다루어질 것입니다.[105] *Argumentum Tripodium*은, 오로지 여성이 남성에 대해서만 사용하는 논쟁 방식이며,—*Argumentum ad Rem*[106]은 역으로, 오로지 남성이 여성에 대해서만 사용해야 합니다. —이 두 가지는 도의상 한 번만 언급하는 것으로 족하며,—양자가 서로에게 할 수 있는 최고의 반박이기 때문에,—따로 두고, 별도로 다루는 것이 바람직합니다.

제22장

학문이 깊은 홀 주교, 즉 *제임스 1세* 치세하에 엑스터의 주교를 지냈던, 그 유명한 조셉 홀 박사는, 종교적인 명상 끝에 *10권짜리 전집*을 집성했는데, 1610년 런던에서, 엘더게이트 가에 거주하는, 존 빌에 의해 출판되었으며, 그는 여기서, "인간이 스스로를 칭찬하는 것은 혐오스런 일이다"라고 말했는데,—나도 정말 그렇게 생각합니다.

그러나, 한편으로는, 아주 훌륭한 일을 완수했는데도, 다른 사람에

---

105 Argumentum Fistulatorium: 피리 부는 사람의 논증. 토비 삼촌이 릴리블레로를 휘파람 부는 것을 가리켜 하는 말. 이와 마찬가지로 나머지도 전통적인 논리학 용어가 아니며 스턴이 만들어낸 것들이다. Argumentum ad Baculinum: 몽둥이, 즉 폭력의 논증; Argumentum ad Crumenam: 상대방의 지갑(탐욕 혹은 빈곤)에 대한 논증.
106 Argumentum Tripodium: 세번째 다리에 대한 논증; Argumentum ad Rem: 그 물건에 대한 논증. 노골적인 외설에 속하는 부분이라고 할 수 있다.

게 알려지지 않고,—마땅한 예우도 받지 못하고, 그 자부심은 그의 머릿속에서만 썩어가다가 결국 세상을 떠나고 마는 것도 혐오스럽기는 마찬가지라고 생각합니다.

내 처지가 바로 그렇습니다.

내가 뜻하지 않게 빠져든 이 긴 여담을 비롯해, 그 외 모든 여담도 (하나만 제외하고는) 절묘한 기술을 요하는 것이었으나, 독자들은 줄곧 그 가치를 알아보지 못하고 있다는 생각이 드는데,—이는 통찰력의 부족 때문이 아니라,—여담에서 이런 탁월함을 기대하거나 발견하는 경우가 거의 없기 때문이며,—그 탁월함은 바로 이런 것입니다. 보시는 바와 같이, 이 작품의 여담은 모두 평범해 보이고,—*대영 제국*의 여느 작가들처럼, 본론에서 멀리, 그리고 자주 날아가버리긴 하지만, 나의 부재중에도 본론이 정지 상태가 되지 않도록, 항상 여러 가지로 신경을 쓰고 있습니다.

예를 들어, 방금 *토비* 삼촌의 종잡을 수 없는 성격을 대강 말씀드리려던 참이었는데,—*디나* 고모와 그 마부의 일이 우리를 가로막더니, 갑자기 몇백만 마일 떨어진 별세계 한가운데로 데려가버리지 않았습니까. 그럼에도 불구하고, 삼촌의 성격을 묘사하는 일은 계속해서 서서히 진행되고 있었으며,—큰 윤곽은 아니더라도,—사실 그건 불가능한 일이었지만,—우리는 계속 앞으로 나아가며, 몇 번의 친숙한 손놀림과 어렴풋한 호칭 등으로 약간씩 손을 댔으며, 결과적으로 삼촌에 대해 전보다 훨씬 많은 것을 알게 되지 않았습니까.

이런 장치로 인해 이 작품의 구성 자체가 하나의 독자적인 형식을 이루며, 두 가지 상반된 동작이, 서로 모순된 것처럼 보이지만, 조화를 이루며 돌아갑니다. 말하자면, 이 작품은 지엽적이면서도, 점진적이라고 하겠지요.—그것도 동시에 말입니다.

선생, 이것은 지구가 지축을 도는 자전 운동을 하며, 동시에 타원형 궤도를 따라 진행하여 해가 바뀌게 하고, 다양한 계절의 변화를 초래하여 우리를 즐겁게 해주는 것과는 아주 다른 얘기지만,―거기서 암시를 받았다는 것은 인정하며,―우리가 그중 자랑스럽게 생각하는 진보와 발전이 이런 하찮은 암시에서 시작된다고 믿습니다.

굳이 말할 필요도 없겠지만, 여담은 햇빛과 같은 것으로서,―독서의 생명이자 영혼이며,―이 책에서 여담을 없앤다면,―차라리 책을 없애버리는 편이 낫고,―각 페이지마다 추운 겨울이 영원히 지배하다가, 작가에게 여담을 다시 되돌려주면,―그는 새신랑처럼 앞으로 나와,―진심으로 환영하며, 여담을 맞아들이고, 다시는 사라지지 않게 할 것입니다.

재주가 있고 없음은 여담을 요리하고 다루는 데 있으며, 이것은 독자를 위한 것일 뿐 아니라, 여담 때문에 고통에 시달리는 가엾은 작가들을 위해서도 꼭 필요한 것입니다. 내가 관찰한 바로는,―작가가 여담을 시작하는, 바로 그 순간부터, 작품 전체가 꼼짝 않고 정지 상태에 들어가며,―반대로 본론을 진전시키다 보면,―여담은 끝나버립니다.

―이렇게 하는 것은 잘못된 일입니다.―그래서, 나는 애초부터, 본론과 그 나머지 부분들이 서로 교차하도록 구성하여, 지엽적인 움직임과 점진적인 움직임을, 바퀴 안에 바퀴를 넣어, 서로 복합적으로 얽히게 만들어, 기계 전체가, 지속적으로, 돌아가도록 했으며,―뿐만 아니라, 건강의 샘이 긴 수명과 왕성한 기력으로 나를 축복한다면, 앞으로 40년은 더 돌아가게 할 것입니다.

제23장

　나는 이번 장을 좀 엉뚱하게 시작하고 싶은 강한 충동을 느끼는 참이라, 상상력이 가는 대로 내버려둘 작정입니다.—그래서 이렇게 시작하겠습니다.
　그 비평의 대가가 제안한 수정안에 따라, 인간의 가슴에 모무스의 창문[107]을 냈더라면,—첫째, 다음과 같은 우스꽝스러운 일이 뒤따르게 마련인데,—말하자면 아무리 현명하고 엄숙한 사람이라 하더라도, 얼마가 되었든, 평생 창문세[108]를 내야 한다는 것입니다.
　그리고, 두번째로는, 위에 언급한 창문이 그곳에 달려 있다면, 누구든 다른 사람의 성격을 파악하고 싶다면, 아무것도 필요 없이, 다만 의자를 하나 가지고 조용히 가서, 굴절 광학적인 꿀벌의 집을 들여다보듯, 들여다보기만 하면,—그 사람의 마음을 홀딱 벗은 그대로 볼 수 있으며,—그의 모든 의도와,—음모를 관찰할 수 있을 뿐 아니라,—장난스런 생각 하나가 처음 생겨나 움직이기 시작할 때부터,—자유롭게 뛰고, 돌아다니며, 까불고, 이런 장난스러움에 뒤따르게 마련인, 다소 심각한 모습까지도 볼 수 있을 것이니,—펜과 잉크를 가지고 눈으로 보고 확인한 것만 기록하면 되지 않겠습니까.—그러나 우리 행성에 살고 있는 전기 작가에게는 이런 편의가 허락되지 않았으며,—수성에서는 (아마도) 가능할지, 아니 최소한 형편이 좀 나을지도 모르겠다는 생각이 드

---

107 모무스Momus는 그리스 신화의 비난과 조소의 신. 대장장이 신 헤파이스토스가 인간 모형을 만들 때 가슴에 창을 내지 않았음을 비난했다.
108 유리가 사치품에 속했던 시대에 가옥의 창문에 매기던 세금으로서, 영국에서는 1696년부터 19세기 중반까지 있었다.

는데,──계산해본 사람에 따르면, 수성은 태양에 가까이 있기 때문에, 붉게 달군 철보다 더 뜨거운 그곳의 강렬한 열기가,──그곳 사람들의 몸을 오래 전에 유리로 만들어버려(動因), 기후에 적합하게 했기 때문에(目的因), 설사 체계적인 학문 원리에 의해 이론상 그 반대로 증명된다 하더라도, 이들의 육체는, 머리끝에서 발끝까지, 몸 전체가 맑고 투명한 유리로 되어 있어(탯줄을 제외하고는),──사람들이 나이가 들고 몸에 주름살이 생겨, 광선이 이들을 통과할 때 심하게 굴절되거나,──혹은 몸에 반사되어 되돌아오는 광선이 눈에 지나치게 수평에 가깝게 비쳐, 더 이상 사람이 투명하게 보이지 않게 될 때까지는,──그들의 마음은, 격식을 차리기 위해서라든가,──혹은 배꼽이 주는 약간의 이점 때문이 아니라면,──집 안에서와 마찬가지로 집 밖에서도 바보짓을 하고 다니는 편이 차라리 나은 것입니다.

이미 언급한 바 있지만, 지구에 사는 우리들에게는 이것은 불가능한 일이니,──우리의 마음은 무정형의 살과 피로 어둡게 껍질이 싸여 있어 몸을 통과해 비치지 못하기 때문에, 개인의 성격을 논하고자 하는 경우에는, 다른 방법을 쓸 수밖에 없습니다.

따라서, 이 일을 면밀히 실행에 옮기기 위해 인간의 기지는 다양한 방법을 동원합니다.

예를 들어, 어떤 작가들은 사람의 성격을 관악기로 그리기도 합니다.──*디도와 아에네아스의 사랑* 이야기에서 *베르길리우스*가 이 방법을 시도했으나,[109]── 명성의 입김만큼이나 허황한 것이었으며,──그가 얼마나 편협한 천재인가를 보여주었습니다. *이탈리아인들이*[110] 애용하는

---

109 베르길리우스의 『아에네아스』에서 풍문의 여신이, 디도와 아에네아스의 사랑을 널리 전하는 장면이 있다. 드라이든의 번역(1697)에 따르면, 이 여신은 나팔 두 개를, 하나는 손에 들고 하나는 입으로 불고 있는 모습을 하고 있다.
110 이탈리아 오페라에서 소프라노 소리를 내기 위해 거세한 소년들이 당시 영국 오

관악기 하나는, 그 약음과 강음에 따라 특정한 유형의 성격을 묘사하는 데 사용되는데, 그들은 그 수학적인 정확성을 강조하며,—완벽한 묘사가 가능하다고 주장합니다.—여기서 그 악기의 이름을 밝힐 용의는 없지만,—우리나라에도 있다는 것은 확실하며,—그것을 모델로 그림을 그릴 생각은 절대 하지 않는 것이 좋겠으니,—워낙 수수께끼 같은 물건으로서, 애초에 의도한 바도 그랬기 때문입니다. 최소한 일반인들에게는 말입니다.—그러니, 부인, 이 부분은, 되도록 빨리 읽어나가시고, 질문을 하기 위해 멈추는 일은 절대 없도록 해달라는 부탁을 드립니다.

때로는, 사람들의 성격을, 다른 아무런 도움 없이, 오직 배설물로만 그리기도 하는데,[111]—이 방법은 잘못된 윤곽을 그려내기 일쑤이기 때문에,—제대로 하자면, 그 사람의 부른 배도 함께 스케치한 뒤, 서로 비교 수정하여, 두 개를 합쳐 하나의 그림을 완성한다면 혹시 도움이 될지도 모르겠습니다.

그와 같은 방법을 반대할 이유는 없지만, 지나치게 머리를 쥐어짠 냄새가 난다는 생각이며,—묘사를 더욱 힘들게 만드는 것은, 그 사람의 다른 비자연성 *Non-Naturals*[112]도 염두에 두어야 하기 때문입니다.—그런데 인간 생명의 가장 자연스런 행동을 왜 비자연성이라고 부르는지,—그것도 의문입니다.

네번째로는, 지금까지 나열한 방법들을 모두 혐오하는 사람들로서,—이들은 풍부한 창의력에 의지하기보다는, 축도기조합*의 화가들이

페라 무대에 선을 보여 화제가 되었다.
111 배설물의 검사는 예로부터 내려오던 의사들의 진단 방식이다. 스위프트의 『걸리버 여행기 *Gulliver's Travels*』 3권에도 이에 대한 풍자가 나온다.
112 공기, 고기와 음료, 수면과 깨어 있기, 움직임과 쉼, 배설과 정체, 감정, 이 여섯 가지를 의사들은 생존에 필수적인 것으로 생각했으나, 질병의 원인이 될 수 있다는 이유로 비자연성으로 보았다.
* 축도기는 인쇄물이나 그림 등을 기계적인 방법을 사용해 다양한 크기로 복제하는

복사본을 만들 때 사용하는 그 훌륭한 장치를 모방하여 만들어낸, 다양한 기구들을 사용합니다.—아시겠지만, 이 사람들이 바로 그 유명한 역사가들입니다.

이들 중 한 사람이 빛을 등지고 서서 전신상을 그리는 것을 보면, —저속하고,—불성실할 뿐 아니라,—무엇보다 포즈를 취하는 사람에게 너무나 괴로운 일입니다.

어떤 사람들은, 보다 나은 결과를 얻기 위해, *카메라*[113] 안에서 사람을 그리기도 하는데,—이 방법이야말로 그중 불공평한 것으로서,—이런 경우에는 사람의 모습이 아주 우스꽝스럽게 그려지기 때문입니다.

나는 토비 삼촌의 성격을 묘사하면서, 이 모든 오류를 피하기 위해, 기계적인 도움은 전혀 받지 않을 생각이며,—내 붓이 알프스 산맥의 이쪽이든, 저쪽이든, 어느 쪽에서 부는 관악기 소리에도 이끌리지 않도록 하고,—삼촌의 부른 배나 배설물에도 주의를 기울이지 않을 것이며, —그의 비자연성에 대해서도 언급하지 않고,—한마디로 말해, 나는 삼촌의 성격을 그의 목마를 통해 묘사할 작정입니다.

제24장

독자가 토비 삼촌의 성격이 알고 싶어 도저히 참지 못할 지경이라

기구를 말한다.
113 Camera obscura: 어두운 작은 방, 혹은 상자 안에 있는 렌즈로 빛을 통과시켜 비치는 윤곽을 종이에 베낄 수 있게 만든 기구로서, 아마추어 화가들이 사용했다.

는 확신이 서지 않았다면,—내가 선택한 방법 외에는, 그의 성격을 묘사할 적당한 도구가 없다는 사실을, 독자들에게 충분히 납득시키고 넘어갔을 것입니다.

사람과 그의 목마가, 마음과 몸의 상호적인 작용과 반작용 방식을 그대로 따른다고는 할 수 없지만, 이들 사이에 어떤 방법으로든 교통이 있는 것은 확실하며, 열이 오른 몸뚱이들같이,—기수의 몸이 목마의 등과 맞닿는 부분에 생기는 열기에 의해 일어나는 현상이 아닌가 생각합니다.—긴 여행과 끊임없는 마찰로, 기수의 몸은 **목마적인** 질료로 꽉 채워지게 되어,—결과적으로 한쪽의 성격을 정확하게 묘사할 수 있다면, 다른 쪽의 성격과 적성도 어느 정도 정확하게 알 수 있는 것입니다.

토비 삼촌이 타고 다니던 **목마**는, 기묘하기 짝이 없는 생김새 때문에, 한번 묘사해볼 만한 가치가 있다는 생각이 드는데, *요크*에서 *도버*로,—*도버*에서 콘월 주의 *펜잰스*로, 그리고 다시 *펜잰스*에서 *요크*까지 여행한다 해도, 길에서 이런 **목마**를 만나지는 못할 것이며, 혹시 그런 **목마**를 목격한다면, 아무리 여정이 바쁘다고 해도, 반드시 걸음을 멈추고 쳐다보았겠지요. 그놈의 걸음걸이와 생김새가 너무나 특이하고, 머리에서 꼬리까지, 동일 종의 다른 놈들과 전혀 달랐기 때문에, 가끔 화제가 되는 것은,—그놈이 정말 **목마**냐 아니냐 하는 것이었습니다. 그러나 언젠가 그 철학자[114]가 운동의 실존에 대해 함께 논쟁을 벌이고 있던 회의파 철학자들 앞에서, 아무 말 없이 일어나, 방을 가로질러 걸어갔던 것처럼,—삼촌도 그 **목마**가 진짜 **목마**라는 것을 증명하기 위해 어

---

114 고대 그리스의 견유학파(犬儒學派) 철학자 디오게네스 Diogenes를 가리키는 것으로서, 운동력의 존재를 부정하는 추상적인 논쟁에 대한 답으로 자리에서 일어나 걸어갔다고 한다.

떠한 변명도 늘어놓지 않고, 그저 목마를 타고 돌아다녔으며,—나머지는 사람들 나름대로 결론짓도록 내버려두었습니다.

사실, 토비 삼촌은 목마를 아주 즐겁게 타고 다녔으며, 그놈은 삼촌을 아주 잘 태우고 다녔기 때문에,—사람들이 목마에 대해 무슨 말을 하든, 무슨 생각을 하든 관심을 갖는 법이 거의 없었습니다.

그나저나 이제 삼촌을 묘사해 보여드려야 할 때가 되었습니다.—그러나 정식으로 시작하기 전에, 먼저 삼촌이 어떻게 그런 목마를 타게 되었는지 말씀드리도록 허락해주시기 바랍니다.

제25장

토비 삼촌은 나무르 공략에서 샅에 상처를 입어, 더 이상 복무를 할 수 없게 되자, 가능한 빨리 영국으로 돌아와, 상처를 치료하는 것이 최선이라는 결론을 내렸습니다.

삼촌은 꼬박 4년 동안 자리에 누워 있었으며,—대부분의 시간을 침대에서 보내며, 줄곧 그의 방에서 생활했는데,—좌골의 바깥쪽 가장자리 부분인 장골의 박리 현상과, 치골의 박리 현상 때문에 치료를 받는 동안, 말 못 할 고생을 했으며,—그 두 곳의 뼈가 참담하게 으스러졌습니다. 이것은 앞에서 말씀드렸듯이, 흉벽에서 부서져 떨어진 돌의 울퉁불퉁한 모양 때문이기도 했고,—그 크기도 문제였지만(꽤 큰 것이었으니),—의사는 삼촌의 샅에 생긴 상처는, 돌의 추진력보다는, 돌의 중력 때문이라고 생각하는 쪽이었으며,—천만다행이었다고 말했습니다.

당시 아버지는 *런던*에서 막 사업을 시작하여, 집을 장만했던 참이었으며,―두 형제 사이에는 진실한 우정과 인정이 공존했기 때문에,―삼촌이 다른 곳보다는 형의 집에서 몸조리도 잘 하고 간호도 제대로 받을 수 있겠다고 생각하여,―집에서 가장 좋은 방을 내주었습니다.―게다가 아버지의 애정을 무엇보다 순수하게 보여준 것은, 친구나 친지가 방문하는 경우, 무슨 일이 있어도 반드시 방문객의 손을 이끌고 위층으로 올라가, 동생의 침대 머리맡에서 한 시간 동안 대화를 나누게 한 뒤에야 정식으로 집 안에 맞아들였다는 사실입니다.

병사의 상처 이야기는 그의 고통을 위로해준다는 말이 있듯,―삼촌의 문병객들은 그렇게 믿고 있었으며, 매일 그를 방문하여, 그런 믿음에서 우러나오는 공손함으로, 자주 대화의 주제를 그쪽으로 돌리곤 했으며,―이야기는 상처에서 포위 공격으로 자연스럽게 흘러갔습니다.

그렇게 나눈 대화들은 매우 인정스러웠으며, *토비* 삼촌에게 큰 위로가 되었고, 계속 더 많은 위로를 받을 수도 있었겠지만, 예상치 못한 어려움이 닥치는 바람에, 석 달 동안이나 그의 치료를 지연시켰으며, 만약 삼촌이 시기 적절하게 그 곤경을 모면하지 못했더라면, 그는 분명히 무덤에 눕게 되었을 것입니다.

무엇이 *토비* 삼촌을 그런 곤경에 빠뜨렸는지,―전혀 짐작하지 못할 것이라고 생각하는데,―만약 짐작했다면,―나는 얼굴을 붉히지 않을 수 없으며, 친척으로서도,―남자로서도,―여자로서도 아닌,―저자로서 얼굴을 붉힐 수밖에 없다는 말이며, 독자가 지금까지 아무것도 예측하지 못했다는 사실을, 짐짓 뿌듯하게 여기고 있었기 때문입니다. 선생, 저는 이것을 아주 기분좋고 흡족한 일로 생각하고 있는데, 만약 다음 페이지의 내용에 대해, 선생께서 그럴듯한 의견이나 추측이라도 한 가지 내놓는다면,―저는 그 페이지를 이 책에서 찢어버리고 말겠습니다.

젠틀맨 트리스트럼 샌디의 삶과 견해

제2권

인간을 괴롭히는 것은 현실이 아니라 현실에 대한 편견이다.

THE
LIFE
AND
OPINIONS
OF
TRISTRAM SHANDY,
GENTLEMAN.

Ταρασσει τἰς Ἀνϑρώπες ὐ τὰ Πράγματα,
αλλα τὰ περι των Πραγμάτων, Δογματα.

VOL. II.

1760.

제1장

　　내가 2권을 시작하게 된 동기는, 토비 삼촌이 상처를 입었던 *나무르 공략*에 대한 다양한 대화와 질문을 통해, 그가 처했던 혼란의 성격을 말씀드릴 수 있는 충분한 지면을 확보하기 위한 것입니다.
　　독자께서 *윌리엄 왕의 전쟁*에 관한 역사를 읽으셨다면, 기억을 상기시켜드리는 의미에서,─또한 읽을 기회가 없었다면,─반드시 기억해야 할 사실을 한 가지 말씀드리겠는데, 다름아니라 나무르 공략에서 있었던 그중 중요한 전투는, 영국인들과 네덜란드인들이, 성 니콜라스 성문 앞의, 수문 혹은 물문을 둘러싸고 있는 수로 외벽의 돌출한 부분에 감행했던 공격으로서, 당시 영국인들은 성 로시 성문의 옹벽과 소능보(小稜堡)에서 퍼붓는 공격에 완전히 노출된 상태에 있었습니다. 이와 같은 형세가 뜨거운 관심의 대상이 되었던 이유를 간단히 말씀드리자면, 네덜란드인들은 옹벽 위에 진을 치고 있었고,─영국군은, 용맹스런 프랑스 장교들이 검을 손에 쥔 채 제방 위에 몸을 드러내고 있는 것도 아랑곳하지 않고, 성 니콜라스 성문 앞의 낭하(廊下)를 차지하고 있었기 때문입니다.
　　이 공격은 토비 삼촌이 나무르에서 목격한 그중 중요한 공격이었는데,─포위군의 군대들은, 뫼즈 강과 상브르 강의 합류점에 가려, 서로의 작전 수행을 제대로 지켜볼 수 없었고,─토비 삼촌은 이 대목만 나오면 여느 때보다 유달리 말이 많아지고 혼란스러워했는데, 여기서 삼촌이 직면했던 어려움은, 이야기를 알아들을 수 있게 해야 한다는 극복하기 힘든 난제 때문이었으며, 예를 들어 보루 도랑의 내벽과 외벽,─제방과 낭하,─반월형 외루와 반월형 보루 등의 차이와 특징을 명확하게 설명하여,─듣는 사람들이 그가 어디서 무엇을 하고 있었는지 제대로 이해시켜야 했기 때문입니다.

사실 이런 용어들은 작가들도 혼동하기 일쑤이기 때문에,─삼촌이 그 용어들을 애써 설명하며 갖가지 오해에 맞서다 보면, 방문객들은 자주 혼란에 빠졌고, 본인도 종종 동일한 입장이 되었다 해도 그리 놀라운 일은 아니었습니다.

사실 아버지가 위층으로 안내한 손님들이 어느 정도 머리가 있는 사람들이거나, 토비 삼촌의 기분이 이야기하기에 최적인 경우를 제외하고는, 아무리 애를 써도, 말이 애매해지는 상황을 막을 도리가 없었습니다.

토비 삼촌의 이야기를 더욱 얽히고설키게 만든 것은 바로 다음과 같은 이유 때문이었는데,─다름아니라, 성 니콜라스 성문 앞의 보루 도랑 외벽 공격이 있을 때면, 이 외벽은 뫼즈 강의 강둑에서부터, 큰 수문이 있는 곳까지 이어져 있었고,─그 지역은 수많은 도랑과 방수로, 개울, 수문 등이 사방으로 지나가며 가로지르고 있었기 때문에,─삼촌은 몹시 당황하여 그 사이에서 제대로 빠져나오지 못하고, 목숨을 부지하기 위해 전진도 후퇴도 하지 못하는 사태가 종종 벌어져, 결국 공격을 포기할 수밖에 없었습니다.

삼촌은 이와 같은 곤혹스런 좌절들을 겪으면서 매우 당황스러워했지만, 아버지는 동생을 생각하여 계속 새로운 친구와 새로운 질문을 이끌고 올라오는 바람에,─이 일은 삼촌에게 무거운 짐이 되어버리고 말았습니다.

토비 삼촌이 자제력이 많은 사람이었던 것은 확실하며,—대다수의 사람들이 그렇듯이, 표정도 잘 바꾸지 않았던 모양이지만,—반월형 외루로 들어가지 않고는 반월형 보루에서 후퇴해 나올 수가 없다거나, 수로에 떨어지지 않고는 낭하에서 나올 도리가 없다거나, 도랑으로 미끄러져 들어가지 않고는 둑을 건널 수가 없을 때면, 내심 얼마나 애를 태우고 초조해했을지 충분히 상상이 가시겠지요.—삼촌의 입장이 바로 그랬으며,—끊임없이 이어지는 이런 자잘한 짜증들이, 히포크라테스를 읽어보지 못한 사람에게는 하찮고 쓸데없는 것들이라고 여겨지겠지만, 히포크라테스나 제임스 메켄지[1]를 읽은 사람이라면, 그리고 마음의 열정과 격정이 소화 작용에 미치는 영향을 고려해본 사람이라면,—(소화뿐 아니라 상처에도 마찬가지 아닐까요?)—그 일 하나만으로도 삼촌의 상처가 얼마나 심하게 약이 올라 악화되었을지 쉽사리 짐작이 갈 것입니다.

—토비 삼촌은 이 문제에 대해 깊이 생각할 여유도 없었고,—그렇게 느끼는 것만으로도 힘에 부쳤으며,—3개월 동안이나 그 고통과 고뇌를 감내한 후, 어떻게든 여기서 해방되어야 한다는 결론을 내렸습니다.

어느 날 아침 삼촌은 침대에 벌렁 드러누워 있었는데, 샅의 상처가 주는 고통과 그 상처의 특성상 그렇게밖에 누워 있을 수가 없었으며, 그의 머리 속에 나무르 시의 요새와 성채를 비롯해 그 주위를 포함하는 큰 지도를 구해 커다란 널빤지에 붙여놓는다면, 좀더 용이하지 않을까 하는 생각이 들었습니다.—삼촌이 나무르 시를 비롯해, 그곳의 성채와 함께 주변을 포함시킨 이유는,—그가 참호로부터 삼십 투아즈[2] 정도 떨어

---

[1] Hippocrates(기원전 460?~377?): 고대 그리스의 의사로서 '의학의 아버지'로 불린다. Mackenzie(1680~1761): 18세기 스코틀랜드의 의사.
[2] toise: 길이를 재는 프랑스의 옛 단위(1.949미터).

진, 성 로시 성문의 소능보 돌각 맞은편에 위치한 방벽 안에서 삽에 상처를 입었기 때문이었으며,―삼촌이 돌에 맞았을 때 서 있었던 바로 그 지점에, 정확하게 핀을 꽂을 수 있을 것이라고 확신했습니다.

모든 일이 그의 계획대로 진행되어, 삼촌은 그 고통스런 설명의 세계로부터 해방되었을 뿐 아니라, 앞으로 밝혀지겠지만, 마침내, **목마**를 손에 넣는 행복한 계기를 마련했습니다.

제2장

이렇게 재미있는 이야깃거리를 만들어내고 있는 마당에, 일을 너무 서투르게 처리하여, 취미가 고상한 비평가님들과 여러 선생님들의 통렬한 비판을 받는다면 어리석기 짝이 없는 일이겠지요. 이분들의 비판을 초래하는 원인으로는, 뭐니 뭐니 해도 파티에 초대하지 않는 것이며, 마찬가지로 무례한 경우는, 식탁에 (전문적인) 비평가라고는 한 사람도 없다는 듯, 다른 손님들에게만 특별히 관심을 쏟는 것입니다.

――저는 양자 모두를 피하기 위해, 애초에, 좌석 여섯 개를 이분들을 위해 일부러 남겨두었으며,―다음 순서는, 이분들의 비위를 맞추는 것으로서,―선생, 당신의 손에 입을 맞추며,―당신은 다른 손님과는 비교도 안 되는 큰 즐거움을 제게 안겨주시니,―당신을 맞이하게 되어 진심으로 기쁘기 짝이 없으며,―내 집이라 생각하시고, 격식일랑 차리지 마시고 편안히 자리하여, 진심으로 즐겨주시기 바라 마지않습니다 하고 말하는 것이지요.

내가 좌석 여섯 개를 남겨두었다고 말씀드렸는데, 나의 친절을 좀 더 늘려, 일곱번째 자리를 남겨두려던 참이었으며,──바로 내가 서 있는 이 자리를 말이지요,──그러나 어떤 비평가의 말이, (전문가는 아니지만,──천성적으로 타고난) 그만하면 할 일을 충분히 한 것이라고 하니, 그 자리를 지금 채워버릴 작정이며, 다음 해에는 더 많은 자리를 마련할 수 있게 되기를 바랄 뿐입니다.

──그런데, 도대체 어떻게 된 일입니까! 당신 삼촌 토비 씨는, 전직이 군인이었던 모양이고, 당신 표현대로라면 바보는 아닌 것 같은데,──어떻게 그토록 갈팡질팡 얼빠진 사람처럼, 멍청해 보일 수가 있단 말입니까, 마치──닥쳐요.

비평가 선생, 이렇게 대답할 수도 있겠지만, 지나치게 경멸적인 표현이겠지요.──우아하지 못한 말이며,──사물에 대한 정확하고 만족스런 설명을 제시하지 못하거나, 인간의 무지와 혼란의 근본적인 원인을 깊이 탐구할 능력이 없는 사람에게나 어울리는 표현입니다. 그리고 무엇보다 용기 있는 대답이기도 하기 때문에,──거부하는 것인데, 군인으로서 토비 삼촌의 성격에 아주 잘 어울리며,──이런 공격을 당할 때마다 *릴리블레로*를 휘파람 부는 습관만 없었어도,──사실 그에게 용기가 부족했던 것이 아니기 때문에, 바로 그런 대답을 했겠지만, 나에게는 적당하지 않다는 생각입니다. 여러분이 보시는 바와 같이, 나는 학구적인 입장에서 글을 쓰고 있으며,──비유와 암시, 보기, 은유도 학구적이어야 할 뿐 아니라,──성격도 일관성 있게 유지해야 하고, 적당히 대비도 시켜야 하니,──그렇게 하지 못한다면 도대체 어떻게 되겠습니까? 아닌게 아니라, 선생, 나는 파멸이겠지요,──그나저나 바로 지금 비평가님들을 위해 마련했던 좌석을 하나 없애려던 참이었는데,──두서너 자리 더 공석을 만들어놓을 것을 그랬나 봅니다.

―따라서 내 대답은 다음과 같습니다.

그런데, 선생께서는, 로크의 『인간 오성론』이라는 작품을 읽은 적이 있습니까?―너무 성급한 대답은 말아주십시오.―사실 그 책을 읽지도 않고 인용한다거나,―읽어도 이해를 못 하는 사람들을 많이 보았으니까요.―만일 선생께서 위의 두 가지 경우에 속한다면, 이 글을 쓰는 목적이 교훈을 주기 위한 것이니만큼, 그 책에 어떤 내용이 담겨 있는지 몇 마디로 말씀드리겠습니다.―그 작품은 역사책입니다.―역사라고요! 누구의? 무엇의? 어디서? 언제? 그렇게 서두르지 마십시오.―그 작품은, 선생, (누구에게나 추천할 만한 책이며) 인간의 마음 속에 일어나는 일을 기록한 역사책으로서, 그 책에 대해서는 이 정도만 알고 있으면, 선생은 형이상학 협회에서도 절대 무시 못 할 인사가 될 것입니다.

그런데 그건 그렇고.

선생께서 과감히 나를 따라나서, 이 일의 근본을 파헤쳐보신다면, 인간 심성의 모호함과 그 혼란의 원인은, 세 부분으로 나누어져 있음을 알게 될 것입니다.

먼저 둔한 기관들이 있지요. 그리고 두번째로는, 이 기관들이 둔하지 않을 때 사물에 의해 만들어지는 희미하고 일시적인 인상들이 있습니다. 그리고, 세번째로는, 받은 것을 모두 놓쳐버리는, 마치 체 같은, 기억력이 있습니다.―하녀 돌리를 불러, 이 이론을 알기 쉽게 설명해 준 뒤, 그 아이가 *말브랑슈*[3] 못지않게 제대로 이해하지 못한다면, 내 어릿광대 모자를 방울과 함께 드리도록 하겠습니다.―돌리가 로빈에게 보내는 편지를 완성하고 나서, 오른쪽 호주머니에 손을 넣었는데,―여

---

3 니콜라 말브랑슈 Nicolas Malbranch(1638~1715): 17세기 프랑스 철학자로서 로크의 비판을 받았다.

기서 염두에 두어야 할 것은, 지금 돌리가 손을 더듬어 찾고 있는 바로 그것을 통해, 인식 기관과 그 기능을 가장 적절하게 묘사하고 설명할 수 있다는 것입니다.—선생의 인식 기관이 그리 둔하지 않다는 것을 알기 때문에 드리는 말씀입니다만,—그 물건은 바로, 1인치 크기의 붉은 봉랍입니다.

봉랍이 녹아 편지 위에 떨어졌을 때,—돌리가 골무를 찾느라고 지나치게 오래 더듬거리면, 봉랍이 굳어버려, 원래 찍혀나와야 하는 골무 자국이 찍히지 않겠지요. 바로 그렇습니다. 또한 돌리의 봉랍이, 품질이 나쁜 밀랍이라든가, 혹은 너무 부드러운 제품이었다면,—찍는다 하더라도,—즉 돌리가 아무리 세게 눌러도, 그 모양이 제대로 찍혀나오지 않을 것이며, 마지막으로, 좋은 봉랍과 큰 골무를 쓴다고 해도, 마님이 부르는 바람에, 너무 서둘러 부주의하게 찍는다면,—세 가지 경우 모두, 골무가 남긴 문양은, 놋쇠 동전처럼 원형과는 다를 것입니다.

여기서 말씀드리고자 하는 바는, 토비 삼촌의 이야기를 혼란스럽게 만든 원인이 여기 없다는 것이며, 그럼에도 불구하고 이렇게 길고 상세하게 설명을 늘어놓은 이유는, 위대한 생리학자들이 하는 것처럼,—정확한 발원지가 아닌 곳을 먼저 보여드리려는 것입니다.

그 발원지가 맞는 곳은, 위에서도 넌지시 말씀드렸지만, 불명료함의 비옥한 원천이자,—앞으로도 영원히 그렇겠지만,—그중 명석하고 숭고한 지성들을 곤경에 빠뜨렸던 불분명한 단어 사용입니다.

선생님께서는 아마도 지난날의 문학사를 읽어보셨을 것이며(아더즈*Arthur's*에서[4]),—읽어보셨다면,—말의 전쟁이라 지칭되는 참혹한 싸움이, 원한과 피명으로 얼룩진 채 얼마나 오랫동안 지속되었는지 아

---

[4] 런던에 있는 유명한 클럽.

실 것이며,—천성이 착한 사람이라면 눈물 없이는 그 이야기를 읽을 수 없습니다.

너그러우신 비평가님! 이 모든 것을 검토하신 후에, 당신의 지식, 담화 및 대화가, 과거 언젠가, 이것 때문에, 오직 이것 때문에, 얼마나 애를 먹고 혼란에 빠졌었는지, 마음속으로 곰곰이 생각해보시기 바랍니다.—평의회에서는 o2σía와 1πόστασις[5]에 대해, 그리고 학자들의 모임인 학계에서는 권력과 영혼에 대해,—본질에 대해, 진수에 대해,—실체에 대해, 그리고 공간에 대해서도 얼마나 소란과 법석을 떨었는지 모릅니다.—게다가 무의미하고, 뜻이 불분명한 말 때문에 그 유명한 극장에서 빚어진 혼란은 또 어떻고요,—이 모든 것을 고려한다면, 토비 삼촌의 곤경이 유별나 보이지도 않고,—삼촌의 보루 도랑 내벽과 외벽,—제방과 낭하,—반월형 보루와 반월형 외루를 위한 애도의 눈물 한 방울을 훔치지 않을 수 없을 것입니다. 관념 때문이 아니었지요,—절대로! 그의 삶이 위험에 빠진 것은 말 때문이었습니다.

제3장

토비 삼촌은 나무르 시의 지도가 머리에 떠오른 순간, 곧바로 그 일에 착수하여, 부지런을 떨며 지도를 연구했는데, 무엇보다 몸을 회복하는 일이 시급했으며, 아시는 바와 같이 삼촌의 회복은 마음의 열정과 격

---

[5] 본질.

정을 다스리는 데 달려 있었기 때문에, 감정에 휩쓸리지 않고 이야기를 이어갈 수 있도록, 대화의 주제에 정통하고 있어야 했습니다.

두 주가 지나도록 피나는 노력을 기울인 끝에, 비록 살에 입은 상처는 나아질 기미를 보이지 않았지만,―지도에 있는 코끼리 발[6] 밑 가장자리의 글과, 플랑드르어에서 번역된 고베시우스[7]의 축성학과 화포술(火砲術)에 관한 저서의 도움으로, 삼촌은 이야기를 어느 정도 명쾌하게 구성할 수 있었으며, 두 달이 채 지나기 전에,―보루 도랑 외벽 공격을, 전혀 막힘 없이, 제대로 지휘할 수 있게 되었고,―애초에 의도했던 것보다, 그쪽 방향으로 더 깊이 들어가,―뫼즈 강과 상브르 강을 건너, 보방의 성채[8]와, 살신느 수도원에까지 우회하여 전진하며, 그가 영광의 상처를 입었던 성 니콜라스 성문 앞에서의 전투와 마찬가지로, 각 전투마다 그 독특한 역사를 방문객들에게 들려주었습니다.

그러나 지식에 대한 욕구는, 부에 대한 목마름과 같이, 더하면 더할수록 강해지는 법입니다. 삼촌은 지도를 들여다보면 볼수록, 더욱 빠져들게 되었으며,―위에서 말씀드린 바와 같이, 전문가들의 영혼이 마찰과 압력을 통해 덕을 쌓고,―그림을 그리고,―나비에 대해 통달하고, 바이올린을 연주하며 행복을 얻게 되는 것과 같이, 삼촌도 그와 동일한 과정과 극적인 동화를 겪었습니다.

토비 삼촌이 달디단 과학의 샘에서 목을 축이면 축일수록, 그의 목마름은 더욱 뜨겁고 간절해져, 자리에 누운 지 한 해가 채 가기 전에,

---

6 옛날 지도에서 볼 수 있는 장식적인 그림.
7 고베시우스Gobesius는 16세기 화포술 전문가였던 레온하르드 고레시우스Leonhard Gorecius를 가리키는 것으로 생각됨.
8 세바스티앵 르 프르스트르 드 보방Sébastien le Prestre de Vauban(1633~1707): 나무르 시의 방어 시설을 설계했던 군사 전문가. 그는 루이 14세 치세하에 요새 축성과 포위 공격에 획기적인 발전을 가져왔다.

이탈리아와 플랑드르에 있는 모든 요새의 평면도를 구해, 손에 넣는 대로, 공략, 파괴, 개량, 신축 등의 역사적인 기록과 자세히 비교하며, 자기 자신도, 상처도, 누워 있다는 사실도, 저녁 식사도 잊고, 열성적인 자세와 기쁜 마음으로 빠짐없이 검토했습니다.

이듬해에는 *이탈리아어*에서 번역된 *라멜리*와 *카타네오*의 저서들을 구입했으며,──스테비누스, 마롤리스, 드 빌 기사, 로리니, 코혼, 쉬터, 파강 백작, 육군 원수 보방, 블롱델 선생 등의 저서를 비롯해, 축성법에 관한 온갖 자료들을, 돈 키호테의 서가를 침입했던 목사와 이발사가 발견한 기사도에 관한 책들만큼 다양하게 구입했습니다.[9]

3년째 되던 해인 99년 8월에, 삼촌은 발사물에 관한 이해가 절실함을 느꼈습니다.──그리고 이런 지식은 그 원천에서부터 퍼올리는 것이 최선이라는 판단에 N. 타르타글리아의 이론에서 출발했는데, 그는 대포알이 직선으로 날아가 그만한 파괴력을 갖는 것은 무리라는 사실을 최초로 밝혀낸 인물입니다.──삼촌은 N. 타르타글리아를 통해 이것이 불가능하다는 사실을 확인했지요.

──진리 추구는 끝이 없도다!

삼촌은 대포알이 진행하지 않은 경로를 확인하자마자, 이제는 대포알이 진행한 경로를 알아내야겠다는 결심을 했습니다. 그는 말투스의 저서를 참고로 처음부터 다시 시작했으며, 그를 헌신적으로 연구했습니다.──다음은 갈릴레오를, 그리고는 토리첼리우스로 넘어갔으며,[10] 여기서 삼촌은 기하학의 원리를 실수 없이 적용한 결과, 대포알의 정확한 경

---

9 라멜리 Ramelli, 카타네오 Cataneo 등은 16, 17세기 군사학 서적의 저자들이다. 『돈 키호테』(I.vi)에서 목사와 이발사가 주인공의 서가에 들어갔을 때 백 권 이상의 두터운 책을 발견했다.

10 타르타글리아, 말투스, 갈릴레오, 토리첼리우스는 모두 르네상스 시대 총포 권위자들이었다.

로가 **포물선**,─혹은 **쌍곡선**이라는 사실을 발견했으며,─그 진행 경로의 원추형 단면의 지름, 혹은 *latus rectum*[11]이, 부피와 넓이에 정비례하는 것처럼, 전체 길이도, 수평면 위에 놓인 포미가 그리는 입사각의 두 곱의 사인에 *정비례*한다는 사실을 발견했으며,─반지름은,──그만! 토비 삼촌,─제발 그만 하세요!─그런 곤혹스런 가시밭길로 한 걸음도 더 들어가지 마세요!─당신의 혼란스런 발걸음과 그 미궁의 미로들이 뒤얽혀 있는 것이 보이는군요! 사람의 넋을 빼는, 지식이라는 허깨비를 추구하다가 당신이 겪게 될 고통이 몹시 심란해 보입니다.─아 삼촌! 뱀을 보고 도망치듯 멀리─멀리─도망가세요.─사람 좋은 삼촌! 샅에 상처를 입은 채 그렇게 일어나 앉아, 피를 태우듯 격앙되어 밤을 지새워도 괜찮겠습니까?─아, 안타깝게도! 삼촌의 상처는 악화될 게 뻔하며,─땀도 나지 않고,─생기도 없어지고,─힘도 쓰지 못하며,─원초적인 수분이 말라버려,[12] 만성 변비에 걸리고, 건강을 해쳐,─이런저런 노환들을 재촉할 것입니다.─아 삼촌! 나의 토비 삼촌.

제4장

이것을 이해하지 못한다면, 글쓰기에 대해 아무것도 모르는 사람이 분명하다고 생각하는데,─다름아니라 아무리 훌륭하게 쓴 이야기도,

---

11 직경.
12 모든 동물의 씨에는 원초적인 수분 radical moisture이 있어, 램프의 기름 같은 역할을 하며, 다 없어질 경우에는 생명이 끝난다고 생각했다.

토비 삼촌의 이름을 돈호법(頓呼法)[13]으로 힘차게 부른 뒤에 바로 이어진다면,―독자의 입맛에는 식고 김빠진 글로 느껴진다는 것이며,―바로 그 때문에 이야기의 중간이긴 했지만,―앞 장을 그냥 끝내버렸습니다.

　―나와 같은 유형의 작가들이 화가들과 공유하는 원칙이 한 가지 있습니다.―그 원칙은 사실적인 묘사가 그림의 아름다움을 해치는 경우, 우리는 소악(小惡)을 선택한다는 것인데, 아름다움을 침해하기보다는 진실을 침해하는 편이 더 용서받기 쉽다는 판단에 따른 것입니다.―물론 이 말은 *cum grano salis*[14]로 새겨들어야 하며,―사실, 이 비유는, 돈호법의 열기를 식히기 위한 것이었을 뿐이니,―독자가 어떤 이유로든 이 원칙에 찬성하거나 반대한다 해도 아무런 상관이 없습니다.

　3년째 되던 해가 끝나갈 무렵, 원추형 단면의 지름과 반지름 때문에 상처가 덧나자, 삼촌은 화가 나서 발사물의 연구를 포기하고, 실제적인 요새 축성에만 관심을 쏟기 시작했으며, 그가 여기서 얻은 기쁨은, 눌러놓았던 용수철처럼, 그 힘이 갑절이 되어 그에게 되돌아갔습니다.

　사실 바로 그해에 삼촌은 매일 깨끗한 셔츠를 갈아입던 습관도 버리고,―이발사가 와도 면도도 하지 않고 돌려보내는가 하면,―의사가 상처에 붕대 감을 시간도 충분히 허락하지 않았으며, 그다지 관심도 없다는 듯, 일곱 번에 한 번이나 잘되었냐고 물을 정도였습니다. 그런데, 이게 무슨 일입니까!―삼촌이 갑자기, 번개 같은 속도로 변하여, 자신의 회복을 간절히 바라게 되었을 뿐 아니라,―아버지에게 고통을 호소하고, 의사에게 화를 내고 하다가,―어느 날 아침 위층으로 올라오는 의사의 발소리를 듣고는, 책뚜껑을 덮고, 기구들을 치우더니, 지금쯤은 확실히 완쾌되었어야 하는데, 상처의 회복이 이렇게 더딘 이유가 무

---

13 수사법의 한 가지. 갑자기 상대를 부르는 것으로 수사적인 효과를 거두려는 방법.
14 '소금을 쳐서 with a grain of salt' 라는 의미로서 에누리해서 들으라는 말.

엇이냐고 따지는 것이었습니다.—삼촌은 지금까지 당한 고통과, 지난 4년 간의 우울한 감금 생활의 슬픔을 오래도록 호소하며,—형제의 우애 어린 격려와, 다정한 눈빛이 아니었다면, 이미 오래 전에 역경에 쓰러졌을 것이라고 말했습니다.—마침 그때 아버지가 옆에 있었으며, 그는 토비 삼촌의 달변에 눈물을 글썽였는데,—너무나 예상 밖의 일이었기 때문입니다.—원래, 삼촌은 달변이 아니었으니,—그 효과가 더욱 클 수밖에 없었지요.—그리고 의사가 더욱 당황스러워했던 점은,—이와 같은, 아니 이보다 더 조바심을 내는 경우에도 반드시 무슨 조짐이 있어야 하는 것은 아니지만,—그에게는 너무나 뜻밖의 일이었으며, 치료를 해온 지난 4년 간, 삼촌이 이런 모습을 보인 적은 한 번도 없었으며, 신경질적이거나 불만스러운 말을 입 밖에 낸 적도 없었고,—항상 참을성 있고,—공손했기 때문입니다.

—우리는 종종 참을성 때문에 불평할 권리를 상실하곤 하지만,—결과적으로 그 위력은 몇 배나 증가합니다.—의사는 무척 놀랐는데,—무엇보다 그가 경악을 금치 못했던 것은 삼촌이 당장 상처를 고쳐놓든지,—왕실 전의인 론자트 씨를 데려오든지 하라고 단호하게 요청했기 때문입니다.

생명과 건강에 대한 욕구는 인간 본성 깊숙한 곳에 새겨져 있으며,—자유와 자아 발전에 대한 애정도 이와 유사한 열정이라고 할 수 있습니다. 토비 삼촌에게도 다른 사람들과 마찬가지로 이런 열정들이 있었습니다.—건강을 회복하고 외출을 하고 싶은 그의 간절한 소망은 이 두 가지 열정으로 충분히 설명이 되겠지요.—그러나 이미 말씀드렸듯이 우리 집안에서는 무슨 일이든 평범하게 돌아가는 법이 없었으며,—이번 일만 해도 삼촌의 간절한 소망이 그 모습을 드러낸 시기와 방법으로 미루어, 통찰력 있는 독자라면, 그의 머릿속에 다른 특별한 이유나 별스런 생각이 숨어 있다고 의심했겠지요.―사실 있긴 있었으며, 다음 장의 주제는 그 이유 혹은 그 별스런 생각이 무엇인지 말씀드리는 것으로 하겠습니다. 그리고 그 후에, 거실 벽난로 가에서 말을 하고 있는 삼촌에게로 다시 돌아갈 것을 약속드립니다.

제5장

인간이 스스로를 우세한 열정에 지배되도록 내버려둔다면,―즉 요컨대, 목마가 고집을 부릴 때는,―냉철한 이성과 공정한 판단력에는 작별을 고하는 편이 낫습니다!

사실 토비 삼촌의 상처는 거의 아물어가고 있었고, 평정을 되찾은 의사는,―상처에 이제 막 새살이 돋으려는 참이며, 아직까지는 그런 징조가 없지만, 박피 현상만 재발되지 않는다면,―상처는 대여섯 주 안에 말라붙을 것이라고 말했습니다. 한나절 전이었다면, 그 시간이 대여섯 번의 올림픽 주기[15]만큼 길었다 해도, 삼촌의 머릿속에 이보다 길게 느껴지지는 않았을 것입니다.―그때부터 삼촌의 두뇌는 신속하게 움직이기 시작했으며,―자신의 계획을 하루빨리 실행에 옮기지 못해 안달했으며,―더 이상 아무하고도 의논하지 않고,―사실, 그 누구의 조언도 듣지 않기로 이미 마음먹은 이상 당연한 일이겠지만,―삼촌은 시중들던 하인 트림을 시켜, 아무도 모르게, 붕대 및 치료 용품을 한 짐 꾸리

---

15 4년.

게 하고. 사륜 마차를 임대하여 그날 정오 12시 정각에 집 앞으로 부르도록 했는데, 그 시각에 아버지는 런던의 증권 거래소에 있었습니다. ─탁자 위에는 의사의 치료비로 은행권 한 장과, 형님에게 보내는 따뜻한 감사의 편지를 남겨두고,─지도와 요새에 관한 서적들과 온갖 기구 등으로 짐을 꾸렸습니다.─그리고 삼촌은 한쪽 팔은 목발에, 그리고 다른 쪽은 트림에 의지하여,─샌디홀을 향해 출발했습니다.

삼촌의 갑작스런 이사의 이유, 혹은 그 원인은 이러했습니다.

그와 같은 변화가 있기 하루 전날 밤, 방에서 탁자 위에 지도 등을 늘어놓고 앉아 있던 삼촌은,─연구에 필요한 갖가지 크고 작은 기구들 가운데, 그중 작은 축에 속하여 아래쪽에 파묻혀 있던 컴퍼스를,─담배 상자를 집으려다가 실수로 바닥에 떨어뜨렸는데, 이 컴퍼스를 집으려고 엎드리면서, 소맷자락으로 기구 상자와 심지 자르는 가위를 떨어뜨렸으며,─운이 나빴는지, 떨어지는 가위를 잡으려다가,─블롱델 선생의 저서를 탁자에서 밀쳐 떨어뜨렸으며, 그 위에 *파강 백작*의 책이 떨어졌습니다.

삼촌처럼 몸이 불편한 사람이, 이 모든 실수를 혼자 바로잡는 것은 아무래도 무리였기 때문에, 종을 울려 하인 트림을 불러서는,─*트림! 내가 어지럽혀놓은 걸 좀 보게나* 하고 말했습니다.─좀더 나은 장비가 있어야 하겠네.─이 자를 가지고 탁자의 길이와 넓이를 측정하여, 똑같은 크기로 탁자를 하나 더 주문해주지 않겠나?─예, 나리께서 원하신다면 그렇게 하지요. 트림이 절을 하며 대답했습니다.─그나저나 나리께서는 요새 축성에 관심이 많으시니, 빨리 회복하시어 시골 저택에 가신다면,─이 일을 제대로 실행에 옮기실 수 있지 않겠습니까.

여기서 말씀드리고 넘어가야 할 것은, 트림이라 불리는 삼촌의 하인은, 그의 중대 상병이었으며,─그의 본명은 *제임스 버틀러*[16]였는데,

─트림이라는 이름은 연대에서 얻은 별명으로서, 삼촌은 화가 많이 났을 때를 제외하고는, 그를 항상 이렇게 불렀습니다.

이 가엾은 친구는, *나무르 공략* 이태 전에, *랑덴* 전투에서 소총탄에 맞아 왼쪽 무릎에 상처를 입어, 더 이상 복무를 계속할 수 없게 되었으며,─그는 연대 내에서 많은 사랑을 받았고, 손재주가 좋아 삼촌은 그를 하인으로 고용했으며, 야영지나 막사에서 종자로, 마부로, 이발사로, 요리사로, 재봉사로, 간호사로 삼촌을 시중들었고, 실제로, 처음부터 끝까지, 충성심과 애정으로 그를 받들고 섬겼습니다.

삼촌도 그를 아꼈으며, 무엇보다 이들을 가깝게 만든 것은, 두 사람의 관심사가 비슷했다는 점이었습니다.─트림 상병은, (앞으로는 그를 이렇게 부르기로 하며) 4년이 지나는 동안 축성법을 논하는 주인의 이야기에 귀를 기울이고, 평면도 등을 독점적으로 엿보고 살필 수 있는 장점과, 스스로는 목마를 *타지 않으면서도* 목마 탄 사람의 시종으로서 얻는 것들로 인해,─그 방면에 어느 정도 정통하게 되었으며, 집안의 요리사나 하녀들은 그가 토비 삼촌만큼 요새에 대해 박식하다고 생각했습니다.

트림 상병의 성격에 한 가지만 덧붙이고 지나가려고 하는데,─그의 유일하게 우매한 구석이라고 하겠습니다.─다름아니라, 그는 말하기를,─아니 사실은 자기 스스로 말하는 것을 듣기 좋아했으며,─그의 태도가 아무리 점잖다고 해도, 조용히 있을 때는 가만히 두는 것이 상책이지, 혀가 한번 움직이기 시작하면,─도무지 멈추게 할 수가 없었으며,─달변에다가,─끊임없이 *나리를* 섞어대는 트림의 공손한 태도가

---

16 James Butler: 제2대 오르몬드 공작(1665~1745)의 이름. 1712년 육군 원수의 자리에 올랐다. 트림과 마찬가지로 랜든에서 1693년에 부상당했으며, 나무르 전투에 참가했다.

그의 연설을 적당히 중재하는 역할을 했기 때문에,—아무리 듣기 괴로
워도,—화를 낼 수가 없었습니다. 대개의 경우 삼촌은 트림에게 별다른
말을 하지 않았으며, 이런 그의 결점이 삼촌을 불쾌하게 만드는 일도 없
었습니다. 삼촌은, 말씀드린 대로,—그를 충실한 하인으로 여겼을 뿐
아니라,—겸허한 친구로서 아꼈기 때문에,—그의 입을 다물게 할 수가
없었습니다.—트림 상병은 이런 사람이었습니다.

 트림이 얘기를 계속했습니다. 제가 감히 나리께 조언을 드리고자,
이번 일에 관한 저의 의견을 말씀드리겠습니다.—환영하네, 트림 하고
삼촌이 말했습니다.—말해보게나 걱정하지 말고, 이번 일에 대한 자네
생각을 말해보게나. 그렇다면 말씀드리겠습니다. (그는 시골뜨기처럼
귀를 축 늘어뜨리고 머리를 긁적이는 것이 아니라) 이마 위에 흘러내린
머리카락을 뒤로 쓸어올리며, 정렬한 사단 앞에 서 있는 것처럼 몸을 꼿
꼿하게 펴고 대답했습니다.—제 생각에는, 나리. 그는 불구인 왼쪽 다
리를, 약간 앞으로 내밀고,—오른손을 펴, 벽에 핀으로 고정시켜놓은
됭케르크 지도를 가리키며 얘기를 시작했습니다.—나리의 고견에 겸허
한 경의를 표하며 말씀드리는 바입니다만,—제 생각에는, 이런 반월형
보루와 능보, 탄막, 각보 등은 종이 위에서는 초라하고 보잘것 없는, 하
찮은 것일 뿐이며, 나리와 제가 시골 어디에, 1루드,[17] 혹은 1루드 반 정
도의 마음대로 쓸 땅을 구한다면, 이 자료들을 가지고 할 수 있는 일을
한번 생각해보십시오 하고 트림이 말했습니다. 여름이 오고 있으니, 나
리께서는 바깥에 나가 앉으셔서, 옛날에 진을 쳤던 도시나 성채의 면도
를 제게 주신다면—(평면도라네 하고 삼촌이 말했습니다)—만약 제
가 나리의 마음에 들도록 요새를 축성하지 못하면, 그 요새의 제방 위에

---

17 토지 면적의 단위. 1,102평방미터에 해당한다.

서 나리의 총에 맞겠습니다.―자네라면 그러고도 남을 걸세, 트림 하고 삼촌이 말했습니다.―상병이 얘기를 계속했습니다. 나리께서 다각형의 변과 각만 정확하게 표시해주신다면 말씀입니다.―그거야 어려울 것 없지 하고 삼촌이 말했습니다.―나리께서 깊이와 넓이만 제대로 말씀해주신다면 외호(外濠)부터 시작하겠습니다.―털끝만큼의 오차도 없이 그렇게 해주겠네, 트림 하고 삼촌이 대답했습니다.―해자(垓字) 내벽을 만들 때는 이쪽에서 흙을 퍼 동네 쪽으로,―그리고 해자 외벽을 만들 때는 저쪽에서 흙을 퍼 야영지 쪽으로 버리도록 하겠습니다.―그렇고 말고. 삼촌이 말했습니다.―그리고 나리의 마음에 드시도록 해자의 제방을 만든 다음에는,―플랑드르의 대표적인 요새들이 모두 그렇듯이, 제방을 잔디로 입히려고 하는데, 나리께서도 같은 생각이시겠지요.―그리고 담과 흉벽도 잔디로 덮겠습니다.―전문가들은 뗏장이라고 부르네, 트림 하고 삼촌이 말했습니다.―뗏장이든 잔디든, 상관할 바 없이, 나리께서도 아시겠지만 벽돌이나 돌로 표면을 단장하는 것보다 열 배 이상 우수하지 않겠습니까 하고 트림이 말했습니다.―나도 어느 정도는 알고 있네.―삼촌이 고개를 끄덕이며 말했습니다.―대포알이 뗏장에 정면으로 박혀도, 파편이 떨어지는 일은 없고, (성 니콜라스 성문의 경우처럼) 해자에 파편이 쌓여, 그 위로 길이 나는 일도 없겠지.

　나리께서는 이 방면에, 국왕 폐하의 군대 장교보다 뛰어나십니다 하고 트림이 말했습니다.―그래서 말씀입니다만 나리, 탁자를 주문하는 일은 그만두시고, 시골로 가시면, 저는 나리의 지시에 따라 말처럼 일하며, 포대와 대호, 해자, 암벽 등을 갖춘 완벽한 요새를 축성하여, 사람들이 20마일 밖에서도 말을 달려 구경하러 오도록 만들겠습니다.

　트림이 이야기하는 동안 삼촌의 얼굴은 심홍색으로 붉게 물들었으나.―죄책감이라든가 부끄러움, 혹은 분노에 의한 홍조는 아니었으며,

─기쁨의 홍조로서,─그는 트림의 계획과 설명에 흥분했던 것입니다. ─트림! 이제 그만하게나 하고 삼촌이 말했습니다.─그러나 트림은 계속했습니다. 국왕 폐하의 군대와 그 동맹군들이 전장에 나가는, 바로 그 날, 나리와 저도 작전을 개시하여 도시를 하나씩 파괴시킨다면─트림! 하고 삼촌이 외쳤습니다. 이제 좀 그만 하게나.─그러나 그는 계속했습니다. 나리께서는 안락의자에 앉아, (의자를 가리키며) 쾌청한 날씨를 즐기시며, 저에게 명령만 내려주시면, 제가─그만 하라니까, 트림 하고 삼촌이 말했지만 소용없었습니다.─나리께서는 즐거움과 오락거리,─좋은 공기와, 적당한 운동으로 건강을 되찾으실 수 있고,─한 달 정도면 상처가 완쾌될 것입니다. 제발 그만 하게나, 트림.─삼촌이 말했습니다. (반바지 호주머니에 손을 찔러넣으며)─자네 계획은 아주 훌륭해─그래서 말씀인데요 나리, 내친김에, 시골에 가지고 내려갈 삽을 하나 사고, 부삽과 곡괭이, 또 두세 개 정도의──제발 좀 그만 하게나, 트림. 삼촌은 한 발로 뛰어오르며, 기쁨에 들떠,─트림의 손에 금화 한 닢을 쥐어주었습니다.─트림, 제발 말 좀 그만 하고,─이 친구야, 지금 당장, 아래로 내려가, 내 저녁이나 가지고 올라오게 하고 삼촌이 말했습니다.

트림이 뛰어내려가 삼촌의 식사를 가지고 올라왔으나,─헛수고였습니다.─삼촌의 머릿속은 트림의 작전 계획으로 꽉 차 있어, 아무것도 먹을 수가 없었습니다.─트림 하고 삼촌이 말했습니다. 그만 침대에 뉘어주게나.─그러나 누워도 마찬가지였습니다.─트림 상병의 계획이 삼촌의 상상력을 자극하여,─눈을 붙일 수가 없었습니다.─생각하면 할수록, 그 장면이 더욱 매력적으로 다가와,─다음날 해가 뜨기 두 시간 전에, 삼촌은 마지막 결단을 내려, 그와 트림 상병의 진영을 거둘 결심을 했던 것입니다.

토비 삼촌은 아버지 소유의 *샌디* 저택이 있는 동네에, 아담하고 깔끔한 시골 별장을 한 채 가지고 있었는데, 나이 많은 백부가 백 파운드가량의 연금과 함께 물려준 집이었습니다. 그 집 뒤에는, 반 에이커 정도의 채마밭이 집과 맞물려 있고,—이 채마밭 끝에는, 키가 큰 주목 울타리로 둘러쳐진 잔디 볼링장이 있었는데, 바로 트림 상병이 언급했던 넓이의 땅이었으며,—그의 말 그대로, "1루드 반 정도의, 우리 마음대로 쓸 땅,"—바로 그런 땅과 똑같은 잔디 볼링장이 불쑥 모습을 드러내어, 삼촌의 상상력의 망막에 단번에 정교하게 채색되었으며,—그의 안색을 변하게 하는, 혹은 최소한, 위에서 말했던 것처럼 삼촌의 얼굴의 홍조를 지나친 정도까지 심화시키는 물리적인 원인이 되었습니다.

토비 삼촌은 사랑하는 연인에게 달려가는 애인보다 더한 열정과 기대감을 가지고, 자기만의 은밀한 즐거움을 위해 달려갔으며,—은밀하다는 말은,—잔디 볼링장은 위에서도 말했듯이, 키가 큰 주목 울타리에 가려 집에서는 보이지 않았고, 나머지 삼면은 거친 호랑가시나무와 빽빽하게 자란 화관목 때문에, 사람들의 눈에 띄지 않았다는 것이며,—다른 사람이 볼 수 없다는 사실은, 삼촌이 마음속으로 기대하고 있던 즐거움을 배가시켰습니다.—그러나 경솔한 생각이었지요! 아무리 두터운 울타리가 있다 해도,—아무리 은밀해 보인다 해도,—삼촌이 1루드 반이나 되는 땅을 차지하고 즐기는 것을,—아무도 모르리라고 여기다니요!

삼촌과 트림 상병이 이 일을 진행시킨 과정과,—또한 이들의 흥미진진한 작전 이야기는,—이 작품의 전개 부분과, 줄거리가 고조되는 부분에서 재미있는 곁줄거리 역할을 할 것입니다.—그러나 지금은 이 장면을 접고,—거실 난로 가로 돌아가겠습니다.

제6장

——도대체 위층에서는 뭘 하고 있는 걸까, 동생? 아버지가 물었습니다.—내 생각에는요.—앞에서 말씀드렸듯이, 토비 삼촌은 피우고 있던 담뱃대의 재를 떨어내며 대답했습니다.—내 생각에는요, 형님—종을 울려 누굴 부르는 게 나을 듯합니다.

위층에서는 무엇 때문에 그렇게 소란을 떨고 있나, *오바댜*?—아버지가 물었습니다.—동생과 내가 얘기하는 소리도 들리지 않을 지경이니 말이네.

나리. *오바댜*는 고개를 왼쪽으로 수그리며 대답했습니다.—마님께서 몸이 편찮으신 모양입니다.—그런데 *수잔나*는 어딜 가는 길이기에, 누가 겁탈이라도 할 것처럼, 저렇게 급히 정원을 달려가는 건가?—나리, *수잔나*는, 마을로 통하는 제일 빠른 지름길로, 산파를 데리러 달려가는 중입니다 하고 *오바댜*가 대답했습니다.—그렇다면 어서 말에 안장을 얹어라 하고 아버지가 말했습니다. 그리고 진력을 다해 닥터 슬롭 말이야, 그 외과 의사에게 빨리 달려가서,—마님이 진통을 시작했다고 말하고.—자네와 함께 빨리 와주었으면 한다고 전하게.

정말 이상한 일이야. *오바댜*가 문을 닫고 나가자, 아버지가 삼촌에게 말했습니다.—바로 근처에 닥터 슬롭 같은 훌륭한 의사가 있는데—자네 형수는 끝까지 고집을 부려, 이미 한 번 불행을 겪은 내 자식의 목숨을, 그 늙은 여자의 무지함에 맡기려 하다니 말이야,—게다가, 동생, 내 자식의 목숨뿐 아니라,—본인 목숨도 그렇고, 앞으로 내가 자네 형수를 통해 혹시 갖게 될지도 모를 다른 자식들의 목숨까지도 말이네.

형님. 삼촌이 말했습니다. 아마도 형수님이 비용을 절약하려고 그러시는 거겠지요.—쥐꼬리만한 걸 가지고.—아버지가 대답했습니다.—그 의사는 일을 하든 안 하든 돈을 받기로 되어 있고,—게다가 성질을 부리지 않게 하려면,—더 쥐어줘야 할지도 모른단 말이네.

—다른 이유가 없는 것이 확실하다면 하고 토비 삼촌이 순수한 마음으로 말했습니다.—정숙함 때문이겠지요,—제 생각에는, 남자가 접근하는 게 싫으신가 봅니다. 형수님의 ＊ ＊ ＊ ＊ 가까이 말이에요. 토비 삼촌이 그 말을 했는지 어쨌는지는 말씀드릴 수 없지만,—삼촌을 위해서는 그렇다고 하는 편이 나은 것이,—그 말보다 이 문장을 돋보이게 하는 단어는 없다고 여겨지기 때문입니다.

그러나 반대로, 삼촌이 문장을 제대로 끝내지 못했다면,—독자들은 아버지의 담뱃대가 갑자기 부러지는 바람에, 수사학자들이 소위 돈절법(頓絶法)[18]이라고 부르는, 장식적 수사법의 그중 훌륭한 사례를 접한 것이 되겠지요.—굉장하지 않습니까! 이탈리아 예술가들의 *Poco più*와 *Poco meno*[19] 같은—이런 무감각한 조금 세게와 조금 여리게가, 어떻게 문장뿐 아니라, 조각품의 아름다움까지 정확하게 결정짓는단 말입니까! 어떻게 끌, 연필, 펜, 그리고 바이올린 활 끝의 가벼운 동작이,—참된 기쁨의 원천이 되는, 진정한 감동을 가져다 준단 말입니까!—아 동포들이여!—품위를 지키시고,—말조심하십시오.—당신의 말재주와 명성이 얼마나 사소한 것에 달려 있는지 결코 잊어서는 안 됩니다.

—"제 생각에는," 토비 삼촌이 말했습니다. "남자가 접근하는 게 싫으신가 봅니다. 형수님의 ＊ ＊ ＊ ＊ 가까이 말이에요." 이렇게 별표 대시 기호를 달면,—돈절법이 됩니다.—그러나 별표 기호를 빼고, 엉

---

18 감정이 고양되어 말을 갑자기 중간에서 끊어버리는 수사법.
19 Poco più: 좀더 세게； Poco meno: 좀더 여리게.

덩이라고 쓰면,—외설입니다.—엉덩이를 지워버리고, 낭하라고 쓰면, —은유가 되는데,—사실, 삼촌의 머릿속은 온통 요새와 관련된 것으로 꽉 차 있어서, 그 문장에 한마디 더 보태도록 내버려두었다면,—필시 그 단어를 덧붙였을 것입니다.

그러나 진상이야 어쨌든,—아버지의 담뱃대가 그렇게 결정적인 순간에 부러진 것이, 사고였는지 노여움 때문이었는지는,—머지않아 알게 됩니다.

제7장

훌륭한 자연철학자이자,—윤리학자이기도 했던 아버지는, 담뱃대가 한가운데서 뚝 부러지자,—달리 어찌할 도리가 없었으며,—그저, —부서진 조각들을, 벽난로 안쪽으로 살짝 던져버리는 수밖에 없었습니다.—그러나 아버지는 살짝 던지지 않고,—있는 힘껏 던졌으며,—자신의 행동을 좀더 강조하기 위해,—두 발로 일어서서 던졌습니다.

아버지는 노여우신 듯했으며,—토비 삼촌의 말에 대답하는 그의 태도로 미루어 사실로 입증되었습니다.

—"남자가 접근하는 게, (삼촌의 말을 그대로 옮기며) 싫은가 보고, 그녀의 …… 가까이에" 하고 아버지가 말했습니다. 맙소사, 토비 동생! 차라리 욥[20]의 인내심을 시험하게나,—나는 그 일 말고도 이미

---

[20] 『구약성서』 「욥기」의 주인공으로, 고난을 이겨낸 전형적인 인물.

그 양반 못지않게 온갖 재앙에 시달리고 있는 사람이네.—왜?—어디서?—어떻게?—무엇 때문에?—무슨 이유로 말입니까? 삼촌은 경악을 금치 못하며 물었습니다.—동생, 남자가 자네 나이가 되도록 여자를 그토록 모른다니 하는 말이네! 하고 아버지가 대답했습니다.—제가 여자를 어떻게 알겠습니까.—삼촌이 말했습니다. 됭케르크 공략 이듬해에, 나와 과부 워드먼 사이에 있었던 일로 충격을 받아,—사실 형님도 아시다시피 여자에 대한 나의 완벽한 무지만 아니었어도 충격까지 받을 이유는 없었지만,—하여튼 그 일로 여자들과, 그들의 관심사에 대해서는 아는 바도 없고, 아는 척도 하지 않을 충분한 근거를 얻은 셈이 되었지요.—동생 하고 아버지가 말했습니다. 그래도 여자의 앞뒤는 구분해야 하지 않겠나.

『아리스토텔레스의 명작』이라는 책에 보면, "사람이 과거를 생각할 때는, 땅을 쳐다보고,—미래를 생각할 때는, 고개를 들어 하늘을 쳐다본다"라는 말이 있습니다.

토비 삼촌은 어느 쪽도 아니었으며,—눈길을 그저 수평으로 두었습니다.—앞이라!—삼촌은 낮게 중얼거리며, 벽난로 선반의 어긋난 이음쇠가 만들어낸 갈라진 틈새를 멍하니 응시했습니다.—여자의 앞이라!—삼촌이 중얼거렸습니다. 저는 그쪽이 어느 쪽인지는, 달에 누가 사는지 모르는 것과 매한가지로 모른다고 인정합니다.—삼촌이 얘기를 계속했습니다. (눈은 계속 어긋난 이음쇠에 고정시킨 채) 이번 달 내내 그 생각만 한다 해도 그걸 알아내지는 못하겠지요.

그렇다면 토비 동생. 아버지가 말했습니다. 내 말을 한번 들어보게나.

이 세상 모든 것은. (새 담뱃대에 담배를 채우며) 아버지가 말했습니다.—토비 동생, 이 지구상의 모든 것은, 손잡이가 두 개씩이네,—

항상 그런 것은 아니지요 하고 삼촌이 말했습니다.—최소한, 사람은 모두 손이 두 개씩이 아닌가,—그러니 같은 얘기지—자, 차분히 앉아서, 여자라는 동물을 구성하는 각 부분의 구조와 모양, 구성, 접근 가능성 및 상태를 곰곰이 생각해보고, 유추적으로 비교해보게나.—저는 그 말이 무슨 뜻인지 도무지 모르겠는걸요.—하고 삼촌이 말했습니다.—유추란 바로 이런 것이지 하고 아버지가 말을 이었습니다. 즉 특정한 관계와 약속에 의해, 서로 다른—바로 이때 무지막지한 노크 소리가 아버지의 정의(定義)를 (담뱃대처럼) 두 동강 내버렸으며,—동시에, 사색의 자궁에서 태어난 의미심장하고 흥미진진한 논설의 머리를 밟아 으깨버렸는데,—아버지는 몇 달이 지나서야 이것을 안전하게 해산할 수 있었습니다.—그리고, 지금으로서는, (우리 집안의 불행이 낳은 혼란과 고난이 줄줄이 몰려오고 있으니) 3권에 이 논설을 실을 자리가 날까 하는 것이, 논설의 주제만큼이나 중요한 문제입니다.

제8장

토비 삼촌이 종을 울리고, 오바댜에게 말을 타고 가서 외과 의사인 닥터 슬롭을 불러오라는 명령이 떨어진 후, 한 시간 반 가량의 누구나 견딜 만한 독서 시간이 흘렀으며,—문학적인 측면에서나, 돌발 사태라는 점에서, 왕복 모두 합쳐, 오바댜에게 충분한 시간을 허락하지 않았다고 따질 사람은 없겠지만,—사실적으로 정확히 말하자면, 오바댜는 아마, 장화 신을 시간도 없었겠지요.

어떤 혹평가가 만약 이것을 물고늘어지며, 추를 가지고 와서는, 종을 흔든 시점과, 문을 두드린 시점 사이의 정확한 간격을 측정해보고,—2분 13초 36에도 미치지 못한다는 것을 알고,—시간의 일치 혹은 개연성을 위반했다는 이유로 나를 공격하려 든다면,—내가 그에게 할 수 있는 말은, 시간의 존속 개념과 그 기본적인 양상은, 연속적으로 이어지는 인간의 사고에 의한 것일 뿐이며,—이것이야말로 진정으로 학구적인 추(錘)라고 할 수 있으니,—나는 학자로서, 이 문제에 대해, 오직 이것으로서만 심판받을 것이며,—다른 어떤 추의 권위도 모두 공개적으로 부정하고 비난하는 바입니다.

그래서, 내가 혹평가님께 드리는 부탁은, *샌디홀*에서부터, 닥터 슬롭의 집까지는 겨우 8마일 정도라는 점을 염두에 두고,—*오바댜*가 그 거리를 왕복하는 동안, 나는 *토비* 삼촌을 *나무르*에서부터, 플랑드르 지방을 거쳐, 영국까지 모시고 왔다는 사실을 고려해달라는 것입니다.—그리고 4년 가까이나 몸져누운 삼촌을 곁에서 지켜봤으며,—그후 삼촌과 *트림* 상병을, 사륜 마차에 태워, 2백 마일 가까운 거리를 여행하여 요크셔까지 내려오게 했으니,—이 모든 것을 종합한다면, 독자들의 상상력은 닥터 슬롭의 등장을 맞이할 준비가 되었다는 생각이며,—최소한, (내가 바라기는) 막간을 이용한 춤이나 노래, 협주곡 정도는 되지 않았을까 합니다.

그래도 혹평가님께서 계속 고집을 부리신다면,—즉 내가 할 수 있는 말을 모두 했는데도,—2분 13초는 2분 13초일 뿐이라고 주장한다면,—사실 이런 주장은, 드라마상으로는 나를 구해주겠지만, 전기문학(傳記文學)적인 측면에서는 나를 파멸시켜, 외경(外經)[21]으로 평가받을 작

---

[21] 성경의 편집 선정 과정에서 제외된 문서들.

품을, 졸지에, 공언된 **로맨스**로 만들어버릴 것입니다.―그래도 이런 압력이 계속 가해진다면―나는 그 혹평가님께,―*오바댜*가 마구간에서 60야드도 채 가기 전에 닥터 슬롭을 만났고,―정말 그를 만났다는 지저분한 증거를 제시했으며,―지금 막 그 비극적인 증거도 내어놓을 참이었다고 말하는 것으로서,―모든 반론과 논쟁에 당장 종지부를 찍겠습니다.

한번 상상해보십시오,―아니 이쯤에서 새 장을 시작하도록 하지요.

제9장

닥터 슬롭[22]의 작고 볼품없는, 웅크린 모습을 한번 상상해보십시오. 4피트 반의 키에다, 근위 기병대 상사에게나 어울릴 만한 넓은 등과, 1피트 반이나 되는 복부를 말입니다.

이러한 그의 외모는,―호가스[23]의 『미의 분석』을 읽어보셨다면, 그러나 읽지 않으셨다면 꼭 그럴 기회를 마련하시기 바라며,―세 번의 붓놀림으로도 3백 번의 붓놀림이나 마찬가지로, 풍자적으로 정확하게 묘사하여 마음에 전달할 수 있다는 사실을 아실 것입니다.

---

22 닥터 슬롭 Doctor Slop은 존 버튼이라는 재능 있고 말도 많았던 의사를 풍자한 것이며, 그의 종교적(가톨릭), 정치적 신념은 스턴의 반감을 샀다.
23 윌리엄 호가스 William Hogarth(1697~1764)는 18세기 영국의 대표적인 화가였다. 그는 1753년 『미의 분석 Analysis of Beauty』을 출판했다. 『트리스트럼 샌디』가 인기를 얻자 스턴은 그에게 삽화를 부탁했다.

한번 상상해보십시오.—닥터 슬롭이, 말라빠진 조랑말의 등뼈 위에 앉아, 한발 한발 천천히, 먼지 속에서 비척비척 다가오고 있는 모습을 말입니다.—빛깔은 곱지만,—슬프게도!—힘이라고는—이렇게 무거운 짐을 싣고는, 어기적거릴 힘도 없으니, 설사 길이 좋아 걸을 만했다 하더라도 마찬가지였겠지요.—그러나 그렇지도 않았습니다.—게다가 상상해보십시오, *오바댜*가 마차를 끄는 튼튼하고 무지막지한 말을 타고, 반대쪽에서 전속력으로 질주해오고 있는 모습을 말입니다.

선생, 잠시 다음 설명에 주목해주십시오.

만약 닥터 슬롭이, 1마일 밖의 샛길에서 *오바댜*가 무서운 속도로 그를 향해 정면으로 달려오며,—물불을 가리지 않는 악마처럼, 흙탕물에 뛰어들어 철버덕거리며, 진흙과 물이 중심축을 이루는 소용돌이를 일으키며 다가오는, 이런 모습을 보았더라면,—그의 입장에서는, 무서운 휘스턴의 *혜성보다*[24] 더한 두려움의 대상이 아니었을까요?—핵(核)은, 즉 오바댜와 그가 타고 있는 마차 끄는 말은 제외하더라도 말입니다.—내가 보기에는, 소용돌이만으로도, 그 의사는 차치하고, 적어도 그의 조랑말을 집어들어 멀리 던져버렸을 것입니다. 다음을 읽어보시면, (지금 바로 그렇게 하시겠지만) 닥터 슬롭의 두려움과 공포심이 어느 정도였는지 짐작이 가리라고 생각하는데, 그가 *샌디홀*을 향해 느릿느릿, 목적지에서 60야드 정도 떨어진 곳까지 도달했을 때, 5야드 전방에는 정원 담장의 예각(銳角)에 의해 만들어진, 급한 모퉁이가 있었습니다.—진창 중의 진창인 그 길에서,—오바댜와 그의 마차 끄는 말이 갑자기 급하고 광폭하게 모퉁이를 돌아,—퍽! 하고,—그에게 돌진했던 것입니다!—이보다 더 끔찍한 상봉이 세상에 또 있을까요,—이렇게

---

24 윌리엄 휘스턴 William Whiston(1667~1752)은 지구 가까이 지나가는 혜성 때문에 이 세상이 파괴될 것이라고 예언했다.

갑작스러울 수가! 아무런 준비도 없었던 닥터 슬롭에게는 얼마나 큰 충격이었는지!

   그가 어떻게 했을까요?―성호를 그었습니다 † ―쳇!―선생, 그 의사는 가톨릭 신자였거든요.―어쨌거나, 차라리 안장 머리를 잡고 있는 편이 나을 뻔했습니다.―만약 그랬다면,―아니지요, 사실 결과를 보아서는, 아무것도 안 하는 편이 나았으며,―그는 성호를 긋느라고 채찍을 놓쳐버렸고,―미끄러지는 채찍을 무릎과 안장 자락 사이로 잡으려다, 등자를 놓쳐버렸으며,―이걸 놓치면서, 좌석에서 미끄러졌는데, ―이 모든 것을 놓치는 과정에서, (말이 났으니 말이지만, 성호를 긋는 것이 전혀 도움이 되지 않았다는 것을 보여주지 않습니까) 그 가엾은 의사는 마음의 평정을 잃었습니다. 이렇게 하여, *오바댜*의 공격을 받기도 전에, 조랑말은 제 갈 길로 가버리고, 그는 대각선으로 굴러 떨어져, 양털 다발이 떨어질 때처럼, 추락에 따른 별다른 상처 없이, (당연한 결과겠지만) 몸의 가장 넓은 부분으로 진창에 12인치 정도 빠져버렸습니다.

   *오바댜*는 닥터 슬롭을 향해 모자를 벗으며,―한 번은 그가 떨어질 때,―그리고 또 한 번은 그가 주저앉았을 때, 이렇게 두 번 인사를 했습니다.―시기를 잘못 만난 공손함이여!―말에서 내려 그를 도와주는 편이 낫지 않았을까요?―아닙니다 선생, 그는 자기 형편에서 최선을 다 했고,―마차 끄는 말의 **추진력**이 너무나 컸기 때문에, *오바댜*는 한꺼번에 이것저것 다 할 수가 없었으며,―그는 닥터 슬롭의 주위를 세 바퀴나 돌고 나서야 말을 멈출 수가 있었고,―그가 가까스로 말을 멈추었을 때는, 엄청난 진흙의 폭발을 동반했기 때문에, *오바댜*가 차라리 1리그[25]

---

[25] 거리의 단위. 약 5킬로미터.

정도 떨어져 있었더라면 더 나았을 뻔했습니다. 간단히 말하자면, 닥터 슬롭이 이처럼 진흙으로의 밀봉 내지는, 실체 변화(實體變化)²⁶를 겪은 것은, 그 이론이 유행하기 시작한 이후로 처음 있는 일이었습니다.

제10장

    닥터 슬롭이, 아버지와 토비 삼촌이 여성의 본질을 논하고 있던 뒷거실로 들어갔을 때,—두 사람이 그의 예기치 못한 등장 때문에 놀란 것인지, 혹은 그의 모양새 때문이었는지 결론짓기 힘들었는데, 그 사고가 집 가까운 곳에서 일어났기 때문에, 말 등에 다시 오를 필요도 없이, 오바댜는 닥터 슬롭을 씻지도 않고, 때도 되지 않은 데다, 성유(聖油)도 바르지 않은 채,²⁷ 더러움과 얼룩 그대로 뒷 거실로 안내했던 것입니다. —그는 햄릿의 유령처럼, 움직임도 말도 없이, 1분 30초 동안, (오바댜의 손을 잡은 채) 진흙의 장관을 연출하며 거실 문에 서 있었습니다. 낙상을 입은 그의 뒷부분은, 진흙으로 완전히 떡칠이 되었고,—몸의 다른 부분도, 오바댜의 폭발로 너무나 골고루 얼룩져, (심리 유보〔心裏留保〕²⁸ 없이) 흙탕물 한방울 한방울이 빠짐없이 효과를 발휘했다는 것을 맹세할 수 있을 정도였습니다.

---

26 성찬의 빵과 포도주가 그리스도의 몸과 피로 변한다는 교리.
27 종부 성사(중환자나 임종을 맞은 사람에게 신부가 성유를 발라주는 의식) 혹은 임종을 맞는 종교적 예식을 치르지도 않았다는 의미. 햄릿의 아버지가 자신의 죽음을 이렇게 묘사한다(『햄릿』).
28 법률 용어. 의사 표시자가 진의가 아닌 뜻으로 해석될 것을 알고 하는 의사 표시.

이번에는 _토비_ 삼촌이 아버지를 이길 좋은 기회였으며,—닥터 슬롭의 이런 곤란한 모습을 목격한 사람이라면, 누구든 "닥터 슬롭 같은 사람이 접근하는 게 싫으신가 봅니다. 형수님의 ＊＊＊＊ 가까이 말이에요" 라는 삼촌의 의견에 어느 정도 동의하지 않을 수 없었을 것입니다. 그러나 그렇게 한다면 _Argumentum ad hominem_[29]이 되는데, 삼촌은 이 방면에 지식이 없었기 때문에 이것을 활용하지 않았다고 생각하시겠지요.—아닙니다, 삼촌이 그렇게 하지 않은 이유는,—다른 사람에게 무례하게 하지 않으려는 그의 본성 때문이었습니다.

그나저나 당시 닥터 슬롭이 나타난 모습도 그랬지만, 그의 출현 자체도 상당히 의문스러웠는데, 물론, 아버지가 잠시만 곰곰이 생각해보았다면 확실한 해답이 나왔겠지만, 그는 일주일 전에 어머니가 달이 다 찼다는 기별을 닥터 슬롭에게 보냈고, 그후로 아무런 소식을 듣지 못한 의사가, 일이 어떻게 되어가고 있는지 알아보기 위해, 이미 행동에 옮긴 바대로, _샌디홀_을 방문했고, 이런 그의 출현은 당연하면서도 약간은 계산적인 면이 있었다고 해야겠지요.

그러나 불행하게도, 아버지의 생각은 샛길로 빠져들고 말았으며, 혹평가님의 생각과 마찬가지로, 종소리와 요란한 노크 소리,—이 사이의 시간 측정 등에,—온 정신을 집중하는 바람에, 다른 일은 생각할 틈도 없었는데,—위대한 수학자들에게 흔히 나타나는 증상으로서 논증에만 전력을 다해 매달리다 보니, 힘을 모두 소진하여, 추론이나 응용을 위한 여력을 남겨두지 않았던 것입니다.

종소리와 노크 소리는 _토비_ 삼촌의 감각 중추에도 강한 인상을 남겼으며,—이 두 가지 타협 불가능한 진동은 삼촌의 마음 속에, 위대한

---

29 상대방의 인격을 공격하는 논증.

공학자 *스테비누스*[30]를 떠오르게 했습니다.—스테비누스가 도대체 이번 일과 어떤 관계가 있을까요,—사실 이 문제는 대단히 중요하며—결국 해답이 나오긴 하지만,—다음 장에서 해결되지는 않습니다.

제11장

글쓰기란, 제대로 하기만 하면, (이 작품은 확실히 그렇다고 생각합니다만) 대화와 동일하다고 할 수 있습니다. 어떤 사람이든, 괜찮은 일행을 만나고 주제를 잘 파악한다면, 혼자서만 얘기하려 들지는 않을 것이며,—따라서 작가도, 올바른 예의범절의 경계를 아는 사람이라면, 스스로 다 안다고 여기지는 않을 것입니다. 독자의 지성에 보내는 최대한의 존경심의 표현은, 작품의 내용을 사이좋게 이등분하여, 작가와 마찬가지로, 독자도 나름대로 상상할 수 있는 여분을 남겨두는 것입니다.

저는 독자에게 끊임없이 이런 답례를 하며, 독자의 상상력이 나의 상상력과 똑같이 바쁘게 움직이도록 최선을 다합니다.

자 이번에는 독자의 차례입니다.—닥터 슬롭의 슬픈 전복 사고와, 뒷 거실에 나타난 그의 애처로운 모습은,—독자의 상상력을 한동안 이끌어가겠지요.

자 이제, 닥터 슬롭이 자기가 당한 일을 이야기했다고 상상해보십시오.—그의 입맛대로 어떤 말이든 감정이든 골라잡아 말입니다.—

---

30 Stevinus: 르네상스 시대 네덜란드의 수학자이자 공학자.

그리고 오바댜도, 나란히 서 있는 두 사람이 최대한 대조적으로 보이도록 노력하며, 염려를 가장한 애처로운 표정을 지으며, 자기 이야기를 했다고 상상해보십시오. 아버지가 어머니를 살피기 위해 위층으로 갔다고 그려보십시오.—그리고, 이 상상 작업의 마지막 과정으로,—의사가 몸을 씻고,—닦고,—위로를 받고,—인사를 받고,—오바댜의 구두 한 켤레를 얻어 신고, 문 쪽으로 다가가며, 막 무엇인가 행동에 옮기려 하는 모습을 상상해보십시오.

중지!—일단 중지, 닥터 슬롭!—그 산과 의사의 손을 멈추고,—다시 안전하게 품속에 넣어 따뜻하게 하십시오.—어떤 장애물이 있는지 모르시는군요.—어떤 숨겨진 원인 때문에 일이 지연되고 있는지 모른단 말입니다!—닥터 슬롭,—당신을 이곳으로 불러들인 그 신성한 협정의 비밀 조항을 알고 계십니까?—바로 지금 루시나³¹의 딸이 당신의 머리 위에 산통으로 누워 있는 것을 알고 계십니까? 아아! 사실입니다.—필룸누스³²의 아들이여! 당신이 무엇을 할 수 있겠습니까?—무장도 하지 않고 출동을 하다니요,—*tire tête*³³도 가져오지 않고,—새로 발명한 *겸자*,—갈고리,—세정기,—구원과 해방을 위한 모든 기구들을 남겨두고 오다니요.—저런! 지금 그 기구들은 적갈색 가죽 가방에 담겨, 침대 머리맡에, 권총 두 자루 사이에 걸려 있지 않습니까!—종을 울려요,—불러요,—오바댜를 다시 마차 끄는 말에 태워 보내 속히 그 기구들을 가져오게 해야 합니다.

—서두르게, 오바댜 하고 아버지가 말했습니다. 내가 은화 한 닢을 주겠네.—나도 한 닢 주겠네 하고 토비 삼촌이 말했습니다.

---

31 Lucina: 로마 신화의 출산의 여신.
32 Pilumnus: 결혼의 신으로서, 임산부와 신생아의 보호자.
33 '태아의 머리를 잡아 끄집어내는 기구' 혹은 겸자(鉗子).

제12장

갑작스럽고 예기치 못한 당신의 출현에 (삼촌의 말이 시작되면서, 세 사람 모두 난롯가에 자리를 잡았습니다)——불현듯 위대한 *스테비누스*가 생각나는군요 하고 토비 삼촌이 닥터 슬롭에게 말했습니다. 아시다시피, 그는 내가 아주 좋아하는 학자입니다.——그러자, *Ad Crumenam*[34] 논법으로 아버지가 덧붙였습니다.——금화 스무 개를 은화 한 닢에 걸고 하는 말인데, (오바댜가 돌아오면 심부름 값으로 주려는 요량으로) 그 스테비누스라는 사람이 공학자였던가 그렇고,——방어술에 대해, 직접 혹은 간접적으로, 무엇인가 저술하지 않았나?

바로 그 사람입니다.——하고 삼촌이 대답했습니다.——그럴 줄 알았지. 아버지가 말했습니다.——그런데 아무리 생각해도, 닥터 슬롭의 갑작스런 출현과, 방어술에 관한 이야기가 도대체 무슨 상관인지 알 수가 없구먼,——그 사람인 줄 알긴 했지만 말이야,——동생, 할 얘기가 있으면 하게나,——그러나 주제에서 너무 벗어난다거나 엉뚱한 방향으로 가지는 말게,——자네라면 그 이야기를 꼭 하고 넘어가야 할 테니까 말이야. 이 보게, 동생 하고 아버지가 얘기를 계속했습니다.——내 머리를 탄막과 각보(角堡)로 꽉 채우고 싶진 않네.——설마, *샌디* 씨께서 그러실 리가 있겠습니까. 닥터 슬롭이 끼어들며, 자신의 재담에 지나치게 과장된 웃음을 터뜨렸습니다.[35]

---

34 돈주머니에 대한 논증.
35 각보의 영문 표기인 'horn-works'에 대한 닥터 슬롭의 재담. 아내가 부정을 저지르면 남편의 머리에 뿔horns이 난다는 얘기가 있다.

아버지는 재담이나 재담 비슷한 것만 들어도 비평가 데니스 씨[36]보다 더한 혐오감과 증오감을 보였으며,—이것 때문에 자주 성질을 냈고,—심각한 이야기 도중에 말장난이 끼어드는 것은, 손가락으로 코를 튕기는 행동이나 마찬가지로 몹쓸 짓이라며,—이 두 가지는 똑같은 것이라고 생각했습니다.

선생 하고 토비 삼촌이 닥터 슬롭에게 말했습니다.— 캉주[37]가 말하기를, "침대 막이라는 말은 십중팔구 막벽(幕壁)에서 유래했을 것이다"라고 하긴 했지만— 샌디 형님이 말씀하신 막벽은, 침대의 구조와는 아무런 상관이 없습니다.—그리고 형님이 말씀하시는 각보(角堡)도 서방질과는 전혀 상관이 없기는 마찬가지지요.[38] — 막벽은, 선생님, 방어술에서 사용하는 용어로서, 두 개의 능보 사이에 있는 누벽(樓壁) 혹은 성벽을 말하며 이들을 연결시켜주는 역할을 합니다.—포위군이 막벽을 직접 공격하는 경우가 드문 이유는, 측면이 든든하기 때문이지요. (다른 막도 마찬가지 아니겠소. 닥터 슬롭이 웃으며 말했습니다.) 삼촌이 얘기를 계속했습니다. 그리고 안전을 기하기 위해, 반월형 보루를 해자(垓字)나 도랑까지만 돌출하도록 하여, 그 앞에 두지요.—방어술에 대해 잘 모르는 보통 사람들은,—서로 전혀 다른 것임에도 불구하고, 반월형 보루(堡壘)와 반월형 외루(外壘)를 혼동합니다만,—양자 모두 똑같이 만들기 때문에, 그 모양이나 구조도 동일하며,—능보(稜堡)의 뒷문에 대해, 수직이 아닌 초승달 모양으로 돌각을 이루는 두 개의 면으

---

36 존 데니스 John Dennis(1657~1734)는 저서 *Remarks on Rape of the Lock*(1728)에서 재담에 대한 자신의 입장을 밝히고 있다.
37 캉주 Du Cange(1610~1688): 17세기 프랑스의 언어학자로서, 중세와 후기 라틴어 사전을 펴냈다.
38 스턴은 각보를 의미하는 'horn-works'의 'horn'과 막벽을 의미하는 'curtin'의 성적인 암시를 십분 활용하고 있다.

로 되어 있는 것도 같습니다.―그렇다면 차이가 어디 있단 말인가? (아버지가 약간 짜증스럽게 물었습니다)―그 차이는 이렇습니다 하고 삼촌이 대답했습니다.―형님, 반월형 보루가 막벽 앞에 있으면, 반월형 보루이고, 반월형 보루가 능보 앞에 있으면, 반월형 보루는 반월형 보루가 아니고,―반월형 외루가 됩니다.―그래서 반월형 외루가 능보 앞에 있는 한, 반월형 외루일 뿐이며,―자리를 바꾸어, 막벽 앞에 놓으면,―더 이상 반월형 외루가 아니며, 이런 경우에는, 반월형 외루가 더 이상 반월형 외루가 아니며,―반월형 보루인 것입니다.―내가 보기에는 방어술이라는 훌륭한 학문에도 약점이 있는 것 같구먼 하고 아버지가 말했습니다.―다른 것도 마찬가지겠지만 말이야.

―그리고 형님께서 말씀하신 각보로(아이고! 허! 하고 아버지가 한숨을 토했습니다) 말하자면, 외루의 그중 중요한 부분이지요 하고 삼촌이 말을 이었습니다.―프랑스 공학자들은 이것을, *Ouvrage à corne* 라고 부르는데, 일반적으로 다른 곳보다 약하다고 생각되는 부분을 보호하는 데 사용되며,―두 개의 에폴망 épaulement 혹은 반능보(半稜堡)로 구성되어 있고,―외관상으로도 아주 멋지기 때문에, 산책을 하실 용의가 있다면, 힘들인 보람이 있을 만한 훌륭한 것을 보여드리겠습니다. ―삼촌이 얘기를 계속했습니다. 그걸 두 개 겹쳐놓는다면,―훨씬 튼튼하겠지만, 비용이 많이 들고, 자리를 지나치게 많이 차지하기 때문에, 야영지의 전방을 보호하거나 방어하는 데 더 유용하다는 생각이며, 그렇지 않다면 쌍 요보(凹堡)를――아이고 어머니! ―토비 동생! 아버지가 더 이상 참지 못하고 소리쳤습니다.―자네라면 성자도 짜증나게 만들 걸세,―우리가 당했어, 어떻게 이렇게 되었는지는 모르겠지만, 아까 하던 이야기 속으로 다시 곤두박질치고 말았으니.―자네 머리는 그 혼란스런 일로 꽉 차 있기 때문에, 자네 형수가 산통 중에 있고,―울부

짖는 소리가 여기까지 들리는데도,─산파를 붙잡아놓고 있단 말이네. ─실례합니다만, *Accoucheur*[39]입니다─하고 닥터 슬롭이 말했습니다.─말이 났으니 말이지만 하고 아버지가 계속해서 소리쳤습니다. 사람들이 자네더러 뭐라고들 하는지 모르겠네만,─그 방어술이란 것하고, 그걸 발명한 사람들도 모두, 뒈져버렸으면 좋겠네,─그것 때문에 얼마나 많은 사람들이 죽었는지 모르고,─결국 나도 그렇게 되고 말겠지.─동생, 나는 절대로, 절대로, 대호나 지뢰, 잠복, 보루, 성벽, 반월형 보루, 반월형 외루 등, 이런 쓸데없는 것들이나, *니무르를 포함한 잡다한 플랑드르 도시들의 지배자가 되는 것* 등으로 내 머릿속을 채우고 싶지는 않단 말이네.

    삼촌은 마음의 상처를 잘 견디는 사람이었으나,─용기가 부족했기 때문은 아니었으며,─2권 5장[40]에서도 말씀드렸듯이, "그는 용기 있는 사람이었습니다."──이 자리에서 말씀드리고 싶은 것은, 혹시 위험한 일이 생긴다거나, 그럴 필요가 있을 경우에는,─나는 다른 사람이 아닌 삼촌의 품 안으로 피신할 생각이며, 그의 용기는 지적인 무감각이나 둔함에 기인하지 않으며,─아버지의 무례함을 어떤 사람보다 감정적으로 느꼈지만,─삼촌은 본성이 온순하고 차분한 데다,─거슬리는 구석이라고는 전혀 없는 사람이었기 때문에,─모든 것이 내부적으로 지극히 평화롭게 조화를 이루어, 삼촌은 차마 파리 한 마리도 해치지 못했습니다.

    ─날아가버려라.─어느 날 저녁 식사 때, 식사 시간 내내 삼촌의 코앞에서 앵앵거리며 그를 지독하게 괴롭히던 살찐 파리 한 마리를, 수 없는 시도 끝에, 그의 곁을 날아가는 것을 잡아,─삼촌은, 너를 해치지 않겠어, 라고 말하며, 파리를 손에 쥐고 의자에서 일어나 방을 가로질러

---

39 산과 의사.
40 5장이 아니고 2장에 있다.

가서는,—네 머리카락 한 올도 다치게 하지 않겠어,라고 말하며 창문을 열고, 파리가 도망갈 수 있도록 손을 펼치며 날려보내는 것이었습니다. —가버려라 이놈아, 가버려, 내가 무엇 때문에 너를 해치겠니?—이 세상은 너와 나를 모두 지탱할 만큼 넓지 않으냐.

당시 나는 열 살이었고,—예민한 나이에 있었던 내 감성과 잘 어우러졌는지, 즉시 온몸에 유쾌한 전율을 느꼈으며,—삼촌의 태도와 표현 방식 때문이었는지,—혹은 그 강도 때문이었는지, 또는 어떤 비밀스런 마술의 힘에 의해,—동정심으로 조절된 그의 조화로운 어조와 태도가, 내 마음에 와 닿았기 때문이었는지는 모르겠지만,—다만 확실한 것은, 삼촌이 가르쳐준 보편적 온정의 교훈이 그때부터 내 마음을 떠난 적이 없다는 사실입니다. 내가 대학에서 공부한 *Literæ humaniores*[41]이 가르쳐준 것을 가볍게 여긴다거나, 그후 비싼 값을 치르고 국내와 국외에서 받은 교육의 도움을 불신하는 것은 아니지만,—내가 가진 박애 정신의 반 이상이 바로 그 우연한 인상 덕분이라는 생각을 자주 하곤 합니다.

☞ 이 부분은 부모님들과 교도관들을 위한 것이며 이 주제에 한 권 전체를 할애할 생각이었지만 이것으로 대신하는 바입니다.

토비 삼촌의 초상화에 이번 획을 더하는 작업은, 다른 부분을 그렸던 도구,—즉 목마와 관련된 모습을 표현했던 도구로는 불가능한 일이니,—이번 획은 그의 도덕적인 성품에 관한 것이기 때문입니다. 독자께서 이미 오래 전부터 느끼고 있었으리라고 생각합니다만, 아버지는 이런 종류의 억울함을 참고 견딜 때 삼촌과는 아주 다른 모습을 보였는데, 그는 매섭고 날카로운 감성과, 다소 신경질적인 성질의 소유자였기 때문에, 그렇다고 아버지가 악의 같은 것을 품지는 않았으며,—삶의 사소

---

41 인문과학.

한 마찰과 짜증으로 자극을 받을 때마다, 다소 익살스럽고 재치 있는 심술로 반응하곤 했습니다.―그러나 아버지는, 본성이 솔직하고 인정스러웠으며,―항상 설득의 여지가 있는 분이었기 때문에, 다른 사람, 특히 그가 진심으로 사랑하는, 토비 삼촌을 향해 다소 신랄하고 공격적인 유머가 폭발할 때면,―스스로 야기한 것보다 열 배나 더한 고통을(디나 고모의 일이나, 가설에 관한 경우만 제외하고) 느꼈습니다.

이런 관점에서 볼 때, 두 형제의 성격은, 상호 보완적이었다고 할 수 있으며, 이번에 있었던 스테비누스의 일만 해도 커다란 이점으로 작용했습니다.

만약 독자에게 목마가 있다면, 굳이 말하지 않아도 잘 아시겠지만,―목마는 그 사람의 가장 큰 약점이기 때문에, 이런 근거 없는 일격을 삼촌이 느끼지 않을 리가 없었습니다.―절대로,―이미 말씀드렸지만, 그는 이것을 단순히 느끼기만 한 것이 아니라, 아주 심각하게 받아들였습니다.

작가 선생, 삼촌께서는 뭐라고 하셨습니까?―어떻게 했는데요?―아, 선생!―삼촌은 훌륭했습니다. 아버지가 그의 목마를 모욕하는 말을 하자,―얼굴을 닥터 슬롭에게 향하고 대화를 나누고 있던 삼촌은, 어떤 감정도 내보이지 않고, 온정이 넘쳐 흐르는,―지극히 차분하고,―우애롭고,―표현하기 힘든 다정한 표정으로, 고개를 돌려, 형님의 얼굴을 쳐다보는 것으로,―아버지의 마음을 감동시켰습니다. 아버지는 재빨리 의자에서 일어나, 삼촌의 두 손을 쥐고 말했습니다.―토비 동생, 참으로 미안하네,―부탁이니, 어머니께 물려받은, 이 경솔한 성질머리를 용서해주게나.―아, 사랑하는 형님. 아버지를 붙잡고 자리에서 일어나며 삼촌이 말했습니다. 더 이상 아무 말씀 마세요, 형님.―그보다 열 배나 더해도 괜찮고말고요. 그러자 아버지가 대답했습니다. 하지만 다른 사람에게 상처를 주는 일은, 비열한 짓이며,—특히 형제인 경우에는,—게다가 이렇게 점잖고,—온순하고,—순하기 짝이 없는 동생에게 상처를 주다니 말이야,—비열한 짓이고말고,—정말이지 비겁하고말고.—천만에요, 형님 하고 삼촌이 말했습니다.—그보다 수십 배나 더해도 괜찮습니다.—그건 그렇고, 난 어쩌면 좋단 말인가, 토비 동생. 아버지가 소리쳤습니다. 자네의 즐거움과 기쁨을 위해 무엇을 해줄 수 있단 말인가, 더 크게 북돋워줄 수 있다면 (그럴 수도 없지만) 또 모를까!

—샌디 형님. 아버지의 얼굴을 지그시 바라보며 삼촌이 대답했습니다.—그 점에 대해서는 잘못 알고 계시며,—형님께서 샌디 가를 위해 일생을 바쳐 자녀를 보시는 것이, 제게는 큰 기쁨입니다.—그러나, 선생. 닥터 슬롭이 말했습니다. 그렇게 해서 샌디 씨는 본인의 자손만 늘리는 것이 아니겠소.—천만에요 하고 아버지가 대답했습니다.

제13장

형님은 도의에 따르는 것일 뿐입니다 하고 삼촌이 말했습니다.—가족적으로[42] 말이지요 하고 닥터 슬롭이 대답했습니다.—아버지는, 흥! 하며—그 얘기는 그만둡시다 하고 말했습니다.

---

[42] family-way. '임신'을 시킨다는 의미가 포함되어 있다.

제14장

앞 장의 마지막에서, 나는 아버지와 토비 삼촌, 그 두 사람을, *브루투스와 카시우스*의 화해 장면처럼,[43] 선 채로 남겨두었습니다.

아버지는 마지막 세 마디를 하며,—자리에 앉았고,—삼촌도 아버지를 따라했으며, 다만, 의자에 앉기 바로 전에 시중들던 트림 상병을 시켜, 집으로 가서 스테비누스의 저서를 가져오라고 시켰는데,— 삼촌의 집은 몇 걸음 되지 않을 정도로 가까운 곳에 있었습니다.

웬만한 사람 같았으면 스테비누스의 이야기를 그만두었을 법도 하지만,—삼촌은 어떤 불쾌감도 없이, 더구나 아버지께 그렇다는 것을 보여주기 위해서라도, 그 이야기를 계속했습니다.

슬롭 선생. 삼촌이 얘기를 시작하며 말했습니다. 당신의 갑작스런 등장이 내 머릿속에 즉각 스테비누스를 떠오르게 했습니다. (예상하셨겠지만, 아버지는 더 이상 스테비누스에다 내기를 걸지 않았으며) 삼촌이 이야기를 계속했습니다. 모리스 왕자 소유의 멋진 장치와 빠른 속력을 자랑하며, 눈 깜짝할 사이에 여섯 사람을 독일식 마일로 30마일이나 실어다 놓는, 그 유명한 돛마차 얘기를 하려는 것이며,—바로 그 위대한 수학자이자 공학자인 스테비누스가 그것을 발명했습니다.

돛마차에 대한 스테비누스의 설명이 필요했다면, 하인을 귀찮게 하지 않으셔도 될 뻔했으니(그는 몸도 불편하고), 내가 *라이덴*에서 돌아오는 길에 *헤이그*에 들렀다가, 2마일이나 걸어 *셰블링*까지 가서 그 돛

---

[43] 셰익스피어의 비극 『줄리어스 카이사르 *Julius Caesar*』의 한 장면. 4막 2장.

마차를 보고 왔기 때문입니다.

―그러나 학문이 매우 깊었던 *피레스키우스*에 비한다면, 그건 아무것도 아닙니다 하고 삼촌이 말했습니다. 그는 돛마차를 보기 위해, *파리*에서 *세블링*까지 왕복 5백 마일을 걸어가지 않았습니까,―단지 그것을 보기 위해서 말입니다.

세상에는 뒤떨어지는 것을 참지 못하는 사람들이 있습니다.

*피레스키우스*는 바보로구먼 하고 닥터 슬롭이 말했습니다. 아닙니다,―*피레스키우스*를 경멸하는 뜻은 아니었으며,―단지 그가 그렇게 먼 거리를 과학에 대한 열정으로 지칠 줄 모르는 노력을 기울여 걸어갔다는 사실이, 닥터 슬롭이 드린 수고에 비하면 훨씬 더하다는 말씀이지요 하고 삼촌이 말했습니다.―그래도 *피레스키우스*는 바보요 하고 닥터 슬롭이 다시 말했습니다.―왜죠?―하고 아버지가 동생 편을 들며 물었는데, 그의 마음 속에 아직 지워지지 않고 있던, 동생에 대한 무례함을 만회하는 뜻에서였지만, 부분적으로는, 아버지 스스로도 이 이야기에 점점 흥미를 느끼기 시작했기 때문이었습니다.―왜죠?―하고 아버지가 물었습니다. *피레스키우스*든, 누구든, 돛마차뿐 아니라 여타 건전한 지식에 흥미를 갖는다고 해서 욕먹을 일이 뭐가 있겠소? 설사, 내가 그 마차에 대해 전혀 아는 것이 없다고 해도, 그 발명가는 매우 기계적인 머리를 가지고 있었던 것이 분명하며, 그 양반이 어떤 과학적인 원리에 기초하여 그 일을 성취했는지는 모르겠지만,―어떻든, 확고한 원리 위에 건조된 기구가 아니었다면 동생이 말한 정도의 속력은 내지 못했을 거요.

형님의 대답은 *피레스키우스*에 버금가는 대답입니다, 하고 삼촌이 말을 이었습니다. 그는 돛마차의 속도에 관해 자세히 설명하기를, *Tam citus erat, quam erat ventus* 라고 말했으며, 내가 라틴어를 모두 잊어버리지 않았다면, 바람과 같이 빨랐다는 의미입니다.

그나저나, 닥터 슬롭. 아버지가 삼촌의 말을 가로막으며, (물론 미리 양해를 구하지 않은 것은 아닙니다만) 물었습니다. 그 마차를 움직이는 원리가 무엇인지 알고 있소?—물론 매우 훌륭한 원리가 있지요. 닥터 슬롭은 이렇게 대답하고는,—질문을 회피하며 얘기를 계속했습니다. 내가 평소 궁금하게 여기던 것은,—이렇게 넓은 평지에 사는 우리 젠트리⁴⁴들이,—(특히 아내가 아직 아이를 가질 수 있는 연령인 경우) 왜 그런 것을 시도하지 않았을까 하는 것인데, 여자들이 의사를 필요로 할 때, 신속하게 부를 수 있지 않겠습니까,—바람만 적당하다면 말이지요,—게다가 바람을 사용하면 살림에도 큰 보탬이 되니, 바람은 들어가는 비용도 없고, 먹지도 않지만, 말은 (빌어먹을!) 비싼 데다 먹기도 많이 먹지 않습니까.

바로 그런 이유 때문이오 하고 아버지가 대답했습니다. "즉 비용도 들지 않고, 먹지도 않기 때문에,"—나는 바람직하지 못한 착상이라는 생각인데,—상품을 소비하고 생산함으로써, 배고픈 사람들에게 양식을 마련해주고,—상업을 유통시켜, 돈을 벌어들이고 토지의 가치를 유지하는 것이니—내가 만일 군주였다면, 그런 기구를 고안해낸 과학적인 머리를 충분히 보상하기는 하겠지만,—개인적으로는 그런 기구의 사용을 단호히 억제하겠소.

여기서 아버지는 자신 있는 분야를 만나,—*토비* 삼촌이 이전에 방어술에 대해 그랬던 것처럼, 상업에 대한 자신의 풍부한 지식을 피력하려 했으나,—그 탄탄한 지식은 아깝지만, 그날 아침 아버지의 운세가 어떤 종류의 논설을 펴는 것도 허락하지 않았는지,—그가 말을 하기

---

44 젠트리 gentry는 귀족 바로 아래 계급의 사람들로서 좋은 집안에서 좋은 가정 교육을 받고 자란 사람들을 말하기도 한다.

위해 입술을 떼는 순간,

제15장

　트림 상병이 스테비누스의 책을 들고 거실로 튀어 들어왔습니다.—그러나 그는 너무 늦었으며,—그 이야기는 그가 돌아오기 전에 이미 끝이 나고, 대화는 새로운 국면으로 접어들고 있었습니다.
　—그 책을 다시 집으로 가져가게, 트림. 삼촌은 상병에게 고개를 끄덕여 보이며 말했습니다.
　그런데 한 가지 부탁이 있네, 상병. 아버지가 우스갯소리로 이렇게 말했습니다.—그 책을 펴서, 혹시 돛마차 같은 것이 있는지 한번 살펴봐주게.
　상병은, 직업이 하인인 만큼, 무엇이든 거역하는 법이 없었으며,—복종에 익숙하여,—책을 구석에 있는 조그만 테이블로 가져가, 책장을 넘기며, 아무리 봐도 그런 것은 없는데요 하고 말했습니다.—상병은 이번에는 자기도 익살을 떨며 이렇게 덧붙였습니다. 원하신다면 한 번 더 잘 살펴보도록 하겠습니다.—그는 책의 앞뒤 표지를 양손에 한 장씩 들고, 책장들이 아래로 늘어지도록 하고는, 책을 세게 흔들었습니다.
　나리, 뭔가 떨어지긴 하는데요 하고 트림이 말했습니다. 그런데 마차 같아 보이지는 않는걸요.—그렇다면 상병. 아버지가 미소를 지으며 말했습니다. 바닥에 뭐가 떨어졌는가?—트림은 뭔가 줍기 위해 몸을 구부리며 말했습니다.—제가 보기에는, 설교 같습니다, 나리.—성경 구절이, 장 절과 함께 맨 꼭대기에 있는 것으로 보아서는,—그리고, 진행 방식도 마차 같지는 않고,—정말 설교 같습니다.

다들 미소를 지었습니다.

어떻게 된 일인지 모르겠군. 삼촌이 말했습니다. 스테비누스의 책 안에 설교가 들어 있다니.

설교가 맞습니다 하고 트림이 말했습니다.—괜찮으시다면, 알아보기 쉽게 씌어 있으니, 한 장 읽어드리겠습니다.—이미 말씀드렸지만, 트림은, 말하는 것뿐만 아니라, 자기 목소리를 듣는 것도 무척 좋아했습니다.

나는 지금처럼 우연히 마주치는 것은, 무엇이든 주의 깊게 살피는 편이지 하고 아버지가 말했습니다.—동생, 닥터 슬롭만 괜찮다면 상병에게 한두 장 읽어보라고 하고 싶네만,—트림이 읽으려는 열의만큼 잘 읽을 수 있다면 말이야. 나리! 트림이 말했습니다. 저로 말씀드리자면 연대 종군 목사의 서기로서, 플랑드르에서 작전을 두 번이나 수행했습니다.—내가 읽을 때나 마찬가지로 잘 읽을 수 있을 것입니다 하고 삼촌이 거들었습니다.—정확히 말씀드리자면, 트림은, 우리 중대에서 제일가는 학자였고, 부상만 아니었어도, 그는 미늘창을 들었을 것입니다.[45] 상병은 손을 가슴에 얹고 주인에게 정중하게 고개를 숙여 보이며,—모자를 바닥에 내려놓고, 오른손을 자유롭게 움직일 수 있도록 설교 원고는 왼손에 들고,—자신도 관객이 잘 보이고, 관객도 자기를 잘 볼 수 있도록, 방 한가운데로 씩씩하게 걸어 나갔습니다.

---

45 미늘창은 창과 도끼를 결합한 무기로서, 18세기에 와서는 주로 의식용으로 사용되었으며 트림이 승진을 바라보고 있었다는 의미이다.

제16장

　　—못마땅하시면,—아버지가 닥터 슬롭을 돌아보며 말했습니다. 천만에요, 그가 대답했습니다.—어느 쪽의 논점을 다루고 있는지도 모르는 일이고,—우리 교파 성직자의 설교인지, 혹은 선생의 교파 성직자의 설교인지 지금은 알 수 없으니,—아직은 양쪽 모두 동일한 입장이 아니겠소.—나리들, 양심에 관한 것이니만큼, 어느 쪽도 아니라고 해야 하지 않겠습니까 하고 트림이 말했습니다.
　　그의 판단이 관객들을 만족스럽게 했으나,—닥터 슬롭은, 약간 기분 나쁜 표정으로 트림을 쳐다보았습니다.
　　시작하게, 트림,—똑똑하게 읽게나 하고 아버지가 말했습니다.—노력하겠습니다. 나리. 상병은 고개 숙여 절을 하며 이렇게 대답하고는, 오른손을 가볍게 흔들어 주의를 환기시켰습니다.

제17장

　　—그러나 시작하기 전에, 먼저 상병의 자세를 묘사해드려야 하며, 그렇게 하지 않는다면,—지금 독자께서 상상하시는 그대로의, 어색하고,—뻣뻣한 부동 자세로,—양쪽 다리에 몸무게를 똑같이 나누어 신고,—마치 보초를 서고 있는 것처럼 눈을 고정시킨 채,—왼손에는 설

교 원고를 화승총마냥 움켜쥐고 있는 모습으로 그려지겠지요.—다시 말해, 트림을 소대에서 공격 준비를 하고 있는 모습 그대로 그리지 않겠습니까.—그러나 그의 자세는 독자님께서 생각하시는 것과 전혀 달랐습니다.

그는 관객들 앞에서, 수평면에 대해 85도 반의 각도가 되도록, 등을 구부정하게, 몸을 앞으로 기울였으며,—독자님처럼 수사학을 제대로 아는 사람이라면, 이 각도야말로, 그중 설득력이 풍부한 입사각이라는 사실을 아실 테지만,—여타 다른 각도에서 말을 하거나 설교를 하는 경우,—사실,—빈번히 일어나는 일이지만,—어떤 결과를 가져올지,—그 판단은 세상에 맡기도록 하겠습니다!

85도 반의 수학적으로 정확한 각도가 필요하다는 사실은,—말이 났으니 말이지만,—인문과학과 자연과학이 서로 어떻게 상호 보완적으로 작용하는지 보여주는 것이지요.

예각과 둔각의 차이도 모르는 트림 상병이, 어떻게 그렇게 정확할 수 있었는지,—우연인지, 본능인지, 상식인지, 모방인지 등등에 관해서는 인문과학 백과사전의 웅변술에 관한 부분에서, 의회, 설교 강단, 법정, 커피점, 침실, 난롯가에서의 웅변 기법에 관한 설명을 참조하시기 바랍니다.

그의 자세를 다시 한 번 묘사해드리자면,—이렇게 반복하는 이유는, 몸을 구부정하게, 앞으로 약간 기울인 그의 모습을 한눈에 그릴 수 있도록 하려는 것인데,—오른쪽 다리에 몸무게의 8분의 7을 실어 든든하게 고정시키고,—왼발은, 상처에도 불구하고 그의 자세에 아무런 불편을 주지 않는다는 듯,—발끝을 똑바로도 옆으로도 아닌, 그 중간으로 비스듬하게 약간 내밀고,—무릎은 구부린 채,—그러나 미(美)의 선[46]을 벗어나지 않는 한계 내에서 지나치지 않도록 주의해야 하며,—과학적

Frontispiece Vol.1.

W. Hogarth inv.t   Vol. 2. page 128.   S. Ravenet Sculp.t

인 선의 관점에서 보면,—왼발로 몸무게의 8분의 1을 떠받치고 있었는데,—이런 경우 다리의 위치는,—발이 몸무게의 8분의 1을 기계적으로 떠받치고 유지할 수 있도록,—지나치게 앞으로 내밀지도 말아야 하며, 또한 지나치게 무릎을 구부리지도 말아야 합니다.

☞ 이 부분은 화가들에게 추천하고 싶은데,—웅변가들도 덧붙여야 할까요?—아니, 아닙니다, 연습을 하지 않는 한,—코를 깨기 십상이니까요.

트림 상병의 자세에 대해서는 이것으로 충분하다는 생각입니다.—그는 원고를 왼손에 느슨하게 쥐었으나,—부주의하지는 않았으며, 배에서 조금 위로 올려들고, 가슴에서 약간 떨어뜨린 채,—오른팔은, 자연과 중력의 법칙에 맡긴다는 듯, 제멋대로 늘어뜨렸으며,—손바닥은 관객을 향한 채, 감정적인 원조가 필요할 때를 대비했습니다.

트림 상병의 눈과 얼굴 근육은 그의 몸의 다른 부분들과 완벽한 조화를 이루었으며,—그는 솔직하고,—거리낌 없고,—자신 있어 보였지만,—그렇다고 확신에 차 있지는 않았습니다.

트림 상병이 어떻게 이런 것을 알게 되었냐고 비평가가 묻게 하지는 마십시오. 앞으로 설명하겠다고 말씀드렸으니까요.—어찌 되었든 그는 이렇게 아버지와 삼촌, 닥터 슬롭을 앞에 두고 섰으며,—구부정한 몸과, 뚜렷하게 대비되는 손과 발, 그리고 그의 몸 전체에 흐르는 웅변가의 위엄은,—그를 모델로 조각을 하여도 손색이 없을 정도였으며,—대학의 원로 평의원이나,—*히브리어* 교수도, 더 이상 보탤 것이 없을 정도였습니다.

트림은 인사를 하고, 읽기 시작했습니다:

---

46 호가스를 포함한 화가들은, 곡선미를 S자를 길게 늘인 선으로 보았다.

설교[47]

「히브리서」 13장 18절

─── 양심에 거리낌이 하나도 없음을 믿습니다. ───

"믿으시오! ─ 양심에 거리낌이 하나도 없음을 믿으시오!"

〔이보게 트림. 아버지가 그의 말을 방해하며 이렇게 말했습니다. 그 문장의 악센트가 잘못되었네, 자네는 코끝을 치켜들고, 빈정대는 어조로, 마치 목사가 사도(使徒)를 비방하듯 읽고 있으니 말이네.

나리, 그가 바로 그렇게 말하고 있는 것입니다 하고 트림이 대답했습니다. 그러나 아버지는 냉소를 보내며, 체! 하고 콧방귀를 뀌었습니다.

트림이 제대로 하고 있다고 보는데요. 닥터 슬롭이 말했습니다. 필자가 (신교도가 분명한데) 딱딱거리는 어조로 사도를 언급하는 것을 보니, 앞으로 그를 분명히 비방할 테고, ─ 그런 취급을 받았으니 이미 그렇게 했다고 말해도 과언이 아니겠지요. 그런데, 닥터 슬롭은 무슨 근거로 필자가 우리 교파에 속한다는 결론을 내리셨소? 아버지가 물었습니다. ─ 지금으로서는, ─ 어느 교파든 가능성이 있는 것 아니겠습니까. 그 이유를 말씀드리지요 하고 닥터 슬롭이 대답했습니다. 우리 교파[48]에 속한다면, ─ 곰을 수염째 잡아당기는 것보다, ─ 더 용서받지 못할 일이지요. ─ 혹시라도, 우리 교파에서, 누군가 사도나, ─ 성자, ─ 혹은 성자가

---

47 이 설교는 스턴이 요크의 대성당 교회에서 1750년 하계 순회 재판 개정식에서 설교한 것이다. 별도로 이미 출판되었던 내용을 스턴이 다시 사용하고 있는 것으로 보아, 그가 특별히 애정을 가졌던 설교라고 생각된다.
48 닥터 슬롭은 가톨릭 신자.

깎아놓은 손톱이라도 비방하는 자가 있다면,—그의 눈을 뽑아버렸을 거요.—뭐라고요, 성자가요? 토비 삼촌이 물었습니다. 그게 아니지요. 닥터 슬롭이 대답했습니다.—그런 사람은 낡은 집을 머리에 이게 될 것이라는 말씀입니다.[49] 그런데 종교 재판소는 옛날식 건물입니까, 신식 건물입니까 하고 삼촌이 물었습니다.—나는 건축에 대해서는 아는 바가 전혀 없소 하고 닥터 슬롭이 대답했습니다.—나리들, 트림이 말했습니다. 종교 재판소는 아주 나쁜 곳입니다.—말도 꺼내지 말게, 나는 그 이름도 듣기 싫으니 하고 아버지가 말했습니다.—그래도,—다 쓸데가 있다니까요 하고 닥터 슬롭이 말했습니다. 나도 지지하는 입장은 아니지만, 지금 이 경우만 해도 트림에게 당장 예의범절을 가르쳐주었을 것이며, 내가 확실히 말하지만, 계속 이런 식으로 나가다가는 그는 종교 재판소에 끌려가 혼이 날 것이 분명합니다. 가엾게도, 하고 삼촌이 말하자 트림이 아멘, 하고 덧붙이며 이야기를 계속했습니다. 사실, 아무도 모르는 일이지만, 내게는 14년 간이나 종교 재판소에 붙잡혀 있는 동생이 하나 있습니다.—그런 얘기는 들어본 적이 없는걸 하고 삼촌이 당황하며 물었습니다.—어떻게 된 일인가, 트림?—아, 나리, 그 이야기는 나리의 가슴을 찢어놓을 것입니다,—제 가슴을 수없이 찢어놓았던 것처럼 말입니다.—그러나 지금 말씀드리기에는 사연이 너무 길고,—언제 나리와 제가 나란히 요새를 축성할 때 자세히 말씀드리겠습니다만,—이야기를 간단히 요약하자면 이렇습니다.—제 동생 톰은 하인으로 *리스본*에 건너가,—조그만 소시지 가게를 하던, 유대인 과부와 결혼했는데, 어찌 된 일인지 그 때문에, 한밤중에, 아내와 두 명의 어린 자녀와 함께 자고 있다가, 그만 종교 재판소로 끌려갔습니다. 트림은 가

---

[49] 낡은 집을 머리에 인다는 것은 곤경에 빠진다는 격언.

슴 깊숙한 곳으로부터 한숨을 토해내며 말을 이었습니다.—가엾게도 그 불쌍한 녀석은 지금까지 갇혀 있는 형편입니다.—정말 세상에 보기 드문 착한 녀석이었지요. (손수건을 꺼내며) 트림이 덧붙였습니다.—
　——트림의 뺨을 타고 눈물이 너무나 빨리 흘러내려 미처 닦을 틈도 없었습니다.—잠시 동안 방안에 무거운 침묵이 흘렀습니다.—정말 동정을 자아내는 일이었지요!
　자아, 트림. 아버지가 그 가엾은 친구의 슬픔이 어느 정도 가라앉는 듯하자 입을 열었습니다.—계속 읽게나—그리고 그 서글픈 이야기는 잊어버리게—자네를 방해한 것이 후회스러울 뿐이니—어서 설교나 읽어주게.—자네가 말한 대로, 첫번째 문장이 비방하는 것이라면, 도대체 사도(使徒)가 어떻게 화를 돋웠는지 알고 싶어서 그러네.
　트림 상병은 눈물을 훔치고, 손수건을 주머니에 넣으며, 다시 한 번 고개 숙여 절을 하고는—읽기 시작했습니다.〕

설교

「히브리서」 13장 18절

——— 양심에 거리낌이 하나도 없음을 믿습니다. ———

"믿으시오! 양심에 거리낌이 하나도 없음을 믿으시오! 인간이 세상에 살면서 의지할 만한 것이 있다면, 그리고 그 무엇보다 명백한 증거를 근거로 알 수 있는 것이 있다면, 바로 이것,—즉 양심에 거리낌이 있는가 없는가 하는 것이 아니겠습니까."
　〔분명히 내 말이 맞아 하고 닥터 슬롭이 중얼거렸습니다.〕

"생각이 조금이라도 있는 사람이라면, 이 말의 진상을 잘 알 것이며,—사람은 누구나 자기 자신의 생각과 욕구에 민감해야 하고,—지난 일을 잘 기억해야 하며, 자신의 삶의 전반을 지배하는, 진정한 동기와 목적을 확실히 알고 있어야 합니다."

〔어디 한번 해보시라지 하고 닥터 슬롭이 말했습니다.〕

"다른 일이라면 거짓 모습에 속을 수도 있고, 옛 현인이 한탄했던 바와 같이, *세상에서 이루어지는 일을 아무도 이해할 수 없으며, 아무리 애를 써도 자기 앞에 닥칠 일을 미리 알지 못합니다.*[50] 그러나 마음속에는 모든 증거와 진상이 숨어 있어,—스스로 짜놓은 망상 조직을 인식할 수 있을 뿐 아니라,—그 짜임새와 정밀함, 그리고 선과 악이 미리 구상해놓은 갖가지 도안을 짜내는 데 참여하는 모든 열정들의 정확한 몫도 알 수 있습니다."

〔문체도 좋고, 트림이 읽기도 잘 읽는구먼 하고 아버지가 말했습니다.〕

"—양심은 우리 마음 속에서 이것을 인식하는 지식이자, 우리 삶의 모든 행위들을 끊임없이 승인하거나 책망하는 피할 수 없는 판결입니다. 이러한 전제 조건에 대해 분명 이렇게 말씀하시리라고 생각합니다.—즉 내적인 판결이 스스로에게 불리하게 내려질 때마다 우리는 자책을 하게 되고,—다시 말해 죄인이 되지만,—반대로, 판결이 유리하게 내려지는 경우에는, 죄책감을 느끼지 않게 되니,—사도가 암시하는 바와 같이 믿음의 문제가 아니라,—양심의 선함과, 인간의 선함에 대한 확실성과 사실성에 달려 있다는 것입니다."

〔그렇다면 말입니다 하고 닥터 슬롭이 말했습니다. 사도는 완전히

---

50 문자 그대로 옮겨놓은 것은 아니지만, 『구약성서』 「전도서」 8장 17절에 상응하는 구절.

틀렸고, 신교회가 옳다는 겁니까? 좀 기다려봐요 하고 아버지가 말했습니다. 내가 보기에는 사도 *바*울과 신교회가 같은 생각이라는 사실이 곧 밝혀질 것 같은데요.—동쪽과 서쪽이 같은 것만큼 말이지요. 닥터 슬롭은 이렇게 대답하며,—양손을 들고 말을 이었습니다. 이건 순전히 출판의 자유 덕분이야.

전혀 그런 것 같지 않은데요 하고 *토비* 삼촌이 대답했습니다. 차라리 강단의 자유라면 또 모를까. 설교가 인쇄본도 아닌 듯하고, 앞으로 출판될 가능성도 없어 보이니 말입니다.

계속하게나, 트림 하고 아버지가 말했습니다.]

"언뜻 보기에 진상은 이와 같아서, 인간의 마음에 선악에 대한 지식이 확실히 찍혀 있기 때문에, 그의 양심은 오랫동안 죄에 물들어 있어도, 무감각하게 굳어지는 법이 없으며(성경에서는 그럴 수 있다고 장담하지만),—우리 몸의 여느 연약한 부분처럼 지나친 스트레스와 지속적인 소모로, 원래 하나님이 부여하신, 좋은 감각과 지각을 잃어버리는 일도 없는 것처럼 보입니다.—그런데 정말 그렇게 되는 일이 없을까요.—혹시라도 이기주의가 올바른 판단에 약간의 편견으로 작용한다거나,—아래쪽의 자잘한 욕구들이 상부 지역으로 올라가, 그 기능을 혼란시켜, 짙은 구름과 어둠으로 에워싸버리는 일은 없었습니까.—이 신성한 재판소에 편애나 애착이 개입하지는 않았을까요.—분별력이 매수당하는 일도 없었고,—또 이런 자리에 중재인으로 참여하여 부당한 즐거움을 탐하는 것을 늘 부끄럽게 생각했단 말입니까.—또는, 마지막으로, 동기가 심문을 받는 동안 이해관계는 항상 방관하고 있던 것이 확실합니까.—사건을 주관하고 결정해야 할 이성을 대신하여, 감정이 법정에 앉아, 판결문을 낭독하는 일은 절대로 없었다는 것이 확실한가 말입니다.—만약 불복하는 쪽의 가정대로 이 모든 것이 사실이라면,—인간의 종교적·도덕적 상태는 본인 스스로의 평가에 의거한다는 말을 믿어도 좋고—인간의 유죄와 무죄를 판가름하는 가장 훌륭한 척도는, 본인 스스로의 승인과 책망입니다."

"인간의 양심이 자신의 잘못을 스스로 비난할 때는(이런 경우 실수하는 법은 거의 없으므로), 우울증이나 노이로제에 걸린 경우가 아니라면, 항상 그럴 만한 충분한 근거가 있다고 확언할 수 있습니다."

"그러나 그 반대되는 진술은 사실로 받아들이기 힘든 것이,—죄의식이 들 때마다 양심은 스스로를 고발해야 하며, 양심이 그렇게 하지 않는 한, 그는 결백하게 되기 때문입니다.—그러나 이것은 사실이 아닙니다.—신실한 기독교인들이, 스스로에게 빈번하게 처방하여 흔히 위안으로 삼는바,—자신의 마음이 스스로를 의심하지 않는 것에 대해 하나님께 감사드리고, 결과적으로, 양심이 조용하면, 양심에 가책이 없다고 생각하는 태도는,—불합리한 일인데도 불구하고—이와 같은 추론은 널리 수용되고 있으며, 언뜻 보아 절대적인 법칙 같지만, 좀더 꼼꼼히 살펴보고, 이 법칙을 현실에 그대로 적용해보면,—잘못된 적용으로서 수많은 착오가 일어날 수 있을 뿐 아니라,—그 원리가 흔히 왜곡되어,—원래의 힘을 상실한 채, 종종 값없이 버려져, 인간사에서, 이 일을 확인할 만한 적당한 예를 찾기가 거의 불가능하다는 사실을 알 수 있습니다."

"어떤 사람이 근본적으로 악하고 완벽하게 타락하여,—세상에서 그의 행동은 비난받아 마땅하며,—어떤 이유나 핑계로도 정당화할 수 없는 공공연한 죄를 짓고서도, 뻔뻔스럽게 살아가고 있으며,—그 죄는, 인간애의 호소에도 불구하고, 혼란에 빠진 그의 죄책감의 동반자를 영원히 파멸시키고,—그녀가 가진 최고의 지참금을 빼앗고, 그녀의 머리를 수치심으로 덮어씌울 뿐 아니라,—그녀 때문에 덕 있는 한 가족 전체를 수치심과 슬픔에 빠지게 했다고 합시다.—당신은, 틀림없이, 그가 양심 때문에 고통스러운 삶을 살고,—양심의 질책으로 밤낮으로 휴식을 취할 수도 없을 것이라고 생각하시겠지요."

"그러나, 아아, 슬프게도! 양심은 그동안 그에게 신경 쓰기보다는, 다른 일을 하고 있었던 모양이며, 엘리야가 바알 신을 책망했던 것처럼,—그의 마음 속의 신은 수다를 떨고 있었든지, 다른 볼일을 보고 있었든지, 여행을 떠났었든지, 혹은 잠들어 깨어나지 못했었는지도 모르겠습니다."[51]

"어쩌면 그는 명예와 함께 결투를 나갔었든가,—노름빚이나,—욕정의 대가인 부정한 위자료를 지불하러 갔었는지도 모를 일입니다. 혹은 그의 양심은 그동안 집에서, 가벼운 절도죄를 두고 큰소리치며, 스스로는 부와 지위가 있어 유혹을 받지 않는 하찮은 범죄들에 대해 보복을 자행하고 있었는지도 모를 일이며, 그는 그렇게 즐거운 생활을 영위하며, 〔만약 우리 교파 사람이었다면, 어림도 없는 일이지 하고 닥터 슬롭이 중얼거렸습니다〕—'잠자리에서는 단잠을 자고,—결국에는 태연하게 죽음을 맞이합니다.—훨씬 더 훌륭한 사람보다 더 태연하게 말입니다.'"

〔닥터 슬롭이 아버지를 돌아보며,—이런 일은 우리 교파에서는 절대 불가능한 일이오 하고 말했습니다.—하지만 우리 교파에서는 아주 자주 있는 일인걸요 하고 아버지가 덧붙였습니다.—내 말은(아버지의 솔직한 시인에 적잖이 놀라며),—사실 말이지 가톨릭 교도들도 그렇게 악하게 사는 경우가 있긴 있지만,—쉽게 죽지는 못한다는 말입니다 하고 닥터 슬롭이 말했습니다.—그러자 아버지는 쌀쌀맞은 어조로 대답

---

51 『구약성서』의 「열왕기상」 18장 27절에 엘리야가 바알 신을 나무라는 대목.

했습니다. 악당들이야 어떻게 죽든, 그게 뭐 그리 중요한 일이라고.—내 말은 하고 닥터 슬롭이 다시 말했습니다. 그가 마지막 성사의 혜택을 입지 못한다는 것입니다.—그런데, 도대체 다 몇 번이나 됩니까? 하고 토비 삼촌이 물었습니다. 매번 잊어버려서요.—일곱 번이오 하고 닥터 슬롭이 대답했습니다.—흠!—하고 삼촌이 콧소리를 냈으나,—동의를 표하는 소리는 아니었으며,—마치 서랍을 열고, 예상 밖의 뭔가를 발견했을 때 놀라움을 표하는 것처럼, 특별한 종류의 감탄사였습니다.—삼촌이 다시 한 번 흠! 하는 소리를 냈습니다. 제법 듣는 귀가 있었던 닥터 슬롭은, 삼촌이 일곱 성사[52]를 비판하는 책 한 권을 집필한 것이나 다름없이 그 감탄사의 뜻을 잘 이해했습니다.—흠! 하고 닥터 슬롭이 똑같은 소리를 냈습니다. (삼촌의 논지를 되받아치며)—아니, 일곱 가지 덕목을 모르신단 말씀입니까?—일곱 가지 대죄는?—일곱 개의 금촛대는?—7층의 천국은?—나는 거기까지는 모르겠는데요 하고 삼촌이 대답했습니다.—세계 7대 불가사의를 모르십니까?—7일 간의 창조는?—일곱 행성은?—일곱 재앙은요?—알고 있고말고요. 아버지는 아주 심각한 표정을 지어 보이며 이렇게 말하고는, 트림, 부탁이니 인물 묘사를 계속하게나 하고 덧붙였습니다.〕

"또 한 사람은 비참하고, 무자비하며, (여기서 트림은 오른팔을 흔들었습니다) 마음이 옹색하고, 이기주의적인 철면피로서, 개인적인 우정이나 공공심은 기대할 수 없는 사람입니다. 그가 과부와 고아의 고통을 외면하고, 인간의 삶에 따라오게 마련인 온갖 불행을 한숨이나 기도도 없이 지나치는 것을 보십시오."〔정말이지 나리들, 트림이 소리쳤습

---

52 개신교에서는 세례와 성찬, 이 두 가지만을 성례전에 포함시키지만, 로마 가톨릭 교회, 영국 국교회 및 그리스 정교에서는 영세, 견진, 성체, 고백, 종부, 신품, 혼인 등 7성사가 있다.

니다. 저는 이런 사람이 더 악하다고 생각합니다.]

"이런 경우에는 양심이 분발하여 따끔한 맛을 보여주어야 하지 않겠습니까?―아닙니다, 유감스럽게도 그런 기회는 오지 않습니다. 나는 갚을 것을 다 갚았고,―양심에 위배되는 간통을 저지른 적도 없으며,―거짓 맹세나 지키지 못할 약속을 한 적도 없고,―다른 사람의 아내나 자녀를 유혹한 적도 없으니, 하나님 감사합니다. 나는 간통하는 자나, 불의한 자, 그리고 내 앞에 서 있는 저 난봉꾼 같은, 그런 사람과는 다릅니다."

"세번째는 본성이 간교하고 교활한 사람입니다. 그의 일생을 살펴보십시오.―모든 법률의 진정한 의도를 파괴하고,―정직한 거래와 사람들의 안락한 생활을 비열하게 파괴하는 음울한 계략과 무책임한 핑계로 교묘하게 짜여 있습니다.―이런 사람은 가난하고 빈곤한 사람의 무지와 혼란을 이용하여 온갖 간교한 일을 꾸미고,―젊은이의 미숙함과, 그를 믿고 목숨까지 거는 친구의 신용을 이용하여 재산을 축적합니다."

"그가 나이 많아 회개할 때가 되어, 자신의 어두운 보고서를 회상하며, 양심에 따라 되씹어보는 자리에서,―그의 양심은 **법령집**을 들여다보고는,―자신이 저지른 일 중에 명백하게 법에 저촉되는 사항이 없음을 확인하고는,―벌금을 물거나 가재 도구 일습을 몰수당할 염려도 없고,―머리 위에 천벌이 기다리고 있거나, 감옥 문이 기다리고 있는 것도 아니라는 사실을 알게 됩니다.―그러니 그의 양심이 놀랄 일이 어디 있겠습니까?―양심은 법률 뒤에 참호로 안전하게 둘러싸여, **사건**과 **판결문**으로 사방에 튼튼한 요새를 쌓은 채, 불사신처럼 웅크리고 있습니다."

[여기서 트림 상병과 토비 삼촌은 서로 눈빛을 교환했습니다.―그래,―그렇고말고! 삼촌은 고개를 끄덕이며 말했습니다.―형편없는 요

새에 불과하고말고요.—아무렴요! 나리와 제가 만든 것에 비하면야 정말 조잡하기 짝이 없지요 하고 트림이 대답했습니다.—닥터 슬롭이 트림의 말을 막으며 끼어들었습니다. 이 마지막 인물의 성격이 제일 밉살스러울 뿐 아니라,—교활한 신교도 변호사들 중 한 사람을 묘사하는 것 같지 않습니까.—우리 가톨릭 신자들이야, 양심이 그렇게 오랫동안 눈먼 채 있기는 불가능한 일이니,—최소한 일 년에 세 번은, 고해 성사를 해야 하기 때문이지요. 그걸로 그 눈이 떠진답니까? 하고 토비 삼촌이 물었습니다.—계속하게나, 트림 하고 아버지가 말했습니다. 오바댜가 오기 전에 자네 설교를 모두 끝내야 하지 않겠나.—아주 짧은 설교입니다 하고 트림이 대답했습니다.—더 길었으면 좋겠는걸 하고 삼촌이 말했습니다. 내 마음에 쏙 드는 설교야.—그러자 트림이 다시 시작했습니다.]

"네번째는 이런 피난처조차 필요 없는 사람으로서,—그는 일을 지연시키기만 하는 형식적인 속임수 같은 것은 모두 무시해버리고,—목적 달성의 보장도 없는 은밀한 책략이나 조심스런 행보도 비웃습니다.—이런 뻔뻔한 악당이, 사기 치고, 속이고, 거짓말하고, 위증하고, 약탈하고, 살인하는 것을 보십시오.—끔찍합니다!—이런 사람에게는, 더 이상 아무것도 기대할 수 없으며,—어둠 속에 거하는 이 불행한 사람을 보십시오!—신부가 그의 양심을 붙들어 매어놓고,—양심에 대해 그에게 말해주는 것이라고는, 교황을 믿고,—미사에 참석하고,—성호를 긋고,—묵주를 세고, 기도하는 것으로,—훌륭한 가톨릭 신자가 되면, 양심에 비추어, 충분히 천당에 갈 수 있다는 것입니다. 뭐라고요.—위증을 해도 말이오!—왜냐하면,—그에게는 심리 유보[53]가 있기 때문입니

---

53 2권 10장 각주 28 참조(132쪽).

다.―그런데 지금 언급한 대로 그 사람이 그렇게 악하고 형편없는 데다.―약탈을 하고,―다른 사람을 해치기까지 한다면,―이런 행동을 할 때마다, 양심이 상처를 입지 않을까요? 물론입니다.―그러나 그는 양심을 고해 성사에 가지고 다니기 때문에,―거기서 상처가 아물고, 회복하여, 얼마 가지 않아 완쾌됩니다. 아 가톨릭 교회여! 무슨 할 말이 없습니까?―인간의 마음은 본래 타고난 것만으로도 끊임없이 극심한 고통에 시달리게 마련인데,―당신은 이렇게 쉽사리 잘못된 길로 들어서는 부주의한 길손들 앞에, 이와 같은 간계의 문을 고의적으로 활짝 열어놓고, 평화가 없는데도, 평화를 증거한단 말입니까."

"인간의 삶에서 이끌어낸 이와 같은 악명 높은 사례들은, 실제적인 증거를 제시하기에는 지나치게 극단적입니다. 그러나 누구든 그 현실성에 의심이 간다거나, 인간이 스스로를 그렇게 속이기는 불가능하다고 생각하는 사람이 있다면,―잠시 생각할 시간을 갖게 한 뒤, 그가 진심으로 내 호소를 받아들일 때까지 설득하겠습니다."

"본질적으로는 똑같이 악하고 부도덕한, 악행들이라 하더라도, 그 혐오스러움의 정도가 얼마나 다양하게 나타나는지 생각해보십시오.―그의 마음이 동하는 대로 관습을 쫓아 행한 악행은, 흔히 부드럽고 아첨하는 손에 의해 겉모습이 거짓된 아름다움으로 치장되어 있고,―그가 그다지 호감을 느끼지 못하는, 나머지 악행들은, 벌거벗고 흉하게 일그러진 채, 적나라한 어리석음과 불명예로 에워싸여 있는 것이 한눈에 보이는 것입니다."

"동굴 속에서 자고 있는 *사울* 왕을 발견하고, 그의 옷자락을 잘랐던 *다윗은*,[54]―자기 행동에 대해 괴로워했다고 합니다.―그러나 *다윗*

---

54 다윗과 사울의 이야기는 『구약성서』의 「사무엘상」 24장 3~5절 참조.

의 욕정에 희생된, 사랑받고 존경받아 마땅한, 충실하고 용감한 부하 우리야의 경우에는,—그의 양심이 더욱 경악해야 할 충분한 이유가 있음에도 불구하고, 다윗은 괴로워하지 않았습니다. 선지자 나단이 그를 책망하기 위해 나타난 것은, 그 일이 있은 지 거의 일 년이 지난 후였으며,—그사이 다윗이 자기 잘못에 대해, 최소한의 슬픔이나 양심의 가책을 느꼈다는 증언은 어디에도 없습니다."[55]

"따라서 한때 능력 있는 감시자였던 양심은,—조물주의 의도에 따라, 원래 우리 마음 속에 공정하고 공평한 재판관으로서 높은 위치를 차지하고 있었으나,—일런의 불미스런 사건과 방해로 인해, 주위에서 일어나고 있는 일들을 완벽하게 인식하지 못하고,—자신의 직무에 태만하게 되었을 뿐 아니라,—때로는 심하게 부패하여,—우리는 양심을 있는 그대로 신뢰할 수 없게 되었기 때문에, 양심의 결정을 좌우하지는 않더라도, 그 결정에 도움을 줄 만한 또 하나의 원칙이 필요하다는 사실을 절감하는 바입니다."

"따라서 여러분이 실수를 하면 안 되는 지극히 중요한 일을 올바로 판단하려면,—예를 들어 정직한 인간으로서, 쓸모 있는 시민으로서, 하나님의 훌륭한 종으로서, 여러분이 어느 정도의 공적을 쌓았는지 판단하려면,—종교[56]와 도덕의 조언을 구해야 합니다.—보십시오.—하나님 말씀에 무엇이라고 쐬어 있습니까?—무슨 뜻입니까?—냉정한 이성과, 정의와 진실의 변함없는 보살핌에 조언을 구하라.—무슨 말씀입니까?"[57]

---

55 다윗은 부하 우리야의 아내 밧세바를 탐하여 그를 죽게 만들었으며, 선지자 나단이 나타나 어린양의 비유를 들려주며 책망할 때까지 자신의 행위를 뉘우치지 않았다.
56 기독교 신앙 혹은 성서를 의미한다.
57 이성(reason)과 계시(revelation)의 균형은 영국 국교회(성공회)의 중요한 기본 원리 가운데 하나다.

"이 조언에 따라 양심이 판단하도록 하며,—그리고 나서도 사도가 증거하는 대로 여러분의 마음이 여러분을 비난하지 않는다면,—비로소 그 법칙을 신뢰할 수 있는 것이며, [이 대목에서 닥터 슬롭은 잠들었습니다] 우리는 하나님 앞에서 담대하고,[58]—즉, 스스로에게 내린 판결이, 하나님의 판결이라는 충분한 근거를 갖는 것이며, 요컨대 마지막 날에 여러분의 삶을 보고할 때, 하나님께서 선포할 정의로운 판결의 예시가 되는 것입니다."

"「집회서」[59]의 저자가 말했듯이, 자신의 죄로 인하여 양심의 가책을 받지 않는 사람은 복 있는 사람입니다. 또한 마음의 정죄함을 받지 않는 사람도 복 있는 사람이며, 부유하건, 가난하건, 마음이 선한 사람은, (즉 이러한 인도와 가르침을 받은 마음은) 항상 명랑한 얼굴로 즐거워하며, 그의 마음은 높은 망루 위의 일곱 파수꾼보다 더 많은 것을 자기 자신에게 일러줍니다.[60]——[이때 삼촌이, 측면 방어 없이는 망루도 아무런 힘을 쓰지 못하는 법이라고 말했습니다] 칠흑 같은 불확실성 속에서도 양심은 수천 명의 결의(決疑)론자들[61]보다 그를 더 안전하게 인도하며, 입법자들이 날로 늘려가도록 강요받는, 모든 법률 조항과 규정들보다 그가 살아가는 환경을 더 안전하게 만들어줍니다.—여기서 강요받는다는 말이 의미하는 바는, 인간의 법이란 원래 선택에 의해서가 아니라, 순전히 필요에 의해 만들어졌고, 스스로에게 구속력을 갖지 못하는 양심의 해로운 영향을 막기 위해 도입되었으며, 다양한 법률 조항

---

58 『신약성서』「요한 1서」 3장 21절. "사랑하는 자들아 만일 우리 마음이 우리를 책망할 것이 없으면 하나님 앞에서 담대함을 얻고."
59 기독교 성서에 포함되어 있지 않은 외경 가운데 한 권.
60 『구약성서』의 외경에 속하는 「집회서」(에클레시에스티커스) 13장 25~26절, 14장 1~2절.
61 결의론은 도덕적인 행위의 선악을 사회·윤리적 관행 따위의 관점에서 결정하려는 것이다.

들이 선의로 제정되었고,—원칙과 양심의 견제가 우리들을 올바르게 인도하지 못하는, 부패하고 그릇된 상황에서,—법이 그 힘을 발휘하여, 감옥과 교수용 밧줄의 공포를 통해 그것을 따르도록 만든다는 것입니다."

〔내가 보기에는, 이 설교는 템플 성당[62]이나, 순회 재판소용으로 쓴 것이 분명하군 하고 아버지가 말했습니다.—그나저나 닥터 슬롭이 판결이 나기도 전에 잠들어버려 안타까운데,—내가 애초에 생각했던 대로, 목사가 사도 *바울*을 비난한 것도 아니고,—그들 둘 사이에 무슨 견해 차이가 있었던 것도 아니지 않은가, 동생.—만약 견해 차이가 있었더라면, 큰일이지요 하고 삼촌이 말했습니다.—세상에서 가장 절친한 친구 사이라 해도 의견이 맞지 않는 경우가 있긴 있으니까요.—그렇고말고,—토비 동생.—아버지가 삼촌과 악수를 나누며 말했습니다. 우리 담뱃대나 채우고 트럼더러 계속하게 하세나.

그래,—자네 생각은 어떤가? 아버지는 손을 뻗어 담배 상자를 집으며, 상병에게 물었습니다.

제 생각은 이렇습니다 하고 트림이 대답했습니다. 망루 위의 일곱 파수꾼은, 모두 보초들이 분명한 것 같은데,—나리, 수가 너무 많다는 생각이 들며,—이런 식으로 교대를 계속하다가는, 연대 전체가 시달리다 못해 엉망이 되기 마련이니, 부하를 사랑하는 지휘관이라면 절대 그렇게 하지는 않을 것이며, 보초 두 명이면 스무 명의 몫은 충분히 할 수 있지 않겠습니까.—저 자신 *Corps de Garde*[63]의 대장을 수없이 지내보지 않았습니까. 트림은 허리를 1인치 정도 펴며 말을 이었습니다.——윌리엄 왕을 섬기는 광영을 입고, 전략적으로 그중 중요한 초소의 보초를

---

62 런던의 법조인들의 거리에 있던 성당.
63 위병대.

교대할 때도, 절대 두 명 이상 남겨두는 법이 없었습니다.—옳은 말이네, 트림, 삼촌이 말했습니다.—그러나 자네는, 솔로몬 시대의 망루가, 오늘날 측면 방어를 비롯한 다양한 방어 체제를 갖춘 요새와는 전혀 달랐다는 사실을 고려하지 않고 있으니,—그런 장치들은 솔로몬이 죽은 후에야 발명되었고,—요새 전방에 있는 각보(角堡)나 반월형 보루도, 그 시대에는 없었으며,—*Coup de main*⁶⁴에 대비해 우리가 만들어놓은, 가운데 분지가 있고 가장자리에는 지붕이 덮인 낭하와, 외벽 보루를 두른 해자도 마찬가지가 아닌가.—그러니 망루 위에 있는 일곱 명의 보초들은, 망보는 것뿐 아니라, 방어를 위한 목적으로 *Corps de Garde*에서 보낸 것이 분명하네.—나리, 그들은 상병이 이끄는 분대였는지도 모르지요.—아버지는 속으로 미소를 지었으나,—밖으로 드러내지는 않았으며,—현 상황으로 미루어 토비 삼촌과 트림 상병의 대화가 농담을 하기에는 너무나 심각했기 때문이었습니다. 그래서, 아버지는 방금 불을 붙인 담뱃대를 입에 물고,—트림에게 읽기를 재촉하는 것으로 만족했습니다. 그는 계속해서 읽었습니다.]

"먼저 스스로는 하나님을 두려워하고, 이웃과의 관계에서는 영원한 선악의 척도에 따라 행동을 다스려야 합니다.—첫번째는, 종교적인 본분을 말한 것이고,—두번째는, 도덕적인 것으로서, 이들 두 가지는 서로 밀접하게 연관되어 있기 때문에, 상상 속에서라도, 이 두 개의 *서판*⁶⁵을 나눈다면, (실제로 이런 일이 자주 시도되곤 하지만) 두 개 모두 깨져버려 상호적인 파괴를 불러올 것입니다."

"이런 일이 자주 시도된다는 말은, 사실이며,—우리는 종교적인 의식이 전혀 없는 사람이,—스스로 그렇다고 아주 솔직하게 인정하면서

---

64 '손으로 휩쓸기,' 혹은 기습 공격.
65 「출애굽기」 31~32장의 십계명을 기록했던 두 개의 돌 판.

도, 동시에 조금이라도 그의 도덕성에 의심이 간다는 눈치를 준다거나, —그가 비양심적이라든가 성실하지 못하다는 생각만 해도 용서받을 수 없는 무례함으로 간주하는 것을 흔히 목격합니다."

"그러나 설사 그가 어느 정도 그렇게 보여도,—물론, 도덕적 성실성과 같은 아름다운 미덕을 의심한다는 것은 별로 내키지 않는 일이지만, 이런 경우, 그 밑바닥을 들여다보면, 그의 동기가 전혀 순수하지 않다는 사실을 알게 됩니다."

"그가 아무리 맹렬하게 항변한다 해도, 그의 도덕성은 여느 흥밋거리나 자만심, 안락함, 그리고 그 외 소소하고 변하기 쉬운 감정들과 동일한 기초에 근거하고 있기 때문에, 힘든 일이 닥쳤을 때 그의 행동에서 도덕성을 기대하기란 거의 불가능한 일입니다."

"예를 들어 설명드리겠습니다."

"제가 거래하는 은행가와, 평소 왕진을 청하는 의사는 〔필요 없어요 하고 닥터 슬롭이 소리쳤습니다. (잠을 깨며) 이런 일로 의사를 부를 필요는 없어요.〕 종교적이라고 하기는 힘든 사람들입니다. 그들은 허구한 날 종교에 대한 우스갯소리를 하고, 아무런 망설임 없이, 모든 규율을 경멸해버리기 일쑤입니다. 그러나,—그럼에도 불구하고, 나는 그 두 사람 중 한 사람의 손에 내 재산을 맡기고 있으며,—그보다 더 중요한, 내 목숨을 또 다른 사람의 기술에 믿고 맡기고 있습니다."

"자 이제, 내가 그들을 이렇게 신용하는 이유를 말씀드리겠습니다. —첫째, 내가 부여한 권한을 그들이 나에게 불리한 방향으로 이용할 하등의 이유가 없으니,—그들은 직업상 정직성의 효과를 충분히 보는 경우에 속하기 때문입니다.—그들의 사회적인 성공은 좋은 평판에 달려 있습니다.—말하자면,—스스로 더 심하게 다치지 않고는, 나를 다치게 할 수 없는 것이 확실하다는 말입니다."

"그러나 반대로, 이번에는, 이해가 상충되기 때문에 자신의 평판을 더럽힐 염려가 없는 사람이, 내 재산을 빼돌리고, 나를 알거지로 만들어 버리는 경우가 생긴다거나,―혹은 내 목숨을 끊어버려도, 그와 그의 직업에 불명예가 되지 않으면서 내 유산을 차지할 수 있다고 가정해봅시다.―이런 경우에는, 내가 그들에게 무슨 힘을 쓸 수 있겠습니까?―가장 강력한 동기인 종교가, 이럴 때는 아무런 힘이 없습니다.―그 다음으로 강력한 동기인, 이해관계가, 나에게 아주 불리하게 작용합니다.―이와 같은 유혹의 저울 눈금을 반대편으로 기울게 할 무언가가 없을까요?―그러나, 안타깝게도! 거품보다 가벼운 것 말고는,―아무것도 없습니다.―명예라든가, 그 밖의 몇몇 변덕스러운 도의에 도움을 청하는 수밖에 없겠지요.―내게 주어진 가장 값진 축복에 대한 옹색하기 짝이 없는 방어 수단이 아닙니까!―내 재산과 목숨 말입니다."

"따라서 종교 없이는 도덕에 의지할 수 없고,―마찬가지로, 도덕을 제한다면, 종교에 기대할 수 있는 것은 거의 없지만,―우리는 도덕 관념은 매우 희박한 사람이, 자기 자신을 종교적인 사람으로, 높이 평가하는 경우를 종종 목격하곤 합니다."

"그는 탐욕스러우며, 복수심에 불타고, 앙심을 품고 살아가며,―지극히 평범한 정직성조차 기대하기 힘든 사람이지만, 시대적인 불신앙(不信仰)에 대해 큰 소리로 떠드는 것으로 보아서는,―어떤 면에서 종교적으로 열성적이라고 하겠으며,―하루에 두 번씩 교회에 갈 뿐 아니라,―성례전에도 참석하고,―몇몇 교회 부서에서 여가를 보내기도 하며,―이렇게 함으로써, 스스로의 양심을 속이고, 자신은 하나님에 대한 본분을 충실히 감당하는, 종교적인 사람이라고 생각하는 것입니다. 이런 사람은, 그 같은 착각의 힘을 빌려, 자기처럼 경건한 체하지 않는 사람들을, 영적 자만심을 가지고 무시하지만,―사실은 그가 무시하는 사람들이 도덕적으로 열 배는 더 존경받아 마땅합니다."

"해 아래 이보다 더한 폐악은 없으며,⁶⁶ 세상에 이보다 더 심각한 해악을 불러온 오도된 원리는 없다고 생각합니다.—증거를 원한다면,—로마 가톨릭 교회의 역사를 고찰해보십시오.—〔그래서 도대체 뭘 알 수 있다는 건가? 하고 닥터 슬롭이 소리쳤습니다.〕—수많은 잔학 행위와 살인, 약탈, 유혈 참사가, 〔당사자들의 고집 때문이지 하고 닥터 슬롭이 소리쳤습니다〕 엄격한 도덕의 지배를 받지 않는 종교의 재가를 얻어 저질러졌음을 알 수 있습니다."

"이 세상의 얼마나 많은 국가에서,"〔이 부분에서 트림은 오른팔을 원고에서부터 손끝이 닿는 곳까지 최대한으로 흔들며, 문단이 끝날 때까지 이렇게 구부렸다 폈다를 계속 반복했습니다.〕

"십자군에 참가한 비뚤어진 엉터리 성자들이, 이 세상의 얼마나 많은 땅에서, 나이도, 업적도, 성별도, 형편도 무시한 채, 검을 휘둘렀는지 아십니까?—정의와 인류애의 책임을 묻지 않는 종교의 깃발 아래 싸웠으니, 그런 것을 느낄 리가 없었으며, 오히려 무자비하게 짓밟았고,——불행한 사람들의 울부짖음도 듣지 못했으며, 그들의 고통에 대한 연민의 정도 느끼지 못했습니다."

〔나리, 저도 많은 전투에 참가했지만, 이렇게 슬픈 전투는 없었습니다 하고 트림이 한숨을 쉬며 말했습니다.—저라면 장군을 시켜준다고 해도,——이런 불쌍한 사람들을 농락하지는 않았겠지요.—왜? 그 일에 대해 뭐 아는 것이라도 있는가? 닥터 슬롭은 상병의 순수한 마음에 걸맞지 않은 경멸에 가까운 표정으로 그를 쳐다보며 말했습니다.—자네가 얘기하는 그 전투에 대해 뭐 아는 것이라도 있는가 말이네!—내

---

66 「전도서」에 자주 등장하는 주제로서, 5장 13절을 예로 들 수 있다.

평생에 목숨을 구걸하는 사람을 거절한 적은 한 번도 없다는 사실을 잘 알고 있습니다 하고 트림이 대답했습니다.—여자나 어린아이에게 총을 겨누기보다는, 내가 먼저 수없이 죽었겠지요.—자 여기 은화 한 닢이 있으니, 오늘밤 *오바댜*와 한잔하게나 하고 삼촌이 말했습니다. *오바댜*에게도 한 닢 주겠네.—나리께 하나님의 축복이 내리기를 빕니다 하고 트림이 말했습니다. 이 돈을 그 불쌍한 여자들과 아이들에게 주었으면 좋으련만.—자넨 정말 착한 사람이야 하고 삼촌이 말했습니다.—아버지는 고개를 끄덕이며,—맞는 말이네 하고 말하려는 듯한 표정을 지었습니다.—

부탁이네 트림, 아버지가 말했습니다. 어서 끝내버리게,—한두 장 밖에 남지 않은 것 같으니 말이야.〕

상병은 계속했습니다.

"이 문제에 대한 지난 시대의 증언이 설득력이 없다면,—오늘날에 와서도, 열렬한 신자들이 하나님을 섬기고 영광되게 한다고 말하면서, 스스로에게 얼마나 불명예스럽고 욕된 일을 하고 있는지 생각해보십시오."

"확신을 원한다면, 종교 재판소의 감옥으로 함께 가봅시다.〔내 동생 톰이 정말 가엾습니다.〕—종교는 발에 *자비*와 *정의*가 쇠사슬로 묶인 채,—음울한 법정에서, 고문 틀과 고문 기구에 묶여 창백하게 앉아 있지 않습니까. 들어라!—들어라! 얼마나 비참한 신음 소리인가!〔여기서 트림의 얼굴은 잿빛이 되고 말았습니다.〕 그 소리를 토한 비탄에 잠긴 가엾은 자를 보십시오.—〔이 대목에서 그는 눈물을 흘리며〕 모의 재판에서 고통을 당하고, 조직적인 잔인성으로 연구하여 고안해낸 극단적인 고통을 견디기 위해 끌려나왔습니다.—〔젠—장 지독한 놈들. 이 말을 내뱉으며, 트림의 얼굴에 혈색이 돌아왔습니다.〕 슬픔과 감금 생활로 몸은 야윌 대로 야윈 채, 이 힘없는 희생양이 가해자들에게 넘겨지는 것을 보십시오.―〔아! 그가 바로 내 동생입니다. 트림은 원고를 바닥에 떨어뜨리고, 손바닥을 마주치며 양손을 모으고, 격렬하게 절규하며 외쳤습니다.―내 동생이 틀림없습니다. 아버지와 토비 삼촌의 마음은 이 가엾은 친구의 고통에 대한 연민으로 가득 찼으며,―닥터 슬롭까지 그를 불쌍히 여길 정도였습니다.―여보게, 트림, 이건 역사가 아니라네 하고 아버지가 말했습니다. 자네가 읽고 있는 것은 설교가 아닌가,―어서 계속하게나.〕―이 힘없는 희생양이, 슬픔과 감금 생활로 몸은 야윌 대로 야윈 채, 신경과 근육 마디마디를 고통에 시달리며,―가해자들에게 넘겨지는 광경을 보십시오."

"저 진저리나는 기구가 마지막으로 요동치는 것을 보십시오!〔차라리 대포에 맞는 편이 낫겠어. 트림이 발을 구르며 말했습니다.〕―경련을 일으키는 그를 보십시오!―사지를 뻗고 누운 그의 자세를 말입니다!―극심한 고통을 주는 그 자세를!―〔제발 포르투갈에서 일어난 일이 아니기를 빕니다.〕―더 이상 어떻게 참겠습니까! 하나님 도와주소서! 그의 떨리는 입술에 매달린 지친 영혼을 보십시오!"〔저는 도저히 더 이상 읽을 수가 없습니다 하고 트림이 말했습니다. 나리들, 저는 이 모든 것이, 제 동생 톰이 있는, 포르투갈에서 생긴 일인 것만 같아 두렵습니다. 다시 말하지만, 트림, 이건 역사적인 진술이 아니고,―이야기라네,―단지 이야기일 뿐이라고, 이 순진한 친구야. 전혀 사실이 아니란 말이지 하고 닥터 슬롭이 말했습니다.―정말 그럴까요 하고 아버지가 말했습니다.―하지만, 트림이 고통에 싸여 읽고 있으니,―계속 읽도록 강요하는 것은 너무 잔인하게 생각되는군.―설교를 이리 주게나, 트림,―내가 대신 끝내겠으니, 자네는 그만 가게. 저도 여기 남아서 듣고 싶습니다 하고 트림이 말했습니다. 나리께서 허락하신다면요.―

하지만 대령의 급료를 준다 해도 제가 계속 읽고 싶은 생각은 없습니다. ─가엾은 트림! 하고 토비 삼촌이 말했습니다. 아버지가 읽기 시작했습니다.〕

─"사지를 뻗고 누운 그의 자세를 말입니다!─극심한 고통을 주는 그 자세를!─더 이상 어떻게 참겠습니까!─하나님, 도와주소서! 그의 떨리는 입술에 매달린 지친 영혼을 보십시오!─기꺼이 떠나려 하지만,─떠나도록 허락되지 않고,─다시 감옥으로 끌려가는 비참하고 가엾은 그를 보십시오!〔그렇다면, 하나님께 감사해야겠군요. 트림이 말했습니다. 그가 그들의 손에 죽지 않았으니 말입니다!〕─이제 화형장의 불꽃을 마주하기 위해, 그 마지막 모욕스런 고통을 당하기 위해 다시 감옥에서 끌려나오는 그를 보십시오. 바로 그 원리,─즉 자비심 없이도 종교가 가능하다는, 그 원리가 마련한 자리가 아닙니까."〔그렇다면, 하나님께 감사를 드려야겠군요. 그가 죽었으니 말입니다 하고 트림이 말했습니다.─이제 그 고통에서 벗어났고,─그놈들은 할 수 있는 짓을 모두 했으니까요.─아 여러분!─그만 하게, 트림. 아버지는 설교를 읽는 중에, 혹시라도 트림이 닥터 슬롭을 화나게 만들까 봐 하는 소리였습니다.─이렇게 가다가는 아무리 해도 끝내지 못하겠네.〕

"의견이 분분한 개념의 시비를 가리는 가장 좋은 방법은, 그 개념의 결과로 나타난 현상들을 더듬어가며, 기독교 정신과 비교해보는 것입니다.─이 단순하고 확실한 방법은, 이와 동일한 혹은 유사한 경우를 위해, 그리스도가 우리에게 가르쳐준 것으로서, 수없는 논쟁보다 가치 있는 방법입니다.─그러므로 너희는 그 열매로 그 사람을 알리라."[67]

"이 설교에 마지막으로 덧붙이고 싶은 것은, 결론적으로 추론할 수

---

67 『신약성서』 「마태복음」 7장 20절. "나더러 주여 주여 하는 자마다 천국에 들어갈 것이 아니오, 다만 하늘에 계신 내 아버지의 뜻대로 행하는 자라야 들어가리라."

있는 몇 가지 간단하고 독자적인 원칙들입니다."

"첫째, 큰 소리로 종교를 공격하는 사람을 보거든,—그의 이성이 말하는 것이 아니라, 그의 신앙을 굴복시킨 열정이 말하는 것이라고 생각하십시오. 잘못된 삶과 좋은 믿음은 사귀기 힘든 귀찮은 이웃과 같아서, 이들이 분리되는 곳에 평온함이 있게 마련입니다."

"둘째, 이런 사람이, 언제고 당신에게,—양심에 *거슬리*는 일이 있다고 말한다면,—뱃속이 *거슬린다*고 말할 때와 동일하게 받아들이면 되는 것이니,—양자 모두 욕구 부족이 그 본질적인 원인이기 때문입니다."

"결론적으로,—매사에 **양심**이 없는 사람은 절대 믿어서는 안 됩니다."

"그리고, 여러분이 기억해야 할 한 가지 분명한 사실은, 물론 이 점을 착각하여 많은 사람들이 낭패를 보곤 합니다만,—여러분의 양심은 법이 아니라는 것입니다.—그렇습니다, 하나님과 이성이 법을 만들고, 여러분의 양심은 판단을 내리도록 되어 있습니다.—*회교 국가*의 법관처럼 자기 감정의 기복에 따르는 것이 아니라,—자유와 상식의 나라인 영국의 법관처럼 새로운 법을 만들어내지 않고, 이미 존재하는 법을 충실히 선포하는 것입니다."

끝

트림, 자네가 설교를 참 잘 읽었네 하고 아버지가 말했습니다.—주석을 달지 않았더라면 훨씬 좋았겠지. 닥터 슬롭이 말했습니다. 물론 열 배는 잘 읽었겠지요, 나리. 트림이 대답했습니다. 그렇지만 가슴이 너무 벅차올랐습니다.—바로 그 때문이네, 트림. 아버지가 말했습니다. 자네가 설교를 그렇게 잘 읽은 것은 바로 그 때문이네. 아버지는 계속해서 닥터 슬롭에게 말했습니다. 우리 교회의 목사가 저 가엾은 친구처럼, 깊이 있게 설교를 할 수 있다면,─원고는 아주 훌륭하니, (나는 반대요 하고 닥터 슬롭이 말했습니다) 이런 주제로 자극을 받는다면 우리 설교단의 말솜씨는,─세상에 모범이 될 것이오.─그러나, 애석하게도! 하고 아버지가 얘기를 계속했습니다. 이런 경우를 두고, 유감스럽지만, 프랑스 정치가들처럼 내각(內閣)에서 얻은 것을 현장에서 잃는다고 할 수밖에 없구먼.─이런 것이 유실되다니, 정말 애석한 일입니다 하고 삼촌이 말했습니다. 이 설교는 정말 훌륭해 하고 아버지가 말했습니다.─극적일 뿐 아니라,─이런 문체는, 제대로만 다룬다면, 사람들의 주의를 충분히 끌 만하지.─우리 교회에서는 안 그래도 이미 그런 식으로 설교를 하고 있습니다 하고 닥터 슬롭이 말했습니다.─물론 그렇겠지요. 아버지가 말했습니다.─그러나 그저, 단순히, 동의만 했다면 닥터 슬롭을 기분좋게 했겠지만, 아버지의 말투와 태도는 그를 정나미 떨어지게 했습니다.─닥터 슬롭이 짜증을 내며 말했습니다.─우리 교회의 설교가 가지고 있는 큰 장점은, 이스라엘 민족의 조상들과 그 부인들, 그리고 순교자와 성자들 외에는 어떤 인물도 등장시키지 않는다는 것입니다.─그러자 아버지가 말했습니다. 이 설교에는 아주 나쁜 인물들이 많이 등장하지만, 그렇다고 설교가 조금이라도 나빠진다는 생각은 들지 않는데요.──그런데, 그나저나 어떤 분의 설교일까요? 토비 삼촌이 물었습니다.─어떻게 스테비누스의 저서에 들어가 있는 것일까요? 두번째 질문에 답하기 위해서는 *스테비누스*만큼이나 영리해야 하겠지 하고 아버지가 말했습니다.─첫번째 질문은 그리 어려운 문제가 아닌 것이,─내 판단이 크게 틀리지 않는다면,─그 저자는, 우리 교구 목사가 분명해.

아버지는 지금까지 교구 교회에서 들었던 설교와, 문체와 형식 면에서 공통되는 요소들을 추측의 근거로 삼아,—철학적인 사람에게 연역적인 논쟁을 통하여 이런 것을 증명해 보일 때처럼, 그 설교가 요릭 목사 외에는, 그 누구의 것도 아님을 증명할 수 있었습니다. 다음날, 요릭이 이 설교 때문에 하인을 *토비* 삼촌의 집에 보냈을 때, 아버지가 옳았다는 사실이 *귀납적으로* 증명되었습니다.

온갖 지식에 대한 호기심이 넘쳤던 요릭은, 삼촌이 가지고 있던 스테비누스의 저서를 빌렸다가, 설교 원고를 작성해서는 부주의하게 그 책 속에 끼워놓았다가, 그를 끊임없이 괴롭히곤 했던 건망증 때문에, 스테비누스를 집으로 돌려보낼 때, 설교도 함께 동행시켰던 것입니다.

불운한 설교여! 그대는 이번에 집을 찾아간 후에도, 또 한 번 길을 잃고 말았으니, 주인의 호주머니에 뚫린 예기치 못한 구멍으로 빠져나와, 부실하고 해진 안감 사이로 떨어져,—그대가 땅에 닿자마자 로시난테의 왼쪽 뒷발에 무자비하게 짓밟혀 흙 속에 깊숙이 뭉개지는 바람에,—진흙탕에 열흘 동안 파묻혀 있다가,—거지의 손에 되살아나, 교회 서무에게 반 페니에 팔려,—그 동네 교구 목사에게 전해져,—그대의 주인이 죽을 때까지도 그에게 돌아가지 못했으며,—지금 내가 사람들에게 이 이야기를 하고 있는 바로 이 순간까지도, 죽어서도 편히 쉬지 못하는 네 주인의 혼령에게 돌아가지 못하고 있구나.

바로 이 요릭의 설교를, 요크 대성당에서 있었던 한 순회 재판에서, 선서할 준비가 된, 수많은 증인들 앞에서, 그 교회 목사가 설교했으며, 그후 그가 실제로 이것을 출판했다는 것을,—그것도 요릭이 죽은 지 겨우 2년 3개월 후에 이런 일이 있었다는 사실이 믿어지십니까.—사실, 요릭은 살아 있을 때도 그리 좋은 대접을 받지는 못했습니다.—그러니 생전에는 푸대접을 하고, 무덤에 누인 다음에는 약탈이라니 너무 심하지 않습니까.

그러나 그 일을 저지른 당사자도, 요릭을 아끼는 사람이었으며,—도리에 어긋남 없이, 몇 부 선물로 돌리기 위해 인쇄했고,—내가 아는 바로는, 원한다면, 그만한 설교는 쓸 능력이 있는 사람이었으며,—그렇지 않았다면 내가 이 일화를 세상에 공개하지도 않았을 것이고,—무엇보다 그의 인격이나, 성직자로서 그의 승진에 해를 끼치려는 의도도 없었기 때문에,—그런 일은 다른 사람들에게 맡기는 바이며,—다만 내가 이렇게 해야만 하는, 어쩔 수 없는 이유가 두 가지 있습니다.

첫째, 인정할 것을 인정함으로써, 요릭의 영혼이 쉼을 찾게 하려는 것인데, 시골 사람들은,—다른 사람들도 더러 그렇긴 하지만,—그의 영혼이 아직도,—세상을 떠돌고 있다고 믿었습니다.

두번째는, 사람들에게 이 일화를 밝힘으로써, 한 가지 알리고 싶은 사실이 있기 때문인데—혹시 요릭이나, 그의 설교 견본에 관심 있는 분이 계시다면,—현재 *샌디* 가의 소유로 웬만한 책 한 권 정도의 분량이 남아 있으니, 언제든 볼 수 있으며,—유용하게 사용되기 바란다는 것입니다.

제18장

*오바댜*는 은화 두 닢을 사양하지 않고 받았으며, 모든 기구를 앞에 말한 초록색 가방에 넣어 어깨에 걸머지고 짤랑거리며, 트림 상병이 방을 나가는 순간 들어왔습니다.

닥터 슬롭이 (몸을 추스르며) 말했습니다. 샌디 부인을 도와줄 준비가 되었으니 위층에 사람을 보내 좀 어떠신지 알아보면 좋겠습니다.

산파 노인에게 틈이 나면 좀 내려오라고 말해놓았지요 하고 아버지가 대답했습니다.—닥터 슬롭도 아시지 않습니까. 아버지가 얼굴에 묘한 미소를 지으며 말했습니다. 아내와 나 사이에 엄숙하게 체결한 계약에 따라, 선생은 이 일에 있어서 보조자에 불과하며,—그나마 그 정도도 안 될 수가 있는데,—위층에 있는 말라빠진 원조 산파 노인이 당신의 도움을 필요로 하는 경우에만 해당되는 일이기 때문입니다. 아버지가 얘기를 계속했습니다. 여자들은 각자 나름대로 독특한 취향이 있어, 가문의 이익과 자손의 복리를 위해 모든 짐을 짊어지고 심한 고통을 당할 때면, 각자의 취향대로,—*en Soveraines*,[68] 누구의 손에, 어떤 방식으로, 그 고통을 견디어낼지 결정할 권리를 주장하는 법입니다.

마땅히 그럴 권리가 있지 않겠습니까.—하고 토비 삼촌이 말했습니다. 그러나, 보십시오. 닥터 슬롭은 삼촌의 의견은 아랑곳하지 않고, 아버지를 향해 고개를 돌리며 말했습니다.—차라리 여성들이 다른 일을 맡고,—가문의 영속을 바라는 집안의 아버지가, 다른 특권을 대신 내어주고라도, 그 특권을 여성들에게서 찾는 편이 낫지 않겠습니까.—글쎄요 하고 아버지는 좀 지나치게 신경질적이면서도, 냉정한 말투로 대답했습니다.—아이를 누가 세상에 나오게 할지 정하는 일 대신, 포기할 만한 일이 뭐가 또 남았는지 모르겠군요.—다만,—누가 아이를 갖게 하느냐를 포기한다면 모르겠지만요—그런 것을 포기하는 사람도 있겠지요 하고 닥터 슬롭이 말했습니다.—실례지만 무슨 말씀이신지요.—삼촌이 물었습니다.—선생, 하고 닥터 슬롭이 대답했습니다.

---

68 여왕으로서.

최근 산부인과 분야의 모든 학문에 얼마나 큰 발전이 있었는지 모릅니다. 특히 *태아*를 안전하고 신속하게 끄집어내는 바로 그 기술이,──얼마나 눈부시게 발전했는지, (두 손을 치켜들며) 정말 놀랍고 놀라워.────바로 그때 삼촌이 소리쳤습니다. 플랑드르의 우리 군대가 얼마나 놀라웠는지 선생께서 보지 못한 것이 안타깝군요.

제19장

위의 장면에 잠시 커튼을 드리우는 이유는,──한두 가지 상기시켜드리고,──말씀드릴 일이 있기 때문입니다.

사실 지금 말씀드리고자 하는 사항이, 시기적으로 적절하지 않다는 감이 있으며,──150페이지 전에 말씀드렸어야 할 내용이지만, 그때는 이후에 적당한 기회가 오리라고 생각했고, 다른 데보다는 이곳에 더 적합하리라고 여겼기 때문입니다.──작가들이 현재 진행 중인 내용의 의도와 맥락을 유지하기 위해서는 앞을 내다볼 줄 알아야 합니다.

이 두 가지 일을 끝낸 후에,──커튼을 다시 올리고, 토비 삼촌과 아버지, 그리고 닥터 슬롭이 더 이상 아무런 방해 없이, 담소를 계속하도록 하겠습니다.

먼저, 상기시켜드리고 싶은 것은,──독자는 이름에 대한 아버지의 독특한 관점과, 그전에 있었던 사건으로 미루어,──(그 정도는 말씀드렸다고 알고 있는데) 그가 매사에 엉뚱하고 종잡을 수 없는 사람이라고 생각하시겠지요. 사실, 처음 잉태되는 순간부터,──허리가 꼬부라지고 노인용의 헐렁한 바지와 슬리퍼를 걸친 두번째 유아기에 이르기까지, 삶의 각 단계마다, 아버지는 항상 갑작스럽게 돌출하는 독특한 생각을 하나씩 가지고 있었으며, 이런 생각은 이미 말씀드린 두 가지와 마찬가지로, 회의적이었을 뿐 아니라, 평범한 사색의 길에서 언제나 멀리 벗어나 있었습니다.

―나의 아버지, *샌디* 씨, 그분은, 무엇이든 일상적인 안목으로 보는 법이 없었으며,―항상 독특한 견해를 가지고 있었고,―평범한 저울로 무게를 다는 법도 없었으며,―아니,―그렇게 무지한 일을 강요받기에는 너무나 섬세한 학자였습니다.―아버지 말에 따르면, 학문의 대저울로 정확한 무게를 측정하려면, 대중적인 신조가 주는 마찰을 피하기 위해, 받침점이 육안으로는 거의 보이지 않아야 하며,―그렇지 않고서는 저울의 균형을 움직이는, 미세한 철학의 무게를 느낄 수 없다는 것입니다.―또한 지식은 물질처럼, *무한대로* 나눌 수 있기 때문에,―설사 작은 알갱이나 미량에 불과하다 해도, 지구의 중력과 똑같이 지식의 일부라는 것입니다.―요컨대, 아버지가 확신하는 바로는, 오차는 항상 오차이며,―어디에 떨어지든,―소량이 되었든,―한 파운드가 되었든,―진실에 치명적이기는 매한가지이며, 진실이 우물 밑바닥에 눌려 있게 된 원인이 나비의 날개 분말 탓이든,―태양, 달, 그리고 하늘의 모든 별들의 원반 탓이든, 어쩔 수 없기는 마찬가지라는 것입니다.

아버지가 종종 애석하게 여겼던 점은 이것을 제대로 이해하지 못해, 국가적인 사안이나 사변적인 진리에 능란하게 적용하지 못하여, 온갖 세상일이 혼란스럽게 되었고,―정치적 홍예문(虹霓門)이 퇴락해가고,―우리 교회와 국가의 훌륭한 법령의 기초가, 평가원의 보고대로 서서히 흔들리고 있다는 것입니다.

당신은 우리가 파멸하고 몰락한 국민이라고 소리치는군요.―왜?

―아버지는 *제논*과 *크리시포스*의 연쇄식 내지는 삼단 논법을, 그들의 논법인지도 모르고 인용하며 질문을 던졌습니다.―왜? 왜 우리가 파멸했습니까?―그 이유는 우리가 부패했기 때문입니다.―어떻게 우리가 부패하게 되었지요?―그것은 우리의 빈곤함과,―우리의 가난 때문이지, 의지 때문이 아닙니다. 동의하시겠지요.―아버지가 얘기를 계속했습니다.―무슨 까닭으로 우리가 가난해졌습니까?―그것은 우리가 펜스와 반 펜스짜리 잔돈을 소홀히 했기 때문입니다.―은행권이나 금화가 아니라, 동전을 소중히 여겨야 하는 것입니다 하고 아버지가 대답했습니다.

그는 얘기를 계속했습니다. 학문도 다를 바가 없으며,―이미 굳건하게 확립된 분야를 뚫고 들어가서는 안 됩니다.―모든 것은 자연의 법칙에 따라 스스로를 방어하게 마련이며,―오차는―(아버지가 어머니를 진지하게 바라보며 덧붙이기를)―선생, 오차는 사람들이 천성적으로 부주의하게 남겨두는, 하찮은 구멍이나, 작은 틈새로 기어 들어오게 마련입니다.

이와 같은 아버지의 사고의 전환을 독자에게 상기시켜드리고 싶었습니다.―그리고 내가 이 대목을 위해 남겨두었던, 말씀드리고 싶다던 것은 바로 다음과 같습니다.

아버지가 어머니에게, 그 노인네보다는 닥터 슬롭의 도움을 받기를 역설하며 내세웠던 갖가지 그럴듯한 이유들 가운데,―한 가지 좀 특이한 것이 있는데, 두 분이 기독교적인 관점에서 논하기를 끝내고, 철학자로서 다시 한 번 논쟁에 임했을 때, 아버지는 여기 마지막 희망을 걸고, 최선을 다했습니다.――결국 실패로 돌아가긴 했지만, 논쟁 자체의 결함 때문은 아니었으며, 어머니에게 무슨 말을 해도, 도저히 그 의미를 이해시킬 수가 없었던 것입니다.―정말 운이 없군!―어느 날 오후,

아버지가 아무런 소득 없이, 한 시간 반 동안이나 어머니를 설득하다 방을 나오며 스스로에게 내뱉은 말이었으며,—운이 없어! 하고 말하며 문을 닫고 입술을 깨물었습니다.—아버지처럼 훌륭한 논리적 사고의 대가에게,—이런 두뇌를 가진 아내가 있었으니, 그녀의 머릿속에는 그의 영혼의 파멸을 막아줄 추론 하나도 매달아놓을 자리가 없었습니다.

이 논쟁은, 어머니에게는 어떠한 영향도 끼치지 못했지만,—아버지에게는 다른 모든 논쟁을 합쳐놓은 것보다 더 중요했습니다.—따라서 나는 이 논쟁에 대한 올바른 평가를 내리기 위해 노력할 것이며,—내 능력이 미치는 한도 내에서 최대한으로 명쾌하게 진술하고자 합니다.

아버지는 다음과 같은 두 가지 원리에 힘입어 논쟁을 시작했습니다.

첫째, 자기 자신의 기지 1온스가, 타인의 기지 큰 술통으로 하나보다 낫다. 그리고,

둘째, (사실, 뒤따라 나오기는 하지만,—첫번째 원리의 기초가 되는데)—자신의 기지는 자신의 영혼에서 나와야지,[69]—다른 사람의 영혼에서 나와서는 안 된다.

아버지는, 모든 인간은 본질적으로 동등하다고 생각했으며,—그중 예리한 지성과 그중 둔한 지성 사이의 커다란 차이는,—사고하는 실체들 간의 본질적인 예리함이나 본질적인 둔함의 차이에 있지 않고—각자의 몸에서 영혼이 차지하는 부분의 조직이 상서로운가 아닌가 하는데 달려 있으며,—아버지는 바로 그 자리를 찾는 것을 연구의 주제로 삼았습니다.

아버지가 이 문제를 놓고 연구한 결과, 데카르트[70]가 지적한 그 자

---

[69] 여기서 '영혼 soul'은 정신에 가깝다고 할 수 있으며, 지적인 활동을 주관하는 신체 기관을 의미한다.

리, 즉 뇌의 송과선 위가 아니라는 사실을 확인했는데, 그의 이론대로, 송과선은 완두콩만한 크기로서 뇌에 대한 완충 역할을 하며,—대부분의 신경이 바로 그 자리로 모이기 때문에,—데카르트의 추측이 아주 터무니없는 주장은 아니었으며,—토비 삼촌에게서 *랑덴* 전투에 참가했던 *왈론*[71] 장교에 관한 이야기를 듣지 않았더라면, 아버지도 그 위대한 철학자와 함께 분명히 오해의 나락으로 그대로 떨어졌을 것입니다. 그 장교는 뇌의 일부분이 머스킷 총알에 맞아 떨어져나갔고,—또 한쪽 부분은 프랑스 외과 의사가 들어냈으나, 결국 회복하여, 나머지 뇌만 가지고도 자신의 임무를 잘 수행했다고 합니다.

아버지는 이렇게 중얼거렸습니다. 만약 죽음을, 영혼과 육체의 분리라고 한다면,—그리고 사람이 뇌 없이도 걸어다니고 일도 할 수 있다면,—영혼이 뇌에 있지 않다는 것은 자명한 일이 아닌가. Q. E. D.[72]

밀라노 출신의 저명한 의사 *코글리오니시모 보리*는, *바르톨리네*[73]에게 보내는 편지에, 소뇌 후두골 부분의 작은 세포 안에서 묽고 옅은, 아주 향기로운 액체를 발견했으며, 이곳이 이성적인 영혼의 중심 자리라고 주장했는데(독자께서도 아시겠지만, 근래의 개화된 사회에서는, 인간의 영혼은 두 가지 요소로 구분되어 있다는 견해가 지배적이며,—위대한 *메세글린기우스*[74]에 의하면, 하나는 *아니무스*, 그리고 다른 하

---

70 르네 데카르트 René Descartes(1596~1650)는 영혼이 송과선에 있다고 생각했다.
71 왈론 사람들은 나무르 근방의 벨기에 남부와 동남부 지방에 살던 사람들로서 여러 민족이 섞여 살았다.
72 Quid Erat Demonstrandum: "증명 끝"
73 코글리오니시모 보리 Coglionissimo Borri(1627~1695)는 이탈리어어로 '고환'을 의미하는 코글리오네 coglione를 빗댄 스턴의 장난. 조셉 프랜시스 보리 Joseph Francis Borri와 토머스 바르톨리네 Thomas Bartholine(1616~1680)는 17세기의 의사였다.
74 메세글린기우스 Metheglingius는 벌꿀로 만든 알코올 음료인 미세글린을 빗대어 스턴이 지어낸 이름으로서, 술에 취한 철학자를 가리킨다.

나는 *아니마*[75]라고 합니다),―이와 같은 *보리*의 의견에,―아버지는 절대 동의할 수 없었으며, *아니마*, 혹은 *아니무스*와 같이, 고상하고, 세련된, 영적이고, 숭고한 존재가 웅덩이 속에 자리잡고 주저앉아, 여름이고 겨울이고, 온종일, 올챙이처럼 철버덕거린다는 생각 자체가,―액체가 탁하든 맑든, 그에게는 충격적이었으며, 아버지는 어떤 원리인지 들어 보려고도 하지 않았습니다.

결과적으로, 그중 이의가 적은 이론은, 주요 감각 기관, 혹은 영혼의 본부로서, 모든 정보가 집결하고, 모든 지시가 하달되는 곳은,―소뇌, 혹은 그 근처,―아니 오히려 숨골 부근으로서, *네덜란드* 해부학자들이 대체로 수긍하는 바에 따르면, 그곳에서 일곱 가지 감각 기관들로부터 몰려드는 수많은 미세한 신경들이, 도로나 구불구불한 골목길 모양으로 집결하여, 정사각형을 이룬다는 것입니다.

지금까지는 아버지의 이론에서 그다지 특이한 점을 찾아볼 수 없으며,―시대와 국가를 막론하고 내로라하는 훌륭한 학자들이 그와 의견을 같이했습니다.―그러나 바로 여기서부터 아버지는 독자적인 노선을 걷기 시작했고, 이들이 놓은 주춧돌 위에, *샌디* 가의 가설을 또 하나 구축했으며,―이 가설도 영혼에 대한 다른 가설들과 동등한 위치에 오르게 되었는데, 다름아니라 영혼의 예민함과 섬세함이 위에 언급한 액체의 온도와 맑기에 달렸는가, 혹은 소뇌의 망상 조직의 섬세함과 그 구조에 달렸는가 하는 것이었으며, 아버지는 후자를 선호했습니다.

아버지가 주장하는 바에 따르면, 사람이 증식을 하는 그 순간에, 기지, 총기, 상상력, 말재주 등, 소위 훌륭하게 타고난다고 말하는 것들로

---

[75] 중세의 자웅 양성적인 시각으로 보았을 때, 아니무스는 영혼의 이성적인 측면, 혹은 인간 영혼의 남성적인 측면이며, 아니마는 여성적인 측면 혹은 생명을 주는 원천을 말한다.

구성된, 이 불가해한 조직의 기초를 놓는 데 필요한 온갖 배려 다음으로,―즉 그중 본질적이고 영향력 있는 두 가지 원인이라고[76] 해야 할 이러한 배려와 이름 다음으로,―세번째 원인, 혹은 논리학자들이 *Causa sine quâ non*[77]이라고 부르는 이것 없이는, 지금까지 들인 모든 수고가 쓸모없게 되어버리는데,―이 세번째 원인이란, 태아를 그 맨 앞부분을 통해 세상에 나오게 하기 위해 머리에 가해지는, 난폭하게 누르고 찌부러뜨리는 무자비한 폭력에 의한 참혹한 피해로부터, 섬세하고 세밀하게 짜인 소뇌의 망상 조직을 보호하는 것을 말합니다.

――이 부분은 부연 설명이 필요합니다.

온갖 종류의 책을 다 섭렵했던 아버지가, 아드리아누스 스멜보트의 *Lithopædus Senonesis de Partu difficili**[78]를 훑어보던 중, 분만 시 태아의 머리는, 아직 두개골 뼈에 봉합선이 없기 때문에, 부드럽고 유연한 상태인데,―강한 진통을 느낀 산모가, 이것을 이기려고, 평균 470파운드[79]에 달하는 무게의 힘을, 수직적으로 내지르는 바람에,―50 중 49의 경우, 태아의 머리는 이 힘에 눌려 장방형 원추 모양으로 굳어져, 과자 굽는 사람이 파이를 만들기 위해 둥글게 밀어놓은 밀가루 반죽과 비슷한 모양이 된다는 사실을 발견했습니다.――맙소사! 하고 아버지가 외쳤

---

76 아리스토텔레스의 네 가지 철학 원인을 빗대어 하는 말.
77 필수적인 원인.
* 여기서 저자는 두 가지 실수를 범하고 있는데,― *Lithopædus* 는 *Lithopædii Senonensis Icon*이라고 써야 합니다. 두번째 실수는, *Lithopædus* 는 저자의 이름이 아니라, 석화된 태아의 그림을 가리키는 것입니다. 이 내용은 1580년 알보시우스가 발표했으며, 스파키우스에 포함된 코르데우스의 글 마지막 부분에서 볼 수 있습니다. 트리스트럼 섄디 씨가 이런 실수를 한 것은 최근 Dr.―의 명저자들의 목록에서 *Lithopædus*라는 이름을 보았거나, *Lithopædus*를 Trinecavellius로 착각했을 가능성이 있는데,―이들 이름이 너무나 유사하기 때문입니다.
78 De Partu Difficili: 난산에 대하여.
79 470파운드(213킬로그램)는 스턴의 과장된 표현이며, 보통 15~23킬로그램 정도의 무게이다.

습니다. 그렇게 섬세하고 연약한 기질의 소뇌가 얼마나 파괴적인 타격을 입겠는가!―그리고 설사 보리가 주장하는 액체가 있고,―그 액체가 아무리 맑다고 해도 이렇게 되면 결국 불결한 초산균 액체로 변해버릴 것이 뻔하지 않은가?

그 힘이 태아의 정수리에 가해져, 뇌 혹은 소뇌에 상처를 입힐 뿐 아니라,―대뇌에 불가피하게 압력을 가해 지성이 자리잡고 있는 소뇌 쪽으로 밀리게 한다는 사실을 알고, 아버지는 두려움에 사로잡혔습니다.―자비로운 천사들과 성자들이여 우리를 보호하소서! 하고 아버지가 외쳤습니다.―이렇게 큰 충격을 견딜 영혼이 어디 있겠는가?―결국, 지성의 망상 조직은 해지고 누더기가 되어, 아무리 훌륭한 두뇌라 해도 헝클어진 비단 실타래만 못하게 되어,―그 내부는 온통 혼란에 빠져,―뒤죽박죽되고 말 것이니.

그러나 계속해서 읽어나간 결과, 아버지는 다음과 같은 비법을 발견했으며, 수술을 집도하는 사람들에게는 그리 어렵지 않은 일로서, 태아를 거꾸로 돌려, 발부터 끄집어내는 방법을 말하며,―대뇌가 소뇌 쪽으로 밀리는 대신, 역으로, 소뇌가 대뇌 쪽으로 밀리게 하여 아무런 피해를 주지 않게 하는 것입니다.―하나님 맙소사! 아버지가 외쳤습니다. 사람들은 하나님이 주신 한 줌밖에 안 되는 인간의 기지를 없애기 위해 음모하고 있으며,―산과에 종사하는 전문가들이 바로 이 음모에 가담하고 있는 것이 분명해.―내 아들이 어느 쪽으로 나오든 무슨 상관인가, 모든 것이 잘되어, 소뇌가 눌리지만 않으면 될 일 아닌가?

가설이란, 누군가 일단 세우기만 하면, 본질적으로 모든 것을 적절한 영양분으로 만들어 흡수하기 때문에, 처음 잉태되는 순간부터, 보고, 듣고, 읽고, 생각하는 것으로서 계속 강해지게 마련입니다. 매우 효과적인 일이라고 할 수 있지요.

아버지가 이 가설에 빠져들기 시작한 지 한 달 정도 되었을 무렵, 그는 이것을 통해 사람들의 우둔함이나 천재성을 쉽사리 설명해낼 수 있게 되었으며,─큰아들이 가족들 중 가장 멍청한 이유도 밝혀냈습니다.─불쌍한 것,─동생들의 재능을 위해 길을 열어주었구나 하고 아버지가 말했습니다.─바보이거나 머리가 기형인 경우도 해명되었으며,─무엇을 의미하는지는 나도 모르겠지만, * * * *인 경우를 제외하고는,─모두 그렇게 될 수밖에 없다는 것을, *선험적*으로 증명해 보여주었습니다. *아시아인*의 총명함과, 기후가 온화한 지역 사람들의 활기찬 성향과 예리한 직관력도 시원스럽게 설명하고 그 원인을 밝혔는데, 맑은 하늘이라든가, 그칠 새 없는 햇빛 등의 평범하고 진부한 해석이 아니며,─오히려 이런 것들은, 아버지의 이론에 따르면, 정신적인 능력을 극단적으로 희석시키고 약화시켜 보잘것없이 만들어버릴 뿐이며,─반대로 기후가 차가운 곳에서는 극단적으로 농축시켜버린다는 것이며,─이 문제를 그 원천에까지 더듬어 올라가본 결과,─기후가 따뜻한 곳에서는, 자연이 모든 피조물들 가운데 여성에게 보다 가벼운 짐을 지워주고,─즐거움을 더해주어,─고통의 필연성이 감소하기 때문에, 태아의 정수리에 가해지는 압력과 저항이 아주 약해, 소뇌의 구조가 그대로 보존되어,─아버지의 판단으로는, 자연 분만 시에도, 그 망상 조직이 실 한 가닥도 끊어지거나 잘못되는 법이 없고,─영혼이 의도하는 바를 그대로 실천할 수 있다는 것입니다.

아버지가 여기까지 왔을 때,─*제왕절개* 수술과, 이 수술로 세상에 나온 위대한 천재들의 이야기가, 이 가설에 눈부신 빛을 비추어주었습니다. 아버지의 주장에 따르면, 이런 사람들의 감각 중추는 전혀 상처를 입지 않을 뿐 아니라,─머리가 골반에 아무런 압력도 가하지 않기 때문에,─골반 이쪽의 *치골*이나, 저쪽의 *미골*에 의해, 소뇌가 대뇌 쪽으로 쏠리는 일도 없으며,—그런데, 결론적으로, 뭐가 그렇게 좋다는 말씀입니까? 선생, 그 수술에 이름을 붙여준 유명한 율리우스 카이사르[80]나,—그 수술에 이름이 붙여지기도 전에 그렇게 태어난, 유명한 헤르메스 트리스메기스투스[81],—유명한 스키피오 아프리카누스,—유명한 만리우스 토르카투스, 우리의 유명한 에드워드 6세도,—만약 지금 살아계셨더라면, 이 가설에 동일한 경의를 표하셨을 것입니다.—이들 외에도, 명사록에 중요한 자리를 차지하고 있는 많은 인물들이,—선생, 모두 이 세상에, 비스듬하게 나오지 않았습니까.

아버지의 머릿속에는, 복부와 *자궁*의 절개가 여섯 주 동안이나 자리하고 있었으며,—무엇보다 *상복부*와 *자궁*의 상처가 치명적이지 않다는 대목을 읽고 마음을 놓았는데,—산모의 복부를 아주 절묘하게 열어 태아에게 통로를 마련해준다는 것이었습니다.—어느 날 오후 아버지가 어머니에게 이런 사실을 언급할 기회가 있어,—그저 지나가는 말로 한마디했는데,—이야기를 꺼내자마자, 그 수술이 아버지의 희망을 추어올려주었던 것만큼이나, 어머니의 얼굴이 잿빛으로 변하는 것을 보고,—더 이상 언급하지 않기로 했으며,—건의해보았자 아무 소용이 없다는 결론을 내리고—아버지는 단지 감탄하는 것으로 만족하기로 했습니다.

나의 아버지, *샌디* 씨의 가설은 이러했으며, 여기서 한 가지 덧붙인다면, 나의 형 *바비*가 위에 언급한 훌륭한 영웅들 가운데 어느 누구 못지않은 (형님이 우리 가문을 위해 한 일로 미루어) 큰 몫을 했다는 사실입니다.—이미 말했듯이, 형님은 아버지가 엡섬에 가 계실 때 태어나 세례를 받았으며,—어머니의 첫번째 자녀였던 만큼,—머리가 맨 먼저

---

80 율리우스 카이사르뿐 아니라, 로마의 장군 스키피오와 만리우스도 제왕절개 수술로 태어났다.
81 67쪽, 주 68 참조.

세상에 나왔으며,―후에 유난히 둔해 보이는 소년으로 성장하자,―아버지는 이 모든 것을 자신의 지론에 따라 상세하게 설명했으며, 이쪽 끝으로 해서 실패했으니,―저쪽 끝으로 시도해보고자 결심했습니다.

그러나 산파에게 이런 시도를 기대하기는 힘든 노릇이었으니, 그들은 기존의 방식을 쉽사리 바꾸지 않았기 때문이며,―아버지가 좀더 수월하게 상대할 수 있는, 과학적인 사람을 선호한 중요한 이유가 되었습니다.

세상 모든 사람들 가운데, 닥터 슬롭이 아버지의 목적에 가장 적합한 인물로 떠오른 이유는,―새로 개발한 그의 겸자(鉗子)가 분만 시 그중 안전한 기구라고 그가 주장하고, 입증한 무기였으며,―또한 그의 저서에, 아버지의 머릿속을 돌아다니고 있던 바로 그 생각과 관련된 그럴싸한 말을, 여기저기 뿌려놓았기 때문인데,―물론 아버지의 이론과 같이, 영혼의 득을 위해 발부터 끌어내리려는 것은 아니었으며,―순전히 산과적인 이유에 의한 것이었습니다.

이어지는 담화에서 아버지와 닥터 슬롭의 연합으로, 삼촌이 약간의 타격을 입게 된 원인도 바로 여기 있습니다.―단순한 데다 상식밖에 갖추지 못한 사람이, 어떻게, 과학으로 연합한 두 사람을 상대할지,―상상하기 힘든 일이지요.―원하신다면, 한번 추측해보시기 바라며,―선생의 상상력이 활동을 개시한 참에, 더 기운을 내어, *토비* 삼촌이 샅에 입은 상처가 그를 그렇게 정숙하게 만든 이유와 원인을 찾아보아도 좋겠지요.―또한 혼인 계약서로 인해 빚어진 내 코의 손실에 대한 이론 체계를 확립해보거나,―아버지의 가설과, 우리 가문 및 대부와 대모의 소망에도 어긋나는, 트리스트럼이라는 이름이 내게 붙여지는 불운을 겪게 된 원인을 세상에 밝혀도 괜찮겠지요.―그 외 아직까지 해결하지 못하고 남겨둔 수많은 사건들도, 여유가 있다면 한번 풀어보도록 노력해

보시기 바랍니다만,—미리 말씀드리자면 헛수고로 돌아갈 것이 분명하며,—그리스의 돈 벨리아니스[82]에 등장하는 마법사 알키페나, 그에 못지않게 유명한 여자 마법사인 그의 부인 우르간다도, (그들이 살아 있었다면) 진실의 1리그 반경 안에도 도달하지 못할 것입니다.

독자는 이 사건들에 대한 정확한 설명을 내년까지 기다리는 수밖에 없으며,—그때는 전혀 예상치 못한 일련의 사건들을 공개하겠습니다.

---

[82] 『그리스의 돈 벨리아니스 Don Belianis of Greece』는 16세기 스페인의 로맨스로서 스턴의 시대에도 인기가 있었다.

젠틀맨 트리스트럼 샌디의 삶과 견해

제3권

무지한 대중의 판단을 염려하는 바는 아니지만, 그들에게 이 보잘것없는 글을 아껴달라는 부탁을 하며―이 작품의 의도는 해학에서 진지함으로 그리고 다시 진지함에서 해학으로 돌아가는 것이다.[1]

THE
LIFE
AND
OPINIONS
OF
TRISTRAM SHANDY,
GENTLEMAN.

Multitudinis imperitæ non formido judicia; meis tamen, rogo, parcant opusculis——in quibus fuit propositi semper, a jocis ad seria, a seriis vicissim ad jocos transire.

JOAN. SARESBERIENSIS,
Episcopus Lugdun.

VOL. III.

LONDON:
Printed for R. and J. DODSLEY in *Pall-Mall.*
M.DCC.LXI.

제1장

―토비 삼촌은, "내가 닥터 슬롭에게 바라는 것은," 하고 말을 끊었다가 (닥터 슬롭에게 바란다는 말을 다시 한 번 반복하며, 처음보다 더 강한 열정과 진지함이 밴 태도로*)―다시, "내가 닥터 슬롭에게 바라는 것은, 플랑드르의 우리 군대가 얼마나 놀라웠는지 보았더라면 좋았을 것이라는 말입니다" 하고 말했습니다.

삼촌의 이 같은 바람이 닥터 슬롭에게는 몹쓸 짓이 되고 말았는데, 사실 그는 어떤 사람에게도 이런 일이 일어나기를 바라지 않았으나,―선생, 닥터 슬롭은 이로 인해 혼란에 빠졌고―모든 생각이 뒤죽박죽되어 도망가버리는 통에, 아무리 해도 그것들을 다시 불러모을 수가 없었습니다.

어떤 논쟁에서든,―남자든 여자든,―명예, 이득, 사랑, 그 무엇을 위해서든,―어떤 경우가 되었든,―누가 되었든, 부인, 이처럼 불시

---

1 12세기 성직자인 솔즈버리의 존 John of Salisbury의 『폴리크라티쿠스 Policraticus』에서 인용. 원문에는 "진지함에서 해학으로 돌아가는" 부분은 없다.
* 제2권, p. 159 참조(이번 판은 p. 178).

에 측면에서 다가오는 요청보다, 더 위험한 것은 없습니다. 일반적으로 이런 요청의 압력을 가장 안전하게 제거하는 방법은, 요구를 받은 쪽에서, 즉각 일어나,——요청자에게, 비슷한 가치의 무엇인가를 그 대가로 요구하여,——서 있는 그대로, 바로 그 자리에서 모든 것을 청산하든가——아니 오히려 그 공격을 이용하여 이득을 얻는 편이 낫습니다.

그러나 이 문제는 요청의 장에서 충분히 설명드리도록 하겠습니다.——

닥터 슬롭은 이와 같은 방어의 성질을 이해하지 못했으며,——그는 혼란에 빠져, 논쟁을 4분 30초 동안 완전히 중지시켰는데,——5분이었다면 치명적이었을 것입니다.——그러나 아버지는 이런 위험에 대해 잘 알고 있었으며——사실 진행 중에 있던 논쟁은 세상에서 가장 재미있는 논쟁으로서, "기도하고 바라던 아이가 지능을 가지고 태어나느냐 마느냐," 하는 것이었으며,——아버지는 요청의 대상인 닥터 슬롭에게, 응답의 권리를 허락하기 위해, 마지막 순간까지 기다렸으나, 혼란에 빠진 닥터 슬롭은, 갈피를 못 잡는 사람들의 특징적인 눈빛이라고 해야 할, 텅 빈 당혹한 눈빛으로 계속 쳐다보기만 했으며,——처음에는 토비 삼촌의 얼굴을——다음은 아버지의 얼굴을——그리고는 위로——아래로——동쪽으로——동쪽에서 동쪽으로 계속해서,——벽판 가두리를 따라 돌아가며 반대편 끝까지 눈으로 따라갔다가,——의자의 팔걸이에 박혀 있는 놋쇠 못을 세기 시작하자——아버지는 삼촌 때문에 더 이상 시간을 낭비할 수 없다는 생각에, 이렇게 얘기를 시작했습니다.

제2장

"——도대체 플랑드르의 군대가 얼마나 놀라웠단 말인가, 토비 동생!"——아버지는 이렇게 말하며, 오른손으로 가발을 벗어들고, 왼손으로는 머리를 닦기 위해, 인도산 줄무늬 손수건을 오른쪽 외투 호주머니에서 꺼내며, 삼촌에게 그 일을 따져 물었습니다.——

——그런데, 바로 그때 아버지가 한 가지 중요한 실수를 했으며, 지금 그것을 말씀드리도록 하겠습니다.

사실 *"아버지가 가발을 오른손으로 벗어야 하는가, 혹은 왼손으로 벗어야 하는가"*라는 것보다 훨씬 보잘것없는 문제로,——위대한 왕국들이 나누어졌고, 그 나라를 통치하던 군주들의 왕관이, 그들의 머리 위에서 흔들렸습니다.——선생, 굳이 말씀드릴 필요도 없겠지만, 이 세상 모든 것의 크기와 모양은, 그 처한 상황에 따라 결정되며,——훌륭하건——보잘것없건——좋건——나쁘건——평범하건 평범하지 않건,——이리저리 조이거나 느슨하게 되어——그 모양이 정해집니다.

아버지의 인도 손수건이 오른쪽 외투 호주머니에 들어 있는 이상, 오른손으로 다른 일을 해서는 안 되겠지요. 아버지가 한 것처럼 오른손으로 가발을 벗는 대신, 반대로 그 일을 왼손에 전적으로 맡겼더라면, 머리를 문질러야 하는 생리적인 긴급 상황이 생겨, 손수건이 필요한 경우, 오른손으로는 다른 일을 하지 않고 외투 호주머니에 넣어 손수건을 꺼냈을 것이며,——결과적으로 몸의 근육이나 힘줄을 하나도 다치거나 삐는 일 없이, 그 일을 완수했겠지요.

이렇게 했더라면, (혹시라도 아버지가 바보같이 보이기를 자청하여—가발을 왼손에 어색하게 쥐거나, 팔꿈치 관절이나 겨드랑이를 어떻게든 어설픈 각도로 구부린 것이 아니라면)—아버지의 자세는 편안하고—유연하며—자연스러워—멋지고 우아한 그림으로 유명한 *레이놀즈*[2]가 그의 좌상을 그리려고 했을 것입니다.

아버지가 이 일을 처리하는 모습이,—얼마나 처량했을지 한번 상상해보십시오.

—앤 여왕 치세 후기와, 조지 1세 치세 전기 무렵에는— "*외투 호주머니를 옷자락 깊숙이 팠습니다.*"—그러니 더 이상 말할 필요도 없이—재해(災害)의 신이, 한 달 간이나 망치질을 한다고 해도, 아버지와 같은 상황에 처한 사람에게 이보다 더 불리한 모양의 옷을 만들어내지는 못할 것입니다.

제3장

그러나 어떤 왕의 통치 기간이 되었든, (나처럼 여윈 국민이 아니라면) 몸 전체를 가로질러 대각선으로 손을 뻗어, 반대쪽 외투 호주머니 바닥에 닿기는 그리 용이하지 않습니다.—게다가 서기 1718년, 이 일이 있던 해에는, 더욱 힘들었기 때문에, 아버지의 손이 몸을 가로질러 지그재그로 그리로 다가가는 것을 발견한 토비 삼촌의 마음에는, 즉시 성 니콜라스 성문 앞에서 포위 공격을 감행하던 때가 떠올랐으며,—이

---

[2] 당시 유명한 초상화가였던 조슈어 레이놀즈 경은 스턴의 초상화를 세 번 그렸다.

생각이 그의 주의력을 대화의 주제로부터 완전히 벗어나게 만들어, 그 전투가 벌어졌던 방벽의 요각(凹角), 특히 그가 샅에 상처를 입었던 바로 그곳을 측정하기 위해,―트림에게 *나무르 지도*와 컴퍼스, 그리고 함수자를 가져오게 하려고 오른손으로 종을 들었습니다.

그러자 아버지는 이마를 찌푸렸으며, 이마를 찌푸리자, 온몸의 피가 얼굴로 몰리는 듯했으며―삼촌은 즉각 말에서 내렸습니다.

―저는 당신의 삼촌이 말을 타고 있었는지 몰랐는걸요.―

제4장

사람의 몸과 마음은, 먼저 양자 모두에 지극한 경의를 표하는 바이며, 조끼와 그 안감 같아서,―하나를 구기면―다른 것도 구겨지게 마련입니다. 그러나 예외적인 경우가 있다면, 조끼의 겉감은 빳빳하게 고무풀을 먹인 호박단으로 하고, 안감은 얇고 부드러운 비단으로 만들어 입은, 운 좋은 사람이겠지요.

제논, 클레안테스, 디오게네스, 바빌로니우스, 디오니시우스 헤라클레오테스, 안티파테르, 파네티우스, 포시도니우스 등의 그리스인들과,―카토, 바로, 세네카 등의 로마인들,―판테누스, 클레멘스 알렉산드리누스, 몽테뉴 등의 기독교인들, 그리고 이름은 생각나지 않지만, 지금까지 살았던, 서른 명 정도의 선하고 정직하며, 지각없는, *샌디* 가의 사람들,―이들 모두 조끼를 이런 식으로 만들어 입었다고 주장했는데,―말하자면, 바깥쪽은 구깃구깃 구겨지고, 접히고, 주름이 잡혀, 닳고

닳아 갈가리 찢어져도,―즉, 엉망이 되어버린다 해도, 그 모든 피해에도 불구하고, 안감은 단추 하나만큼도 상하지 않는다는 것입니다.

내 양심에 비추어 나도 이런 조끼를 입고 있다고 생각합니다.―그 이유는 지난 9개월 간, 이 가엾은 조끼가 당한 만큼 심한 고초를 겪은 적은 일찍이 없었지만,[3]―그 안감은,―최소한 내가 보기에는, 전혀 손상을 입지 않았으며,―그들은 나를, 난잡하고, 혼란스럽고, 격렬하게, 자르고 찔렀으며, 뒤에서, 앞에서, 옆에서, 위에서 공격했습니다.―안감에다 고무풀을 조금이라도 먹였더라면,―맙소사! 모두 닳고닳아 실밥만 남을 뻔했습니다.

―월간지 『리뷰어스』의 선생님들!―어떻게 내 조끼를 그렇게 갈가리 난도질할 수가 있단 말입니까?―조끼의 안감도 다칠 수 있다는 사실을 모르십니까?

당신들과 당신들의 행실을, 그 누구도 다치게 하는 법이 없는 신의 보호 앞에, 정중하게 마음을 다해 의뢰하는 바이니,―하나님의 축복이 내리기를 바라며,―다음 호에서, 지난 5월에 그랬던 것처럼, (날씨가 아주 더웠다고 기억하는데) 누군가 이를 부득부득 갈거나, 나를 공격하거나, 욕을 할 때,―내가 화를 내지도 않고 모른 척한다고, 노하지 마시기를 부탁드리며,―나는 죽는 날까지, 혹은 내가 글을 계속 쓰는 한, (내 경우에는 같은 말이지만) 토비 삼촌이 *식사 시간* 내내 코 주위를 날아다니던 파리에게,―"가라, 가―이 녀석아,―가버려,―내가 너를 왜 해치겠니? 이 세상은 너와 나를 함께 떠받칠 만큼 충분히 넓지 않니"라고 말했던 것처럼, 그런 신사들에게 욕을 하거나 저주를 퍼붓지는 않을 것입니다.

---

[3] 1760년 5월에 스턴은 두 권의 설교집을 발간했는데, 요릭 목사라는 가명을 사용했기 때문에 심한 비난을 받았다.

제5장

　부인, 어느 누구든, 생각에 잠겨 있다가, 놀라울 정도로 붉게 홍조를 띠는 아버지의 얼굴을 관찰했다면,—즉, (이미 말씀드린 바와 같이, 온몸의 피가 얼굴로 솟구쳐) 회화적으로 혹은 과학적으로 말해, 자연스런 색조보다, 여섯 색조 반 혹은 한 옥타브 정도 높게 붉어진 것을 관찰했다면,—다시 말해, 토비 삼촌을 제외한 다른 사람이, 그의 이런 모습과, 이마에 갑자기 주름이 잡히고, 몸이 심하게 뒤틀리는 것을 보았다면,—아버지가 화가 났다는 결론을 내렸을 것이며, 그렇다고 단정하는 즉시로,—만일 그가 동일한 악기 두 개를 똑같은 선율로 음을 맞추었을 때 생겨나는 화음을 좋아하는 사람이었다면,—즉시 자신의 악기도 같은 음으로 조율하여,—폭발적으로 쏟아버리며,—부인, 곡 전체를 에이비슨의 스카를라티⁴ 협주곡 6번과 같이—콘 퓨리아 *con furia*—즉 미친 듯이 연주했을 것입니다.— 잠깐만요! — *con furia*— *con strepito*,⁵—이런 혼란스런 용어가 화음과 무슨 상관이지요?

　부인, 내 말은, 마음이 인자하여 모든 신체적인 움직임을 그 움직임이 허용하는 그중 관대한 의미로 해석하는 토비 삼촌을 제외하고는, 모든 사람들이, 아버지가 화가 났다고 단정하고 그를 비난했을 것이라는 말입니다. 그러나 삼촌은 호주머니를 만든 재봉사만 탓했을 뿐,—가만히 앉아, 아버지가 손수건을 호주머니에서 꺼내기를 기다리며, 형언할

---

4 영국의 작곡가였던 찰스 에이비슨 Charles Avison(1709~1770)은 1744년에 도메니코 스카를라티(1685~1757)의 12협주곡을 출판했다.
5 con strepito: 아주 요란하게.

수 없을 정도의 온화한 표정으로 바라만 보고 있었으며—마침내 아버지는 이렇게 얘기를 계속했습니다.

제6장

—"도대체 플랑드르의 군대가 얼마나 놀라웠단 말인가! 토비 동생."
—나는 자네가 정직한 사람이며, 하나님이 창조하신 그중 선하고 올바른 마음을 갖고 있다고 생각하네 하고 아버지가 말했습니다.—그리고 지금까지 잉태되었거나, 될지도 모르고, 될 수 있고, 될 만한, 될, 혹은 되어야 하는 모든 아이들이 머리부터 세상에 태어난다고 해서 자네에게 잘못이 있는 것은 아니네.—그러나, 내 말 좀 들어보게, 토비, 그 아이들은 수태 당시뿐 아니라,—물론 그 문제도 고려할 필요가 있지만,—세상에 나온 후에도 갖가지 위험과 어려움에 부딪히게 될 것이 분명하니, 그들을 기다리고 있는 이런 피할 수 없는 재난에다 덧붙여,—세상에 나오는 길목에서까지 쓸데없는 위험과 어려움에 노출시킬 필요는 없지 않겠는가.—그러자 삼촌은, 그런 위험들이 하고 말을 꺼내며 아버지 무릎 위에 손을 얹고, 대답을 듣기 위해 그의 얼굴을 진지하게 바라보며 말했습니다.—그런 위험들이 과거보다 오늘날 더 심각하단 말씀입니까? 토비 동생, 우리 선조들은,—아이가 제대로 수태되어, 살아서 태어나고, 건강하다면, 게다가 산모까지 멀쩡하다면, 그것으로 만족했다네 하고 아버지가 대답했습니다.—삼촌은 즉각 손을 아버지의

무릎에서 거둬들이며, 몸을 의자에 부드럽게 기대고, 고개는 천장에 두른 돌림띠가 겨우 보일 정도로만 들고, 볼의 협근과, 입술 주위의 구상근이 그 임무를 다하도록 명하고는—*릴리블레로*를 휘파람 불었습니다.

제7장

삼촌이 아버지에게 릴리블레로를 휘파람 불어주고 있는 동안,—닥터 슬롭은 발을 구르며 *오바댜*에게 욕과 저주를 무섭게 퍼붓고 있었는데,—선생께서 그의 말을 들었다면, 욕하는 죄책감에서 영원히 구원받아, 마음이 편안해졌으리라고 생각합니다.—그래서 지금 그 일을 자세히 말씀드리고자 합니다.

닥터 슬롭의 하녀는, 주인의 기구들이 들어 있는 초록색 가죽 가방을 *오바댜*에게 내어주며, 현명하게도, 그에게 머리와 팔을 가방끈 사이로 넣어, 몸에 가로질러 메라고 충고했습니다. 그래서 나비매듭을 풀고, 줄을 길게 만들어준 뒤, 더 이상 지체 없이 출발하도록 했습니다. 그러나, 그렇게 하다 보니, 가방의 입구가, 말하자면, 무방비 상태로 놓이게 되어, *오바댜*가 의도하는 속도로 달리다가는 무엇인가 튀어나오지 않을까 걱정이 되었기 때문에, 두 사람은 다시 가방을 내려, 매우 조심스럽게 정성을 다하여, 끈 두 개를 바싹 묶어 (일단 가방 입구를 닫기 위해) 대여섯 개의 매듭을 만들었으며, *오바댜*는, 안전을 기하기 위해, 매번, 있는 힘을 다해 잡아당겨 한데 묶었습니다.

이로써 *오바댜*와 하녀가 의도하던 바는 이루어진 셈이었으나, 이들

두 사람이 미처 예상치 못했던 몇 가지 재난에 대해서는 대책이 없었습니다. 가방을 위에는 꼭 묶었지만, (가방의 모양이 원추형이었기 때문에) 아래쪽으로는 기구들이 돌아다닐 만한 충분한 공간이 있었으며, 오바댜가 말을 달릴 때마다, *티르-테트,*[6] 겸자, 세정기 등이 심하게 짤랑거리는 바람에, *히멘*[7]이 그쪽으로 소풍을 나왔더라면, 놀라 이 나라 밖으로 도망칠 정도였으며, 오바댜가 속력을 내어, 속보로 달리던 말에 박차를 가해 전속력으로 달리기 시작하자—아이구! 선생,—그 짤랑거리는 소리가 그야말로 엄청났습니다.

오바댜에게는 아내와 세 명의 자녀가 있었기 때문에—이 짤랑거리는 소리가, 간통 같은 비열한 행위라든가, 그 외 여러 가지 불행한 정치적 사건들을 떠오르게 하지는 않았지만,—위대한 애국자들[8]을 종종 괴롭혔던 것처럼, 그를 방해하고, 가슴에 사무치도록 괴롭혔습니다.—
"이 가엾은 친구는, 선생님, 자기 휘파람 소리를 들을 수 없었던 것입니다."

---

6 tire-tête: 제2권 11장 주 31 참조.
7 그리스 신화의 혼인의 신.
8 'patriot'라는 말은 1740년대 중반쯤부터 부정적인 의미를 내포하게 되었는데, 파벌 다툼으로 정부를 어지럽게 하는 사람이라는 뜻으로 쓰이기도 했다.

제8장

 오바댜는 몸에 지니고 있는 모든 악기들 가운데 관악기를 그중 선호했기 때문에,―이것을 제대로 즐길 수 있는 방법을 궁리하고 찾아내기 위해, 상상력을 신중하게 작동시켰습니다.
 급하게 가느다란 끈이 필요한 난처한 일이 생길 때 (음악적인 경우는 제외하고),―머릿속에 가장 흔히 떠오르는 것은, 모자띠일 것입니다.―그 원리는 너무나 자명하기 때문에―굳이 설명드릴 필요도 없으리라고 생각합니다.
 오바댜의 경우는 혼합적이었기 때문에,―즉, 선생님,―혼합적이라는 말은, 산과적이고,―주머니적이고, 세정기적이고, 가톨릭적이며,―그가 타고 있는 말로 얘기하자면,―짐 나르는 말적이었고―부분적으로만 음악적이었기 때문에,―오바댜는 가장 먼저 머리에 떠오른 그 방편을 주저하지 않고 사용하기로 결정했으며,―가방과 기구들을, 한 손에 모아 쥐고는, 다른 손의 집게손가락과 엄지손가락으로 모자띠의 한쪽 끝을 이빨 사이에 밀어넣고, 끈의 한가운데로 손가락을 미끄러지게 해,―이 끝에서 저 끝까지 단단히 함께 묶고 또 가로질러 묶어 (트렁크를 끈으로 묶듯이) 여러 가지 모양으로 에두르고 복잡하게 교차시켜 돌리고, 교차점 혹은 줄이 서로 만나는 곳마다 든든한 매듭을 만든 까닭에,―닥터 슬롭이 이것을 푸는 데는, 욥의 인내심의 최소한 5분의 3 정도는 필요했던 것입니다.―창조의 여신이 기분이 좋은 상태에다, 이런 시합을 즐겨―그녀와 닥터 슬롭이 공정하게 동시에 출발했다면―오바댜가 가방에 해놓은 것을 보고,―또한 그녀가 마음만 먹으면 손이 얼마나 빨라지는지 아는 사람이라면, 누가 상을 쟁취할지 결정하는 데— 전혀 망설임이 없었을 것입니다. 나의 어머니는, 부인, 불가피하게 그 초록색 가죽 가방보다 일찍 분만했으며—최소한 *매듭* 스무 개 정도는 빨랐습니다.—트리스트럼 *샌디*, 그렇다면 그대는 하찮은 우연의 장난이 아닌가! 지금도, 앞으로도 영원히! 그 시합이 자네에게 유리하게 끝났더라면,—사실 그랬을 가능성은 50 대 1에 불과했지만,—그대의 형편이 그다지도 비관적이지는 (최소한 내려앉은 코 때문에는) 않았을 것이며,—그대 삶의 노정에 그토록 자주 모습을 드러냈던, 그대 집안의 운과 재산을 늘릴 기회들을, 그렇게 쉽게, 그렇게 짜증나게, 그렇게 온순하게, 그렇게 돌이킬 수 없게 포기하지는 않았을 텐데—그대는 그 기회들을 그냥 지나쳐 가도록 강요받지 않았던가!—그러나 이젠 끝났어.—내가 이 세상에 나오기 전까지는 더 이상 호기심 많은 사람들에게 할 이야기가 없으니.

제9장

위대한 지성들은 비약하는 법입니다. 닥터 슬롭은 가방에 눈길이 닿자마자 (토비 삼촌과 조산술에 대한 논쟁을 벌이다 생각이 그곳에 미치기 전까지는 쳐다보지도 않았으나)—동일한 생각이 떠올랐습니다. —그는 이렇게 중얼거렸습니다(혼잣말로). *샌디* 부인이 고생을 하는 것이 하나님의 은혜야,—그렇지 않았더라면, 저 매듭을 절반도 풀기 전에 일곱 번은 해산했을 테니 말이야.—그러나 여기서 주목해야 할 점은──그 생각이 닥터 슬롭의 마음 속을 떠다니기만 했을 뿐, 닻이나 바닥 짐도 없는, 단순한 생각에 불과했으며, 각하께서도 아시다시피, 수없이 많은 생각들이, 뒤로도 앞으로도 가지 못하고, 인간 지성의 묽은 체액 한가운데서, 열정과 흥미의 작은 돌풍이 그것을 한쪽으로 몰아갈 때까지, 줄곧 조용히 헤엄만 치고 있을 뿐입니다.

그때 위층의 어머니 방, 침대 근처에서 갑작스레 들려오는 쿵쿵거리는 소리가, 그 생각을 한쪽으로 몰아가는 역할을 했습니다. 불행한 일이지만, 서두르지 않으면, 정말 일이 잘못되고 말겠는걸 하고 닥터 슬롭이 말했습니다.

제10장

매듭에 관해 말씀드리자면,──먼저, 이것은 당기면 죄어지는 매듭⁹이 아니며,──그런 매듭에 관해서는, 내 삶과 견해가 진행되는 동안,──나의 큰할아버지 *해먼드 샌디* 씨의 파국에 대해 언급하는 부분에서 좀 더 자세히 밝히려고 하는데,──그는 몸은 왜소했지만,──높은 기상을 지녔던 분이었고,──몬머스 공의 일에 너무 성급하게 뛰어들었지요.──그리고, 두번째로, 소위 나비매듭이라고 부르는 매듭을 의미하는 것도 아니며,──이런 종류의 매듭을 푸는 데는 기교라든가, 기술, 인내심 등

---

9 교수형을 집행할 때 사용하는 매듭. 1685년 제임스 2세에 대한 몬머스 공작의 반란에 가담했다가 해먼드 샌디가 교수형에 처해졌다는 말이지만,『구약성서』의「에스더」7장 9~10절의 하만 Haman의 사형을 언급한 것일 수도 있다.

이 거의 필요하지 않기 때문에, 이런 매듭에 대해 견해까지 밝힐 일은 없다고 생각합니다.─내가 말하는 매듭은, 존경하는 선생님들, 훌륭하고, 믿을 만하며, 매우 단단하고, 튼튼한 매듭으로서, *오바댜*가 만든 매듭처럼, *정성을 다해* 만든 것을 의미하며,─두번째 *이음매*로 만들어진 고리 혹은 고를 낸 매듭을 통과해 끈의 양쪽 끝을 겹치거나 접어 얼버무려놓은 부분이 없기 때문에─잡아당겨 쉽게 풀거나 끄를 수가 없습니다─내 말이 이해가 가시겠지요.

존경하는 선생님들, 이런 *매듭*과, 이런 매듭이 우리가 살아가는 길에 던져놓은 여러 가지 장애물들을─성급한 사람들은 주머니칼을 꺼내 잘라버립니다.─그러나 이것은 잘못된 방법입니다. 이성과 양심의 지시에 부합하는 가장 효과적인 방법은─이빨이나 손가락을 사용하는 것이라고 생각합니다.─그러나 닥터 슬롭은 이빨이 없었으며─일전에 있었던 난산 중에, 그가 가장 애용하는 기구를 사용해, 아이를 끄집어내던 중, 방향이 잘못되었는지, 혹은 기구를 잘못 사용했는지, 혹은 운이 없었는지, 손이 미끄러져, 그 기구 손잡이에 그중 튼튼한 이빨 세 개가 부러지고 말았습니다.─그래서 그는 손가락으로 풀려고 했지만─안타깝게도! 손톱이 너무 바싹 깎여 있었습니다.─제기랄! 아무리 해도 안 되는군. 닥터 슬롭이 소리쳤습니다.─어머니의 침대 가까이 쿵쿵거리는 소리가 더 커졌습니다.─염병할 것! 죽어도 못 풀겠는걸.─그때 어머니가 신음 소리를 냈습니다─주머니칼 좀 빌려줘요─매듭을 자를 수밖에 없구먼──어! ─뭐야! ─이런! 엄지손가락을 베어 뼈가 드러났잖아─빌어먹을 놈 같으니─50마일 안에 다른 외과 의사가 없다면─이번 일은 끝장이야─에이 망할 놈─총에 맞아 뒈져라─저 멍청이를 저승 사자들이 잡아갔으면 좋겠구먼─

아버지는 *오바댜*를 무척 높이 평가했기 때문에, 그가 받는 이런 대접이 못마땅했으며—게다가 오바댜는 자존감이 부족한 사람이었으니—자신을 향한 무례함을 더욱 참기 어려웠을 것입니다.

닥터 슬롭이 엄지손가락이 아닌, 다른 곳을 다쳤더라면—그냥 지나쳤을 것이며—아버지의 신중함이 승리를 거두었겠지요. 그러나 사정이 그랬던 만큼, 그는 복수를 결심했습니다.

닥터 슬롭, (먼저 상처에 대한 조의를 표하며) 큰일을 앞에 두고, 사소한 악담을 하는 것은, 우리의 근력과 기력을 쓸데없이 낭비하는 일입니다 하고 아버지가 말했습니다.—저도 동감입니다. 닥터 슬롭이 대답했습니다.—그때 토비 삼촌이 (휘파람을 멈추며), 요새에 대고 참새총을 쏘는 것이나 마찬가지 아니겠습니까 하고 말했습니다.—욕이란, 분위기를 유머스럽게 이끌어주기는 하지만—그렇다고 그 신랄함이 없어지는 것은 아니지요. 아버지가 얘기를 계속했습니다.—나는 욕도 악담도 하지 않을뿐더러—욕은 나쁜 것이라고 생각하며,—어쩌다 하게 되어도, 항상 마음의 평정을 잃지 않도록 하여 (옳습니다 하고 삼촌이 말했습니다) 목적에 부합하도록 하며—말하자면, 마음이 편안해질 때까지만 욕을 한다는 것이지요. 게다가 현명하고 공정한 사람이라면, 이런 기분을 배출할 때, 속에서 끓어오르는 정도와—그 악담의 대상이 되는 불쾌감의 크기와 악의의 정도에 균형을 맞추기 위해 항상 노력하게 마련입니다.—"상처는 마음에서 오는 법이지요."—하고 토비 삼촌이 말했습니다. *세르반테스적*[10]인 엄숙함을 강하게 표출하며 아버지가 말을 이었습니다. 바로 이런 이유 때문에 내가 세상에서 가장 존경하는 한 신사분이 있는데, 그는 이 문제에 관한 한 스스로의 판단력에만 의존하지 않고, 자리에 앉아 (즉 여가 시간에) 발생 가능한 가장 약한 형태

---

10 세르반테스는 진지하면서도 동시에 풍자적이고 해학적인 표현의 대가였다.

부터 가장 강한 형태까지, 수많은 종류의 분노에 대한 적당한 욕의 형태를 만들어냈고,―그는 그 결과에 흡족해하며, 적의 공격에 대비하여, 항상 벽난로 선반 위, 가까운 곳에 두어, 언제라도 사용 가능하게 했지요.―도저히 믿을 수가 없습니다 하고 닥터 슬롭이 말했습니다. 실행에 옮기는 건 고사하고, 그런 것을 생각해낸 사람이 있다니요. 실례합니다만―방금 그걸 내가 읽고 있었던걸요 하고 아버지가 대답했습니다.―사용하지는 않았지만, 오늘 아침 *토비* 동생과 차를 마실 때, 그 중 하나를 읽어주었고―바로 여기 선반 위에 있지만,―내 기억이 틀리지 않다면, 엄지손가락 베인 데 쓰기에는 너무 폭력적이라는 생각입니다.―천만에요 하고 닥터 슬롭이 대답했습니다.―저런 녀석은 귀신이 잡아가버려야 한다고요.―그렇다면 좋을 대로 하십시오. 그러나 반드시 소리내어 읽어야 합니다 하고 아버지가 말했습니다.―아버지는 자리에서 일어나 *로마 가톨릭 교회 파문 선서* 한 부를 집어들었는데, 이것은 *에르눌푸스* 주교가 집필한 것으로서, (호기심 많은 수집가였던) 아버지는 *로체스터* 교회 원부에 있던 것을 손에 넣었으며,―*에르눌푸스* 주교 스스로도 흐뭇해했을 정도의 짐짓 심각한 태도와 목소리를 흉내내며,―닥터 슬롭의 손에 쥐어주었습니다.―그는 손수건 끝으로 엄지손가락을 감아쥐고는, 얼굴을 찌푸린 채, 아무런 의심 없이, 큰 소리로 읽기 시작했으며,―*토비* 삼촌은 줄곧 소리 높여 *릴리블레로*를 휘파람 불었습니다.

Textus de Ecclesiâ Roffensi, per Ernulfum Episcopum.

CAP. XXV.

EXCOMMUNICATIO.*

Ex auctoriate Dei omnipotentis, Patris, et Filij, et Spiritus Sancti, et sanctorum canonum, sanctæque et intemeratæ Virginis Dei genetricis Mariæ,

---

* 세례에 관한 소르본 심의회의 진실성을 의심하거나, 거부하는 사람들이 있기 때문에,—이 파문 선언의 원본을 싣는 것이 옳다고 판단했으며, *샌디* 씨는 이 자료를 제공한 로체스터 성당 총회와 사제장 총회 서기에게 사의를 표하는 바입니다.

제11장

"전능하신 하나님, 성부, 성자, 성령, 그리고 신성한 교회법과 구세주의 어머니이자 보호자이신 순결한 성모 *마리아*의 권능으로." 정말 쓸데없는 짓 같습니다 하고 닥터 슬롭이 무릎에 책자를 내려놓으며, 아버지를 보고 말했습니다.─조금 전에 다 읽어보셨다면서, 소리내어 읽는 것도 그렇고,─게다가 *샌디* 대위께서는 별로 관심도 없어 보이니,─속으로 읽는 편이 낫지 않겠습니까. 그건 계약 위반입니다 하고 아버지가 말했습니다.─게다가, 특히 후반부에는, 아주 재미있는 내용이 담겨 있으니, 반복해서 읽는 즐거움을 빼앗긴다는 것은 정말 슬픈 일입니다. 닥터 슬롭은 전혀 내키지 않았지만,─토비 삼촌이 바로 그때 휘파람을 멈추고, 자기가 대신 읽겠다고 나서자,─삼촌이 읽게 하는 것보다는,─그의 휘파람 소리의 엄호 아래 자신이 읽는 편이 낫겠다는 생각에,─

분한 표정을 숨기기 위해, 책자를 얼굴과 거의 수평이 되도록 들고,―
큰 소리로 다시 읽기 시작했으며,―삼촌은 볼륨을 조금 낮추어, 릴리
블레로를 휘파람 불었습니다.

  ――Atque omnium cœlestium virtutum, angelorum, archangelorum, thronorum, dominationum, potestatuum, cherubin ac seraphin, & sanctorum patriarchum, prophetarum, & omnium apostolorum et evangelistarum, & sanctorum innocentum, qui in conspectu Agni soli digni inventi sunt canticum cantare novum, et sanctorum martyrum, et sanctorum confessorum, et sanctarum virginum, atque omnium simul sanctorum et electorum Dei,―

             vel os s
Excommunicamus, et anathematizamus hunc furem, *vel* hunc

      s
malefactorem, N. N. et a liminibus sanctæ Dei ecclesiæ

             vel i   n
sequestramus et æternis suppliciis excruciandus, mancipetur, cum Dathan et Abiram, et cum his qui dixerunt Domino Deo, Recede à nobis, scientiam viarum tuarum nolumus: et sicut aquâ ignis

         vel eorum
extinguitur, sic extinguatur lucerna ejus in secula seculorum nisi

  n   n
respuerit, et ad satisfactionem venerit. Amen.

"전능하신 하나님, 성부, 성자, 성령, 그리고 구세주의 어머니이자 보호자이신 순결한 성모 *마리아*, 천상의 모든 역천사, 천사, 대천사, 좌천사, 주천사, 능천사, 지천사, 치천사, 그리고 성스러운 대주교들, 예언자들, 사도들과 전도자들, 그리고 신성한 그리스도 앞에서 순수한 노래를 불러 마땅한 갓난아기 순교자들, 신성한 순교자들과 고백자들, 신성한 성녀들과 성자들, 하나님께 선택받은 경건한 신도들의 권능으로 선포하노라.—그는," (오바댜는) "지옥에 떨어질지어다." (매듭을 이 지경으로 만들어놓았으니)—"*다단과 아비람*을 비롯해, 우리 주 하나님께, 당신의 길을 원치 않으니 우리를 떠나주소서, 라고 말하는 사람들과 함께 고통받고, 버림받고, 끌려가도록, 그를 파문하고, 저주하며, 전능하신 하나님의 신성한 교회의 문지방으로부터 그를 추방하노라. 그의 영혼의 빛이, 그가 회개하고" (오바댜는 자기가 만든 매듭에 대해) "참회의 고행을 하게 하지 않으면" (매듭에 대해) "물로 불을 끄듯, 영원히 꺼질지어다" 아멘.

Maledicat illum Deus Pater qui hominem creavit. Maledicat illum Dei Filius qui pro homine passus est. Maledicat illum Spiritus Sanctus qui in baptismo effusus est. Maledicat illum sancta crux, quam Christus pro nostrâ salute hostem triumphans, ascendit.

"인간을 창조하신 아버지 하나님의 저주가, 그에게 내리기를 바라노라.—우리를 위해 고난을 당하신 하나님의 아들의 저주가, 그에게 내리기를 바라노라.—세례를 통해 우리에게 임하신 성령님의 저주가, 그에게"(오바댜에게) "내리기를 바라노라.—우리를 구원하기 위하여 구세주께서 원수를 물리치고 오르신 성스러운 십자가의 저주가,—그에게 내리기를 바라노라."

         os
   Maledicat illum sancta Dei genetrix et perpetua Virgo Maria.

      os
Maledicat illum sanctus Michael, animarum susceptor sacrarum.

       os
Maledicant illum omnes angeli et archangeli, principatus et potestates, omnisque militia cœlestis.

 "영원하신 *성모 마리아*, 하나님의 어머니의 저주가, 그에게 내리기를 바라노라.—성스러운 영혼들의 변호인인 성 *미카엘*의 저주가, 그에게 내리기를 바라노라.—모든 천사들과 대천사, 권천사와 능천사, 그리고 천상 대군의 저주가, 그에게 내리기를 바라노라." 〔플랑드르의 우리 군대가 욕을 심하게 하긴 했지만, 이 정도는 아니었지요.—하고 토비 삼촌이 소리쳤습니다. 나 같으면, 이 정도의 욕은, 개한테도 못 하겠습니다.〕

        os
   Maledicat illum patriarcharum et prophetarum laudabilis
      os
numerus. Maledicat illum sanctus Johannes præcursor et Baptista Christi, et sanctus Petrus, et sanctus Paulus, atque sanctus Andreas, omnesque Christi apostoli, simul et cæteri discipuli, quatuor

quoque evangelistæ, qui sua prædicatione mundum universum converterunt. Maledicat illum cuneus martyrum et confessorum mirificus, qui Deo bonis operibus placitus inventus est.

"선각자 성 요한과 세례 요한, 그리고 성 베드로와 성 바울, 성 안드레 및 그리스도의 모든 사도들의 저주가 한꺼번에 그에게 내리기를 바라노라. 그리고 그외 다른 제자들과, 설교를 통해 온 세상을 개종시킨, 네 사람의 복음서 저자들의 저주가 내리기를 바라며,―신성한 과업으로 전능하신 하나님께 영광을 돌리는, 성스럽고 아름다운 수많은 순교자들과 고백자들의 저주가 그에게," (오바댜에게) "내리기를 바라노라."

Maledicant illum sacrarum virginum chori, quæ mundi vana causa honoris Christi respuenda contempserunt. Maledicant illum omnes sancti qui ab initio mundi usque in finem seculi Deo delecti inveniuntur.

Maledicant illum cœli et terra, et omnia sancta in eis manentia.

"그리스도를 위해 속세를 버린, 성스러운 수녀 성가대의 저주가 내리기를 바라노라.―세상의 시작부터 영원까지 하나님의 사랑을 잃지 않는 성자들의 저주가, 그에게 내리기를 바라노라.—천지간과, 그 안에 남아 있는 모든 성스러운 것의 저주가, 그에게," (*오바댜*에게) "혹은 그녀에게," (혹은 매듭을 묶는 데 일익을 담당한 모든 사람에게 내리기를 바라노라.)

Maledictus sit ubicunque fuerit, sive in domo, sive in agro, sive in viâ, sive in semitâ, sive in silvâ, sive in aquâ, sive in ecclesiâ.

Maledictus sit vivendo, moriendo,————————
————————————————————
————————————————————
————————————————————
manducando, bibendo, esuriendo, sitiendo, jejunando, dormitando, dormiendo, vigilando, ambulando, stando, sedendo, jacendo, operando, quiescendo, mingendo, cacando, flebotomando.

"그가 (*오바댜*가) 어디를 가든,—집과 외양간, 정원과 들, 넓은 길과 좁은 길, 숲 속, 물속, 교회에서도 그에게 저주가 내리기를 바라노라.—살든지 죽든지 저주가 내리기를 바라노라."〔그때 토비 삼촌은, 두번째 소절에서 2분 음표가 나온 김에, 그 문장이 끝날 때까지 동일한 음을 길게 휘파람 불었으며—그 소리 아래로 닥터 슬롭의 욕설이 미끄러져가는 농어처럼, 쉬지 않고 움직였습니다.〕"먹고 마시고, 배고프고, 목마르고, 단식하고, 잠자고, 졸고, 걷고, 서 있고, 누워 있고, 일하고, 쉬고, 소변보고, 대변보고, 빈혈을 일으킬 때도 그에게 저주가 내리기를 바라노라."

Maledictus sit in totis viribus corporis.

Maledictus sit intus et exterius.

Maledictus sit in capillis; maledictus sit in cerebro. Maledictus sit in vertice, in temporibus, in fronte, in auriculis, in superciliis, in oculis, in genis, in maxillis, in naribus, in dentibus, mordacibus sive molaribus, in labiis, in guttere, in humeris, in harnis, in brachiis, in manubus, in digitis, in pectore, in corde, et in omnibus, interioribus stomacho tenus, in renibus, in inguinibus, in femore, in genitalibus, in coxis, in genubus, in cruribus, in pedibus, et in unguibus.

"그의 (오바댜의) 모든 신체 기능에 저주가 내리기를 바라노라."
"안으로나 밖으로나 저주가 내리기를 바라노라.—머리카락에도 저주가 내리기를 바라노라.—뇌에도, 정수리에도," (슬픈 저주로다 하고 아버지가 말했습니다) "관자놀이에도, 이마에도, 귀에도, 눈썹에도, 뺨에도, 턱뼈에도, 콧구멍에도, 앞니와 어금니에도, 목구멍에도, 어깨에도, 손목에도, 팔에도, 손에도, 손가락에도 저주가 내리기를 바라노라."

"입에도 저주가 내리고, 가슴과, 심장과 내장에도, 그리고 뱃속 저 아래까지 저주가 내리기를 바라노라."

"허리와 샅에도,"(설마 그런 일이 하고 삼촌이 말했습니다)— "허벅지, 생식기,"(아버지가 머리를 저었습니다) "그리고 엉덩이와 무릎, 다리, 발, 발톱에도 저주가 내리기를 바라노라."

Maledictus sit in totis compagibus membrorum, a vertice capitis, usque ad plantam pedis—non sit in eo sanitas.

"사지의 마디와 관절, 머리 꼭대기부터 발바닥까지 저주가 내려, 온전한 곳이 없기를 바라노라."

Maledicat illum Christus Filius Dei vivi toto suæ majestatis imperio

"살아 계신 하나님의 아들이, 주권자의 위엄으로"—〔이때 삼촌이 머리를 뒤로 젖히며, 기묘하고 큰 소리로 길게, 휴—우—우—하며 잘한다!는 감탄사적인 휘파람인지 혹은 놀라움의 표시인지 알 수 없는 소리를 냈습니다.—

—주피터의 황금빛 수염과,[11] 주노의 수염 (혹시 여왕 폐하께 수염이 있었다면), 그리고 그 외 나머지 이교 신들의 수염에 걸고 맹세하는바, 이들의 수가 적지 않은 것이, 천상의 신들과, 공중과 물의 신들,

---

11 스턴은 이 작품에서 긴 수염과 큰 가발을 엄숙함과 신중함의 상징으로서, 기지에 반대되는 개념으로 사용하고 있다.

―그리고 도시의 신들과 농촌의 신들, 천상의 여신들인 그들의 부인들, 지옥의 여신들인 그들의 첩들과 창녀들은 말할 것도 없이, (이들에게도 혹시 수염이 있었다면)― *바로*[12]가 명예를 걸고 맹세코 확언하는바, 이 모든 수염을 불러모으면, 이교 세계에서 최소한 3만 개의 유능한 수염이 모일 것이며,―이 수염들은 각각 쓰다듬음을 받고 맹세받을 권리와 특권이 있으니,―이 모든 수염들에 걸고,―나는 서약하고 단언하는 바, 토비 삼촌의 반주를 가까이에서 들을 수만 있다면,―*시드 하메트*[13]가 자기 것을 기꺼이 내어놓았던 것처럼, 나도 이 세상에서 내가 가지고 있는 두 벌의 낡아빠진 카속[14] 가운데 좋은 것을 내어놓았을 것입니다.]

―et insurgat adversus illum cœlum cum omnibus virtutibus quæ in eo moventur ad *damnandum* eum, nisi penituerit et ad satisfactionem venerit. Amen. Fiat, fiat. Amen.

―"그에게 저주가 내리기를 바라노라."―닥터 슬롭이 계속했습니다.―"그리고 천상과 그 안에서 운행하는 모든 힘이, 그를 대항하여 일어나, 그가 회개하고 참회의 고행을 하지 않는 한, 그를 (*오바댜*를) 저주하고 욕하기 바라노라. 아멘. 그대로 될지어다. 그대로 될지어다. 아멘."

정말이지, 이렇게 심한 욕이라면 설사 그 대상이 악마라고 해도 내

---

12 마르쿠스 테렌티우스 바로 Marcus Terentius Varro(기원전 116~27): 2세기 로마의 학자.
13 세르반테스는 『돈 키호테』의 많은 부분을 가상의 아라비아 작가인 시드 하메트 Cid Hamet가 기록한 것으로 전하고 있다. 하메트는 "마호메트에 맹세코, 나의 외투 두 벌 가운데 좋은 것을 주었을 것"이라고 말한다(II.III.48).
14 사제, 목사 등 성직자들이 입는 보통 검정 빛깔의 긴 겉옷.

키지 않는 일입니다 하고 삼촌이 말했습니다.──그는 저주의 아버지가 아닙니까. 닥터 슬롭이 말했습니다.──그러나 나는 아닙니다 하고 삼촌이 말했습니다.──그는 이미, 영원히 저주받고, 벌을 받았지요.──하고 닥터 슬롭이 대답했습니다.

정말 안된 일이군요. 삼촌이 말했습니다.

닥터 슬롭이 막 입을 오므리며, 토비 삼촌에게 그의 휴─우─우─, 혹은 그 감탄사적인 휘파람에 찬사를 보내려던 순간,──다음다음 장에서 갑자기 문이 열리며──이 일에 종지부를 찍었습니다.

제12장

자 이제 이 자유의 땅에서 점잔을 빼며 거침없이 내뱉는 악담들을, 우리 것이라고 주장하는 태도를 버려야 하며, 욕하는 기질이 있다고 해서,──그것을 창조해내는 기지까지 있다고 단정해서는 안 되겠습니다.

나는 지금 이 논지를, 전문가들을 제외한, 세상 모든 사람들에게 증명해 보이려고 하는데,──내가 예술을 비롯한 갖가지 분야의 전문가들과 마찬가지로,──악담과 관련해서도 전문가들만 제외하겠다고 말한 것은, 이들은 온갖 자질구레한 비판의 장신구에 목을 매고 이것을 맹목적으로 *숭배하며*,[15]──구태여 비유를 동원하지 않더라도,──사실 이 비유

---

[15] 스턴은 'befetish'd' 라는 말을 사용하는데, 물신 혹은 맹목적 숭배의 대상이라는 의미의 'fetish' 에서 만들어낸 말이다. 저자가 보스만 Willem Bosman의 *New and Accurate Description of the Coast of Guinea*(1705)의 'fetish' 에 관한 내용으로부터 이 단어를 인용한 것으로 추측된다.

는 멀리 기니 해안에서 구해온 것으로서, 그만두기 유감스럽기는 하지만,──선생, 그들의 머리는 자와 컴퍼스로 꽉 들어차 있고, 매사에 이런 기구들을 사용하려고 안간힘을 쓰기 때문에, 이들에게 찔리고 고문당하는 천재들의 작품을, 차라리 악마에게 주어버리는 편이 나을 것입니다.

──그나저나 어젯밤 *개릭*[16] 씨의 독백은 어땠습니까?──아, 선생, 모든 규칙을 위반하고,──문법을 완전히 무시하여, 수와 격, 성을 일치시켜야 하는 명사와 형용사 사이에서, 법칙을 어기고,──그 대목에서 쉬어가기라도 해야 한다는 듯, 정지했으며,──각하께서도 아시겠지만 주격은 동사를 지배해야 함에도, 에필로그에서 열두 번이나, 매번 초시계로 3초 5분의 3 동안 말을 끊었습니다.──정말 훌륭한 문법가시로군요!──그런데 대사를 정지했을 때 그의 감정도 같이 정지되었습니까? 몸짓과 얼굴의 감정 표현으로 그 틈을 채우지는 않았습니까?──눈으로 말하지 않았나요? 세밀하게 관찰했습니까?──선생, 저는 초시계만 들여다보고 있었는걸요.──정말 탁월한 관찰이십니다!

그나저나 온 세상을 떠들썩하게 하고 있는 그 신간은 어떻습니까?──아! 선생 완전히 정도에서 벗어난,──변칙적인 작품이지요!──네 모서리의 어느 각도 직각이 아닙니다.──마침 자와 컴퍼스를 주머니에 넣고 있었지요.──훌륭한 비평가십니다!

──그리고 각하께서 부탁하신 대로, 그 서사시도 관찰해보았는데, ──길이와, 넓이, 높이, 그리고 깊이를 재어보고, 집에서 *바쑤*[17]의 정밀한 저울에 얹어본 결과,──선생, 치수가 모두 어긋나 있었습니다.──걸출한 전문가시로군요!

---

16 개릭 Garrick은 스턴과 친분이 있었던 유명한 배우.
17 르네 르 바쑤 René le Bossu는 17세기 프랑스 비평가였으며, 그의 저서 『서사시 개론 *Traité du poeme epique*』은 당시 중요한 작품으로 평가받았으며, 그는 고대 서사시를 실례로 서사시의 정확한 규칙을 찾아보려 했다.

―그리고 귓갓길에 그 유명한 그림을 보러 가셨습니까?―우울한 졸작이었습니다! 선생, 피라미드의 원리를 따른 부분은 한 군데도 없더군요!―게다가 값은 얼마나 비싸던지!―티티안의 색조라든가,―루벤스의 감성,―라파엘의 세련미,―도미니키노의 순결함,―코레기오의 코레기오적임,―푸생의 해박함,―기도의 분위기,―카라치의 멋,―혹은 안젤로의 위엄 있는 곡선도 찾아볼 수 없었습니다.[18]―하늘이시여, 인내심을 내려주소서!―이 말 많은 세상에서 말해지는 모든 말들 가운데,―위선자의 말이 가장 악하다지만,―비판의 말이 가장 고통스럽습니다!

나는 작가의 손에 상상력의 고삐를 맡기는 인정스런 독자의 손에 입맞추기 위해서라면, 타고 갈 만한 말이 없어도, 50마일을 걸어서라도 가겠으며,―그는 영문도 모른 채 기뻐하며, 굳이 알려고도 하지 않겠지요.

위대한 아폴로여! 지금 당신이 인정을 베풀고 싶은 기분이라면,―당신의 불의 섬광과 함께, 일말의 순수한 기지를 제게 보내주시기를 바라며,―그럴 만한 형편이라면, 메르쿠리우스[19]를, 자와 컴퍼스, 그리고 나의 안부와 함께 ······에게 보내주시기를, 아니 아니오, 괜찮습니다.

자 이제 여기서, 내가 증명해 보이고자 하는 것은, 지난 250년 간 우리의 독창적인 산물로 여겨오며 세상에 퍼부었던 악담과 저주들 가운데,―군주의 욕지거리인,[20] 성 바울의 엄지손가락 맙소사와,―가즈플레시 혹은 가즈 피시,[21] 이 두 가지 악담은 그 저자를 고려한다면 오

---

18 트리스트럼은 16, 17세기의 명망 있는 화가들의 이름을 나열하며, 진부하고 조악한 예술비평형에 따라 이들을 특징짓고 있다.
19 빛, 음악, 예언, 시의 신인 아폴로와, 상업과 과학의 신인 메르쿠리우스를 대비시키고 있다.
20 리처드 3세는 성 바울의 이름으로 자주 욕을 했다고 한다.

해의 여지가 없으며, 군주의 악담이니만큼, 플레시든 피시든 상관이 없으나,—나머지 모든 악담과 욕지거리는 마지막 하나까지도, 에르눌푸스를 수없이 반복적으로 베낀 것이 확실합니다. 그러나, 모방이라는 것이 항상 그렇듯이, 원본의 힘과 정신에 감히 어떻게 접근할 수 있단 말입니까!—그러니 그리 나쁜 욕으로 간주되지도 않을뿐더러,—빈번하게 통용되는 것입니다.— "이 빌어먹을 놈아"—이 욕을 에르눌푸스의 욕에 비교해보십시오.— "전능하신 하나님 아버지의 저주를 받아라.—하나님의 아들의 저주를 받아라.—성령님의 저주를 받아라."—보십시오 그 욕은 아무것도 아니지 않습니까.—그에게는 우리가 따라갈 수 없는 동양적[22]인 면이 있습니다. 게다가 표현이 풍부하고,—욕쟁이로서의 재능도 제대로 갖추고 있으며,—인간의 골격과, 피부, 신경, 인대, 마디의 접합과 관절에 대해 너무나 잘 알고 있기 때문에,—에르눌푸스가 욕을 하면,—그를 피해 가기는 불가능합니다.—사실, 그의 태도에는 *가혹한* 면도 있고,— 미켈란젤로의 경우와 같이, *세련미*도 부족하지만,—대단한 *기품*이 있지 않습니까!—

그러나 무슨 일이든 평범하게 생각하는 법이 없었던 아버지는,—이것을 절대 에르눌푸스의 독창적인 작품으로 간주하지 않았습니다.—아버지는 에르눌푸스의 저주가, 일종의 욕설 요람으로서, 유난히 성품이 온화한 교황의 재임 시 욕설이 퇴행길을 걷자, 그 후임 교황의 명을 받은 에르눌푸스가, 해박한 지식과 근면함을 토대로 그 모든 사례들을 수집한 것이라고 생각했으며,—동일한 이유로 유스티니아누스 황제는, 로마 제국이 쇠퇴할 무렵, 대법관 트리보니아누스를 시켜 로마법

---

21 영국 왕 찰스 2세는 'Od's fish라는 욕설을 즐겨 사용했다고 한다. 'Od's fish는 God's flesh의 변형인 God's fish에서 파생되었다.
22 화려하고 색다른.

내지는 민법을, 법전 내지는 법률집으로 집성하도록 했는데,―그 이유는 세월이 흐름에 따라,―혹은 구전에 의지하다 보면 따르는 불운으로 인해, 세상에서 사라지는 것을 막기 위한 것이었습니다.

따라서 아버지가 주장하는 바에 따르면, 정복자 *윌리엄*의 위대하고 어마어마한 욕지거리에서부터, (영광의 하나님 맙소사) 길거리 청소부의 저급 욕지거리에 이르기까지, (빌어먹을 눈구녕) 에르눌푸스의 저서에는 없는 것이 없다는 말입니다.―그는 종종―누구든 여기 없는 욕을 한번 해보시지요 하고 말하곤 했습니다.

이 가설도, 아버지의 다른 가설들과 마찬가지로, 특이하고 기묘하며,―나로서는 내 가설을 뒤집는다는 것 외에는, 어떠한 반감도 없습니다.

제13장

―아이구! 마님이 기절하기 직전인 데다,―이젠 진통도 없고,―아기는 밑으로 처지고,―줄랩[23] 병이 깨져,―유모는 팔을 베고,―(나는 엄지손가락을 베었는데 하고 닥터 슬롭이 말했습니다) 아기는 오도 가도 못하고 거기 그대로 있고,―산파는 난로망 모서리에 걸려 뒤로 넘어지는 바람에, 엉덩이가 나리의 모자같이 검게 멍들었다고요 하고 *수잔나*가 외쳤습니다.―어디 내가 한번 봐주지 하고 닥터 슬롭이

---

[23] 위스키나 브랜디에 설탕이나 박하 따위를 넣은 청량 음료.

말했습니다.――아니오 그럴 필요는 없으니,――마님이나 한번 봐주세요.――어찌된 형편인지 산파가 자세히 말씀드릴 테니, 지금 당장 위층으로 올라가 산파의 말을 들어보시라고요 하고 *수잔나*가 말했습니다.

어떤 직업에 종사하는 사람이든 인간성은 모두 동일한 법입니다.

방금 산파가 닥터 슬롭의 머리 꼭대기에 앉은 형국이 되지 않았습니까.――그는 이러한 사실을 받아들이기 힘들었습니다.――아니 그럴 것 없이, 산파가 내게 내려오는 편이 훨씬 어울릴 듯한데 하고 닥터 슬롭이 대답했습니다.――나는 복종을 좋아합니다 하고 *토비* 삼촌이 말했습니다.――복종이 아니었다면, *라일* 함락 후 710년에, *겐트*의 수비대에서 빵 때문에 일어났던 폭동은 어떻게 되었겠습니까.――*샌디* 대위, 닥터 슬롭이 말했습니다. (목마를 타고 있던 삼촌의 말투를 흉내내는 풍이었지만, 사실 스스로도 목마를 타는 데 집중해서는)――사실, 내 경우도 손가락이 * * * * * *를 복종하지 않는다면, 당면한 모반과 혼란 속에서 위층의 요새가 도대체 어떻게 될지 모를 일이며,――선생, 내가 이런 사고를 당한 마당에, 그것이 참로로 *a propos*[24] 쓰이게 되었으니, 그게 아니라면, *샌디* 가문의 이름이 계속되는 한, *샌디* 가의 사람들이 내 엄지손가락의 상처를 통절하게 느끼지 않을 수 없을 것입니다.

---

24 시기적절하게.

제14장

    자 이제 지난 장의 * * * * * * 로——되돌아가겠습니다.

    어떤 물건이 바로 옆에 감추어져 있어, 원한다면, 언제 어디서라도 끄집어내 보여줄 수 있음에도 불구하고, 그것이 무엇인지 언급하지 않는 것은, 수사법상의 그중 뛰어난 기술로 간주됩니다(적어도 수사법이 융성했던, *아테네*와 *로마*, 그리고 오늘날에 와서도, 연설자들이 망토를 입는다면 마찬가지겠지요).[25] 흉터, 도끼, 칼, 붉게 물든-더블릿,[26] 녹슨 헬멧, 항아리에 담은 1파운드 반의 잿물, 반 페니짜리 피클 병 세 개,—그러나 무엇보다도, 화려하게 차려입은 갓난아기 말입니다.—하지만 *털리*의 두번째 *탄핵 연설*[27]처럼 말이 너무 길다면,——연설자의 망토에 똥을 싸고 말겠지요.——또한, 아이가 너무 나이를 먹은 경우에는,—다루기도 힘들고 일에 방해가 되어,—결국 어린아이 때문에 얻는 것만큼이나 많은 것을 잃게 됩니다. 그렇지 않고, 국정 연설자가 정확하게 나이를 맞추고,—그 젖먹이를 망토 속에 아주 교묘하게 숨겨 아무도 냄새를 맡지 못하게 했다가,—그야말로 적절한 시점에 내어놓아, 도대체 어떻게 등장했는지, 아무도 모르게 만든다면,—아, 선생님들! 정말 놀라운 일이 일어나지 않겠습니까.——혼란을 가져오고, 사람들을 어지럽게 만들고, 원칙을 뒤흔들어놓아, 그 나라의 정치는 무질서 속으로 빠져들

---

25 셰익스피어의 희극, 『율리우스 카이사르』 3막 2장에 안토니우스가 "피로 물든" 카이사르의 망토와 그의 유서를 꺼내 보여주는 장면이 있다.
26 르네상스 시대에 유행한 허리가 잘록한 남자 상의.
27 마르쿠스 안토니우스에 대한 키케로의 긴 연설.

고 말 것입니다.

그러나 이러한 묘기는, 연설자들이 망토를 입는 국가와 시대에만 가능하며,—그런 망토는, 동포 여러분, 제법 큰 것이어야 하며, 20 혹은 25야드 정도의 멋진 자줏빛의, 인기 좋은, 최상급 옷감을 소재로 하고, —흘러내리는 굵은 주름이 잡힌, 멋진 디자인이어야 합니다.——각하들께서도 아시겠지만, 수사법이 집 안에서나 집 밖에서나 거의 쓰임새가 없을 정도로 쇠퇴한 원인이, 다름아니라, 짧은 웃옷의 도입과, 트렁크-호즈[28]의 폐기에 있음을 이 모든 것이 명백히 시사해주지 않습니까.——부인, 우리가 지금 입고 다니는 옷 속에는 쓸 만한 것을 아무것도 숨길 수가 없습니다.

제15장

그런데 하마터면 닥터 슬롭은 위의 논쟁의 예외적인 경우가 될 뻔했습니다. 그가 *토비* 삼촌을 흉내내기 시작했을 때, 그의 무릎 위에는 초록색 가죽 가방이 놓여 있었는데,—이 가방은 세상에서 가장 훌륭한 망토나 다름없었습니다. 그는 바로 위에서 언급한 효과를 내기 위해, 마지막 문장이 자신이 발명한 *겸자*를 언급하는 것으로 끝나게 될 것을 미리 예상하고, 존경하는 선생님들께서 * * * * *에 가장 주목하고 있을 때, 그 기구를 재빨리 꺼내기 위해, 가방 안에 미리 손을 집어넣고

---

[28] trunk-hose: 16, 17세기에 유행했던 통이 넓은 반바지.

있었으며, 만약 성공했더라면,──토비 삼촌을 정말 놀라게 했겠지요. 그 문장과 논쟁이, 반월형 보루의 돌출각을 이루는 두 개의 선과 같이, 한 점을 향해 돌진하고 있었으니,──닥터 슬롭은 결코 포기하지 않았을 테고,──또한 삼촌은 그것을 무력으로 빼앗기보다는, 차라리 도망을 갔겠지요. 그러나 닥터 슬롭이 그것을 꺼내면서 너무나 어설프게 더듬거리는 바람에, 예상했던 효과를 모두 없애버리고 말았을 뿐 아니라, *겸자*를 꺼내다 이보다 몇 배나 더한 재난이 발생했는데, (우리 삶에서 재난이 홀로 다니는 경우는 드물기 때문에) 불행하게도 *겸자*와 함께 *세정기*도 딸려 나왔던 것입니다.

한 가지 명제가 두 가지 의미로 해석 가능한 경우,──그 두 가지 가운데 응답하는 사람이 선호하는 쪽, 혹은 응답하기 쉬운 쪽을 선택하는 것이 논쟁의 법칙입니다.──이런 관점에서 볼 때 *토비* 삼촌이 논쟁에 훨씬 유리했지요.──"정말 놀라운 일인걸요!" 하고 토비 삼촌이 외쳤습니다. "아이를 낳는 데 *세정기*가 필요한 줄은 몰랐습니다!"

제16장

──사실, 그 겸자 때문에 내 양 손등의 피부가 죄다 벗겨지고,──손가락 관절도 모두 눌려버려, 젤리같이 되었습니다 하고 삼촌이 외쳤습니다. 그건 선생의 잘못입니다.──내 말대로, 양 주먹을 아이의 머리모양 꼭 모아 쥐고 가만히 있었어야지요.──하고 닥터 슬롭이 말했습니다.──그렇게 했는걸요, 라고 삼촌이 대답했습니다.──그렇다면 겸자

끝을 제대로 씌우지 않았거나, 대갈못이 헐거웠거나—아니면 엄지손가락의 상처 때문에 내가 서툴렀거나.—혹은 어쩌면—정말 다행한 일이야. 아버지는 닥터 슬롭의 가능성의 나열을 중단시키며 말했습니다.—내 아이의 머리가 그 실험 대상이 되지 않은 것이 정말 다행이야.—눈곱만큼의 해도 없습니다 하고 닥터 슬롭이 대답했습니다. 내 생각에는, 소뇌를 으깨어, (두개골이 수류탄만큼 세지 않은 이상) 우유술을 만들어버릴 것 같은데요 하고 토비 삼촌이 말했습니다. 체! 갓난아기의 머리는 원래 사과즙처럼 부드러운 데다,—봉합선도 유연하고,—원한다면 발부터 끄집어낼 수도 있다니까요 하고 닥터 슬롭이 대답했습니다.—그건 안 됩니다 하고 수잔나가 말했습니다.—나는 그렇게 했으면 좋겠는걸 하고 아버지가 말했습니다.

부탁입니다 하고 삼촌이 덧붙였습니다.

제17장

—그런데, 그나저나, 아기의 엉덩이가 아니라, 머리라는 것이 확실합니까?—머리가 확실합니다 하고 산파가 대답했습니다. 그러자 닥터 슬롭이, (아버지를 돌아보며) 말했습니다. 사실 대개의 경우 산파들이 정확하긴 하지만,—알아내기 쉬운 일은 아니며,—꼭 확실히 해야 하는 것이,—선생, 둔부를 머리로 혼동하는 경우,—(남자 아이라면) 겸자가 * * * * * * * * * * * * * * 하는 일이 생길 수도 있기 때문입니다.

―닥터 슬롭은 아주 낮은 목소리로, 그 일이 무엇인지, 먼저 아버지에게, 그리고 삼촌에게 소곤거렸습니다.―머리라면 그런 위험은 없겠지요 하고 그가 덧붙였습니다. 아니, 정말로 그런 일이 엉덩이 부분에서 일어난다면,―차라리 머리도 떼어버리는 편이 낫겠지.―하고 아버지가 소리쳤습니다.

―독자가 이것을 이해하기는 사실상 불가능한 일이고,―닥터 슬롭이 이해한 것으로 만족스럽게 생각하며,―이제 그는 초록색 가죽 가방을 손에 들고, *오바댜*의 구두를 신고, 그 큰 몸집에 비해 비교적 민첩한 움직임으로, 방을 가로질러 문을 향해 걸어갔으며,―문에서부터는, 산파 여인이, 그를 어머니 방에까지 안내했습니다.

제18장

정확하게,―2시간 10분이 지났군,―닥터 슬롭과 *오바댜*가 도착한 지 말이야,―그런데 어쩐 일인지는 모르겠지만, *토비* 동생,―내가 느끼기에는 마치 한 시대가 지난 것 같으니 말이야 하고 아버지가 시계를 들여다보며 말했습니다.

―자 여기―선생, 내 모자를 받아주시오.―아니, 이 종도, 그리고 내 슬리퍼도 드리겠습니다.―

이제부터, 그 물건들을 선생 마음대로 사용하셔도 좋고, 이번 장에서 세심한 주의를 기울여주시기만 한다면, 선생께 모두 기꺼이 드리도록 하겠습니다.

229

아버지가, "어쩐 일인지는 모르겠지만,"이라고 했으나,—사실 그는 어쩐 일인지 잘 알고 있었으며,—그 말을 하는 순간, 아버지는 마음속으로, 존속성과 그 기본적인 양식을 주제로 한 형이상학적인 논술을 통하여, 닥터 슬롭이 그 방에 들어온 이후, 급속한 관념의 연속과 이리저리 끊임없이 널뛰기하는 대화가, 그의 머릿속에서 어떤 작용과 측정을 통하여, 그 짧은 시간을 믿을 수 없을 정도의 긴 시간으로 늘어나게 했는지, 토비 삼촌에게 분명하게 설명해주기로 결심했습니다.—"어쩐 일인지는 모르겠지만,—한 시대가 지난 것 같으니 말이야,"—하고 아버지가 소리쳤습니다.

—그거야, 전적으로, 관념의 연속 때문이 아닙니까 하고 삼촌이 말했습니다.

철학자들이 항상 그렇듯이, 아버지도 모든 것을 논리적으로 생각하고, 설명하려는 경향이 있었으며,—바로 이 관념의 연속을 통해 무한한 즐거움을 얻을 수 있으리라고 생각했고, 흔히 모든 것을 가져가곤 하는 *토비* 삼촌의 손에 (정직한 분이었기에!) 이것마저 빼앗길 염려는 전혀 없다고 생각하고 있었는데,—사실 삼촌은 세상 모든 일 가운데 추상적인 사고를 가장 싫어했으며,—시간과 공간의 개념, 그리고 그 개념이 어떻게 생겨났는지,—무엇으로 만들어졌는지,—타고난 것인지,—아니면 살아가면서 후천적으로 습득한 것인지,—치마를 입고 다닐 때였는지,—혹은 바지를 입을 때부터였는지,—또한 그외에도 무한성, 통찰력, 자유, 필연성 등등에 관한 수많은 극단적이고 정복하기 힘든 이론 때문에, 얼마나 많은 훌륭한 두뇌들이 혼란에 빠져 망가져버렸는지 모를 일이지만, 삼촌만큼은 어떤 상처도 입지 않았으며, 아버지도 이것을 잘 알고 있었으니,—삼촌의 뜻밖의 응답에 실망감 못지않게, 놀라움도 컸습니다.

그 문제를 이론적으로 이해하겠는가? 하고 아버지가 물었습니다.

전혀 모르겠는걸요 하고 삼촌이 대답했습니다.

――그래도 자기가 하는 말에 대해, 어느 정도의 생각은 가지고 있어야 하지 않는가 하고 아버지가 말했습니다.――

내가 타고 다니는 말보다 나을 게 없겠지요. 삼촌이 대답했습니다.

맙소사! 아버지가 하늘을 향해, 양손을 모아 쥐며 소리쳤습니다.―― 토비 동생, 자네의 그 정직한 무지함은,――지식과 맞바꾸기에는 아깝다는 생각이 들 정도의 가치가 있네.――그래도 내 말을 한번 들어보게나.――

시간을 정확하게 이해하지 않고는, 무한(無限)도 결코 이해할 수 없으니, 하나가 다른 것의 일부이기 때문이며,――우리는 진지한 자세로, 우리가 가지고 있는 존속 시간의 개념을 생각해보고, 어떻게 그 개념을 갖게 되었는지 만족스럽게 설명할 수 있어야 하네.――그게 어떻단 말씀입니까? 하고 삼촌이 물었습니다. "마음속 내부로 눈을 돌려, 주의 깊게 관찰해보게나. 아버지가 얘기를 계속했습니다. 그러면, 동생, 자네와 내가 함께 말하고, 생각하고, 담뱃대를 빠는 동안, 혹은 다시 말해, 우리 마음 속에 관념을 지속적으로 받아들이는 동안, 우리는 우리의 존재를 인식한다는 사실을 알 수 있으며, 결과적으로 우리 자신의 실존, 혹은 그 실존의 연속, 또는 우리 머릿속의 관념의 연속에 상응하는 모든 것, 즉 우리의 존속 시간과, 그 외 우리의 사고와 공존하는 모든 것을 측정할 수 있으며,――이와 같이 미리 예견된"[29]――도저히 갈피를 잡을 수가 없습니다 하고 삼촌이 소리쳤습니다.――

――그건 바로 이 때문이지 하고 아버지가 말했습니다. 다름아니라, 우리가 *시간을* 계산할 때, 분, 시, 주, 달뿐 아니라,――시간을 여러 부분

---

29 로크의 『인간 오성론』을 거의 그대로 옮긴 것이다.

으로 쪼개어 우리와, 우리 가족에게 할당해주는 시계에 너무나 익숙해 있기 때문이며(이 나라에 있는 시계가 모두 없어졌으면 좋으련만),―앞으로, *관념의 연속*이 우리에게 어떻게든 소용이 된다면 정말 다행한 일일 것이네.

그래서, 우리가 관찰하든 못 하든, 건강한 사람의 머릿속에는, 일상적으로 온갖 종류의 관념이 연속적으로 서로 뒤따라가기를, 마치―포의 행렬처럼?이라고 삼촌이 덧붙였습니다.―그런 시시한 행렬이 아니네!―하고 아버지가 말했습니다.―우리 마음 속에서 일정한 간격을 두고 서로 뒤따라 쫓아가는 것이, 마치 랜턴 안쪽에서 초의 열기 때문에 회전하는 이미지처럼 보인다는 말이네.―내 생각에는요 하고 삼촌이 말했습니다. 내 머릿속은 꼬치돌리개[30]를 더 닮은 것 같은데요.―그렇다면, 동생, 나는 자네에게 더 이상 이 논제에 대해 할말이 없네 하고 아버지가 말했습니다.

제19장

――얼마나 멋진 대면을 놓쳤는가!――아버지는 그 어느 때보다 논쟁하기 좋은 기분이었으며,―형이상학적인 논지를 좇아 구름과 짙은 어두움에 막 에워싸이려는 곳으로 열성적으로 달려가고 있었으며,――토비 삼촌은 여기에 가장 적합한 마음가짐으로,―머리는 꼬치돌리개가

---

30 고기 등을 굽는 꼬치를 돌리는 장치로서, 부엌 굴뚝 안에 설치한 바퀴가 그 안의 상승 기류로 회전하여 아래의 꼬치를 돌린다.

되어,——청소도 안 한 굴뚝 안에는, 여러 가지 관념들이 부질없이 맴돌고 있었으며, 모든 것은 검댕 같은 물질로 어둡고 거무스름하게 뒤덮여 있었습니다!——루키아노스의 묘비에 걸고——만약 그런 것이 있다면,——그러나 없다면, 그렇다면, 그의 유골에 걸고! 친애하는 *라블레*의 유골에 걸고, 그리고 더 친애하는 *세르반테스*의 유골에 걸고 말씀드리는 바,³¹——아버지와 삼촌의 시간과 영원에 대한 논쟁은,——열정을 다해 들을 만한 것이었으나, 애석하게도! 아버지의 발끈하는 성질 때문에 중단된 그 사건은, 존재론의 보고(寶庫)를 약탈당한 것과 같은 것으로서, 이런 보물은, 그 어떤 위대한 시대와 위대한 인물의 연합으로도, 되찾을 수 없을 것입니다.

제20장

아버지는 그 이야기를 더 이상 계속하지 않기로 마음먹었지만,——토비 삼촌의 꼬치돌리개를 머릿속에서 지워버릴 수가 없었으며,——처음에는 그것 때문에 화가 났으나,——그 비유의 밑바닥에는, 아버지의 상상을 자극하는 무엇인가가 있었기 때문에, 팔을 탁자 위에 올려놓고, 머리를 오른쪽으로 기우뚱하게 손바닥에 받치고는,——난롯불을 가만히 응시하다가,——다시 생각에 잠기면서 꼬치돌리개에 대한 철학적 사색에 돌입했습니다. 그러나 새로운 지역을 탐색하고, 이야기 중간중간에

---

31 루키아노스는 2세기 그리스의 작가, 라블레는 16세기 프랑스의 작가, 세르반테스는 17세기 초기 스페인의 작가로서, 스턴은 이들의 영향을 많이 받았다.

등장했던 다양한 논제를 다루는 데 기력을 모두 써버린 탓에, 피곤에 지쳐,—얼마 지나지 않아 꼬치돌리개가 그의 머릿속을 온통 엉망으로 만들어버렸으며,—자신이 의도했던 바를 미처 깨닫기도 전에 잠들어버리고 말았습니다.

한편 토비 삼촌도, 꼬치돌리개가 열두 번도 돌기 전에 잠들었습니다.—두 사람이 편히 쉬기를 바랄 뿐입니다.—닥터 슬롭은 산파와 함께 있었고, 어머니는 위층에 있었습니다.—트림은 무릎 위까지 오는 낡은 승마용 장화 한 켤레를 가지고 이듬해 여름 메시나 공략에서 사용할 박격포를 만들고 있었으며,—바로 그때 그는 뜨거운 부지깽이 끝으로 점화 구멍을 뚫고 있었습니다.—주인공들이 모두 내 손을 떠나,—이제야 좀 여유가 생겼으니,—이 참에, 서문을 쓸까 합니다.

저자의 서문

아닙니다, 책에 대해서는 한마디도 않는 편이 나을 것 같군요.—여기 있습니다.—이 책을 출판하는 것으로,—세상에 호소한 셈이니,—모든 것을 세상에 맡기고,—책 스스로 자신을 대변하도록 하겠습니다.

다만 이 자리에서 말씀드릴 수 있는 것은,—좋은 책을 쓰겠다는 애초의 의도대로, 나의 빈약한 지식이 남아 있는 한,—현명하고, 신중하게,—기지와 판단력을 (혹은 그와 비슷한 것을) 창조하고 수여하는 이가 본래 내게 내려주시기로 작정한 몫을 모두 담아내기 위해, 끝까지 심혈을 기울일 생각이며,—각하들께서도 아시다시피,—하나님의 뜻에 꼭 맞는 작품이 될 것입니다.

그런데, 아갈라스테스가 (비난하는 어조로) 말하기를, 그가 보기에는, 약간의 기지는 있을지 몰라도,——판단력은 전혀 없다는 것이었습니다. 트립톨레무스와 푸타토리우스[32]도 여기에 동의하며, 어떻게 그게 가능하단 말입니까? 기지와 판단력은 절대 동행하는 법이 없으며, 이 두 가지는 동쪽과 서쪽이 다르듯 서로 다른 기능을 가지고 있지 않습니까 하고 말하자—옳습니다 하고 로크도 동의했습니다.——그러나 방귀와 딸꾹질도 마찬가지가 아닙니까 하고 내가 말했습니다. 여기에 대한 응답으로서, 저명한 교회법학자인 디디우스는 그의 법전에서 *de fartandi et illustrandi fallaciis*[33]에 관해, 설명은 논쟁이 아니라고 주장했지만,——나 자신 거울을 깨끗이 닦는 것을 삼단 논법이라고 주장하지는 않으며,——단지 여러 선생님들께서, 좀더 깨끗이 볼 수 있도록 하자는 것일 뿐이고,——이를 통해 얻을 수 있는 유일한 이점은, 논쟁의 본론에 들어가기 전에, 티끌이나 흠같이, 그대로 그 속에 돌아다니게 놓아두면, 개념 형성을 방해하여 모든 것을 망쳐버리는 불투명한 물질의 방해를 받지 않도록, 이해를 분명하게 하는 것입니다.

친애하는 반(反)샌디주의자들과, 유능한 비평가님들, 그리고 동료 작가들이여, (당신들을 위해 이 서문을 씁니다)——그리고 위엄과 지혜로 명성이 자자한, 치밀한 정치가님들과 현명한 박사님들 (물론—수염을 떼셔도 됩니다),—나의 정치가 모노폴로스 씨,—나의 법률가 디디우스 씨, 나의 친구 키살키우스 씨,—나의 안내자 푸타토리우스 씨,—내 생명의 보호자 게스트리페레스 씨, 향기와 휴식을 주는 솜놀렌티우스 씨께,[34]—그리고 이미 잠들었거나 깨어 있는,—교회와 국가의 여러

---

32 아갈라스테스는 라블레의 작품 『가르강튀아와 팡타그뤼엘』에 등장하는 이름으로서 '결코 웃지 않는 사람'이라는 의미이다. 트립톨레무스는 그리스의 영웅이자 반신 반인으로서, 플라톤과 키케로에 따르면 죽은 자의 심판관이라고 한다. 푸타토리우스는 '호색한'이라는 의미이다.
33 방귀 뀌기와 속임수에 대한 변명.

인사들도 잊어서는 안 될 일이며, 이분들을 모두 함께 묶어놓은 이유는, 간결함을 위해서이지, 적의가 있어서 그런 것은 아닙니다.—믿어주십시오, 높으신 어른들.

선생님들을 위한, 또한 저를 위한, 가장 간절한 소망과 뜨거운 기도는,—아직 우리에게 이루어지지 않았다는 전제하에,—기지와 판단력의 자질과 재능을, 그리고 항상 함께 따라오게 마련인,—기억력과 상상력, 천재성, 말재주, 민첩함 같은 그 밖의 모든 것들이, 바로 이 소중한 순간에 아낌없이, 또한 아무런 방해 없이, 각자에게 알맞은 정도로 따스하게 쏟아져내려,—거품과 침전물도 모두, (한 방울도 놓쳐서는 안 되니만큼) 우리 뇌의 모든 저장소, 밀실, 골방, 자취방, 기숙사, 식당, 그리고 그 외 온갖 여분의 공간을 채워,—나의 간절한 소망과 의도대로, 지속적으로 주입되고 퍼부어져, 설사 사람의 목숨이 달린 일이라 해도, 더 이상 아무것도 더하고 뺄 수 없을 정도로, 크고 작은 그릇들이 모두 가득 차고, 흠뻑 젖도록 충만하게 되는 것입니다.

하나님 우리를 축복하소서!—정말 훌륭한 작품이 되지 않겠습니까!—어떻게 시작해야 할까요!—이런 독자들을 위해 집필하는 마당에, 어떤 마음으로 임해야 할까요!—그리고 선생께서는,—정말이지!—얼마나 큰 희열을 맛보며 읽게 될까요!——그러나 아!—내겐 너무 과분하고,—힘이 들어,—그 생각을 하며 달콤한 현기증으로 빠져들어갑니다!—감당하기 힘에 겨우니,—나를 부축해주시기를,—정신이 아찔하여,—아무것도 보이지 않고,—나는 죽어가다가,—죽고 말았습니다.—살려주세요! 살려주세요! 살려주세요!—가만,—무엇인가 좋

---

34 모노폴로스: 독점 혹은 전매주의자 monopolist; 키살키우스: 엉덩이에 입맞추기 Kiss arse; 게스트리페레스: 뚱뚱한 배 big-belly; 솜놀렌티우스: 졸고 있는 사람 the sleepy one.

은 것이 살아나는 듯한데, 모든 것이 끝난 후에, 우리는 계속해서 기지가 넘치는 사람들이 되어,—단 하루도 의견의 일치를 보는 날이 없을 것이라는 예감이 드는군요.—풍자와 야유, 비웃음과 조롱, 악담과 재담이 넘쳐흐르고,—이 구석 저 구석에서 공격하고 받아넘기는 바람에,—우리에게는 해악만이 남을 것입니다.—어찌할까! 우리는 얼마나 물고 할퀴고, 아우성을 치고 소란을 피울지, 게다가 머리가 깨지고, 비난하고, 아픈 곳을 찌르고,—사는 게 사는 것 같지도 않겠지요.

그러나, 훌륭한 판단력을 소유한 사람들인 만큼, 우리는 다시 사태가 악화되었던 것과 마찬가지로 재빨리 회복하여, 여전히 서로를 혐오하기를, 악마와 여악마보다 열 곱절은 더하겠지만, 그럼에도 불구하고, 친애하는 동포들이여, 우리는 공손함과 친절이 넘치고,—젖과 꿀이 흐르는,—두번째 약속의 땅을 이룰 것이며,—혹여 그런 데가 있다면, 바로 지상 낙원이니,—결론적으로 모든 것이 잘될 것이라는 말씀입니다.

지금 나를 가장 고통스럽게 애태우고, 내 창작을 어려움에 빠뜨리는 것은, 이 일을 어떻게 완수하느냐 하는 문제인데, 각하들께서도 잘 아시겠지만 하늘이 내려주시는 *기지*와 *판단력*을, 각하들과 저를 위해 충분히 기원하긴 했지만,—우리 모두의 몫으로 일정한 분량만이 비축되어 있고, 이것을 인류 전체가 사용해야 하므로, 그 중의 소량만이 이 넓은 세상에 공급되어, 여기저기 그리고 이 구석 저 구석에 널리 퍼져 있기 때문에,—그 흐름이 지나치게 가늘고, 간격이 너무 넓어, 언제까지 이어질지도 모를 일이며, 수많은 강대국들과, 인구가 많은 제국들의 필요를 채워주고, 돌발 사태에도 대비할 수 있을지 걱정스러울 뿐입니다.

한 가지 고려해야 할 점은, 노바야 젬랴와, 북부 라플란드 등, 그리고 춥고 황량한, 지구의 북극권과 남극권 바로 아래 위치한 지역에서는,

―1년의 거의 9개월 간이나 좁은 굴 속에서 모든 업무를 수행해야 하므로,―정신적으로 심하게 억눌려 있을 뿐 아니라,―인간의 열정을 비롯해, 그와 함께 동반되는 모든 것도, 그 지역만큼이나 냉랭하기 때문에,―이런 곳에서는 극소량의 판단력만이 그 임무를 수행하며,―*기지*로 말하자면,―털끝만큼도 필요하지 않은 까닭에,―털끝만큼도 주어지지 않으니,―완벽하게 절약할 수 있는 것입니다. 자비로운 천사들과 사절들이여 우리를 보호하소서! 이렇게 기지와 판단력이 *극심하게 결핍된* 가운데서, 왕국을 다스리고, 전쟁을 하고, 협정을 체결하고, 경마를 하고, 책을 쓰고, 아이를 낳고, 성당 참사회에 참가하다니 얼마나 비참한 일입니까! 제발! 이제 그쪽 생각은 그만하고, 가능한 한 빨리 남쪽으로 이동하여 노르웨이로 가서,―스웨덴을 가로질러, 작은 삼각형 모양의 안게르마니아 지방을 지나 보스니아 호수로 내려가, 그 연안을 따라 동서보스니아를 지나, 카렐리아로 가서, 핀란드 만의 바깥쪽에 경계하는 모든 국가와 지방을 지나, 발트 해의 북동쪽 지역과, *페테르부르크*까지 가서, 잉그리아에 간신히 발을 들여놓은 후,―거기서부터 *러시아* 왕국의 북부 지방을 똑바로 통과하여―*시베리아*를 좌측 상부에 두고, *러시아*와 *아시아*에 걸쳐 있는 *타타르* 지방의 중심부로 들어가는 것입니다.

나의 안내를 받은 이 긴 유람 여행 중에, 우리가 떠나왔던 극지에서보다는 다른 지역에서 선량한 사람들이 훨씬 잘 산다는 것을 관찰하셨겠지요.―손을 눈 위에 올리고, 한번 주의 깊게 살펴보시면, 희미하게 빛나는 (말하자면) 소량의 기지와, 넉넉하다 할 수 있을 정도의 평범하고 *상식적인* 판단력을 발견할 수 있을 것이며, 질과 양을 함께 따진다면, 그럭저럭 꾸려나갈 만하여,―어느 쪽이든 더 많았다면, 이들 사이의 균형이 깨졌을 것이며, 무엇보다 다행한 일은 사람들이 이것을 사용할 기회가 있다는 사실입니다.

자, 선생, 제가 당신을 다시 고향으로, 우리만의 열정과 기질의 봄 파도가 높이 솟구치는, 그 따뜻하고 비옥한 섬으로,—야망, 자존심, 질투, 호색 등, 우리가 다스려 이성에 복종시켜야 할 온갖 정서들이 기다리고 있는 그곳으로 모시고 가면,—그곳에서는 우리에게 주어진 기지의 높이와 판단력의 깊이가, 그 필요의 길이와 넓이에 정확하게 비례하여,—그에 따라, 기지와 판단력이 물 흐르듯, 우리 가운데로, 알맞고 믿을 만한 충분한 양으로 공급되어, 불평하는 사람이 하나도 없다는 사실을 확인하실 것입니다.

그러나 이 자리에서 반드시 시인하고 넘어가야 할 점은, 더운 바람과 찬바람이,—습하고 건조하게, 하루에도 몇 번씩, 불규칙적이고 불안정하게 불어,—때로는 거의 반세기가 지나도록, 기지나 판단력을 목격하거나 전해듣는 일이 거의 없을 때도 있다는 사실입니다.—그럴 때면 그 좁은 통로들이 거의 말라버린 듯 보이다가도,—갑자기 수문이 열리고, 기지와 판단력이 맹렬한 기세로 불시에 쏟아져,—절대로 멈추지 않을 것처럼 보입니다.—이럴 때면 우리는 글 쓰고, 싸우고, 그 밖의 갖가지 용감한 일로, 온 세상을 지배하는 것입니다.

이와 같은 관찰과, 수이다스[35]가 변증법적 귀납법이라고 이름 붙인 논쟁 방식과 유사한 신중한 논리적 유추를 통해,—다음과 같은 이론을 진실하고 참된 것으로 결론짓고 확언하는 바입니다.

이 두 가지 발광체는, 모든 것을 정확한 무게와 수치로 분배하는 지혜로운 사람같이, 어두운 밤길을 꼭 알맞은 정도로 밝혀줄 만한, 정해진 양의 광선을 우리 위에 비춘다는 사실을, 존경하는 각하님들께서 지금

---

35 수이다스 Suidas는 10~11세기 비잔틴의 사전 편집자.

알아차리셨겠지만, 사실 더 이상 한순간도 숨길 수 없는 형편이었으며, 처음에 각하님들을 위해 열정적으로 소원했던 것은, 부끄러워하는 애인을 침묵하게 만드는 연인처럼, 사랑하는 서문 작성자가 독자의 입을 막는, 환심 어린 *첫인사*에 불과했습니다. 그러나 만약! 서문에서 소원했던 바와 같이, 이 같은 빛의 발산을 그렇게 쉽게 얻을 수 있다면—그때문에 얼마나 많은, 무지몽매한 여행객들이 (최소한 학구적인 분야에서는) 평생 동안 밤마다 어둠 속에서, 더듬거리고, 머뭇거리다,—기둥에 머리를 부딪혀, 목적지에 도달하기도 전에 뇌가 엉망이 되고,—어떤 사람들은 코가 수직으로 시궁창에 떨어지고,—어떤 이들은 수평으로 꽁무니까지 도랑에 처박힐 것을 생각하면 온몸에 전율을 느낍니다. 한쪽에서는 동일한 전문 분야에 종사하는 이들의 절반이 다른 절반 위에 그대로 넘어져, 돼지들처럼 흙 속에서 서로 뒤엉켜 구르고 뒹굴고 있습니다.—그리고 저쪽에서는 또 다른 직업의 동료들이, 서로 반대 방향으로 뛰어야 함에도, 역으로 줄을 맞추어 같은 방향으로, 한 떼의 기러기들처럼 날아가고 있습니다.—얼마나 혼란스러운지!—얼마나 큰 과실인지!—눈과 귀로 판단하는 음악가들과 화가들,—대단하군요!—들리는 곡조와 마음에 그려지는 심상이 불러일으키는 감흥을 신뢰하다니요,—사분의(四分儀)[36]로 측정해야 하는데도 말입니다.

이 그림의 전경에는, 어떤 *정치가*가 정치의 수레바퀴를, 야만적으로, 잘못된 방향으로,—즉 부패의 흐름에 역행하여 돌리고 있으니,—맙소사,—그 흐름에 맞추어 돌려야 하는데도 말입니다.

한쪽 구석에서는, 신성한 *에스쿨라피우스*[37]의 자손이, 예정설에 반

---

36 사분의quadrant는 옛날에 각도, 고도 따위를 측정하던 기계.
37 에스쿨라피우스Esculapius는 그리스 신화의 치유의 신. 스턴은 진정한 의사의 마땅한 행실을 나열한다.

하는 책을 쓰고 있고, 설상가상으로,―그 배경에는 동일한 분야에 종사하는 한 형제가, 약제사의 맥박이 아니라, 환자의 맥박을 짚어보며―무릎을 꿇고 눈물을 흘리며,―난도질당한 희생자의 종말을 지키며 용서를 구하고 있는데,―돈을 받기는커녕,―오히려 돈을 주고 있지 않습니까.

또한 드넓은 법원에서는, 모든 법정에서 모여든 법관들이 연합하여, 상대방을 괴롭히는 것을 목적으로 한, 지긋지긋하고, 지저분한 소송을, 온 힘과 기력을 다하여, 잘못된 방향으로,―즉 그 큰 문 안으로가 아닌, 밖으로,―마치 법률이라는 것이 원래 인류의 평화와 보존을 위해 만들어지기라도 했다는 듯, 분노에 찬 표정과, 확고한 집념을 보이며 걸어차고 있군요.―그러나 이들이 저지른 더욱 엄청난 과실은,―상당한 시간을 끌고 있던 소송 사건을,―예를 들어, 존 오녹스의 코를 톰 오스타일의 얼굴에, 불법 침해 없이, 달아놓을 수 있는가 없는가 하는,―몇 달에 걸쳐 찬반 양론을 조심스럽게 따져보아야 할, 난해한 사건을, 경솔하게도, 25분 만에 결정해버린 것이었으며,―만일 군사 작전같이 처리했다면, 각하들께서도 아시다시피, **전투**란, 모든 실행 가능한 전략에 따라,―예를 들자면 위장,―강행군,―기습 공격,―매복,―포대 엄폐 및 그 외 수많은 병법을 동원하여 양쪽 모두 유리한 입장을 차지하는 것을 목적으로,―전투를 치르는 데 필요한 100명의 군사들의 음식과 의복을 준비하는 데만도, 합리적으로 따져 그만한 시간이 걸렸을 것입니다.

성직자들로 말하자면――아니, 아닙니다―이분들에 대해 악담을 하다가는, 총에 맞을 것이 분명합니다.―그렇게 되고 싶지는 않습니다만,―설사, 그렇게 되고 싶다 해도,―감히 그분들을 화제로 삼을 수는 없는 이유가,―체력과 기력이 이처럼 허약한 데다, 건강도 좋지 않은 상태로, 슬프고 우울한 이야기로 낙담과 회한에 빠지는 것은, 내 생명을 내어놓는 것이나 마찬가지니,―이제는 커튼을 드리우고, 될 수 있는 한 빨리, 여기서 떠나, 내가 논하고자 하는 주된 논점으로 안전하게 돌아가는 편이 낫겠다는 생각이며,―그 논점이란, 최소한의 *기지*를 가진 사람이 최대한의 *판단력*의 소유자라는 소문은 어찌 된 일이냐 하는 것입니다.―그러나 주목하실 것은,―나는, *소문이*라고 했으니,―선생님들, 이것은 소문에 불과하며, 매일 신뢰를 바탕으로 수용되는 온갖 소문들과 마찬가지로, 비열하고 악의에 찬 소문이라고 생각합니다.

이러한 저의 입장을 이미 전술한 소견의 도움을 받아, 또한 여러 존경하는 각하들께서는 이미 비교 평가하고 심사숙고하셨으리라 믿고, 즉시 입증해 보여드리도록 하겠습니다.

나는 틀에 박힌 논설을 싫어하며,―저자와 독자들의 생각 사이에 갖가지 거창하고 불투명한 단어들을, 연이어, 줄줄이 배치함으로써, 가설을 흐릿하게 만들어버리는 것이, 세상에서 가장 바보스런 짓이라고 생각하는데,―대개의 경우, 주위를 둘러보면, 그 논점을 당장 분명하게 밝혀줄 무엇인가가 서 있거나 매달려 있는 것을 발견할 수 있으며,―"하다못해 술고래, 단지, 어릿광대, 걸상, 겨울 장갑, 도르래의 바퀴, 금세공사의 도가니 뚜껑, 기름병, 낡은 슬리퍼, 혹은 등나무 의자의 도움을 받는다고 해도, 칭송받아 마땅한 지식에 대한 욕구가, 우리에게 무슨 훼방이나 상처, 혹은 해악을 가져오겠으며,"[38]―마침 내가 지금 등나무 의자에 앉아 있군요. 기지와 판단력에 관한 문제를, 등나무 의자의 등받이 꼭대기에 붙어 있는 두 개의 둥근 장식을 통해 설명해드리면 어떨까 하는 생각인데,―나사송곳 구멍 속에 느슨하게 박힌 두 개의 못

---

38 라블레의 『가르강튀아와 팡타그뤼엘』에서 인용.

으로 고정된, 이 한 쌍의 둥근 장식은, 제가 의도하는 바를 너무나 명료하게 밝혀주어, 모든 논지와 요점들이 마치 햇빛으로 만들어진 듯, 본 서문의 취지와 의미를 명쾌하게 보여줄 것입니다.

바로 핵심으로 들어가겠습니다.

――이쪽에는 *기지*가,――그리고 저쪽에는 *판단력*이, 내가 앉은 바로 이 의자 등받이에 붙은, 위에서 언급한 두 개의 둥근 장식처럼 나란히 있습니다.

――그 두 개의 장식은 이 *구조물*의 가장 높고 가장 장식적인 부분으로서,――기지와 판단력도 *우리에게*는 바로 이런 것이며,――그 장식과 마찬가지로, 두 가지가 함께 있도록 만들어 끼워졌기 때문에, 쌍을 이루는 장식을 두고 흔히 말하듯이,――*서로 화답하는 것입니다.*

자 이제는 실험을 하기 위해, 그리고 이 문제를 좀더 분명하게 설명하기 위해,――이 두 개의 진기한 장식물 가운데 하나를 (어느 것이든 상관없지만) 그것이 붙어 있는 의자 끝 혹은 꼭대기에서 잠시 떼어보기로 하겠으며,――아니, 웃지 마십시오.――그런데 정말 평생 이렇게 우스꽝스러운 꼴을 본 적이 있습니까?――글쎄요, 귀가 하나밖에 없는 암퇘지처럼 처량해 보이는 것이, 양자의 경우 모두, 비슷한 인상과 균형미를 보여주고 있지 않습니까.――네,――좋습니다. 자리에서 일어나 한번 보십시오.――명성을 지푸라기만큼이라도 소중히 여기는 사람이라면, 이런 상태로 물건을 내어놓지는 않겠지요?――아니, 가슴에 손을 얹고, 이 평범한 물음에 답해보십시오. 지금 여기 혼자 멍청이처럼 붙어 있는 저 둥근 장식이, 이 세상에서 하는 일이라고는, 하나가 모자란다는 사실을 상기시켜주는 것 외에, 무엇이 또 있단 말이며,――한 가지 더 묻고 싶은 것은, 의자가 본인의 것인 경우, 양심에 비추어, 지금 이대로보다는 차라리 둥근 장식이 하나도 없는 편이 열 배는 낫다고 생각하지 않는가 하는 것입니다.

이 두 개의 둥근 장식——혹은 엔타블레이처[39]를 장식하는, 인간의 마음 가장 높은 곳의 장식품으로서,——이미 말씀드린, 기지와 판단력은, 위에서 증명해 보인 바대로, 세상에서 꼭 필요한,——가장 값진 것이며, ——그 두 가지가 없다면 그중 불행한 일이자, 필연적으로 가장 얻기 힘든 것이니,——이런 모든 근거들을 종합해볼 때, 우리들 가운데 누구든, 명성과 빵에 대한 욕심이 지나치게 없다거나,——이것을 통해 얻을 수 있는 이점에 대해 지나치게 무지한 사람이 아니라면,——최소한 그 두 가지 중 한 가지는, 혹은 가능성이 있어 보이고, 성취할 수 있다는 생각이 라면 두 가지 모두 소유하거나, 소유했다고 인정받기를, 마음속으로 소망하거나 확고하게 결의하지 않는 사람은 없겠지요.

그런데 다소 엄숙한 편에 속하는 젠트리들은, 하나를 손에 넣지 않는 한,——다른 것을 목표로 삼는다 해도 거의 승산이 없거나, 미미할 뿐이니,——도대체, 그들은 어떻게 한단 말입니까?——사실, 선생, 그들은 그 엄숙함에도 불구하고, 속은 벗은 채 다니기를 즐겼던 모양입니다. ——정말 참을 수 없는 일이지만, 이번에는 철학의 힘을 빌려 그냥 넘어가기로 하겠으며,——이들이 되는 대로 조금씩 움켜쥐고 외투나 커다란 가발 밑에 숨긴다 해도, 합법적인 소유자들에게 고함을 치며 달려들지만 않는다면, 그들에게 화를 내는 사람은 아무도 없었습니다.

그 일이 얼마나 교활하고 계략적으로 실행되었는지, 각하들께 굳이 말씀드릴 필요도 없겠지만,——거짓 외침 소리에 거의 속는 법이 없는, 위대한 로크도,——속고 말았습니다. 그 외침 소리는, 너무나 깊고 엄숙했으며, 큰 가발과, 엄숙한 얼굴, 그리고 그 외 다른 기만적인 도구들의

---

39 그리스의 신전 건축에서, 기둥이 떠받치는 수평 부분.

도움으로, 그 소리가 그들을 향한 보편적인 공격의 외침 소리로 들리게 하는 바람에, 그 철학자도 속아,―수많은 저속한 과실의 쓰레기로부터 세상을 자유롭게 하는 것이 그의 책임이었으나,―결과는 그렇지 않았으니, 철학자라면 철학적 이론을 세우기 전에, 마땅히 차분하게 앉아, 사실을 있는 그대로 먼저 검토했어야 하는데,―그는 반대로 현실을 당연하게 받아들이고, 그 외침 소리에 합세하여, 다른 사람들과 함께 떠들썩하게 큰 소리로 외치지 않았습니까.

이때부터 이것은 우둔함의 *마그나 카르타*[40]로 알려지게 되었으나,―각하들께서도 아시다시피, 획득 경로가 그러니만큼, 그 이름은 아무런 가치가 없으며,―말이 났으니 말이지만, 이것은 앞으로 엄숙한 사람들과 엄숙함 자체가 해명해야 할 수많은 비도덕적 기만들 가운데 하나가 되었습니다.

사실 큰 가발에 대해서는, 내가 너무 심했다는 생각이 들기도 하며,―경솔하게 내뱉은 비난이나 편견의 말을, 한마디의 포괄적인 선전 포고로 완화시킬 수 있다면―나는 큰 가발이나 긴 수염에 대한 어떠한 혐오감도 없으며, 증오하지도 싫어하지도 않고,―바로 그런 기만을 목적으로 가발을 주문하고 수염을 기르는 사람을 목격한다거나―혹은 그 외 어떤 목적을 위한 것이라 해도,―그저 그들에게 평화가 깃들기를 바란다는 말씀을 드릴 뿐입니다. ☞주목,―내가 그들을 위해 이 글을 쓰는 것은 아니니까요.

---

[40] 영국의 대헌장. 영국 왕 존John이 1215년 6월 15일 귀족들의 압력을 이기지 못하고 승인한 칙허장. 일반적으로 국민의 권리를 보장하는 기본법을 의미한다.

제21장

 아버지는 적어도 지난 10년 간 매일 그것을 수리하려고 마음먹었으나,―아직도 수리하지 못하고 있었는데,―우리 가족들 외에는 그걸 견딜 만한 사람은 아무도 없었고,―더욱 놀라운 점은, 돌쩌귀는 아버지가 그중 할말이 많았던 주제라는 사실이었습니다.―그러니 솔직히 말해, 아버지는 돌쩌귀에 관한 한, 역사가 생산한, 그중 큰 사기꾼이라고 할 수 있을 것입니다. 그의 말과 행동이 서로 끊임없이 주먹다짐을 한 셈이니까요.―거실문은 여전히 제대로 열리지 않았고―결국 아버지의 철학 내지는 원칙만 희생되었으며,―깃털로 기름을 몇 방울 치고, 망치질 한 번만 제대로 했다면 아버지의 명예는 영원히 구제되었을 것입니다.
 ―자기 모순적인 인간의 마음이여!―스스로 치유할 수 있는 상처로 인해 그렇게 쇠약해져가다니!―일생을 지식에 모순되게 살다니!―하나님의 귀한 선물인 이성을―(기름을 치는 대신) 감각을 날카롭게 하는 데만 사용하여,―결과적으로 고통만 늘어나 갈수록 우울하고 불안하게 되다니!―가엾고 불쌍한 인간이여, 그대가 이럴 수가!―인생에 필연적인 불행들만으로는 충분치 않아, 슬픔의 저장고에 더 많은 것을 자발적으로 더하다니,―피할 수 없는 악에 대해서는 투쟁하면서도, 그대가 당하는 괴로움의 10분의 1만으로도 마음속에서 영원히 제거할 수 있는 악에는 복종한단 말인가!
 모든 선(善)과 덕(德)에 걸고 호소하는바! 섄디홀의 10마일 반경 내에서 기름 몇 방울과 망치만 구할 수 있다면,―이번 왕의 치세 기간 내에 거실 문 돌쩌귀를 고칠 수 있으련만.

제22장

트림 상병은 박격포가 완성되자, 스스로 그 훌륭한 솜씨에 몹시 감격해하며, 주인이 보면 얼마나 기뻐할까 하는 생각에, 박격포를 가지고 곧장 거실로 들어가고 싶은 유혹을 떨쳐버릴 수가 없었습니다.

내가 돌쩌귀 문제를 언급한 이유는 도덕적인 교훈뿐 아니라, 여기서 파생되는 사변적인 고찰을 염두에 두었기 때문입니다.

거실 문이 여느 문처럼, 돌쩌귀를 돌아 열렸더라면——

——혹은 예를 들어, 우리 정부가 돌쩌귀를 돌았던 것처럼 솜씨 좋게 돌았다면,[41]——(다만, 형세가 각하께 유리하게 돌아갔다는 가정하에 드리는 말씀이며,——그렇지 않았다면 이 비유를 당장 그만두겠습니다)——트림 상병이 몰래 들여다본다고 주인에게나 하인에게나 해가 될 것은 없었겠지요. 트림이 아버지와 토비 삼촌이 잠든 것을 보았다면,——몸가짐이 지극히 예의발랐던 그는, 두 사람이, 안락의자에 앉아, 그대로 행복한 꿈에 잠기도록 두고, 쥐 죽은 듯 조용히 물러났겠지요. 그러나 실제로 이것은 실현 불가능한 일이었으며, 돌쩌귀가 고장난 이후로 해를 거듭하며, 아버지가 끊임없이 감수해야 했던 고통은,——다름아니라, 식후에 잠깐 눈을 붙일 때도 편안히 팔짱을 끼는 법이 절대로 없었으며,

---

[41] 1760년 10월 25일 조지 2세의 갑작스런 붕어를 의미하는 것으로 생각된다.

누구든 제일 처음 문을 여는 사람 때문에 어쩔 수 없이 잠을 깰 것이라는 생각이 항상 그의 머릿속을 지배하여, 아버지와 그의 편안한 휴식의 전조(前兆) 사이에 끊임없이 끼어들었으며, 평소에 그가 자주 불평하던 대로, 휴식의 달콤함을 모두 빼앗아가버리곤 했습니다.

"각하, 무엇이든 고장난 돌쩌귀로 움직인다면, 어떻게 피할 수 있겠습니까?"

무슨 일인가? 누구야? 문이 삐걱거리기 시작하자, 아버지가 잠을 깨며 소리쳤습니다.—저 빌어먹을 돌쩌귀를 대장장이가 한번 손봐야 할 텐데.—아무것도 아닙니다, 나리. 박격포 두 문을 가지고 들어가려던 참입니다 하고 트림이 대답했습니다.—여기서 시끄럽게 하면 안 되네. 아버지가 서둘러 말했습니다.—닥터 슬롭이 약을 빻아야 한다거든[42] 부엌에서 하라고 하게나.—아닙니다 나리. 트림이 큰 소리로 말했습니다.—내년 여름 포위 공격 때 사용할 박격포 두 문이라니까요. 승마 장화를 가지고 만든 것인데, 오바댜는 나리께서 신다 버린 것이라고 하던데요.—맙소사! 아버지가 의자에서 튕겨나오며 소리쳤습니다.—내 수중에 있는 물건 가운데, 그 장화만큼 애지중지하는 것은 없단 말이네.—토비 동생, 그 장화는 증조할아버지께서 쓰시던 물건이라고,— 상속받은 재산이란 말이지. 그렇다면, 트림이 상속권을 잘라버린 셈이 되는군요 하고 삼촌이 말했습니다. 저는 윗부분밖에 자르지 않았는걸요, 나리. 트림이 소리쳤습니다. 사실 나도 어느 누구 못지않게 세습 재산을 싫어하지만,—이 장화는, (아버지는 매우 화가 났음에도 미소를 지으며) 내란 이후로 계속 우리 가문에 있었던 물건으로서,—로저 샌디 경이 마스턴-무어 전투에서 신었던 장화란 말이네 하고 아버지가 말했습

---

42 박격포를 의미하는 'mortar'는 약을 빻는 데 사용하는 조그만 절구를 뜻하기도 한다.

니다.―10파운드를 준다 해도 내놓지 않았을 텐데.―제가 그 돈을 드리지요, 형님. 삼촌은 박격포 두 문을 못내 흐뭇한 표정으로 바라보다, 반바지 호주머니에 손을 넣으며 말했습니다.―지금 이 자리에서 정말 10파운드를 드리겠습니다.―

　토비 동생, 아버지가 어조를 바꾸며 말했습니다. 자네는 포위 공격에 관한 일이라면, 돈을 뿌리든 갖다 버리든 상관하지 않는 것 같구먼.―형님, 저는 120파운드의 연금에다, 예비역 급료까지 받고 있지 않습니까? 하고 삼촌이 소리쳤습니다.―그래도 그게 무슨 소린가. 아버지가 급하게 쏘아붙였습니다.―장화 한 켤레에 10파운드라니!―부교(浮橋)를 12파운드나 주고 사는가 하면,―그 절반을 지불한 네덜란드식 가동교(可動橋)를 비롯해,―그 외에도 지난주에 주문한 여러 문의 소형 놋쇠포와, 메시나 공략에 필요하다는 온갖 장비 등, 정말이지, 토비 동생,―이 군사 작전들은 자네 힘에 부치는 일이네. 아버지는 삼촌의 손을 잡으며 얘기를 계속했습니다.―물론 잘하려고 하는 일이겠지만,―처음 예상보다 지나치게 비용이 많이 들어가는 형편이니,―내 말을 듣게나, 토비――결국 자네는 파산하여, 거지가 되고 말 걸세.―그러면 어떻습니까, 형님 하고 삼촌이 말했습니다. 국가를 위한 일이라면 말입니다.―

　아버지는 삼촌의 영혼을 위해 미소짓지 않을 수 없었으며,―그의 노여움은 아무리 심한 경우라 하더라도 반짝하는 정도에 불과했고,―트림의 열의와 소박함,―그리고 삼촌의 관대한 용기가 (비록 목마적인 것이긴 했지만) 이들 두 사람에 대한 아버지의 언짢은 기분을 즉시 풀어지게 했습니다.

　인정 많은 사람들!―하나님이 자네들과, 그 박격포도 축복하시기를 바라네 하고 아버지가 중얼거렸습니다.

제23장

적어도 위층에서는 모두 고요하고 조용하군,—발소리 하나 들리지 않으니 말이야 하고 아버지가 큰 소리로 말했습니다.—이보게, 트림, 부엌에 누가 있는가? 닥터 슬롭 말고는 아무도 없습니다. 트림이 고개 숙여 절하며 대답했습니다.—아버지는, 빌어먹을! 하고 소리치더니, (두번째로 자리에서 일어나며) 말했습니다.—오늘은 아무것도 제대로 돌아가는 일이 없구먼! 내가 점성술을 믿었다면, (사실 믿었지만) 역행하던 행성 하나가 재수 없게 우리 집 위에 멈추어, 모든 것을 틀어놓고 있다고 장담했을 것이네.—아무튼, 나는 닥터 슬롭이 위층에 아내와 함께 있는 줄 알았는데, 자네가 그렇게 말하지 않았는가.—그런데 그 양반이 도대체 부엌에서 뭘 하고 있는 건가?—나리, 닥터 슬롭은 지금 브리지[43]를 열심히 만들고 있는 중입니다.—이런 고마울 데가 하고 토비 삼촌이 말했습니다.—닥터 슬롭에게 진심으로 고맙다는 인사를 전해주게나, 트림.

아버지가 박격포를 혼동했던 만큼 삼촌이 브리지를 크게 혼동했다는 사실을 감지하셨으리라고 생각하며,—그가 브리지를 혼동하게 된 원인을 이해하기 위해서는,—그렇게 되기까지의 자세한 사연을 말씀드리든가, 아니면 이 비유를 여기서 포기할 수밖에 없으며,—(역사가가 이런 식으로 비유를 사용하는 것은 매우 부정직한 일이긴 하지만) 토비 삼촌의 실수와 그 개연성을 보다 정확하게 이해하기 위해서는, 내키지

---

[43] 브리지 bridge는 '다리'를 의미하기도 하지만 '콧마루'를 뜻하기도 한다.

않는 일이지만, 트림의 모험담 하나를 말씀드리지 않을 수 없습니다. 내키지 않는다는 말은, 그 모험담이, 어떻게 보면, 이곳에 어울리지 않는다고도 할 수 있으며, 오히려 그가 일익을 담당했던 삼촌과 과부 워드먼 부인의 연애 사건에 포함시키거나,—트림과 삼촌이 잔디 볼링장에서 지휘했던 군사 작전 이야기에 포함시킨다면,—양쪽 어느 곳이든 잘 어울렸겠지만,—이 작품의 다른 두 이야기를 위해, 그 모험담을 아껴둔다면,—지금 하고 있는 이야기를 망치게 되고,—여기 포함시키자니—그곳에 문제를 초래하여 망치는 결과를 가져올 것이기 때문입니다.

—각하들께서는 제가 어떻게 하는 것이 좋겠다고 생각하십니까?

—샌디 선생, 부탁이니 말씀하세요.—그 이야기를 여기서 한다면, 트리스트럼, 자네는 멍청이네.

오 능품 천사들이여!(강하고, 위대한 이들이여)—인간에게 귀를 기울여 들을 만한 이야기를 할 수 있는 능력을 주시는 이들이여,—어디서 시작해야 하며,—어디서 끝내야 할지,—어떤 내용을 담아야 하며,—무엇을 생략해야 할지,—얼마나 어둠 속에 가려두어야 하며,—어느 부분을 밝게 비추어야 할지 친절하게 보여주시는 이들이여!—전기(傳記) 작가들의 무법 천지를 다스리며, 당신의 신민들이 끊임없는 곤경과 위험에 빠져드는 것을 알고 계시는 이여,—저의 부탁을 한 가지 들어주시지 않겠습니까?

제가 바라고 간청하는 바는, (이보다 나은 것을 베풀어줄 작정이 아니시라면) 당신의 왕국 어디에든, 이와 같이, 세 갈래 길이 난 곳이 있다면,—길 잃은 사람을 안내하는 자비심으로, 세 갈래 중 어느 길을 택해야 할지, 그 한가운데 이정표라도 하나 세워달라는 것입니다.

제24장

됭케르크 함락[44] 이듬해에 있었던, 과부 *워드먼* 부인과의 연애 사건으로 충격을 받은 *토비* 삼촌은, 그후로는 여성은 물론,―여성의 소지품에 대해서조차 어떤 관심도 갖지 않기로 결심했으나,―반면 트림 상병은 스스로 그런 약속을 한 적이 없었습니다. 사실 삼촌의 경우 불가사의하고 수수께끼 같은 동시다발적인 정황들에 의해, 그 아름답고 강건한 성채를 포위하도록, 자기도 모르는 사이에 유혹당했습니다.―트림의 경우는, 그와 *브리지트* 사이에 부엌에서 있었던 일 외에는, 어떤 동시다발적인 사건도 없었으며,―사실은, 주인을 향한 그의 사랑과 존경이 너무나 컸기 때문에, 주인이 하는 일은 무엇이든 모방하려 했으며, 만약 *토비* 삼촌이 구두끈 끄트머리에 쇠붙이를 다는 일에 시간과 재능을 쏟았더라면,―순박한 상병은 당장 무기를 버리고, 기꺼이 주인을 따랐을 것입니다. 따라서 삼촌이 그 여성과 마주하자,―트림 상병도 즉시, 그녀의 하녀 앞에 자리를 잡았습니다.

자, 나의 존경과 공경을 한 몸에 받고 있는, 친애하는 *개릭* 씨,―(왜, 무엇 때문인지는 묻지 마시고)―그 일이 있은 후로 수많은 극작가들과 소문 내기 좋아하는 사람들이 트림과 *토비* 삼촌의 사례를 연구했다는 사실이,―당신의 통찰력을 피해 가지는 않았겠지요.―아리스토텔레스나 파쿠비우스, 바쑤, 리카보니가 무슨 말을 했든 상관없이,[45]―(그들의 작품을 읽어본 적은 없지만)―좌석 하나짜리 마차와 퐁파두

---

[44] 됭케르크는 1713년 위트레흐트 조약에 따라 함락되었다.
[45] 이들은 고대와 르네상스 시대의 극작가들과 이론가들이다.

르 부인[46] 소유의 *좌석 두 개짜리* 마차 사이의 차이와, 단독적인 정사와, 네 사람이 장려한 드라마의 무대를 뛰어다니는 한 쌍의 고상한 정사 사이의 차이에는 다를 것이 없습니다.—선생, 단순하고, 단독적이며, 단조로운 정사였다면——5막도 가기 전에 사라져버렸겠지만,—이번 일은 그렇지 않았습니다.

삼촌의 진영은 9개월에 걸친 지속적인 공격과 반격 끝에, 물론 여기에 대해서는 때가 되면 자세히 밝힐 예정이지만, 순수하기 짝이 없는 분이었던 *토비* 삼촌은, 다소 분개하며, 병력을 철수하고, 포위를 풀 수밖에 없었습니다.

트림 상병은, 이미 말씀드렸듯이, 자신은 물론,—다른 사람에게도 이렇다 할 약속을 한 적은 없었으나,—주인이 넌더리를 내며 떠났던 집으로 들어간다는 것은, 그의 충성심이 허락하지 않았기 때문에,—포위를 봉쇄로 전환하는 것으로 만족하기로 했는데,—말하자면, 다른 사람의 접근을 막고,—스스로 그 집에 가는 일은 결코 없었지만, 마을에서 *브리지트*를 만날 때마다, 머리를 끄덕여 보이거나, 윙크를 하거나, 미소를 짓거나, 다정하게 바라보거나,—혹은 (기회가 있을 때면), 악수를 하기도 했으며,—잘 지내는지 사랑스럽게 묻기도 하고,—리본을 주기도 했으며,—가끔은, 그러나 예의에 어긋나는 경우는 절대 없이, *브리지트*에게 ……를 해주었습니다——

이러한 상태가, 됭케르크 함락이 있었던 13년부터, 지금 언급하고 있는 시점에서 6, 7주 정도 거슬러 올라가, 18년에 있었던 *토비* 삼촌의 출정이 후반기에 접어들 무렵까지, 정확하게 5년 동안 이어졌습니다.—그러던 어느 달 밝은 날 밤, 트림이 평소 습관대로, 삼촌의 잠자리를 살

---

46 퐁파두르 부인 Mme. de Pompadour(1721~1764)은 루이 15세의 애첩이었다.

핀 후, 요새를 돌아보기 위해 내려갔다가,―현화(顯花) 관목과 호랑가시나무를 경계로 잔디 볼링장 옆으로 나 있는 샛길에서,―*브리지트*를 발견했습니다.

상병은 이 세상에 *토비* 삼촌과 자신이 만든 작품만큼 볼 만한 것은 없다고 여겼기 때문에, 예의바르면서도 용감하게 그녀의 손을 잡고, 요새 안으로 들어갔습니다. 그러나 은밀하게 한 일이 아니었던 까닭에, 소문의 나팔이 그 상스러운 입을 열어, 이 일을 귀에서 귀로 옮겼으며, 결국 아버지의 귀에까지 들어가게 되었는데, 한 가지 탐탁지 않은 정황이 그 소문을 동반했으니, 해자(垓字)를 거의 가로지르다시피 놓여 있던 *네덜란드*풍으로 지어 채색한 *토비* 삼촌의 기묘한 가동교가,―어찌 된 일인지 바로 그날 밤 부서져 산산조각이 났다는 것입니다.

여러분도 아시다시피, 아버지는 삼촌의 목마를 탐탁지 않게 여겼는데,―신사가 타고 다니는 말로는 그중 우스꽝스러운 놈이라고 생각했으며, 삼촌이 그 일로 아버지를 짜증스럽게 하지 않는 한, 목마를 생각할 때마다 항상 웃음을 참지 못했으며,―다리가 부서진다거나 그 외 다른 사고가 날 때도, 아버지의 상상력을 극도로 자극하곤 했는데, 이번 일은 지금까지 삼촌의 목마가 당한 어떤 사고보다 그의 호기심을 돋워, 무궁무진한 흥밋거리를 제공했습니다.―그나저나,―이보게 *토비* 동생! 하고 아버지가 말했습니다. 부탁이네만 그 다리의 정사가 어찌 된 일인지 얘기 좀 해주게나.―형님은 어째서 그 일로 나를 이렇게 놀리십니까? 하고 삼촌이 대답했습니다.―*트림*에게 들은 대로, 한마디도 빼지 않고, 몇 번이나 말씀드리지 않았습니까.―그렇다면, 상병, 도대체 어찌 된 일인가? 아버지는 이번에는 *트림*을 쳐다보며, 큰 소리로 물었습니다.―나리, 그건 그저 재수 없는 사고에 불과했다니까요,―제가 *브리지트* 양에게 요새를 구경시켜주다가, 해자 가장자리로 너무 가까이 다가간 까닭에, 잘못해서 미끄러졌을 뿐입니다.——그래서, 트림! 하고 아버지가 외쳤습니다.——(그는 야릇한 미소를 지으며, 고개를 끄덕였지만,——트림의 말을 방해하지는 않았습니다)——나리, 그런데 그때 브리지트 양과 팔짱을 꼭 끼고 있었기 때문에, 내가 그녀를 질질 끌고 간 꼴이 되었고, 그녀는 다리 위에서 쿵 하고 뒤로 넘어졌는데,——그러고 나서는 트림도, (삼촌이 그의 말을 받아, 큰 소리로 외치기를) 발이 도랑에 빠져, 다리 위에서 그대로 넘어지고 말았습니다.——저 불쌍한 친구가 다리를 부러뜨리지 않은 것이 천만다행이었지요 하고 삼촌이 덧붙였습니다.——그렇고말고! 아버지가 말했습니다.——그 정도의 교전이었다면 사지가 하나 부러질 만도 하지.——나리, 그렇게 해서, 나리도 아시다시피 약하기 짝이 없는 그 다리가, 우리 사이에서 부서져, 산산조각이 나고 말았습니다.

　　다른 때 같았으면, 특히 토비 삼촌이 어쩌다 대포라든가, 폭탄, 폭죽에 대해 한마디라도 하는 날에는,——아버지는 고대인들의 **파성퇴**(破城槌)와,——알렉산드로스 대왕이 *티레* 공략에서 사용했던 이동 썰매[47]에 대한 찬사로 말 보따리를 (정말 굉장했지요) 고갈시켰을 것입니다. 또한 *시리아*인들의 투석기가 엄청나게 큰 돌을 수백 피트나 던져, 강력한 방벽을 기초부터 흔들어놓았다는 얘기도 했을 것이며,——**마르켈리누스**[48]가 그토록 자랑스럽게 여겼던, **노포**(弩砲)의 신기한 작동에 대한 설명을 늘어놓고,——불을 쏘았던,——피라볼리의 위력과,——투창을 날렸던, 테레브라와 스콜피오의 위협에 대해서도 얘기했을 것입니다. 그리고 아버지는 이렇게 덧붙였겠지요. 그래도, 트림 상병의 가공할 무기에 비하면 아무것도 아니겠지? 사실, 지금까지 사람들이 만들어낸 어떤 다리나, 성벽,

---

47 성이나 도시의 포위군을 보호하는 데 사용하던 이동 썰매.
48 마르켈리누스 Marcellinus는 4세기 로마의 그리스 출신 역사가였다.

혹은 출격 문도 그의 무기에는 굴복하지 않을 수 없을 거야.

 토비 삼촌은 이런 비웃음에 대해 어떤 변명도 없이, 항상 담뱃대만 뻑뻑 빨아대곤 했는데, 그러던 어느 날 저녁 식사 후, 삼촌이 담배 연기를 너무 심하게 뿜어대는 바람에, 약간의 천식기가 있었던 아버지가, 호흡 곤란으로 한바탕 기침을 하고 말았습니다. 그러자 삼촌은 샅의 상처도 아랑곳하지 않고, 재빨리 일어나,—뜨거운 연민의 정으로, 형님의 의자 옆에 서서, 한 손으로는 아버지의 머리를 받치고, 다른 손으로는 그의 등을 두드려주며, 호주머니에서 깨끗한 아마포 손수건을 꺼내, 간간이 형님의 눈물을 닦아주었습니다.—애정과 다정함이 넘치는 삼촌의 호의에,—아버지는 자신이 동생에게 안겨주고 있던 고통에 고삐를 당겼습니다.—내가 또 한 번 이 훌륭한 영혼을 욕보이는 날에는 투석기든 파성퇴든 내 머리통을 박살내도 시원찮을 게야 하고 아버지가 중얼거렸습니다.

제25장

 가동교는 보수가 불가능하다는 결론이 났기 때문에, 트림에게는 다리를 새로 만들라는 명령이 떨어졌고,—이번에는 다른 모델을 사용하기로 했는데, 당시 삼촌은 알베로니 추기경[49]의 음모가 드러나, 결국 스페인과 대영 제국 사이에 불길이 치솟고 말 것이고, 십중팔구 *나폴리나*

---

[49] 알베로니 추기경 Cardinal Alberoni은 한동안 18세기 스페인의 외교를 담당했다.

시칠리아에서 군사 작전이 전개될 것임을 예측하여,—(사실, 그의 짐작은 그리 빗나가지 않았으며) — 이탈리아식 다리로 결정했으나,—삼촌보다 훨씬 뛰어난 정치가로서, 전장에서 삼촌이 앞섰던 만큼, 내각에서 앞섰던 아버지는,—스페인 왕과 영국 왕 사이에 불화가 있는 만큼, 영국, 프랑스, 홀랜드는 선결된 조약에 의해, 연합하여 전쟁에 나가야 한다는 점을 삼촌에게 납득시켰으며,—계속해서 이렇게 덧붙였습니다. 토비 동생, 결국, 예전에 플랑드르의 싸움터에서 있었던 난장판이 다시 재연될 것이 분명한데,—그렇게 된다면 그 이탈리아식 다리로 뭘 하겠다는 건가? 하고 물었습니다.

—그렇다면 옛날 모델로 해야겠군요 하고 삼촌이 큰 소리로 대답했습니다.

이렇게 해서 트림 상병이 다리를 반쯤 완성했을 무렵,—삼촌은 미처 생각지 못했던 중대한 결함을 발견했습니다. 가동교는, 양쪽 끝에 돌쩌귀가 달려 있어, 반은 해자의 이쪽으로, 반은 저쪽으로, 중간에서 열리게 되어 있었으며, 이런 다리가 갖는 장점은, 다리의 무게가 정확하게 양분되기 때문에, 삼촌은 목발 끝만으로도, 다리를 올렸다 내렸다 할 수 있었고, 게다가 한 손만 필요했기 때문에, 잔손이 많이 갔던 그의 요새에 큰 도움이 되었으나,—이런 구조물이 갖는 극복하기 힘든 약점이 있다면,—다리의 반을 적의 손에 맡기는 것이나 마찬가지니,—나머지 반을 가지고 뭘 어쩐단 말인가? 하고 삼촌이 말했습니다.

이것을 바로잡는 가장 손쉬운 방법은, 한쪽 끝에만 돌쩌귀를 달아, 다리 전체를 들어올린 뒤, 똑바로 서 있도록 조여버리면 되는 것이었지만,—위에서 언급한 이유 때문에 이 방법은 받아들여지지 않았습니다.

일주일이 지난 후 삼촌은 다리를 수평으로 끌어들여 통행을 막았다가 다시 앞으로 밀어젖혀 통행을 가능하게 하는 독특한 구조로 마음을 정했으며,—이런 구조의 다리로는 지금은 파괴되었지만 스파이어스에 있던 유명한 다리 세 개를 각하들께서도 보셨으리라고 생각하며,—내 기억이 맞다면, 현재 *브리삭*에 하나 있는 것으로 알고 있는데,—그러나 밀어내는 다리는 절대로 안 된다는, 아버지의 진심 어린 충고와,—이런 다리가 상병의 불행을 상기시킬지도 모른다고 생각한 삼촌은,—마음을 바꾸어, 결국 도피탈 후작의 발명품으로 결정했으며, 이 모델은 각하들께서도 아시겠지만, *베르눌리 2세*가 학술적으로 상세하게 설명해놓았는데,—*Act. Erud. Lips.* an. 1695,[50]—납분동이 계속해서 균형을 잡아주기 때문에, 구조가 사이클로이드에 가까운 곡선으로 되어 있거나,—정확한 사이클로이드인 경우,—보초 두어 명이 지키는 것과 마찬가지의 효과를 냈습니다.

토비 삼촌은 포물선의 성격에 대해서는 영국에서 그중 박식한 축에 들었지만,—사이클로이드에 관해서는 정통한 편이 아니었기 때문에,—매일 토론만 하다 보니,—다리에는 진전이 없었습니다.—누구에게든 조언을 구해야겠네 하고 삼촌이 트림에게 소리쳤습니다.

제26장

트림이 뒷거실로 들어와, 닥터 슬롭이 부엌에서 브리지를 만드느라고 바쁘다는 얘기를 아버지에게 하는 것을 들은 *토비* 삼촌은,—장화 사

---

50 *Acta Eruditorium*, Leipzig, 1695. 학구적인 잡지.

건 때문에 머리가 무기에 대한 생각으로 꽉 차 있던 참이라,──닥터 슬롭이 도피탈 후작의 다리 모형을 만들고 있다고 단정했습니다.──이렇게 고마울 데가,──트림, 닥터 슬롭에게 전해주게나, 정말 고맙다고 하고 삼촌이 말했습니다.

삼촌의 머리가 손돌림풍금이었고, 아버지가 한쪽 끝에서 계속 그 속을 들여다보고 있었다고 해도,──그의 상상력의 움직임을 이보다 더 정확히 파악하지는 못했을 것이며, 투석기와 파성퇴, 그리고 그런 등등에 대한 신랄한 비판에도 불구하고, 아버지는 막 승리를 거두려던 참이었으나──

트림의 대답이, 아버지의 이마에서 월계관을 낚아채어, 순식간에, 갈기갈기 찢어버리고 말았습니다.

제27장

──자네의 불운한 가동교가 하고 아버지가 입을 떼는 순간,──아이고 나리 하고 트림이 소리쳤습니다. 도련님의 코를 위한 브리지인걸요.──수잔나가 그러는데, 그 몹쓸 기구로 도련님을 끄집어내다가, 코를 찌부러뜨려, 얼굴에 팬케이크처럼 납작 붙어버리는 바람에, 코를 높이기 위해, 지금 헝겊 조각과 수잔나의 코르셋에서 뺀 얇은 고래뼈 조각으로 가짜 브리지를 만드는 중이랍니다.

──앞장서게나, 토비 동생. 아버지가 소리쳤습니다. 당장 내 방으로 가야겠네.

제28장

    사람들에게 즐거움과 교훈을 선사하기 위해, 내 삶과 견해에 대해 써내려가기 시작한 순간부터, 아버지의 머리 위에는 먹구름이 서서히 모여들고 있었습니다.──갖가지 재난들과 고난의 물결이 그를 엄습해오고 있었던 것이지요.──아버지가 보기에는 아무것도 제대로 돌아가는 것이 없었고, 지금은 폭풍우가 몰려와, 그의 머리 위에 쏟아지려는 참이었습니다.
    이 이야기를 하고 있는 내 심정은, 세상에서 가장 동정적인 마음이 느꼈던 것보다, 더 슬프고 우울한 상태입니다.──말을 하는 사이에도 기력이 빠지는 것이 느껴지는군요.──한줄 한줄 써 내려갈 때마다, 맥박의 빠르기가 감소하고, 날마다 나를 부추겨 말하고 쓰지 말아야 할 것을 수없이 말하고 쓰도록 만들었던 경솔한 민첩성도 감소하는 것을 느낍니다.──그리고 펜에 잉크를 묻히는 지금 이 순간에도, 그렇게 하는 나의 태도에서 묻어나는 서글픈 침울함과 장엄함을 외면할 수가 없습니다.──맙소사! 성급하게 내뱉고, 경망스럽게 쏟아버리곤 하던 그대가 아니었던가, *트리스트럼!* 성미가 이렇게 달라져,──펜을 떨어뜨리고.──탁자와 책에 잉크를 튀게 하다니,──펜과 잉크, 책과 가구가 자네에게 아무런 가치도 없다는 듯 말이네.

제29장

　―사실 말해서,―이 일을 가지고 부인과 논쟁을 벌이고 싶지는 않으며,―다만 내가 확신하는 바를 말씀드리자면, "남자든 여자든 고통이나 슬픔은, (기쁨도 마찬가지겠지만) 수평 자세로 견디는 것이 가장 용이하다는 것입니다."

　아버지는 침실로 올라가자마자, 극심한 혼란에 빠져 침대를 가로질러 몸을 던져 엎드렸는데, 그의 모습은, 지금까지 비탄에 빠져 동정의 눈물을 자아내게 했던 어떤 사람보다 슬퍼 보였습니다.―그는 침대에 몸을 던지며, 오른손바닥으로 이마를 받치는 동시에, 양쪽 눈도 함께 덮어버렸고, 코가 이불에 닿도록 (팔꿈치는 뒤로 하고), 머리는 약간 수그린 채,―왼쪽 팔은 마비된 듯 침대가로 늘어뜨려, 침대 장식 커튼 아래로 삐져나와 있던 요강 손잡이에 손가락 마디를 닿게 했으며,―오른쪽 다리는 (왼쪽은 몸 쪽으로 끌어당겨져 있었고) 침대에 반쯤 걸쳐 있어, 침대 가장자리에 정강이뼈가 눌렸습니다.―그러나 그는 이것을 느끼지도 못했습니다. 경직된, 불요불굴의 슬픔이 그의 얼굴의 주름살 하나하나까지 지배했던 것입니다.―아버지는 한숨을 지으며,―가슴을 여러 번 들먹거렸지만,―아무 말도 하지 않았습니다.

　아버지의 머리가 놓여 있는 쪽 반대편 침대 머리맡에는, 가장자리를 알록달록한 털실 술과 장식 커튼으로 꾸민, 수놓인 낡은 의자가 놓여 있었습니다.―삼촌은 이 의자에 앉았습니다.

　고통이 채 삭기 전에는,―위로는 항상 이른 법이며,―고통이 삭은 후에는,―위로는 항상 늦는 법입니다. 그러니 부인, 위로하는 사람은, 그 사이의, 머리카락처럼 가는 표적을 겨누어야 하는 것이지요. 토비 삼촌은 항상 이쪽 편이나 저쪽 편에 있게 마련이었으나, 본인은 곧 경도(經度)를 맞출 수 있으리라고[51] 자신했으며, 바로 그 때문에, 의자에 앉자마자, 침대 커튼을 살짝 잡아당기고는, 눈물이 흔했던 삼촌은,—아마포 손수건을 꺼내 쥐고,—깊은 한숨을 쉬며,—침묵을 지키고 있었습니다.

제30장

——"지갑에 들어왔다고 모두 자기 것은 아닌 법이야."—아버지는 세상에서 그중 진기한 책들을 읽어보는 기쁨을 맛보았을 뿐 아니라, 어느 누구보다 특이한 사고방식을 가지고 있었으며, 그 결과 얻게 된 한 가지 결점은,—때때로 엉뚱하고 종잡을 수 없는 고민에 빠진다는 것이었는데, 그 가장 좋은 예가 바로 지금 아버지가 처해 있는 상황이라고 할 수 있을 것입니다.

사실, 아무리 과학적인 방법이었다고 해도,—겸자 끝으로 아이의 콧마루를 내려앉게 했다면,—아이 낳는 일로 아버지만큼 고통을 받은 사람의 입장에서, 화를 내는 것은 당연하겠지만,—그러나 그렇다고 해도 이것으로서 아버지의 과도한 고통을 대변하기는 어려운 일이었으며, 이렇게 스스로를 포기하고 단념하는 비기독교적인 태도를 어떻게 정당

---

51 당시에는 바다에서 경도를 재는 방법을 몰랐다.

화하겠습니까.

자세한 설명을 위해, 아버지는 침대 위에 누운 채,――그리고 삼촌은 침대 옆 술장식이 달린 낡은 의자에 앉은 채 30분 가량 내버려두기로 하겠습니다.

제31장

――정말 터무니없는 요구야.――증조할아버지가 서류를 구겨, 탁자 위에 던져버리며 소리쳤습니다.――이 계산에 따르면, 부인, 부인의 재산은 1실링의 오차도 없이, 정확하게 2천 파운드인데,――연 3백 파운드의 과부 급여[52]를 요구하다니요.――

――"그거야, 당신의 코가 있으나마나 하기 때문이 아닙니까" 하고 증조할머니가 대답했습니다.――

자, 코라는 단어를 다시 입에 담기 전에,――이야기가 흥미진진한 부분에 도달한 이 마당에, 코에 대한 언급으로 야기될 수 있는 모든 혼란을 피하기 위해, 내가 의미하는 바를 알기 쉽게 설명하고, 이 단어의 뜻으로 이해되기를 바라는 바를, 가능한 정확하고 엄밀하게 정의하고 넘어가는 것이 좋겠다는 생각입니다. 아닌 게 아니라, 이런 경고를 무시하는 작가들의 태만과 아집 때문에,――신학 분야의 글이, 도깨비불에 관한 글이나, 기존의 다른 철학 및 자연과학 분야의 글에 비해 불명료하고

---

[52] 여성이 남편을 잃었을 때 매년 지급되는 급여.

실증적이지 못하다는 생각이며, 혼란에 빠져 심판 날에 도달하고 싶지 않다면, 시작하기 전에 반드시 해야 할 일은——가장 빈번하게 사용되는 주요 단어들을 제대로 정의하고, 그 의미를 끝까지 고수해야 하며,——선생, 금화를 잔돈으로 바꾸듯, 바꾸어버린다면 어떻게 되겠습니까?——만약 그렇게 된다면,——혼란의 신이, 어떻게든 당신을 헷갈리게 만들어버리고, 할 수만 있다면, 당신의 머리나, 당신 독자들의 머리에, 엉뚱한 생각을 집어넣기 바랄 뿐입니다.

지금 내가 하고 있는 것같이, 엄격한 윤리와 면밀한 논리적 사고를 요하는 작품을 저술할 때는,——그와 같은 태만은 허용되지 않으며, 애매한 혹평의 여지를 여기저기 남겨놓았다는 이유로.——그리고 내가 처음부터, 독자의 순수한 상상력에 지나치게 의존한다는 이유로, 세상이 나에게 얼마나 가혹한 복수를 했는지 모릅니다.

——이 말에는 두 가지 의미가 있네. 산책을 하던 중, 유제니우스가 오른손 집게손가락으로 바로 이 경이로운 작품의, 2권 52페이지*에 있는, *균열*이라는 단어를 가리키며 소리쳤습니다.——이 말에는 두 가지 의미가 있네.——그가 말했습니다.——그리고 여기는 두 갈래 길이 있네. 그를 휙 돌아보며, 내가 말했습니다.——더러운 길과 깨끗한 길.——어느 길을 택하겠는가?——물론,——깨끗한 길이지 하고 *유제니우스*가 대답했습니다. *유제니우스*, 하고 나는 그의 앞을 가로막으며, 그의 가슴에 손을 얹고 말했습니다.——정의한다는 것은——불신한다는 말이네.——그렇게 해서 나는 *유제니우스*를 이겼으나, 항상 그렇듯이, 나의 승리는 바보 같았습니다.——그러나 위안이 되는 것은, 나는 완고한 사람이 아니라는 사실이며,

---

* 이번 판에서는 p. 127.

코를 정의하기 전에,──먼저 독자에게 부탁하고, 간청하는 바는, 남성이든 여성이든, 나이와 생김새를 비롯해 그 외 어떤 조건에도 상관없이, 하나님에 대한 사랑과 각자의 영혼에 대한 사랑을 위해, 악마의 유혹과 암시를 경계하고, 어떠한 계략과 속임수에도, 나의 정의 외에 다른 생각이 마음속에 들어오도록 허락해서는 안 된다는 것입니다.──코라는 단어는, 코를 다루고 있는 이번 장 전체에 걸쳐, 그리고 이 작품 어느 부분이든, 코라는 단어가 나오는 곳마다,──그 단어가 의미하는 바는 코를 가리킬 뿐이며, 그 이상도 그 이하도 아닙니다.

제32장

──"그 이유는 당신의 코는, 있으나마나 하기 때문이라니까요." 증조할머니가, 다시 한 번 말했습니다.──

빌어먹을! 증조할아버지는 손으로 코를 툭 치며 소리쳤습니다.──내 코로 말하자면야 그리 작은 것도 아니고,──우리 아버지 코보다 족히 1인치는 길지 않은가 말이야.──사실, 그의 코는 어느 모로 보나, *팡타그뤼엘*이 에나생 섬에서[53] 만난 남자들과 여자들, 그리고 아이들의 코와 비슷했습니다.──말이 났으니 말이지만, 이렇게 코가 납작한 사람들끼리 어떻게 짝을 짓는지 알고 싶다면──그 책을 꼭 읽어보시고,──직접 알아보시기 바랍니다만, 절대로 알아낼 수 없을 것입니다.──

---

53 라블레의 작품에 에나생Ennasin 섬 사람들의 코는 클럽의 에이스처럼 생겼다는 내용이 있다.

─그들의 코는, 선생님, 클럽의 에이스[54] 모양이었습니다.

─최소한 1인치는,─부인, 아버지의……보다, 1인치는 길단 말이오. 증조할아버지는 콧등을 손가락으로 치켜올리며, 위의 주장을 반복했습니다. 숙부님을 말씀하시는 것이겠지요 하고 증조할머니가 말했습니다.

─증조할아버지는 그제야 항복했습니다.─그는 서류를 다시 펴서, 그 조항에 서명했습니다.

제33장

─이 쥐꼬리만한 재산에서, 아이고, 그런 얼토당토않은 과부 급여를 드려야 하다니요. 할머니가 할아버지에게 하는 말이었습니다.

부인, 무례한 말이긴 하지만, 우리 아버지 코는 그야말로 있으나마나 한 코였기 때문이오 하고 할아버지가 대답했습니다.─

─증조할머니는 할아버지보다 12년이나 오래 사셨기 때문에, 아버지가 6개월에 150파운드씩, 그 과부 급여를 12년 동안─(미카엘제와 성모 마리아의 날에)[55]─지불했습니다.

그런데 아버지처럼 금전적인 책무를 우아하게 이행하는 사람도 찾아보기 힘들 것입니다.──처음 100파운드는, 1기니[56] 1기니씩, 관대한

---

54 카드놀이에서 클럽 패의 에이스.
55 9월 29일 성 미카엘제와 3월 25일 성모 마리아의 날은 영국에서 집세를 비롯한 기타 공과금을 납부해야 하는 4분기 가운데 2개의 분기다.
56 영국의 구 금화. 현재의 1.05파운드에 해당.

사람들만이, 오직 관대한 사람들만이 할 수 있는 식으로, 즉 순수한 마음에서 우러난 경쾌한 움직임으로, 돈을 탁자 위에 내던졌습니다. 그러나 마지막 50파운드에 가서는,—보통 에헴! 하고 크게 헛기침을 하고는—집게손가락의 밋밋한 면으로 코의 측면을 느긋하게 비비고는,—가발 밑바닥과 머리 사이에 손을 조심스럽게 집어넣었다가,—금화 하나하나의 양면을 자세히 살핀 후에야 내어놓았으며,—손수건을 꺼내 관자놀이를 한번 훔치기 전에는, 좀처럼 50파운드를 다 세는 법이 없었습니다.

하늘이시여! 인간의 마음 속에 일어나는 일들에 대해 어떤 관용도 보이지 않는 핍박하는 영혼들로부터 나를 지켜주소서. 교육의 영향이나, 조상들이 물려준 사고의 압도적인 힘에 대해서도,—결코,—오 결코, 공격을 늦추거나 연민을 느끼지 않는, 그런 사람들의 장막에 거하지 않겠나이다!

우리 가문에는 최소한 삼대에 걸쳐, 긴 코를 선호하는 경향이 서서히 뿌리내리고 있었습니다.—**전통**이 그 편을 들어주었고, 이해관계가 반년마다 강화시켜준 셈이니, 아버지가 가지고 있던 다른 기묘한 상념들과는 달리, 그분의 괴팍스런 머리에 모든 영광을 돌릴 수는 없었습니다.—상당히 많은 부분을 아버지는 할머니의 젖과 함께 빨아들였다고 해야겠지요. 그러나 아버지 책임도 있었습니다.—혹시 교육이 심어놓은 잘못이라면, (잘못이라는 가정하에) 아버지가 물을 주고, 열매를 무르익게 한 셈이니까요.

아버지가 이 문제에 대한 자신의 입장을 밝힐 때마다 언급하곤 하던 것은, 영국에서 가장 훌륭한 가문이 어떻게 6, 7대에 이르는 동안 계속해서 짧은 코로만 계승될 수 있었는가 하는 것이었습니다.—그리고 덧붙이기를, 그와 반대로, 한 줄로 길게 늘어선 동일한 수의 길고 잘생긴 코들이, 이 나라 최고의 공석에 코를 높이 쳐들고 들어가지 않는 것도 우리 사회의 그중 큰 문제라는 것이었습니다.━━아버지는 *샌디* 가문이 *해리* 8세 때 꽤 높은 평가를 받았다는 사실을 자랑스럽게 여겼으나, 국가적으로 높은 지위에 있었기 때문은 아니었고,━━아버지 말에 따르면,━━순전히 그것 때문이었으며,━━안타깝게도 다른 가문들과 마찬가지로,━━운명의 수레바퀴가 돌아, 증조부의 코가 입힌 타격을 아직도 회복하지 못하고 있다는 것이었습니다.━━정말 클럽의 에이스였지. 아버지는 머리를 저으며 말했습니다.━━지금까지 트럼프의 패를 뒤집어본 가문들 가운데 가장 불행한, 나쁜 패였지.

━━넘겨짚지 마십시오, 독자님들!━━도대체 무슨 상상을 하시는 겁니까?━━확실히 말씀드리지만, 증조부의 코가 의미하는 바는, 바깥쪽에 있는 후각 기관, 혹은 사람의 얼굴에 돌출한 부분으로서,━━화가들이 말하는, 잘생긴 코와 균형 잡힌 얼굴은,━━머리털이 난 언저리부터 측정하여, 코가 3분의 1을 차지합니다.━━

━━작가의 삶이란 얼마나 고달픈지!

제34장

조물주가 인간의 마음을, 쉽게 설득당하지 않고 망설이도록 만든 것은, 큰 축복이라고 생각하며, 늙은 개에게서 관찰할 수 있는 것처럼,━━"새로운 재주를 배우지 못하기" 때문입니다.

만약 세상에서 가장 위대한 철학자가, 책을 읽고, 무엇인가 보고,

새로운 생각이 떠오를 때마다, 깃털공처럼 왔다 갔다 하며, 입장을 바꾼다면 어떻게 되겠습니까!

지난해에 이미 말씀드렸지만, 아버지는 이런 것을 무척 싫어했습니다.—아버지는 사람이 자연 속에서 사과를 집어들 듯, 신념을 얻었습니다.—자기 소유를 만들어,—용기 있는 사람이라면, 그것을 포기하느니 차라리 목숨을 내어놓는 것이지요.—

위대한 민법학자 디디우스였다면 여기에 반박하며, 그 사람이 사과를 가질 권리가 어디 있지요?—모든 것은 자연 상태인데 하고 *ex confesso*[57]로 말하며 나를 공격하겠지요.—그 사과뿐 아니라, 프랭크와 존의 사과도 마찬가지 아닙니까. 실례지만, *샌디 씨*, 그에게 무슨 권리가 있습니까? 언제부터 그의 소유가 되었습니까? 처음 마음에 두었을 때입니까? 처음 깨물었을 때? 혹은 그걸 구웠을 때? 아니면 껍질을 벗겼을 때? 집에 가져갔을 때? 그걸 소화시켰을 때?—아니면 그가——?—. 확실한 것은, 처음 주웠을 때 그의 사과가 되지 않았다면,—그후의 어떤 행동으로도 그의 사과가 될 수 없다는 것입니다 하고 말하겠지요.

이보시오 *디디우스 씨* 하고 *트리보니우스*가 말했습니다.—(민법학자이자 교회법학자인 트리보니우스의 수염은 디디우스의 수염보다 3인치 반과 8분의 3만큼 길었기 때문에,—그가 나를 변호해주는 것을 기쁘게 생각하며, 굳이 내가 대답할 필요도 없으리라는 생각입니다.)—이보시오 *디디우스 씨*, 트리보니우스가 말했습니다. 그레고리우스와 헤르모게네스의 법전 단편들, 그리고 유스티니아누스에서 루이와 데조[58]에 이르기까지, 모든 법전들이 포고하고 있는바,—사람의 이마에 흐르는

---

57 분명히.
58 데조 Des Eaux는 사람의 이름이 아니라 루이 14세가 프랑스의 항로와 삼림의 개발을 위한 법령을 채택했다는 대목의 'des eaux et forêts.'

땀과 두뇌의 삼출물(滲出物)은, 엉덩이 못지않게, 그 사람의 소유물이기 때문에,—전술한 삼출물 등이 사과를 찾고 따는 수고로 말미암아 전술한 사과 위에 떨어지고, 지속적으로 흘러, 따는 사람에 의해, 따지는 그것에 지속적으로 첨가되어, 집으로 운반되고, 굽고, 껍질이 벗겨져 먹히고, 소화됨으로써,—말하자면, 사과를 따는 사람이, 그렇게 하여, 자기 것이 아닌 사과에, 무엇인가 자기 것을 섞어, 자기 소유물을 만드는 것이며,—즉 존의 사과가 되는 것입니다.

바로 이와 같은 일련의 학구적이고 논리적인 사고를 통해 아버지는 자신의 신념들을 변호했습니다. 그는 이 신념들을 얻기 위해 수고를 아끼지 않았으며, 평범하지 않은 것일수록, 더욱 값지게 여겼습니다.—다른 사람들은 아무도 원하지 않았지요. 그래서 전술한 바와 같이, 완전히 자기 재산이 되도록, 요리하고 소화하는 것도 그만큼 힘들었습니다.—그래서 아버지는 이빨과 손가락으로, 그 신념들을 꽉 움켜쥐고,—무엇이든 손에 닿는 대로 집어들어,—마치, 토비 삼촌이 요새를 지을 때처럼, 수많은 성벽과 흉벽으로 둘러싸 방비를 굳혔습니다.

그러나 한 가지 안타까운 점은,—심한 공격에 대비해 제대로 방어할 자료가 부족했다는 것인데, 그 이유는 위대한 천재들 가운데 훌륭한 코에 관한 책을 쓰는 데 공헌한 사람이 거의 없었기 때문입니다. 말라빠진 내 말의 걸음걸이로도 도저히 믿을 수가 없군요! 그리고 무엇보다 이해가 가지 않는 점은 얼마나 많은 귀하고 보배로운 시간과 재능이 이보다 훨씬 보잘것없는 주제에 낭비되었는가 하는 것이며,—갖가지 형태와 제본으로 만들어지고, 온갖 언어로 쓰여진 수많은 책에서 다룬 논점들이, 세계의 평화와 화합에 이보다 절반에도 미치지 못하는 공헌을 했다는 것입니다. 그러나 아버지는 기존의 자료들에 대해 대단한 경의를 표했으며, 삼촌의 장서들을 비웃기는 했지만,—사실 웃음거리가 될 만했으며,―그가 축성법에 쏟은 것에 버금가는 정성으로 아버지도 코를 체계적으로 다루는 온갖 책자와 논문을 수집했습니다.―사실 더 짧은 목록으로도 충분했겠지만,―삼촌, 그건 삼촌의 잘못이 아닙니다.―여기,―왜 하필이면 여기서,―이야기의 다른 부분도 아니고 여기여야 하는지는,―모르겠지만,―여기서,―사랑하는 *토비* 삼촌, 삼촌의 선량함에 진심 어린 찬사를 보내기 위해 내 마음이 발길을 멈추는군요.―의자를 옆으로 밀어놓고, 바닥에 무릎을 꿇고, 일찍이 어떤 덕망과 인격으로도 삼촌이 조카의 마음 속에 불러일으킨 적이 없는, 당신을 향한 따뜻한 사랑의 감정과, 당신의 훌륭한 인격에 대한 경외심을 쏟아놓겠습니다.―당신께 평화와 안락이 깃들기를 바랍니다!―당신은 다른 사람의 안락함을 시기하지 않고,―다른 사람의 생각을 무시하지도 않습니다. 당신은 다른 사람의 명성을 더럽히지도 않고,―다른 사람의 빵을 삼키지도 않습니다. 충성스런 트림을 대동한 채, 당신의 작은 기쁨의 세계를 평온하게 거닐며, 길을 가다 다른 사람을 밀치는 법도 없고,―고통받는 사람을 위해서는 눈물 한 방울을,―빈곤한 사람을 위서는 동전 한 닢을 준비하셨지요.

    제가 잡초 뽑는 사람을 고용할 여유가 있는 한,―문에서 잔디 볼링장에 이르는 길에는 절대 잡초가 자라지 않게 할 것입니다.―그리고 *샌디* 가문에 1루드 반의 땅이 남아 있는 한, 사랑하는 삼촌, 당신의 요새는, 영원히 건재할 것입니다.

제35장

아버지의 장서는 그리 대단하지는 않았지만, 굳이 말하자면, 진기한 것이었다고 할 수 있으며, 결과적으로 시간을 꽤 잡아먹은 셈이 되었으나, 운이 따랐는지 시작이 좋아, 브러스캠빌의 긴 코에 관한 입문서를, 거저 얻다시피,—5실링짜리 은화 세 닢을 주고 구입했는데, 노점상 주인은 아버지가 그 책을 집는 순간 강한 끌림을 느끼는 것을 목격했습니다.—*브러스캠빌*[59]의 저서는 호기심 많은 사람들의 서고에 쇠사슬로 묶여 있는 것을 제외하고는, *기독교 세계*에 단 세 권도 남아 있지 않다고 노점상이 말했습니다. 아버지는 번개같이 돈을 던져주고는,—*브러스캠빌*의 작품을 가슴에 안고,—*피카딜리* 가에서 *콜먼* 가에 이르는 귀갓길을 재촉했으며, 보물을 가지고 집으로 내달리듯, 내내 그 책을 손에서 놓지 않았습니다.

아직 *브러스캠빌*의 성별을 모르는 사람이라 해도,—사실 긴 코에 관한 입문서는 남녀 누구든 쉽게 쓸 수 있으니,—다음과 같은 비유에 이의를 제기하지는 않으리라고 생각하는데,—아버지는 집에 도착하자마자, 십중팔구 각하께서 첫사랑 연인을 가슴에 품었을 때처럼, 브러스캠빌의 저서를,—아침부터 저녁까지 쉬지 않고 가슴에 품고 있었습니다. 그러나, 그 애인에게야 더없이 행복한 일이겠지만, 구경꾼에게는, 그리 흥미로울 것도 없으니,—주목하십시오, 그 직유는 이제 그만두기로 하고,—아버지는 욕망보다는 눈이,—그리고 지식보다는 열의가 우

---

[59] 『심각하고 익살스런 프롤로그 *Prologues tant sérieux que facécieux*』(1610)의 저자인 데로리에 경 Sieur Deslauriers의 예명.

세한 사람이었기 때문에,—곧 냉정을 되찾았으며,—애정이 분산되어, ——프리그니츠,—스크로데루스, 안드레아 파레우스, 부셰의 야간 회담, 그리고 무엇보다도, 훌륭하고 학문이 깊은 *하펜 슬로켄베르기우스*의 저서를 구입했는데,[60] 사실 그에 대해서는, 할말이 너무 많기 때문에, 지금은 아무 말도 않겠습니다.

제36장

아버지가 자신의 가설을 뒷받침하기 위해 힘들게 구입하여 연구했던 논문들 가운데, 애초부터 가장 큰 실망을 안겨준 논문은, *팜파구스와 코클레스의 유명한 대화*로서, 위대한 *에라스무스*의 고상한 필체로 저술된 것이며,[61] 긴 코의 다양한 용도와 적절한 응용에 대해 논하고 있습니다.—자, 부인, 이번 장에서는, 악마란 놈이 오르막을 의지 삼아 당신의 상상력에 올라타지 못하도록, 가능한 최대한의 노력을 기울여주시기 바라며, 혹시라도 민첩하기 짝이 없는 그놈이 잽싸게 올라탄다면,—길들지 않은 암망아지처럼, 튀어오르고, 솟구치고, 뛰고, 뒷발로 서고, 껑충거리고,—이리 차고, 저리 차고, 티클토비의 암말처럼, 어깨끈과 껑거리띠를 끊고, 그놈을 땅에 처박아버려야 합니다.——그러나 죽일 필

---

[60] 프리그니츠 Prignitz와 스크로데루스 Scroderus는 스턴이 만들어낸 이름이여. 파레 Paré와 부셰 Bouchet는 16세기에 저술 활동을 했던 인물들이다. 하펜 슬로켄베르기우스 Hafen Slawkenbergius는 독일어로 요강과 거름을 뜻하는 이름이다.

[61] 팜파구스 Pamphagus와 코클레스 Cocles는 에라스무스 Erasmus의 『친숙한 담화 *Colloquia Familiaria*』에 등장하는 인물들이다.

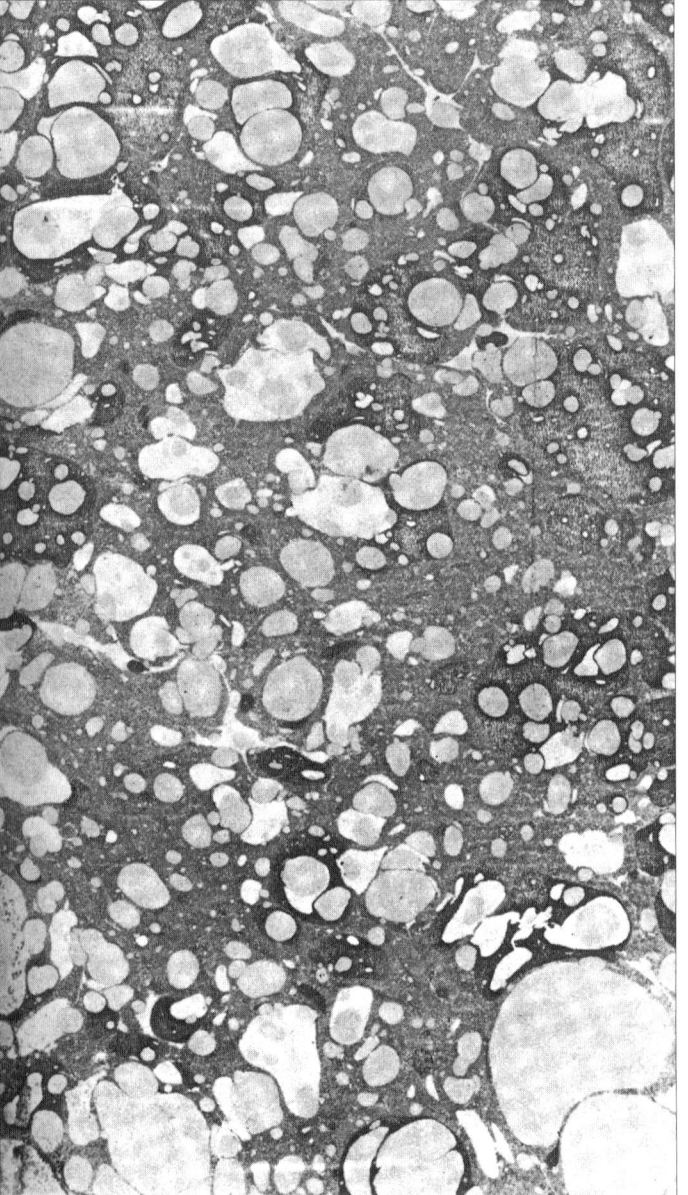

요까지는 없겠지요.——

——그런데 티클토비의 암말은 도대체 누굴 가리키는 겁니까?——선생 지금 하신 질문은 제2차 포에니 전쟁이 발발한 해가 (*ab urb. con.*)[62] 언제냐고 묻는 것이나 마찬가지로서 학자답지 못하고 체면이 서지 않는 질문입니다.——티클토비의 암말이 누구냐고요![63]——책을 읽어요, 읽어, 읽고, 또 읽으세요. 무지한 독자님! 읽어요.——위대한 성자 *파라레이포메논* [64]의 박식함에 걸고——미리 말씀드리는 것입니다만, 당장 책을 던져버리는 편이 낫겠다는 생각이며, 선생도 아시겠지만, 독서를 많이 하지 않고는, 즉 웬만한 지식 없이는, 다음 페이지의 대리석 무늬가 주는 교훈을 (내 작품의 얼룩덜룩한 상징!) 간파할 수 없을 것이며, 이 세상이 그렇게 풍부한 지식을 가지고도 검은 상징의 짙은 베일 뒤에 신비스럽게 숨겨진 무수한 신념, 타협, 진실 등을 제대로 설명하지 못하는 것이나 마찬가지입니다.

제37장

"*Nihil me pœnitet hujus nasi,*"——즉,——"나는 내 코에 대해 불만이 없네" 하고 *팜파구스*가 말했습니다.—— "*Nec est cur pœniteat,*"——"그만

---

62 '로마 창설부터.' 고대 로마에서는 로마 창설의 해인 기원전 753년을 시작으로 중요한 사건들의 연대를 기록했다.

63 티클토비 Tickletoby(남근의 속어)는 라블레의 작품에 등장하는 인물로서 그의 암말은 "아직 한 번도 교미"를 하지 않았다고 한다.

64 파라레이포메논 Paraleipomenon은 그리스어로 '빠뜨린 것'이라는 의미.

한 코라면 당연하지 않겠나?" 하고 코클레스가 대답했습니다.⁶⁵

*에라스무스*가 실로 명료하게 세워놓은 이 이론은, 아버지가 원하는 그대로였으나, 이런 훌륭한 학자가, 사실을 있는 그대로 나열하기만 했다는 점에 대해, 아버지는 실망을 금치 못했으며, 진실을 추구하여 굳건히 지키라는 의도로 하늘이 인간에게 내려준 깊은 사색과 재치 있는 논쟁이 포함되지 않았다는 것입니다.—아버지는 처음에는 경멸을 표했으나,—결국에는 명성이 진가를 발휘했지요. 그 대화의 저자가 *에라스무스*였던 만큼, 아버지는 곧 정신을 차리고, 열심히 반복해서 읽으며, 단어와 음절을 하나하나 엄격하게 문자 그대로 철두철미하게 해석했으나,—그래도, 전혀 이해가 가지 않았습니다. 말 뒤에 감춰진 심오한 의미가 있는 모양이군 하고 아버지가 말했습니다.—토비 동생, 박식한 사람들이 긴 코에 대한 대화를 까닭 없이 하지는 않았을 텐데 말이야.—신비주의적이고 비유적인 방향으로 연구해봐야겠어,—여기 이 부분은 한번 생각해볼 만한 여지가 있지 않은가, 동생.

아버지는 계속해서 읽었습니다.—

자, 존경하는 각하들과 성직자님들, *에라스무스*가 열거한 대로 긴 코는 해상에서도 유용하게 쓰일 뿐 아니라, 대화자가 말하는 대로 가정에서도 편리하게 사용되어, 근심거리가 있다거나,—풀무가 필요한 경우, *ad excitandum focum*(불을 살리는 데), 최고로 좋습니다.

조물주는 아버지에게 지나칠 정도로 아낌없는 재능을 내려주셨으며, 다른 모든 지식의 씨앗들과 마찬가지로, 어구 비평의 씨앗도 깊이 심어주었기 때문에,—아버지는 깃펜 깎는 칼을 꺼내어, 문장의 의미가 보다 분명해지도록 뭔가 더 써 넣을 수 없을까 하여 이리저리 시도해보

---

65 에라스무스의 『친숙한 담화』에서 인용.

앉습니다.—토비 동생, 한 자만 덧붙인다면 에라스무스의 신비로운 의미를 알 것 같은데 하고 아버지가 외쳤습니다.—이미 충분히 가까이 온 듯합니다, 형님. 삼촌이 진심으로 말했습니다.—쳇!—7마일 바깥에 있는지도 모를 일이지. 아버지가 계속 뭔가를 써 넣으며 말했습니다.—이제 됐어.—아버지는 손가락으로 딱 소리를 내며 말했습니다.—이것 좀 보게나, 토비 동생, 의미가 얼마나 분명해졌는지.—그런데 단어 하나가 손상되었는걸요 하고 삼촌이 말했습니다.—아버지는 안경을 쓰고,—입술을 깨물더니,—화를 내며 책장을 한 장 찢어버렸습니다.

제38장

슬로켄베르기우스! 나의 불행을 정확하게 분석한 이여,—다른 어떤 이유도 없이, 단지 코가 짧다는 것만으로, 인생의 고비마다 내게 밀어닥친 갑작스런 공격과 채찍질을 예견한 슬픈 예언자여—말해봐요. 슬로켄베르기우스! 어떤 은밀한 충동이었습니까? 그 목소리의 억양은 어땠습니까? 어디서 들려왔습니까? 듣기에 어땠습니까?—정말 들었습니까? 그 목소리가 당신께 이렇게 소리치지 않았습니까.—가라,—가, 슬로켄베르기우스! 가서 너의 생의 수고를 바쳐,—여가는 잊어버리고,—네가 가진 모든 힘과 재능을 불러모아,—인류를 위한 봉사에 너를 바쳐, 코를 주제로 기품 있는 작품을 써라.

이 말이 슬로켄베르기우스의 감각 중추에 어떻게 전달되었기에,—그가 그 현을 건드린 손가락의 주인공이 누구인지,—또한 풀무에 바람을 불어넣은 이가 누구인지 알 수 있었는가 하는 문제는,—*하펜 슬로켄베르기우스*가 죽은 지 90년 이상이 되어 무덤에 있으니,—그저 추측만 할 뿐입니다.

나는 슬로켄베르기우스가 훳필드의 제자들[66]과 마찬가지 입장이었다고 생각하는데,—말하자면, 두 주인 가운데 누가 그의 악기를 연주했는지 이미 알고 있었기 때문에,—그 문제에 대해 논리적으로 따져볼 필요가 없었다는 것입니다.

—*하펜 슬로켄베르기우스*가 그의 생의 그토록 많은 부분을 쏟아부어 그 작품 하나를 저술하게 된 의도와 동기를 밝히고 있는, 서문의 마지막 부분을 보면,—사실 이 부분은 맨 처음에 들어갔어야 하는데도, 제본업자가 무분별하게 책에 대한 해설 부분과 본문 사이에 포함시켰는데,—그가 말하기를, 스스로 분별력을 갖출 나이가 되어, 침착하게 앉아, 인간의 본질적인 상태와 형편에 대해 곰곰이 숙고해보고, 인간 존재의 목적과 뜻을 분별할 수 있게 되면서,—다시 말해,—슬로켄베르기우스의 저서는 *라틴어*로 되어 있는 까닭에, 이 구절을 장황하지 않게, 간단히 번역하자면,—슬로켄베르기우스는 이렇게 말했습니다. 내가 무엇인가 이해하기 시작할 무렵,—혹은 *뭐가 뭔지* 분간할 수 있게 되어,—긴 코에 관한 논점을 우리 선대들이 지금까지 너무 소홀히 다루어왔음을 깨닫게 되면서,—나, 슬로켄베르기우스는, 거대하고 저항하기 힘든 소명으로서, 이 일에 자신을 온전히 바치라는 강한 충동을 심중에 느꼈다.

슬로켄베르기우스를 제대로 평가하자면, 그는 아주 센 창을 가지고

---

[66] 조지 훳필드 George Whitfield(1714~1770)는 존 웨슬리 John Wesley(1703~1791)와 함께 감리교의 창시자로서, 열정적인 설교가였다. 위트필드는 이성의 도움 없이도 영혼은 자신을 움직이는 것이 악마인지 하나님의 영인지 알 수 있다고 했다.

병적에 올랐고, 이전에 참가했던 어떤 사람보다, 큰 성공을 거두었으며, ─사실, 어느 모로 보나, 그는 작가들의 모범으로 받들어 마땅하며, 특히 대작을 쓰는 사람들이 작품의 본으로 삼을 만하니,─그는 주제를 충분히 이해하고 있었을 뿐 아니라,─모든 요점들을 변증법적으로 검토하여, 세상에 내어놓았으며,─타고난 재능이 서로 부딪쳐 발화된 불빛과,─심원한 학문의 힘으로 그가 발할 수 있는 모든 불빛을 밝혀,─대조하고, 수집하고 집계하고,─학자들이 학원과 주랑에서 논하거나 기술한 모든 것을, 끊임없이 구걸하고, 빌리고, 도용하여, 슬로켄베르기우스의 저서는, 모범으로서만이 아니라,─코에 대해 꼼꼼하게 짜깁기한 **요람**이자 공인된 원론으로서 올바른 평가를 받아야 하는데, 코에 대해 알 필요가 있다거나, 또는 그럴 만한 가치가 있는 모든 것을 포함하고 있습니다.

바로 이런 이유 때문에,─아버지가 수집한 많은 (사정이 달랐더라면) 유익한 책과 논문들 가운데, 코에 대해 전적으로,─혹은 부분적으로 논하는 다른 작품들을 언급하지 않는 것이며,─예를 들어, 지금 내 앞의 탁자 위에 놓여 있는, *프리그니츠*의 저서를 보면, 해박한 지식의 소유자였던 그는, *실레지아*[67]에서 2천여 개의 납골당을 뒤진 끝에, 4천 개가 넘는 두개골에 대해, 객관적이고 학자다운 조사를 실시하여,─특정한 지역 주민들의 코의 골질(骨質) 혹은 뼈의 치수와 형태가, 일반적으로 알려진 것보다 서로 훨씬 유사하다는 점을 밝혀냈으며,─다만 *크림 타타르*[68] 지방은 제외해야 하는데, 이 지역에서는 코를 모두 엄지손가락으로 찌부러뜨려, 조사가 불가능했기 때문이고,─그가 조사한 바

---

67 폴란드와 체코에 걸쳐 있는 실레지아는 30년 전쟁(1618~1648) 당시 인구의 4분의 3이 살해되었다.
68 러시아의 크림 반도.

에 따르면, 실레지아 지역 주민들의 코의 차이는, 너무나 미미하여, 고려할 가치조차 없으나,—코마다 크기와 개성에 따라, 상이한 등급을 받고, 다른 값이 매겨지는 이유는, 코의 연골질과 근육질 때문인데, 그 속에 있는 도관과 공동 속으로, 피와 혈기가, 바로 옆에 있는 상상력의 온기와 추진력으로 돌진해 들어간다는 것이며,—(터키에서 오래 살았던 프리그니츠는, 백치들을 여기서 제외했는데, 이들은 신의 특별한 가호를 받았다고 생각했기 때문이며) 그의 주장에 따르면, 우수한 코는 그 코 주인의 우수한 사고력에 산술적으로 정비례하며, 마땅히 그래야 한다는 것입니다.

그리고 모두들 알고 있는 바대로, 프리그니츠를 모욕적으로 비난했던 스크로데루스(안드레아)를 언급하지 않는 것도, 슬로켄베르기우스의 저서에 모두 포함되어 있다는 동일한 이유 때문이며,—스크로데루스는 자기 나름대로, 처음에는 논리적으로, 그리고 이차적으로는 일련의 확고부동한 증거들을 통해, "프리그니츠가 진리에서 동떨어진 이유는, 생각이 코를 낳았다는 그의 주장 때문이며, 반대로,—코가 생각을 낳았다"고 역설했습니다.

—학문이 깊은 사람들은 여기서 스크로데루스가, 점잖지 못한 궤변을 늘어놓았다고 생각했으며—프리그니츠는 그 이론은 논쟁 도중에 스크로데루스가 자신에게 떠넘긴 것이라고, 크게 소리쳤으나,—스크로데루스는 자신의 주장을 굽히지 않았습니다.—

아버지가 이 일을 두고 어느 편을 택할 것인지, 속으로 저울질하고 있을 때, 앰브로스 파레우스가, 프리그니츠와 스크로데루스, 그 두 사람의 이론을 한꺼번에 뒤엎으며 아버지 대신 결정을 내려주는 바람에, 그는 양쪽 논쟁에서 벗어날 수 있었습니다.

맹세합니다만—

내가 이 이야기를 하는 이유는 박식한 독자를 가르치고 싶어서가 아니라,—단지 박식한 독자에게 내가 이것을 알고 있다는 사실을 보여주고 싶을 뿐입니다.—

앙브로즈 파레는 프랑스의 프랑수아 9세[69]의 외과 주치의이자 코-정형의였으며, 프랑수아 9세를 비롯해 두 사람의 전임, 혹은 후임 (어느 쪽이었는지는 모르겠지만) 왕들의 높은 신임을 받았으며 — 탈리아코치의 코 시술법에 얽힌 일화에서 그가 저지른 실수와, 사람들을 선동한 것 말고는,—당시의 모든 의사들은 그를 코에 관한 한, 최고가는 권위자로 평가했습니다.

아버지가 앙브로즈 파레를 통해 확인한 바에 따르면, 그토록 세상 사람들의 관심을 끌었고, 프리그니츠와 스크로데루스 같은 인물들로 하여금 학식과 능력을 낭비하게 만들었던 이 문제의 정확하고 믿을 만한 근거는,—다른 게 아니라,—코가 길고 잘생긴 것은 오로지 유모의 젖가슴이 부드럽고 흐늘흐늘하기 때문이며,—납작하고 짧고 *자그마한* 코는, 동일한 영양분을 공급하는 기관이 탱탱하고 생기 있는 경우, 그 단단함과 탄력적인 척력(斥力) 때문이니,—그 여성을 위해서는 후자의 경우가 운 좋은 일이지만, 아이에게는 재앙이 되어, 코가 지나치게 땅딸막하고, 찌부러지고, 뭉툭하게 그대로 굳어버려, 결코 *ad mensuram suam legitimam*[70]에 도달하지 못하며,—유모 혹은 어머니의 젖가슴이

---

69 Ambrose Paré(1510~1590)는 앙리 2세, 프랑수아 2세, 샤를 9세, 앙리 3세 때 봉직했으나, 프랑수아 9세는 가상 인물이다. 스턴이 실제 인물을 풍자하고 있는 것이라면, 프랑수아 1세를 가리키는 것으로 생각되는데, 그의 코는 유난히 길고 컸으며, 매독에 걸려 죽었다는 말이 있다. 앙브로즈는 팔 부위의 피부에 코의 일부를 붙여놓았다가 다시 절단해 코에 붙인다는 코 복원 시술을 탈리아코치 Gespare Tagliacozzi(1545~1599)가 시도한 것이라고 주장했으나, 탈리아코치 자신이 여러 번 부정한 바와 같이 그가 한 것은 아니었다. 그러나 사람들은 앙브로즈의 주장을 믿고 이것을 사실로 받아들였다. 당시 성병 치료를 위한 수은 복용으로 인해 기형이 된 코를 복원하는 수술이 있었다.

흐늘흐늘하고 부드러운 경우에는,—*파레*에 의하면, 마치 동일한 양의 버터 속으로 들어가는 것처럼, 그 속으로 침몰하여, 코는 편히 쉬고, 영양분을 섭취하며, 통통하게 살이 올라, 생기가 나고, 기운이 넘쳐 계속 자란다는 것입니다.

*파레*의 이론에 덧붙이고 싶은 것이 두 가지 있는데, 먼저, 그는 이 이론을 극히 간결하고 적절하게 설명하고 증명해 보이고 있다는 것입니다.—그의 영혼에 평화가 깃들기를!

두번째로는, 앙브로즈 *파레*의 가설은, 프리그니츠와 스크로데루스의 이론 체계를 완전히 뒤집은 것 외에,—우리 가족의 평화와 화합 체계도 뒤집었는데, 아버지와 어머니 사이에, 사흘 동안이나 분규를 일으켰을 뿐 아니라, *토비* 삼촌을 제외한, 집안 전체와 그 안에 있는 모든 것을 뒤엎어놓았습니다.

이렇게 엉터리없는 부부 싸움 이야기는 동서고금을 막론하고 어떤 집 대문 열쇠 구멍으로도 새어나간 적이 없을 것입니다.

어머니는, 여러분도 아시겠지만,—아니, 아닙니다. 아직 여러분께 꼭 말씀드려야 할 것이 오십 가지는 더 있으며,—해결하겠다고 약속드린 문제만도 백 가지나 되고, 천 가지나 되는 고민거리와 가정 문제가 잇따라 내 머리 위를 여러 겹으로 두텁게 뒤덮어오고 있는 데다,—소가 *토비* 삼촌의 요새를 침입하여 (내일 아침에), 이틀 치 반에 달하는 배급량의 건초를 먹어치웠으며, 그런 와중에, 각보와 낭하의 표면을 덮고 있던 잔디도 뜯겨나갔습니다.—트림은 자신을 군법 회의에 회부하고,—소는 총살시켜야 한다고 고집하고 있는 데다,—닥터 슬롭을 말려야 하고,—나는 트리스트럼이 되어, 세례를 받는 바로 그 자리에서 순

---

70 정상적인 크기.

교자가 되어야 하니,―얼마나 불행한 사람들입니까! ―게다가 나는 배내옷이 필요하고,―그러니 한탄만 하고 있을 시간이 없습니다.― 아버지는 침대에 가로질러 누운 채, 삼촌은 침대 곁에 놓인 장식술이 달린 낡은 의자에 앉은 채 남겨두고, 30분 안에 돌아가겠다고 약속했으나, 이미 35분이 지났습니다.―작가라는 사람들이 처하곤 하는 어려운 상황들 가운데,―이런 경우가 가장 심각하다고 할 수 있는데, 그 이유는, 선생님, 지금 나는 *하펜 슬로켄베르기우스*의 책도 마저 읽어야 하고―프리그니츠, 스크로데루스, 앙브로즈 파레, 포노크라테스, 그랑구지에[71]의 이론에 관한 아버지와 삼촌의 대화도 전해드려야 하며,― 슬로켄베르기우스의 책에 있는 이야기 한 편을 번역해야 하는데, 이 모든 것을 이 순간에서 5분을 뺀 시간에 다 해야 한다니,―정말 굉장한 머리가 아닙니까!―내 적들이 그 속을 들여다보았다면! 맙소사!

제39장

우리 가족에게 이보다 더 흥미로운 장면은 일찍이 없었기 때문에,―이런 관점에서 올바른 평가를 내리기 위해,―그리고 이번 논지에 대한 나의 입장 선언에 진지함을 더하기 위해, 나는 지금 모자를 벗어 탁자 위 잉크 스탠드 옆에 놓는 바이며,―(내 지식에 대한 사랑과 편견으로 눈멀지 않은 이상) 모든 것을 창조하고 처음부터 계획한 그분

---

[71] 라블레의 『가르강튀아와 팡타그뤼엘』에 등장하는 그랑구지에는 가르강튀아의 아버지이며, 포노크라테스의 가정교사였다.

의 완벽한 손이, (최소한 내가 이 이야기를 서술하기 시작했던, 바로 그 시점에는)──이번 일을 위해, 우리 가족처럼 극적이고 적절한 대조를 이루는 등장 인물들을 선정하여, 무한한 신뢰를 바탕으로, 절묘한 장면을 연출하는 재능과, 하루 종일 끊임없이 장면을 변화시키는 능력을 맡기고 위임한, 샌디 가문과 같은 가족을 만들거나 구성한 적이 일찍이 없었다고 확신하는 바입니다.

이 변덕스런 무대에서, 그중 흥미로웠던 일이라고 한다면,──바로 긴 코에 대한 장에서 자주 발생했던 상황으로서,──아버지는 이 논쟁으로 자신의 상상력이 고조될 때마다, 토비 삼촌의 상상력도 마찬가지로 만들어야 직성이 풀렸습니다.

삼촌은 아버지의 시도에 최대한의 공정성을 허락하기 위해, 무한한 인내심을 가지고 담뱃대를 빨며 하염없이 앉아 있었으며, 아버지는 삼촌의 머릿속에 프리그니츠와 스크로데루스의 이론을 밀어넣기 위해 가능한 모든 방법을 동원했습니다.

그러나 이런 이론들이 삼촌의 이성을 능가하는 것이었는지,──혹은 거기 반하는 것이었는지,──또는 그의 뇌가 젖은 부싯깃 같아서, 불꽃이 튈 가능성이 전혀 없었기 때문이었는지,──혹은 그의 머릿속이 온통 대호와 지뢰, 잠복이나 막벽 등, 프리그니츠와 스크로데루스의 학설을 제대로 이해하지 못하도록 방해하는 군사적인 용어들로 가득 차 있었기 때문인지, 이런 문제는,──물론 나는 그렇게 생각하지 않습니다만,──교사나──부엌 일꾼, 해부학자, 공학자들 사이에서 논쟁하도록 내버려두기로 합시다.──

다만, 한 가지 분명한 점은, 아버지는 불행하게도 토비 삼촌을 위해 *라틴어로* 된 슬로켄베르기우스의 글을 단어 하나하나 번역하며, 설명해 주어야 했는데, 아버지는 라틴어에 정통한 사람이 아니었기 때문에 번역은 명쾌하지 못했고,―그것도 대부분 그중 결정적인 부분에서 그랬으니,―결과적으로 두번째 불행이 찾아오는 계기가 되었으며,―다름 아니라, 삼촌의 눈을 뜨게 하려는 아버지의 열의가 격렬해지다 보니―그의 생각은 번역보다 빨리 달아나버렸고, 번역은 삼촌의 생각을, 마찬가지 속도로 능가해버려,―어느 것도 아버지의 설명을 명쾌하게 하는 데 도움을 주지 못했습니다.

제40장

추론하고 연역하는 자질은,―이것은 사람에 한해서 하는 말이며,―천사들과 영(靈)들과 같은, 보다 높은 계층의 존재들은,―모든 것을 직관으로 한다고 들었으며,―각하들께서도 아시다시피, 보다 열등한 존재들은,―코로 연역하는 법[72]입니다만, 바다에 떠도는 어떤 섬의 주민들은, 비록 편안하게 한다고는 볼 수 없지만, 내 기억이 틀리지 않다면, 바로 이런 방법으로 연역하는 훌륭한 재능을 타고났다고 하는데, 대체로 아주 잘하고 있다고 합니다.―그러나 그 일이야 어찌 되었든 여기서 논의할 문제는 아니며―

우리들이, 그 일을 제대로 수행할 수 있는 자질,―혹은 논리학자들이 말하는 대로, 인간의 가장 중요하고 기본적인 추론 행위는, 두 가지 개념 사이의 일치 혹은 불일치를, (소위 *medius terminus*[73]라고 부르

---

72 몽테뉴의 작품 『레몽 세봉드를 위한 변명 *Apologie de Raimond de Sebonde*』에 개가 코로 연역하는 묘사가 있다.

는) 제3개념의 중재를 통해 알아내는 것으로서, 로크의 관찰대로, 야드자로 두 사람의 잔디 볼링장 길이가 같다는 것을 알아내는 이치로서, 길이가 같은지 측정하기 위해 잔디 볼링장을 나란히 갖다 놓을 수는 없는 일이기 때문입니다.

만약 그 위대한 논리학자가, 아버지가 코에 대한 이론 체계를 설명하는 모습을 지켜보았고, 토비 삼촌의 태도도 관찰했더라면,—즉 삼촌이 한마디 한마디에 얼마나 주의를 기울이는지,—또한 담뱃대를 입에서 뗄 때마다, 진지한 표정으로,—담뱃대를 손가락 사이에서 가로로 들었다가,—오른쪽 앞으로 들었다가,—이쪽으로, 저쪽으로, 가능한 모든 방향과 단축법을 적용하며, 그 길이를 숙고하는 모습을 보았더라면,—만약 그랬더라면 그는 삼촌이 *medius terminus*를 이해했으며, 아버지가 제시하는 순서에 따라, 긴 코에 대한 가설들의 진실성을 연역하고 측정하고 있다는 결론을 내렸을 것입니다. 말이 났으니 말이지만, 아버지는 그 정도는 기대도 하지 않았으며,—그가 이런 철학적인 강연에 힘을 쏟는 목적은, 삼촌과 논쟁을 벌이려는 것이 아니라,—학문의 기본적인 입자를 *파악하게* 하고,—*이해시키려는* 데 있었으며,—측량하게 하려는 것도 아니었습니다.—그러나 다음 장을 읽어보시면 알게 되겠지만, 삼촌은 이것도 저것도 하지 못했습니다.

---

73 삼단 논법의 중.

제41장

불행한 일이야. 어느 겨울날 밤, 아버지는 세 시간 동안이나 힘겹게 슬로켄베르기우스를 번역하며 읽다가 외쳤습니다.—불행한 일이야. 아버지는 어머니의 실뭉치 싸는 종이를 서표 삼아 책에 끼워넣으며 소리 쳤습니다.—토비 동생, 진실이 난공불락의 요새에 스스로를 가둬버리고, 어떤 포위 공격에도 항복하기를 완고하게 거부하고 있으니 말이네.—

예전에도 종종 그런 일이 있었지만, 바로 지금, 아버지가 프리그니츠를 설명하고 있는 동안, 삼촌의 생각은,—그곳에 머물 필요를 느끼지 못하고, 잔디 볼링장으로 잠깐 도피해 있었으며,—가능했다면 그의 몸도 그쪽으로 갔을 것이 분명하니,—외견상으로는 *medius terminus*에 깊이 몰두한 학자였으나,—삼촌은 아버지의 강연이나 그 찬반 양론에 대해서는 아무것도 모르고 있었으며, 마치 아버지가 *하펜 슬로켄베르기우스*를 *라틴어*에서 미국 인디언 *체로키족*의 언어로 번역하고 있는 것이나 다를 바 없었기 때문입니다. 그러나 포위 공격이라는 단어가, 마력적인 힘이라도 가진 듯, 건반에 손가락이 닿자마자 소리가 나는 것처럼,—갑자기 삼촌의 귀를 열었으며,—아버지는 삼촌이 담뱃대를 입에서 떼며, 뭔가 생기는 것이라도 있다는 듯, 의자를 탁자 가까이 당기자,—신나는 표정으로 얘기를 계속했으며,—다만 계획을 바꾸어, 혹시라도 닥칠 수 있는 위험을 피하기 위해, 포위 공격의 비유는 그만두었습니다.

불행한 일이야, 토비 동생, 진실이 한곳에만 머물 수 있다는 사실은, 하고 아버지가 말했습니다.—수많은 학자들이 코에 대한 각자의 생을 이렇게 훌륭하게 용해시켜놓은 것을 고려한다면 말이야.―정말 코를 녹일 수가 있단 말입니까? 하고 삼촌이 물었습니다.

―아버지는 의자를 뒤로 빼고,―자리에서 일어나,―모자를 쓰고,―문을 향하여 성큼성큼 몇 걸음 걸어가서는,―문을 홱 열어젖히고,―머리를 반쯤 문밖으로 내밀었다가,―다시 문을 닫으며,―고장난 문찌귀는 아랑곳하지 않고,―탁자로 돌아와서는,―슬로켄베르기우스의 저서에서 어머니의 실뭉치 싸는 종이를 빼내어,―급히 책상으로 걸어갔다가,―어머니의 실뭉치 싸는 종이를 엄지손가락에 감으며, 천천히 다시 돌아와서는,―조끼 단추를 끄르더니,―실뭉치 싸는 종이를 벽난로에 던져버리고는,―어머니의 공단 바늘꽂이를 씹어 두 동강을 내어, 입에 하나 가득 겨를 물고는,―욕을 퍼부었는데,―보세요!―그 혼란스런 욕지거리가,―이미 극심한 혼란에 빠져 있던 토비 삼촌의 머리에 퍼부어졌으나,―욕은 겨로만 가득 차 있었기 때문에,―각하님들, 겨로만 말입니다.―그러니 공에다 가루를 뿌린 것에 불과했지요.

아버지의 격정이 그리 오래가지 않아 다행스러웠지만, 계속되는 동안만은 쉴새없었으며, 내가 인간 본성에 관한 관찰 중에 직면했던 그중 설명하기 힘든 난제는, *토비 삼촌의 이상스러울 정도로 단순한 질문이* 아버지의 학문에 가하는 갑작스런 일격에 그가 지나치게 성질을 내고 화약처럼 폭발한다는 것이었습니다.―수백 마리의 말벌이 한꺼번에 엉덩이를 수없이 물었다고 해도,―이처럼 짧은 시간에 이보다 격렬한 반사 작용을 불러일으키지는 못했을 것이며,―아버지가 목마를 타고 있을 때 그를 향해 불쑥 던져지는 세 마디 질문에 대한 반응과 비교한다 해도, 그 절반에도 미치지 못했습니다.

그러나 삼촌은 아무런 동요 없이,―그저 태연하게 담뱃대만 물고 있었고,―형님의 감정을 상하게 하려는 의도는 추호도 없었으며,―그는 도대체 자기가 한 말의 가시가 어디 있는지도 몰랐기 때문에,―항상 아버지 혼자 냉정을 되찾도록 기다리는 수밖에 없었습니다.―이번 경우에는 3분 35초가 걸렸군요.

제기랄! 아버지는 에르눌푸스의 욕설 요람에서 발췌한 욕을 내뱉으며 평정을 되찾았는데,―(그러나 엄밀히 따지자면 틀린 욕이었으며 ―에르눌푸스에 대한 이야기를 할 때 닥터 슬롭에게 말했던 것처럼 ―다른 사람에 비해 아버지가 이런 실수를 범하는 일은 극히 드물었습니다.)―제기랄! 아버지가 말했습니다. 토비 동생, 다정다감하기 그지없는, 철학의 도움이 아니었다면,―자네는 사람을 돌아버리게 만들었을 것이네.―아무튼, 코를 *용해시킨다*는 말은, 자네가 내 말에 조금이라도 귀를 기울였더라면 제대로 알아들었을 테지만, 긴 코와 짧은 코에 관해 여러 방면의 학자들이 제시한 갖가지 이론을 뜻하는 것이었네.―원인이야 한 가지밖에 없지요 하고 삼촌이 대답했습니다.―이 사람의 코가 저 사람의 코보다 긴 것은, 하나님이 그렇게 만들었기 때문이 아니겠습니까.―그건 *그랑구지에*의 이론이 아닌가 하고 아버지가 말했습니다.―삼촌은 아버지의 방해에도 아랑곳없이, 고개를 위로 향하고 얘기를 계속했습니다. 하나님께서 당신의 무한한 지혜에 합당하도록 우리 모두를 이런 모양과 크기로 만들고, 구상하고, 짜맞추신 것입니다.―참으로 경건한 말이긴 하지만, 철학적인 것은 아니네 하고 아버지가 말했습니다.―실질적인 과학보다는 종교적인 색이 짙다는 말이지. 하나님을 향한 경외심과, 종교를 존중하는 마음은,―삼촌의 성품과 일치하는 것이었습니다.―그래서 아버지의 말이 끝나자마자,―그는 평소보다 더한 열의를 가지고 (음정은 더 틀렸지만) 릴리블레로를 휘파람 불었습니다.―

마누라의 실뭉치 싸는 종이는 도대체 어디 있는 거야?

제42장

  괜찮습니다.―실뭉치 싸는 종이는 재봉에 필요한 물건으로서 어머니에게는 얼마나 긴요했는지 모르겠지만,―슬로켄베르기우스에 끼워넣을 서표로서 아버지에게는 그리 중요한 물건이 아니었습니다. 슬로켄베르기우스의 작품은 어느 페이지가 되었든 아버지에게는 무진장한 지식의 보고였기 때문에,―책을 잘못 펼치는 일은 절대 없었으며, 세상의 예술과 과학, 그리고 그와 관련된 모든 책들이 다 사라지고,―국가의 지식 기반과 정책들이, 더 이상 활용되지 않아 잊혀지고, 또한 정치가들이 의회와 국가의 강점과 약점에 대해, 손수 저술하거나, 다른 사람을 시켜 저술한 책들도 모두 잊혀진다 하더라도,―슬로켄베르기우스의 저서만 남아 있다면,―그 속에 세상을 다시 돌아가게 하는 데 필요한 모든 것이 들어 있다고, 아버지는 책을 덮을 때마다 말하곤 했습니다. 그러니 슬로켄베르기우스는 보화일 수밖에요! 우리가 코에 대해 알아야 하는 모든 것을 비롯해, 그외 온갖 지식을 담고 있는 원론이었기 때문에,―아침, 점심, 저녁으로 *하펜 슬로켄베르기우스*는 아버지의 휴식처이자 기쁨이 되어, 항상 그의 손을 떠나지 않았으며,―선생이 보셨더라면, 사제의 기도서라고 단정했을 정도로,―책 전체가, 첫 장부터 끝 장까지, 낡고 닳아 윤이 나고, 해지고, 마모되어 있었습니다.
  나로 말하자면, 아버지처럼 슬로켄베르기우스의 광신자는 아니지만,―그에게는 그럴 만한 소지가 있었고, 가장 유익한 부분은 아니라고 하더라도, *하펜 슬로켄베르기우스*의 저서에서 그중 뛰어나고 흥미로운 부분은 이야기편으로서,―그가 독일인임을 감안할 때, 풍부한 상상력이 동원되었음을 알 수 있습니다.——이 부분은 두번째 권으로서, 그의 작품의 거의 반을 차지하고 있고, 열 편으로 나뉘어 있으며, 각 편에 열 개의 이야기가 담겨 있습니다.——철학은 이야기를 기본으로 하지 않기 때문에, 슬로퀜베르기우스가 이야기를 철학의 이름으로 세상에 내보낸 것은 분명한 잘못이며,——사실 8, 9, 10편에는, 사색적이라기보다는 재미있고 장난스러운 이야기가 몇 편 있다는 점을 인정하지만,——학자들은 이 이야기들을, 주제의 중심 돌쩌귀를 그런대로 잘 돌아가는 여러 가지 개별적인 사실들의 상세한 진술로서, 코에 관한 학설을 설명하기 위해, 그가 충실하게 수집하여 자신의 작품에 더한 것들로 간주해야 합니다.

    아직 우리는 한가한 편이니,——부인만 허락하신다면, 10편에 있는 아홉번째 이야기를 들려드리고자 합니다.

젠틀맨 트리스트럼 샌디의 삶과 견해

제4권

무지한 대중의 판단을 염려하는 바는 아니지만, 그들에게 이 보잘것없는 글을 아껴달라는 부탁을 하며—이 작품의 의도는 해학에서 진지함으로 그리고 다시 진지함에서 해학으로 돌아가는 것이다.

THE
LIFE
AND
OPINIONS
OF
TRISTRAM SHANDY,
GENTLEMAN.

Multitudinis imperitæ non formido judicia; meis tamen, rogo, parcant opusculis —— in quibus fuit propositi semper, a jocis ad seria, a seriis vicissim ad jocos transire.

JOAN. SARESBERIENSIS,
Episcopus Lugdun.

VOL. IV.

LONDON:
Printed for R. and J. DODSLEY in *Pall-Mall.*
M.DCC.LXI.

SLAWKENBERGII
FABELLA*

VESPERA quâdam frigidulâ, posteriori in parte mensis Augusti, *peregrinus, mulo fusco colore insidens, manticâ a tergo, paucis indusijs, binis calceis, braccisque sericis coccinejs repletâ,* Argentoratum *ingressus est.*

Militi eum percontanti, quum portus intraret, dixit, se apud Nasorum promontorium fuisse, Francofurtum proficisci, et Argentoratum, transitu ad fines Sarmatiæ mensis intervallo, reversurum.

Miles peregrini in faciem suspexit—Di boni, nova forma nasi!

At multum mihi profuit, inquit peregrinus, carpum amento extrahens, e quo pependit acinaces: Loculo manum inseruit; & magnâ cum urbanitate, pilei parte anteriore tactâ manu sinistrâ, ut extendit dextram, militi florinum dedit et processit.

Dolet mihi, ait miles, tympanistam nanum et valgum alloquens, virum adeo urbanum vaginam perdidisse; itinerari haud poterit nudâ acinaci, neque vaginam toto Argentorato, *habilem inveniet.—Nullam*

---

* 하펜 슬로켄베르기우스 드 나시스의 작품은 구하기가 극히 힘들기 때문에, 학식 있는 독자라면 원본을 몇 페이지 정도 견본으로 읽어보는 것도 좋겠다는 생각이며, 비판을 하고 싶지는 않지만, 그의 라틴어는 철학보다는 이야기에 더 적합하여—보다 라틴어적이라는 생각이 든다.

unquam habui, respondit peregrinus respiciens,—seque comiter inclinans—hoc more gesto, nudam acinacem elevans, mulo lentò progrediente, ut nasum tueri possim.

Non immerito, benigne peregrine, respondit miles.

Nihili œstimo, ait ille tympanista, e pergamenâ factitius est.

슬로켄베르기우스의 이야기

8월이 끝나갈 무렵, 어느 무더운 날을 마감하는 상쾌한 저녁나절, 한 나그네가, 셔츠 몇 벌과, 신발 한 켤레, 그리고 진홍색 공단 반바지 한 벌을 넣은 조그만 옷가방을 실은 다갈색 노새 등에 앉아, 스트라스부르[1]로 들어가고 있었다.

성문을 들어가는 그에게 보초가 질문을 던지자, 나그네는 코곶[2]에 다녀오는 길이며—계속해서 프랑크푸르트까지 갔다가—내달 오늘 크림-타타르 변경 지방으로 가는 길에 스트라스부르에 다시 들를 것이라고 말했다.

나그네의 얼굴을 올려다본 보초는—평생 그런 코는 처음이었다!

—위험을 무릅쓴 일이었지요. 나그네는 이렇게 말하며—손목에

---

1 스턴이 스트라스부르를 배경으로 삼은 이유는, 이 도시가 실제로 1681년 프랑스의 기습으로 함락되었으며, 알자스 지방에 위치해 있었기 때문에 당시 지리적으로 프랑스와 독일뿐 아니라, 루터파 신학자들과 가톨릭 신학자들의 격전지가 되었다. 따라서 현학적인 논쟁을 조롱거리로 삼고 있는 스턴에게 유용한 소재가 되었다.

2 promontory of Noses.

끼고 있던, 짧은 신월도(新月刀)가 달린, 검은 띠로 된 고리에서 손을 뺐다. 그는 오른손을 호주머니에 넣으며, 왼손은 공손하게 모자의 앞부분에 살짝 갖다 대더니, 오른손을 뻗어—은화 한 닢을 보초의 손에 쥐어주고 지나갔다.

슬픈 일이야. 보초는 왜소한 체구의 앙가발이[3] 고수에게 말을 건넸다. 저렇게 인정 많은 사람이 칼집을 잃어버리다니—칼집 없는 신월도를 가지고 여행하기란 여간 힘들지 않을 텐데, 게다가 스트라스부르에서 맞는 칼집을 구하기란 불가능한 일이니 말이야.—칼집은 원래부터 없었습니다. 나그네는 보초를 돌아보며, 손을 모자에 갖다 대고 이렇게 말했다.—내가 칼을 이대로 가지고 다니는 이유는 내 코를 방어하기 위한 것입니다.—그가 벌거벗은 신월도를 들어 보이며 말을 하는 동안에도, 노새는 천천히 움직이고 있었다.

인정 많은 나그네여, 그만한 가치가 있다마다요 하고 보초가 말했다.

—한 푼의 가치도 없어 보이는걸, 양피지로 만든 코가 아닌가.—하고 앙가발이 고수가 말했다.

Prout christianus sum, inquit miles, nasus ille, ni sexties major sit, meo esset conformis.

Crepitare audivi ait tympanista.

Mehercule! sanguinem emisit, respondit miles.

Miseret me, inquit tympanista, qui non ambo tetigimus!

Eodem temporis puncto, quo hæc res argumentata fuit inter

---

3 다리가 짧고 굽은 사람을 얕잡아 이르는 말.

militem et tympanistam, disceptabatur ibidem tubicine & uxore suâ, qui tunc accesserunt, et peregrino prætereunte, restiterunt.

Quantus nasus! æque longus est, ait tubicina, ac tuba.

Et ex eodem metallo, ait tubicen, velut sternutamento audias.

Tantum abest, respondit illa, quod fistulam dulcedine vincit.

Æneus est, ait tubicen.

Nequaquam, respondit uxor.

Rursum affirmo, ait tubicen, quod æneus est.

Rem penitus explorabo; prius, enim digito tangam, ait uxor, quam dormivero.

Mulus peregrini, gradu lento progressus est, ut unumquodque verbum controversiæ, non tantum inter militem et tympanistam, verum etiam inter tubicinem et uxorem ejus, audiret.

Nequaquam, ait ille, in muli collum fræna demittens, & manibus ambabus in pectus positis, (mulo lentè progrediente) nequaquam ait ille, respiciens, non necesse est ut res isthæc dilucidata foret. Minime gentium! meus nasus nunquam tangetur, dum spiritus hos reget artus —ad quid agendum? ait uxor burgomagistri.

내가 진짜 가톨릭 교도가 분명하듯—내 코보다 여섯 배나 큰 거 말고는—내 것과 똑같은 코란 말이네. 보초가 말했다.

—탁탁 소리가 나던걸. 고수가 말했다.

멍청하기는. 보초가 얘기를 계속했다. 나는 피가 나는 걸 봤어.

아까운 일이야. 앙가발이 고수가 말을 이었다. 우리가 그걸 만져봤어야 하는 건데!

보초와 고수 사이에 이런 논쟁이 오가고 있을 무렵—마침 길을 올라오다 걸음을 멈추고 그 나그네를 쳐다보던, 나팔수와 나팔수의 처 사이에서도 비슷한 논쟁이 벌어지고 있었다.

저런!—저 코 좀 봐요! 나팔만큼 길어 보여요. 나팔수의 부인이 말했다.

재채기 소리를 들어보니, 재질도 같은걸 하고 나팔수가 말했다.

—피리 소리처럼 부드러운걸요. 그녀가 말했다.

—놋쇠야. 나팔수가 말했다.

—푸딩 같은걸요.—그의 처가 말했다.

다시 한 번 말하지만, 놋쇠 코야 하고 나팔수가 고집했다.

곧 진상을 알게 될 거예요, 잠자기 전까지는 내 손으로 저걸 꼭 만져보고 말 테니까요 하고 나팔수의 처가 말했다.

나그네의 노새는 아주 천천히 움직이고 있었기 때문에, 그는 보초와 고수 사이의 논쟁뿐 아니라, 나팔수와 나팔수의 처 사이의 얘기도 모두 들을 수 있었다.

안 돼! 그는 고삐를 노새의 목에 떨어뜨리며 그렇게 말하고는, 양손을, 성자 같은 자세로 하나씩 포개어, 가슴에 얹고 (그러는 사이에도 노새는 천천히 움직이고 있었으며) 머리를 들고 이렇게 말했다. 안 돼! 나는 세상에 그런 빚을 진 적이 없어—비방을 받기도 하고, 낙담에 빠지기도 했지만—그런 판결은—안 돼! 하늘이 내게 힘을 내려주시는 한 내 코는 아무도 만질 수 없어 하고 그가 말했다.—이때 시장 부인이 물었다. 무엇 때문에 힘을 내려주신단 말입니까?

Peregrinus illi non respondit. Votum faciebat tunc temporis sancto Nicolao, quo facto, sinum dextram inserens, e quâ negligenter pependit acinaces, lento gradu processit per plateam Argentorati latam quæ ad diversorium templo ex adversum ducit.

Peregrinus mulo descendens stabulo includi, & manticam inferri jussit: quâ apertâ et coccineis sericis femoralibus extractis cum argenteo laciniato Πε5ιζοματ;, *his sese induit, statimque, acinaci in manu, ad forum deambulavit.*

Quod ubi peregrinus esset ingressus, uxorem tubicinis obviam euntem aspicit; illico cursum flectit, metuens ne nasus suus exploraretur, atque ad diversorium regressus est—exuit se vestibus; braccas coccineas sericas manticæ imposuit mulumque educi jussit.

Francofurtum proficiscor, ait ille, et Argentoratum quatuor abhinc hebdomadis revertar.

Bene curasti hoc jumentum (ait) muli faciem manu demulcens —me, manticamque meam, plus sexcentis mille passibus portavit.

Longa via est! respondet hospes, nisi plurimum esset negoti.— Enimvero ait peregrinus a nasorum promontorio redij, et nasum speciosissimum, egregiosissimumque quem unquam quisquam sortitus est, acquisivi!

나그네는 시장 부인은 아랑곳하지 않고—성 니콜라스[4]에게 기도하고는, 가슴에 얹었던 팔을 다시 처음과 똑같은 엄숙한 태도로 내리더니, 왼손으로 말굴레의 고삐를 쥐고, 오른손은 손목에 신월도를 느슨하게 달아맨 채 품속에 넣고, 노새의 한쪽 발이 다른 발을 쫓아가기라도

---

4 성 니콜라스는 산타클로스의 모델이자, 방랑하는 학자의 수호신이었다.

하듯 천천히 스트라스부르 중심가를 지나, 교회 맞은편 장터에 있는, 큰 여관에까지 왔다.

나그네는 노새에서 내리자마자, 외양간으로 그놈을 끌고 가라고 지시하고는, 옷가방을 가져오게 하여, 가방을 열고, 진홍색 공단 반바지와, 은제 술장식이 달린—(반바지에 다는 부속물로서, 감히 번역할 용기가 나지 않는군요)—술장식이 달린 바지 앞주머니[5]를 매단 채 반바지를 입고, 신월도를 손에 쥐고, 바로 광장으로 나갔다.

나그네가 모퉁이를 세 번 돌아 광장에 막 들어섰을 때, 그는 광장 맞은편에 나팔수의 처가 있는 것을 발견했으며—코가 공격당할까 봐 두려워하여, 바로 돌아서서, 여관으로 되돌아가—옷을 벗고, 옷가방에 진홍색 공단 반바지 등을 넣어 짐을 꾸리고는, 노새를 몰고 오라고 했다.

나는 프랑크푸르트로 갔다가,—내달 오늘 스트라스부르로 돌아오겠습니다 하고 나그네가 말했다.

그는 노새 등에 오르려, 왼손으로 짐승의 얼굴을 쓰다듬으며 이렇게 말했다. 나의 충실한 종을 잘 돌봐주셨겠지요.—나그네는 노새 등을 가볍게 두드리며 계속해서 말했다. 이놈이 나와 내 옷가방을 6백 리그나 태우고 다니지 않았습니까.

—먼 길이지요. 여관 주인이 말했다.—꼭 가야 할 업무가 있는 것이 아니라면 말입니다.—쳇! 나그네가 혀를 차며 말했다. 나는 코곶에 다녀오는 길인데, 거기서, 감사하게도, 사람에게 내려주신 코 중에 가장 아름답고 멋진 코를 얻었습니다.

---

[5] 16, 17세기에 유행했던 몸에 꼭 끼는 반바지 앞의 벌어진 틈을 가리는 데 사용했던 주머니.

Dum peregrinus hanc miram rationem, de seipso reddit, hospes et uxor ejus, oculis intentis, peregrini nasum contemplantur — Per sanctos, sanctasque omnes, ait hospitis uxor, nasis duodecim maximis, in toto Argentorato major est! — estne ait illa mariti in aurem insusurrans, nonne est nasus prægrandis?

Dolus inest, anime mi, ait hospes — nasus est falsus. —

Verus est, respondit uxor. —

Ex abiete factus est, ait ille, terebinthinum olet —

Carbunculus inest, ait uxor.

Mortuus est nasus, respondit hospes.

Vivus est, ait illa, — & si ipsa vivam tangam.

Votum feci sancto Nicolao, ait peregrinus, nasum meum intactum fore usque ad — Quodnam tempus? illico respondit illa.

Minime tangetur, inquit ille (manibus in pectus compositis) usque ad illam horam — Quam horam? ait illa. — Nullam, respondit peregrinus, donec pervenio, ad — Quem locum, — obsecro? ait illa — Peregrinus nil respondens mulo conscenso discessit.

나그네가 이와 같은 이상스런 이야기를 하고 있는 동안, 여관 주인과 그의 아내는 줄곧 나그네의 코에서 눈을 떼지 못했다. — 성 *라데군데*[6]에 맹세코, 스트라스부르에서 가장 큰 코 열두 개를 합쳐놓아도 이보다 크지는 않을 거예요! 여관 주인의 아내는 이렇게 중얼거리며, 남편의 귀에다 속삭였다. 정말 고상한 코가 아닙니까?

---

[6] 16세기 프랑크족의 여왕으로서 매우 신앙심이 깊었으며, 스턴이 학위를 받았던 케임브리지 대학 지저스 칼리지의 수호 성인이다.

이봐, 저 친구는 사기꾼이라고. 여관 주인이 말했다.―저건 가짜 코야.―

진짜 코라고요. 그의 아내가 말했다.―

전나무로 만든 코야. 남자가 말했다.―송진 냄새가 난다니까.―

코 위에 뾰루지가 있는걸요. 여자가 말했다.

죽은 코야. 여관 주인이 대답했다.

살아 있는 코라고요. 그리고 내가 죽기 전에는, 저걸 꼭 만져보고 말 거예요 하고 그의 아내가 말했다.

성 *니콜라스*에게 맹세코, 그때가 오기 전까지는 내 코를 아무도 만지지 못할 것이며, 이 대목에서 나그네는, 말을 끊고, 하늘을 쳐다보았다.―그때가 언제지요? 여자가 급하게 물었다.

내 코는 절대 만지지 못합니다. 그는 두 손을 꼭 잡아 가슴에 모아 쥐고는 말했다. 그때가 오기 전까지는.―그때가 언제냐고요! 여관 주인의 아내가 소리쳤다.―절대!―절대! 내가 거기 갈 때까지는 하고 나그네가 말했다.―도대체 어디를 말입니까? 여자가 물었다.―나그네는 아무 말 없이 길을 떠났다.

그러나 나그네가 *프랑크푸르트*를 향해 반 리그도 채 가기 전에, *스트라스부르* 전체가 그의 코 때문에 일대 혼란에 빠졌다. 마침 *취침* 기도 종소리가 *스트라스부르* 사람들에게 기도 시간을 알려주었고, 하루 일과를 경건한 마음으로 마감할 것을 재촉했지만,―*스트라스부르*에서 그 소리를 들은 사람은 아무도 없었으며―도시 전체가 벌떼같이―남자, 여자, 그리고 아이들까지도 (*취침* 기도 종소리가 계속 울리는 가운데) 이리 뛰고 저리 뛰고―이 문으로 들어갔다가 저 문으로 나오고―이쪽으로 저쪽으로―큰길로 샛길로―이 길로 올라갔다, 저 길로 내려오고―이 골목으로 들어갔다, 저 골목으로 나오고―봤어요? 봤어? 봤냐고요? 아! 정말 봤어요?―누가 봤어요? 누가 본 사람이 있나요? 제발, 누가 본 사람이 있나요? 하고 소리치며 몰려다녔다.

아아 슬프게도! 나는 저녁 기도 중이었는데!―나는 빨래를 하고 있었는데, 나는 풀을 먹이고 있었는데, 나는 누비질을 하고 있었는데― 아 안타깝게도! 나는 못 봤어요―만져보지도 못했어요!―내가 보초나 앙가발이 고수, 혹은 나팔수나 그의 아내였다면 얼마나 좋았을까 하는 외침과 비탄의 소리가 스트라스부르 구석구석에 퍼졌다.

이와 같은 혼란과 소란이 스트라스부르 전체를 사로잡고 있을 무렵, 그 인정 많은 나그네는, 자신은 이 일과 아무런 상관이 없다는 듯, 노새를 타고 천천히 프랑크푸르트를 향해 가고 있었으며―그는 길을 가는 동안, 때로는 노새에게―때로는 자신에게―때로는 줄리아에게 쉬지 않고 중얼거렸다.

아 줄리아, 사랑스런 나의 줄리아!―안 된다, 네가 엉겅퀴를 뜯어 먹도록 멈출 수는 없어.―내가 막 맛을 보려던 참에 적의 의심스러운 혀가 나에게서 그 기쁨을 앗아가다니.―

―쳇!―엉겅퀴 같은 것을 가지고―괜찮아―저녁때 더 나은 식사를 할 수 있을 거다.―

――고향에서 버림받고―친구들과―그리고 너한테까지도.―

가엾어라, 여행에 몹시 지쳤구나!―자―좀더 빨리 가자―옷가방 안에는 셔츠 두 벌과―진홍색 공단 반바지 한 벌, 그리고 장식술이 달린―사랑스런 줄리아!

―그런데 왜 프랑크푸르트로 가고 있는 거지?―어떤 보이지 않는 손이, 나를 이런 꼬부랑길과 낯선 지방으로 비밀스럽게 인도하는 것일까?―

―성 니콜라스 맙소사! 이렇게 발걸음을 비틀거리며―느린 속도

로 간다면 밤새 가야 겨우 들어가겠는걸——

——행복을 맛볼 것인가—혹은 운명과 비방의 놀림감이 되어—판결도 받지 않고—증언도 하지 않고—누가 만져보기도 전에 쫓겨날 것인가——그렇게 된다면, 차라리 스트라스부르에 머물러, 정의가 있는—아니야 나는 이미 맹세하지 않았는가!—자, 건배를 들자—성 니콜라스에게—오 줄리아!——무엇 때문에 귀를 쫑긋하는 거냐?—사람이 지나가고 있을 뿐인데.——

나그네는 이렇게 노새와 줄리아에게 이야기를 하며 길을 재촉하여—여관에 닿았으며, 도착하자마자, 노새에서 내려—약속한 대로, 노새를 잘 돌보아주도록 부탁했으며——진홍색 공단 반바지 등이 들어 있는 옷가방을 내리고——저녁으로 오믈렛을 주문하고는, 12시경에 잠자리에 들어, 5분 만에 잠들었다.

그 무렵 스트라스부르는 밤이 되자 혼란이 잠잠해지고,——스트라스부르 *사람들*은 모두 조용히 잠자리에 들었으나—몸과 마음이, 그 나그네 같지는 않았으니, 장난꾸러기 *마브 여왕*[7]이, 나그네의 코를 가져가, 그 부피 그대로, 그날 밤 찢고 나누어 스트라스부르에 있는 코가 필요한 머리 수만큼의 다양한 모양과 형태의 코를 만들었다. 당시 스트라스부르에는, 크베드린베르크의 수녀원장[8]이 자신의 관구에 속해 있는 네 명의 고위 성직자들, 즉 부수녀원장, 여사제장, 여영창자, 그리고 원로 수녀회 회원 한 명과 함께 바로 그 주에 치마 아귀[9]와 관련된 양심의 문제로 그곳 대학에 조언을 구하기 위해 스트라스부르에 와 있었으며,

---

7 '요정들의 산파'로서 사람들이 꿈을 꾸게 했다.
8 프러시아의 작센 지방 크베드린베르크라는 도시의 수녀원 원장으로서, 사람들은 그녀가 예사롭지 않은 종교적인 힘을 가지고 있다고 생각했다.
9 속치마에 있는 주머니에 손을 넣기 위해 겉옷의 옆을 터놓은 부분. 16세기 초기부터 외설적인 의미를 갖게 되었다.

―그녀는 그날 밤 내내 몹시 앓았다.

인정 많은 나그네의 코가 그녀의 뇌 송과선 위에 자리잡고 앉아, 네 명의 고위 성직자들의 머릿속을 산란하게 만들었으며, 이들은 밤새 한잠도 자지 못하고―아무도 수족을 가만두지 못해,―말하자면, 모두 귀신처럼 일어나 돌아다녔다.

성 프란시스의 세번째 수도회의 고해 신부들―갈보리 수녀회 수녀들―프레몽트레 수도회―클뤼니 수도회*―카르투지오 수도회를 비롯해 그날 밤 모포나 말털 이불 밑에서 잠자리에 들었던 모든 수녀회의 수녀들이 크베드린베르크의 수녀원장보다 훨씬 형편없는 상태였으며―침대 이쪽에서 저쪽으로 밤새 대굴대굴 뒹굴며―몇몇 수녀회 자매들은 자기 몸을 죽도록 할퀴고 상처를 입혀―침대에서 일어날 때는 거의 산 채로 껍질이 벗겨질 지경이었으며―모두들 성 안토니가 수련을 위해 불을 가지고 방문했다고 생각했으며[10]―저녁 기도 때부터 아침 기도 때까지 밤새 눈을 붙이지 못했다.

성 우르술라 수녀회의 수녀들이 가장 지혜롭게 처신했다는 평가를 받는데―이들은 아예 잠자리에 들지도 않았기 때문이다.

(매춘 문제를 논의하기 위해 아침에 소집된 참사 회의에 참석했던) 스트라스부르의 사제장, 명예 성직자들, 참사회원들 그리고 수도회 회원들이 모두 성 우르술라회 수녀들의 본을 따랐더라면 좋았을 것이라는 생각이 들었다.―지난밤의 온갖 법석과 혼란 때문에, 빵집 주인은 빵을 발효시키는 것을 잊어버려―스트라스부르에는 아침으로 먹을 버터

---

* 하펜 슬로켄베르기우스는 클뤼니 수도회의 베네딕트회 수녀들을 의미하는 것이며, 940년 클뤼니의 신부, 오도에 의해서 창설되었다.

[10] 피부에 염증이 생기는 단독(丹毒)을 성 안토니의 불이라고도 불렀으며, 그가 이 병을 낫게 해준다고 생각했다. 성 안토니(250~356)는 기독교 수도원 제도의 아버지로 평가받고 있으며, 불붙은 나무토막으로 그를 상징했다.

바른 롤빵[11]을 찾아볼 수 없었으며—대성당의 경내는 동요 속에 휩싸였고—이런 불안과 소란, 그리고 그 불안의 원인을 찾으려는 노력은, 일찍이 *마르틴 루터*가, 자신의 교리를 가지고 이 도시를 뒤집어놓았던 이후로, 스트라스부르에는 처음 있는 일이었다.

그 나그네의 코가 성직자들의 밥그릇*에 이처럼 제멋대로 밀치고 들어갔다면 평신도들의 밥그릇에는 얼마나 더 야단법석을 떨어놓았겠는가!—밑동까지 닳아버린 내 펜으로는 모두 기록할 힘이 없으며, 사실(슬로켄베르기우스는 예상보다 훨씬 유쾌한 기분으로 소리치기를) 이 일에 대해 이 나라 동포들의 이해를 도울 만한 적당한 직유가 많다는 것은 인정하지만, 내 일생의 가장 큰 부분을 할애하여, 그들을 위해 저술한 이 작품을 끝내는 마당에—그런 직유의 존재를 시인한다고 해서, 내게 그것을 찾아낼 시간과 정성을 기대한다면, 지나친 일이 아니겠는가? 그저 이 정도 얘기로 충분하다는 생각이며, 말하자면 그 일로 인해 스트라스부르 사람들의 머릿속에 야기된 혼란과 소란이 너무나 압도적이어서—그들의 마음의 모든 기능을 지배했으며—이 일과 관련된 실로 해괴한 이야기들이, 폭넓은 신뢰를 바탕으로, 곳곳에서 동일한 설득력으로, 언급되고 확언될 때마다, 사람들은 기꺼이 믿었으며, 모든 대화와 관심의 흐름이 그쪽을 향하게 되었고—선하든 악하든—부자든 가난하든—학식이 있든 없든—선생이든 학생이든—주인이든 하녀든—신분이 높든 낮든—수녀의 몸이든 여인의 몸이든 모든 *스트라스부르* 사람들은 그 코에 관한 이야기를 듣는 데 시간을 보냈으며—*스트라스*

---

11 한 번에 여러 남자들과 성교를 하는 여자나, 매춘부를 가리키는 은어.
* 샌디 씨는 수사학자들에게 경의를 표하는바—슬로켄베르기우스가 여기서 비유를 변화시켰다는 것을 잘 알고 있었으며—그는 분명히 그렇게 했고,—*샌디* 씨는 번역자로서, 그 비유가 그대로 지속되도록 최대한의 노력을 기울였으나—불가능한 일이었다.

부르의 모든 눈들은 그것을 보고자 열망했고—스트라스부르의 모든 손가락들은 그것을 만져보고 싶어 달아올랐다.

　이런 열광적인 욕망에 아직 무엇인가 덧붙일 것이 남아 있어, 덧붙인다면—보초와 앙가발이 고수, 나팔수, 나팔수의 처, 시장의 미망인, 여관 주인, 여관 주인의 아내 등의 나그네의 코에 대한 증언과 묘사가 서로 아무리 달랐다 하더라도—두 가지 사항에 대해서만은 의견 일치를 보았는데—먼저, 그는 프랑크푸르트로 갔고, 다음달 그날이 될 때까지는 스트라스부르로 돌아오지 않을 것이며, 두번째로는, 그의 코가 진짜든 가짜든, 그 나그네는 완벽한 아름다움의 전형이자—걸작 중의 걸작이며—품위가 넘치고!—인정스럽기가 한이 없으며—지금까지 스트라스부르 성문을 통과한 사람들 가운데 그중 몸가짐이 예의바른 데다—그가 신월도를 손목에 느슨하게 달고, 노새를 타고 거리를 지나가거나—진홍색 공단 반바지를 입고 광장을 가로질러 걸어갈 때면—그 소탈하고 고상하고 신선한 분위기와, 남자다운 모습은—그를 목격한 수많은 처녀들의 가슴을 위태롭게 (그의 코만 아니었어도) 만들었을 것이라는 사실이다.

　지금 나는 호기심이 주는 감동과 열망을 모르는 사람의 마음에 호소하고 있는 것이 아니기 때문에, *크베드린베르크*의 수녀원장과, 부수녀원장, 여사제장, 여영창자가 흥분하여 대낮에 나팔수의 부인을 불러오게 한 일도 호기심이란 측면에서 충분히 정당화될 것이다. 그녀는 남편의 나팔을 들고 스트라스부르 거리를 지나갔으며,—단지 사흘밖에 머무르지 않았기 때문에—나팔은 제한된 시간에 그녀의 의견을 피력하기에 그중 적합한 기구였다.

　보초와 앙가발이 고수!—고대 *아테네* 이후로 그들과 견줄 만한 인물은 아무도 없었다! 성문 앞에서 그곳을 오가는 사람들에게 소리 높여 강연하고 있는 그들은, 주랑 가운데 서 있는 *크리시포스와 크란토르*[12]의 장려함에 비길 만했다.

여관 주인은 왼손에 말구종을 들고, 그들과 마찬가지 자세로,—마구간 뜰의 현관 혹은 출입구 쪽에서,—그리고 그의 아내는 뒷방에서, 보다 은밀하게 강연했는데, 수많은 사람들이 이들의 이야기를 듣기 위해 몰려들었으나, 무분별하게 모여든 것은 아니었으며—이쪽, 저쪽, 어느 쪽으로든, 각자의 믿음과 성향이 인도하는 대로—모든 *스트라스부르 사람들*이 정보를 얻기 위해 몰려들었으며—이들은 각자 원하는 정보를 얻었다.

자연철학 분야의 논증자들을 위해 밝혀둘 만한 가치가 있는 사실이 한 가지 있는데, 나팔수의 아내가 *크베드린베르크*의 수녀원장을 위한 개인 강연을 막 끝내고, 광장 한가운데 놓인 걸상 위에 서서 공개적인 강연을 시작하자마자—*스트라스부르*의 상류층 인사들이 그녀의 이야기를 듣기 위해 몰려들었으며, 이것은 다른 논증자들의 불쾌감을 샀는데—철학을 논하는 사람이 (슬로켄베르기우스가 소리쳐 말하기를) 나팔을 도구로 삼고 있으니, 그 옆에 있는 학문적 경쟁자들의 목소리가 어떻게 들리겠는가?

학식이 없는 사람들이, 이와 같은 지식의 도관을 통해, 진리가 거하고 있는 샘의 밑바닥으로 부지런히 내려가고 있을 때—학식 있는 사람들은 나름대로 언어 귀납의 도관을 통해 진리를 분주하게 퍼올리고 있었는데—이들은 사실을 중요시하기보다는—추론을 했기 때문이었다.—

사실 의사들이 이 논쟁을 *피지선* 낭종과 수종으로 빠져들게 하지만

---

[12] 크리시포스는 고대 그리스 스토아 철학자 제논의 제자. 크란토르도 고대 그리스인으로서 플라톤 철학의 초기 비평가였다.

않았어도, 다른 어떤 전문가들보다 많은 것을 밝혀냈겠지만—그들의 기질과 성향 때문에 그렇게 되고 말았으며—사실 나그네의 코는 피지선 낭종과 수종과는 아무런 상관이 없었다.

그러나 아기가 자궁에 있을 때, 이런 육중한 크기의 이질스런 물질이 코에 모여 뭉친다면, 태아는 정압의 균형이 깨져, 열 달이 채 되기 전에 머리를 아래로 곤두박이칠 수밖에 없다는 사실이 확실히 증명되었다.—

—반대하는 사람들은 그 이론은 인정했으나—결과는 부정했다.

그들의 주장에 따르면, 세상에 나오기 전 최초의 기본적인 형성기에, (피지선 낭종은 제외하고) 이와 같은 코의 성장을 위해 필수적인 정맥과 동맥 등이 제대로 공급되지 않는다면, 그후로 제대로 자라고 유지될 수 없다는 것이었다.

이 모든 것은 자양물에 관한 논문과, 혈관 확장 및 근육의 증가와 팽창의 극대화를 위한 강화 및 연장에 자양물이 미치는 영향에 관한 논문으로 모두 설명되었으며—이 이론의 승리로, 그들은 코가 사람의 몸 크기만큼 자라지 말라는 자연의 법칙은 없다고까지 확신하기에 이르렀다.

이 이론에 반대하는 사람들은, 인간이 위장 하나와 허파 두 개를 가지고 있는 한 이런 일은 일어날 수 없다고 주장하며 사람들을 안심시켰는데—음식을 받아 유미(乳糜)로 만들 수 있는 기관은 위장밖에 없으며,—혈액을 운반하는 기관은 허파밖에 없기 때문에—원래 주어진 일 외에는 더 이상 아무것도 할 수 없다는 것이었다. 사람이 위를 과적시킬 가능성은 인정하지만, 폐는 체력적으로 한계가 있으므로—이 기관은 그 크기와 내구력의 범위가 미리 결정되어 있어, 정해진 시간에 일정한 양만을 만들어낼 수 있기 때문에—즉, 한 사람에게 필요한 만큼의 혈액만 만들어내는 까닭에, 코의 크기가 몸과 비슷해진다면—고행을 금치 못하게 되고, 양자 모두를 유지할 수는 없으니만큼, 코가 사람에게서 떨어져나가든가, 혹은 불가피하게 사람이 코에서 떨어져나갈 수밖에 없다는 것이었다.

자연의 섭리는 이런 돌발 사태에 적응하게 마련이오 하고 지지자들이 외쳤다.—그렇지 않다면 위가 하나에—허파가 두 개, 그러나 불행히도 두 다리에 총상을 입어, *반신불수*인 사람은 어떻게 되겠습니까?—

다혈증으로 죽겠지요 하고 반대파가 대답했다.—혹은 피를 토하고, 2, 3주 안에 폐병으로 잠들고 말겠지요.—

—그렇지 않습니다.—지지자들이 대답했다.—

절대로 그렇게 되지 않습니다 하고 그들이 덧붙였다.

이들은 자연의 섭리에 대한 호기심으로 가득한 세밀한 연구자들로서, 함께 손에 손을 잡고 어느 정도까지 동행하기는 했으나, 결국 코에 대해서는, 의사 협회나 마찬가지로, 모두 분열되고 말았다.

인간 신체의 여러 부분이, 다양한 목적과 역할, 기능에 따라, 공정하고 기하학적인 배치와 비율로 되어 있으며, 일정한 한도 내에서만 여기서 벗어날 수 있기 때문에—자연의 섭리도 장난을 치기는 하지만—정한 범위 내에서만 장난을 친다는 점에 대해서는 의견을 같이했으나,—다만 그 범위의 지름에 대해서만은 합의점에 도달하지 못했다.

논리학자들은 다른 어떤 식자층보다 요점에 충실한 사람들이었기 때문에,—코라는 말로 시작해 코라는 말로 끝을 맺었으며, 논쟁이 시작될 무렵 이들 가운데 그중 능력 있는 사람 하나가 머리를 *petitio principii* [13]에 부딪히는 일만 없었어도, 이 논쟁은 단번에 결말이 났을

---

13 논점의 선취. 전제가 될 논점을 포함한 원리를 증명 없이 가정하는 오류.

것이다.

　논리학자들의 주장에 따르면, 피가 없으면 코피도 날 수 없고—피뿐 아니라—핏방울을 연속적으로 떨어지게 하고 그와 같은 현상을 가능하게 하는 혈액 순환도 불가능하기 때문에—(흐름은 떨어짐의 보다 빠른 연속이니, 마땅히 포함시켜야 하며)—죽음은 혈액의 정체에 불과하다는 것이다.—

　이때 반대파에서 이렇게 말했다. 나는 그 정의를 부정하는바—죽음은 영혼과 육체의 분리입니다.—그렇다면 우리는 아직 무기도 결정하지 못한 셈이군요. 논리학자들이 말했다—그럼 논쟁은 여기서 끝내야겠습니다 하고 반대파에서 말했다.

　민법학자들은 보다 간결했으며, 그들이 내어놓은 것은, 논쟁이라기보다는 포고적인 성격을 띠었다.

　—그들은 이렇게 말했다. 이런 기괴한 코가, 진짜 코가 맞다면, 문명 사회에서는 절대 허용되지 않을 것이며—가짜라면—현혹적인 표적과 징표로 사회를 기만하여, 그 질서를 크게 침해하는 일이 되기 때문에, 더욱 동정의 여지가 없다는 것이었다.

　그러나 이와 같은 주장의 유일한 난점은, 어느 쪽으로 입증되든, 그 나그네의 코가 진짜인지 가짜인지 판명하지 못한다는 것이다.

　그러니 논쟁의 여지는 여전히 남아 있는 셈이었다. 교회 재판소를 옹호하는 사람들은 주장하기를, 판결을 유보할 하등의 이유가 없는 것이, 그 나그네가 *ex mero motu*[14] 자신은 코곶에 가서, 그 멋진 코를 얻었다고 고백하지 않았냐는 것이었다.—이 의견에 반대하는 사람들은, 코곶이라는 곳이 정말 있다면, 학자들이 모를 리가 없다고 주장했다. 스

---

14 자기 스스로.

트라스부르의 주교 대리는 옹호자들의 입장을 들어, 격언에 관한 보고서에서 이 문제를 다루어 설명하기를, 코곳은 속담식의 표현에 불과하며, 그의 코가 선천적으로 크다는 사실을 알려주는 것일 뿐이라고 역설했다. 그는 이것을 증명하기 위해, 해박한 지식을 토대로, 아래에 수록한 문헌들*[15]을 인용하여, 그 문제를 명확하게 설명했는데, 19년 전 관구 토지 사용권에 관한 분쟁도 이런 식으로 해결한 적이 있었다.

사실 그런 일이 있긴 있었으나—진리에 불리하게 작용했다고는 할 수 없으며, 어떻게 보면 진리를 고양시키는 결과를 가져왔다고도 할 수 있는데, 스트라스부르에는 대학이 두 개 있었으며—의회 고문이었던 야코부스 스투르미우스에 의해 1538년 설립된 *루터 대학*과,—오스트리아의 대공 레오폴트에 의해 설립된 *가톨릭 대학*은 당시, 루터의 저주 문제에, (크베드린베르크의 수녀원장이 문의한 치마 아귀 문제에 필요한 정도만 제외하고) 모든 지식을 총동원하고 있었다.

가톨릭 대학의 학자들이 선험적으로 증명해 보이고자 시도한 것은, 루터는 1483년 *10월* 22일의 피할 수 없는 행성들의 영향으로—즉 달은 열두번째 궁에—목성, 화성, 금성은 세번째 궁에, 그리고 태양, 토성, 수성은 네번째 궁에 모여 있었기 때문에—그는 결국, 저주받은 사

---

* Nonnulli ex nostratibus eadem loquendi formulâ utun. Quinimo et Logistæ & Canonistæ—Vid. Parce Bar & Jas in d. L. Provincial. Constitut. de conjec. vid. Vol. Lib. 4. Titul. I. N. 7. quâ etiam in re conspir. Om. de Promontorio Nas. Tichmak. ff. d. tit. 3. fol. 189. passim. Vid. Glos. de contrahend. empt. &c. nec non J. Scrudr. in cap. ∫. refut. ff. per totum. Cum his cons. Rever. J. Tubal, Sentent. & Prov. cap. 9 ff. II, 12. obiter. V. et Librum, cui Tit. de Terris & Phras. Belg. ad finem, cum Comment. N. Bardy Belg. Vid. Scrip. Argentoratens. de Antiq. Ecc. in Episc. Archiv. fid. coll. per Von Jacobum Koinshoven Folio Argent. 1583, præcip. ad finem. Quibus add. Rebuff in L. obvenire de Signif. Nom. ff. fol. & de Jure, Gent. & Civil. de protib. aliena feud. per federa, test. Joha. Luxius in prolegom. quem velim videas, de Analy. Cap. 1, 2, 3. Vid. Idea.

15 지식이 많음을 과시하기 위해 각주를 길게 다는 것에 대한 풍자.

람이 될 수밖에 없고—직접 추론에 의하면, 그의 교리는, 저주받은 교리라는 것이다.

그의 별점을 엄밀히 따져보면, *아라비아* 사람들이 종교에 할당한 아홉번째 궁에서, 다섯 개의 행성이 동시에 전갈좌와 성교 중인 형국인데*(아버지는 이 부분을 읽을 때면 언제나 고개를 저으셨지요)—마르틴 루터는 이 점에 대해 전혀 개의치 않았던 것으로 보이며—또한 화성의 접근과 관련된 별점에 따르면—루터는 저주와 욕설을 퍼부으며 죽어—그의 영혼은 순풍에 돛을 달고, 지옥의 불바다로 달려갈 것이라고 그들은 주장했다.

여기에 대한 *루터* 대학 학자들의 인색한 반박에 따르면, 바로 그 순풍에 돛을 달고 달려간 영혼은, 1483년 *10월* 22일에 태어난 다른 사람이며—멘스펠트 주 *이슬라벤*의 호적부에 나타난 바로는, 루터는 1483년이 아닌, 84년에 태어났으며, *10월* 22일이 아닌, *11월* 10일, 마르틴 축일 전야에 태어났고, *마르틴*이라는 이름도 여기서 유래되었다는 것이다.

〔—번역을 잠시 중단해야겠으며, 그렇게 하지 않는다면, 나도 크베드린베르크의 여원장처럼, 잠자리에서 눈을 감지 못할 것이 분명하기 때문입니다.—독자님께 꼭 말씀드리고 넘어가야 할 것은, 아버지는 슬로켄베르기우스의 글 가운데 바로 이 대목을 토비 삼촌에게 들려줄 때마다 의기양양했는데—삼촌은 아버지에게 반박하는 법이 결코 없었

---

* Hæc mira, satisque horrenda. 5Planetarum coitio sub Scorpio Asterismo in nonâ cœli statione, quam Arabes religioni deputabant effecit *Martinum Lutherum* sacrilegum hereticum, christianæ religionis hostem acerrimum atque prophanum, ex horoscopi directione ad Martis coitum, 〔ir〕 religiosissimus obiit, ejus Anima scelestissima ad infernos navigavit — ab Alecto, Tisiphone et Megera flagellis igneis cruciata perenniter. — Lucas Gauricus in Tractatu astrologico de præteritis multorum hominum accidentibus per genituras examinatis.

기 때문에, 그를 염두에 둔 것은 아니었고,—그보다 세상 전체를 향한 것이었습니다.

　—자 이제 알겠나, *토비* 동생. 아버지가 고개를 위로 향하며 말했습니다. "이름을 짓는 것이 하찮은 일이 아니라는 사실을 말이야," —만약 *루터*의 이름이 *마르틴*이 아니고 다른 이름이었다면, 영원히 저주를 받았을 것이네.—아버지가 얘기를 계속했습니다. 내가 *마르틴*이라는 이름이 특별히 좋아서 그러는 것은 아니며—사실 전혀 좋아하지도 않고—다만 중립적인 이름보다야 낫다는 생각이며, 그것도 그저 약간 나을 뿐이지만—약간이라 하더라도 그에게는 도움이 되지 않았는가.

　아버지는 자신의 가설을 떠받치고 있는 이 버팀목의 약점을, 어떤 훌륭한 논리학자 못지않게, 잘 알고 있었으나—동시에 인간의 약점은 너무나 불가사의한 것이어서, 그 버팀목이 그의 앞에 가로놓이자마자, 기필코 사용하려 했으며, 바로 이 때문에, *하펜 슬로켄베르기우스*의 저서에 담겨 있는 열 권의 이야기에는 현재 번역하고 있는 것과 마찬가지로 재미있는 이야기가 많이 담겨 있었으나, 아버지는 그 중에 어떤 것을 읽어도 지금 느끼는 즐거움의 반도 느끼지 못했으며—이 이야기는 아버지의 가장 기묘한 가설 두 가지—즉 이름과 코에 관한 가설들을—한꺼번에 뒷받침해주었기 때문이며, 좀 과장해서 말하자면, 설사 *알렉산드리아*의 도서관[16]이 그런 운명을 맞지 않고, 아버지가 그 도서관의 책을 모두 읽었다고 해도, 이와 같이 한꺼번에 두 가지 핵심을 찌르는 책이나 문장을 만나지는 못했을 것입니다.]

　당시 *스트라스부르*의 두 대학은 *루터*의 항해 문제로 다투고 있었

---

16 고대 이집트의 알렉산드리아에 있었던 당대 최고의 도서관. 당시 이집트는 그리스의 프톨레마이오스 가에 의해 지배되고 있었다. 도서관은 카이사르가 알렉산드리아를 포위했을 때 불탄 것으로 알려져 있다.

다. 신교도 학자들은, 가톨릭 학자들의 주장과는 달리, 그가 순풍에 돛을 달고 가지는 않았음을 입증했으며, 알려진 바대로 그가 바람을 완전히 거슬러서 항해한 것도 아니었으므로,—그들이 알아내기 위해 노력한 것은, 그가 항해를 했다면, 풍향에서 몇 도나 떨어져 있었으며, 또한 *마르틴*이 곶을 돌았는가, 혹은 해안에 좌초했는가 하는 것이었고, 그런 질문들은, 이런 식의 항해에 관심이 있는 사람에게는, 매우 교훈적이었기 때문에, 세상 사람들의 관심이 이 문제를 떠나 나그네의 큰 코로 쏠리지만 않았어도, 그의 코에도 불구하고 학자들은 계속 이 일에 열중했을 것이 분명하지만,—결국 그들도 좇아갈 수밖에 없었다.—

크베드린베르크의 수녀원장과 네 명의 고위 성직자들도 예외는 아니었으며, 나그네의 엄청난 코가 그들의 생각뿐 아니라 그들의 양심의 그릇도 가득 채우고 있었기 때문에—치마 아귀 문제는 호지부지되고 말았으며—간단히 말해서, 식자공에게는 해판하라는 명령이 떨어졌고—모든 논란은 그대로 끝나버렸다.

두 대학이 코의 어느 쪽으로 나누어질지는—꼭대기에 비단술 장식이 달린 사각모를—호두 껍데기와 비교하는 것만큼 간단한 일이었다.

합리적인 일이오. 이쪽 편의 학자들이 소리쳤다.

터무니없는 일이오. 반대편에서 소리쳤다.

진짜요. 이쪽에서 소리쳤다.

엉터리요. 저쪽에서 말했다.

가능한 일이오. 이쪽에서 소리쳤다.

불가능한 일이오. 저쪽에서 말했다.

하나님의 능력은 무한하여, 무엇이든 할 수 있습니다. 노사리아파가 말했다.

하나님의 속성에 어긋나는 일은 그분도 할 수 없습니다. 반노사리아파가 대답했다.

그분은 물질이 사고하도록 만들 수도 있습니다. 노사리아파가 말했다.

암퇘지의 귀로 우단 모자를 만드는 격이지요. 반노사리아파가 말했다.

그분은 둘과 둘로 다섯을 만듭니다. 가톨릭 학자들이 말했다.—거짓말이오.—반대파가 소리쳤다.—

무한한 힘은 무한한 힘이오. 코의 현실성을 주장하는 학자들이 말했다.—가능한 일만 포함해야 합니다. *루터파* 학자들이 말했다.

맹세코 말하지만, 그분이 원하기만 한다면, 스트라스부르의 뾰족탑만한 크기의 코도 만들 수 있습니다. 가톨릭 학자들이 외쳤다.

반노사리아파는 스트라스부르의 뾰족탑은 세상에서 가장 높고 큰 교회탑이기 때문에, 키가 평균인 사람이, 575피트 높이의 코를 달고 다니는 것은 불가능하다고 말하자—가톨릭 학자들은 맹세코 가능하다고 했으며—*루터파* 학자들은 아니라고,—불가능하다고 했다.

이 때문에 새로운 논쟁이 시작되어, 하나님의 도덕적인 속성과 자연적인 속성의 범위와 한계에 대해 깊이 파고들게 되었으며—이 논란은 자연히 *토마스 아퀴나스*[17]로 이어졌고, *토마스 아퀴나스*에서 다시 사탄으로 이어지게 되었다.

나그네의 코는 더 이상 언급되지 않았으며—그 코는 이들을 신학의 소용돌이 속으로 발사시키는 군함의 역할을 했을 뿐,—모두들 순풍을 받으며 항해에 나섰다.

열정은 참된 지식의 결핍에 비례하는 법이다.

속성이니 뭐니 하는 논란은, *스트라스부르 사람들*의 상상력을 식히기는커녕 오히려 어이없는 지경에까지 부채질하여—이 문제에 대한 이

---

[17] Thomas Aquinas(1225~1274): 13세기 이탈리아의 신학자이자 대표적인 중세 철학자.

해가 부족하면 부족할수록, 사람들의 궁금증은 더해갔으며—욕구가 채워지지 않자 고통에 시달리게 되었고—이쪽에서는 *팔치멘타리아회*, *브라사리아회*, *털펜타리아회* 학자들이—그리고 저쪽에서는 가톨릭 학자들이, *팡타그뤼엘과 그의 동료들이 성배의 신탁을 찾아 나섰던 것처럼*, 멀리 길을 떠났다.[18]

——곤경에 빠진 가엾은 스트라스부르 시민들!

——어떻게 해야 하나?—더 이상 꾸물거릴 수가 없는데—소란은 점점 커져가고—성문은 열린 채—사람들은 혼란에 빠져 있으니.—

불운한 스트라스부르 시민들이여! 운명의 여신은 그대의 호기심을 괴롭히고, 욕망을 팽창시키기 위해, 만물의 창고와—지식의 광—그리고 거대한 운명의 무기고에 있는 모든 병기를 당신의 가슴에 겨누고 있습니다.—나는 당신의 항복을 변명하기 위해 펜에 잉크를 묻힌 것이 아니며—당신에게 찬사를 보내기 위함입니다. 이처럼 기대로 지쳐빠진 도시가 또 있겠는가—먹지도, 마시지도, 자지도, 기도도 하지 않고, 스무이레 동안이나 어떤 종교적 요구나 생리적 요구에도 답하지 않았으니, 누군들 하루라도 더 견딜 수 있었겠는가.

그 인정 많은 나그네는 스무여드레째 되는 날 스트라스부르로 돌아오겠다고 약속했었다.

7천 대의 사륜 마차(슬로켄베르기우스는 여기서 숫자를 잘못 쓴 것이 분명하며), 7천 대의 사륜 마차와—만 5천 대의 경마차—그리고 2천 대의 포장마차가, 평의원들, 고문들, 특별 평의회원들—베긴회 수녀들, 미망인들, 아낙네들, 처녀들, 참사회원들, 첩들로 최대한으로 꽉 채워지고, 모두들 마차에 오르자—크베드린베르크의 수녀원장과 부수

---

18 라블레의 작품에 등장하는 팡타그뤼엘은 "바스부스의 신탁, 일명 성스러운 병"을 찾아 나선다.

녀원장, 여사제장, 여영창자가 탄 마차를 행렬의 선두로, 스트라스부르의 사제장이 네 명의 관구 고위 성직자들과 함께 그녀의 왼편에서—그리고 나머지 사람들은 되는 대로 북새통을 이루며 따라오고 있었으며—어떤 사람은 걸어서—어떤 사람은 부축을 받으며—어떤 사람은 마차에 실려—어떤 사람은 *라인* 강을 따라—어떤 사람은 이쪽 길로—어떤 사람은 저쪽 길로—모두 동틀 녘에 그 인정 많은 나그네를 만나기 위해 길을 떠났다.

지금 내 이야기는 *카타스트로피*로 치닫고 있는데—*카타스트로피*라 하는 것은 (슬로켄베르기우스가 소리쳐 말하기를) 이야기가 제대로 균형 잡힌 경우, 극의 *카타스트로피* 혹은 *페리피티어*뿐 아니라, 다른 모든 기본적인 구성 요소들도 독자에게 즐거움을 제공하며 (*gaudet*)[19]—*프로타시스, 에피타시스, 카타스타시스, 카타스트로피* 혹은 *페리피티어*가,[20] 애초에 아리스토텔레스가 배치한 순서대로, 하나씩 차례대로 진전되어야 하며—이렇게 되지 않는다면, 이야기를 아예 하지 않고, 혼자서만 알고 있는 편이 나은 것이다.

나, 슬로켄베르기우스는, 나그네와 그의 코 이야기에서와 마찬가지로, 한 권에 열 편씩, 열 권에 걸친 이야기에서, 이 규칙을 엄격히 지켰다.

—그가 처음에 보초와 대화를 나눌 때부터, 진홍색 공단 반바지를 벗고, 스트라스부르 시를 떠날 때까지가, *프로타시스* 혹은 도입부로서

---

19 '기뻐하라.' (영국교) 성찬식 전에 부르는 찬송가의 첫마디.
20 프로타시스 Protasis는 극의 도입부를 의미하며, 주로 등장 인물을 소개하는 부분이며, 다음 단계인 에피타시스 Epitasis에서는 줄거리의 윤곽이 잡히고 고조되기 시작한다. 카타스타시스 Catastasis에서는 에피타시스에서 고조되기 시작한 줄거리가 계속해서 부양되어, 다음 단계인 카타스트로피 Catastrophe, 혹은 페리피티어 Peripeitia에서 대단원의 막을 내린다.

―등장 인물들의 성격에 약간 손을 대고, 이야기의 주제로 막 들어가기 시작하는 부분이다.

*에피타시스*에서는 줄거리가 좀더 본격적으로 시작되고 강화되어, *카타스타시스*의 상태 혹은 그 경지에 도달하는데, 이것은 주로 2막과 3막을 차지하며, 이번 이야기에서는 다소 분주한 시기였다고 할 수 있는, 첫날밤 코 때문에 있었던 소동과, 나팔수의 아내가 광장 한가운데서 연설을 끝낸 시점까지이며, 학자들이 논쟁에 참여하기 시작한 무렵부터, 이들이 곤경에 빠진 스트라스부르 사람들을 비탄에 잠긴 채 남겨두고 떠나버렸을 때가,―*카타스타시스* 혹은 제5막에서 터져나올 사건과 감정이 무르익는 시기다.

이 부분은 스트라스부르 사람들이 프랑크푸르트 가에서 출발할 때부터 시작하여, 주인공이 미로를 통과하여 불안한 상태에서 벗어나 (아리스토텔레스의 말을 빌리자면) 휴식과 평온함으로 들어가는 것으로 끝이 난다.

*하펜 슬로켄베르기우스*가 밝히는바, 이 부분은, 내 이야기의 대단원 혹은 전회(轉回)를 구성하며―지금부터 그 내용을 진술하려고 한다.

커튼 뒤에 잠든 채 내버려두었던 나그네가―이제 무대 위에 오른다.

―무엇 때문에 귀를 쫑긋하는 거냐?―말을 타고 지나가는 사람일 뿐인 것을.―이 말은 나그네가 노새에게 건넨 마지막 말이었다. 독자에게 노새가 주인의 말을 알아들었다고 할 수는 없지만, 노새는 더 이상 아무런 토도 달지 않고, 그 여행자와 말이 지나가도록 내버려두었다.

그 여행자는 그날 밤 안에 스트라스부르에 당도하기 위해 몹시 서두르고 있었다.―아 나는 정말 바보야 하고 여행자는 1리그 정도 더 가다가 중얼거렸다. 오늘밤에 스트라스부르에 들어가려 하다니―그 위대한 도시 스트라스부르에!―알자스의 중심지, 스트라스부르! 위풍당당한 도시, 스트라스부르! 독립 국가, 스트라스부르! 스트라스부르, 세상에서 가장 훌륭한 5천 명의 병력이 수비하는 도시!—아아 안타깝게도! 지금 내가 스트라스부르 성문에 당도해, 금화 한 닢을 내놓는다 해도 입성을 허락받지 못할 것이 분명한데,—한 닢 반을 준다고 해도—아니 그건 너무 많은 듯하고—마지막으로 지나쳐온 여관으로 되돌아가는 편이 낫겠어—아무 데서나 자는 것보다는—돈이 얼마나 들지도 모르니 말이야. 여행자는 이런 생각을 하며, 말머리를 돌려, 나그네가 방으로 안내된 지 3분 후, 바로 그 여관에 도착했다.

—베이컨과 빵이 있습니다 하고 여관 주인이 말했다.—오늘밤 11시까지만 해도 계란이 세 개 있었는데—한 시간 전에 도착한 한 나그네가 오믈렛을 주문했기 때문에, 지금은 하나도 없습니다.—

—아아, 아니오! 여행자가 말했다. 나는 지칠 대로 지쳐, 침대만 있으면 되겠소.—그렇다면 알자스에서 제일 푹신한 침대가 있지요 하고 주인이 말했다.

—가장 좋은 침대이니만큼 먼저 온 그 나그네가 차지했어야 하지만, 그의 코 때문에 그럴 수가 없었지요.—코가 비뚤어진 모양이군요 하고 여행자가 말했다.—아닙니다 하고 주인이 대답했다.—간이침대이기 때문에, *자씬타*는 그가 코를 돌려 누울 만한 공간이 없겠다고 생각했지요. 그가 하녀를 쳐다보며 대답했다.—왜죠? 여행자는 움찔하며 물었다—코가 너무 길어서요. 주인이 대답했다—여행자는 *자씬타*를 바라보다가, 다시 땅을 쳐다보며—오른쪽 무릎을 꿇고—가슴에 손을 얹으며—나를 놀리지 마십시오 하고 말하며 다시 일어났다.—놀리는 것이 아니라, 코가 정말 멋지던걸요! *자씬타*가 말했다.—여행자는 다시 무릎을 꿇으며—가슴에 손을 얹고—하늘을 쳐다보며 말했다! 당신께서 나를 순례의 종착지로 인도하시다니—*디에고*가 분명합니다!

그 여행자는, 그날 밤 나그네가 스트라스부르에서 노새를 타고 오는 동안 자주 불렀던 줄리아의 오라버니로서, 그녀가 그를 찾고 있었던 것이다. 여행자는 동생을 동행해 *발라돌리드*에서 길을 떠나, 프랑스를 통과하며 *피레네* 산맥을 지나, 연인들의 가시밭길에 널린 허다한 미로를 통과하고 급한 모퉁이를 돌아, 엉클어진 실타래를 풀며 그를 쫓아왔다.

─줄리아는 그만 지쳐버려─*리용*까지 와서는 더 이상 한 발자국도 움직일 수 없었으며, 모두들 말로는 하지만─정작 소수만이 느끼는─연약한 마음에 가득한 불안으로 인해 그녀는 병을 얻어, *디에고*에게 겨우 편지 한 장 쓸 정도의 여력이 남았을 뿐이었으며, 오라버니에게 그를 찾을 때까지는 자기 얼굴을 볼 생각 말라는 다짐을 하고는, 편지를 손에 쥐어주고 자리에 누웠다.

간이침대가 알자스에 있는 어떤 침대보다 푹신했지만,─*페르난데스*는 (줄리아의 오라버니 이름이지요) 눈을 붙일 수가 없었다.─아침이 되자마자 자리에서 일어난 그는, *디에고*가 일어났다는 말을 듣고, 그의 방으로 가서, 동생의 부탁을 실행에 옮겼다.

줄리아의 편지는 다음과 같았다.

디에고 씨께.

"당신 코에 대한 나의 의혹이 정당한 것이었든 아니든─지금 따지자는 것은 아니며─내게는 끝까지 확인하려는 의지도 없었습니다."

"내가 당신께 유모를 보내 더 이상 내 방 창문 아래로 오지 말아달라고 전했을 때, 나 자신에 대해 어쩌면 그리도 몰랐을까요? 그리고 *디에고*, 당신에 대해서도 어쩌면 그리도 몰라, 당신이 내 의

혹을 풀어주기 위해 *발라돌리드*에 하루 더 지체하리라는 생각을 못 했을까요?— *디에고*, 나는 의심했기 때문에 버림받은 건가요? 아니면, 내 의혹이 사실이든 아니든, 당신이 내 말을 곧이곧대로 받아들여, 혼란과 비탄에 빠진 나를 떠난 것은 당신의 친절 때문이었나요."

"오라버니가 이 편지를 당신 손에 전해줄 때— 줄리아가 얼마나 후회했는지 말해줄 것입니다. 내가 보낸 경솔한 메시지를 얼마나 금방 후회했는지— 얼마나 급하게 미친 듯이 창문으로 내달았는지, 그리고 몇 날 며칠을, 꼼짝 않고 팔을 괴고, *디에고*, 당신이 오시곤 하던 그 길을 창문 밖으로 내다보았는지 모릅니다."

"당신이 떠났다는 소식을 듣고— 내가 얼마나 낙담했는지— 마음에 병이 들어— 얼마나 애처롭게 슬퍼하며— 고개를 낮게 떨구었는지 오라버니가 말해주겠지요. 오 *디에고!* 오라버니의 연민의 정이 나의 수심에 찬 손을 이끌고 얼마나 많은 지친 발걸음으로 당신의 발걸음을 더듬어 갔는지요! 열정에 이끌려 나의 힘이 닿지 않는 곳까지 얼마나 멀리 갔는지— 얼마나 자주 정신을 잃고 오라버니의 팔에 안기었는지, 이렇게 소리칠 힘밖에 남지 않았습니다.— 오 나의 *디에고!*"

"당신의 마음가짐이 당신의 점잖은 몸가짐과 다를 바 없다면, 내게서 떠나갔던 것처럼, 신속하게 나에게 달려오실 것이니— 서두르신다면, 내 임종을 지킬 수 있겠지요.— 정말 비통한 목숨이군요, *디에고*, 그러나 오! 더 비통한 것은 죽기 전에 확인하지 못—"

그녀는 더 이상 계속할 수 없었다.

슬로켄베르기우스는 그녀가 하려던 말이 확인하지 못하고일 것이라고 생각했지만, 지친 그녀는 말을 끝맺지 못했다.

　인정 많은 디에고는 편지를 읽고 가슴 벅차하며―노새를 끌고 오라고 시키고는, 페르난데스의 말에 안장을 얹게 하고, 상황이 이럴 때는 산문은 운문에 비길 바 못 되기 때문에―우리에게 질병뿐 아니라 종종 치료도 마다하지 않는 운명의 여신이, 숯 한 조각을 창문으로 던져주자―그는 그 숯을 가지고, 말구종이 노새를 준비하는 동안, 벽에다 그의 심경을 이렇게 적었다.

　　오드[21]

　　줄리아의 음악이 아닐진대,
　　사랑의 선율은 가혹하고 거칠기만 하여라,
　　오직 그녀의 손길만이 그곳에 닿을 수 있으니,
　　그 감미로운 움직임은
　　교감 어린 흔들림으로 우리를 사로잡아
　　누구든 황홀경에 빠뜨리는도다.

　　2연

　　오 줄리아!

　시구가 매우 자연스러운 것은―꾸밈이 없기 때문이며, 여기서 끝내기가 안타깝다고 슬로켄베르기우스는 말했다. 디에고가 시를 짓는 속

---

21 특정한 인물이나 사물을 읊는 형식의 고상한 서정시.

도가 느렸는지—혹은 말구종이 노새에 안장 얹는 속도가 빨랐는지 확인할 수는 없지만,—분명한 것은, *디에고*가 둘째 연을 시작하기도 전에, 말구종이 디에고의 노새와 *페르난데스*의 말을 여관 문 앞에 대령하여, 그들은 시가 끝날 때까지 머물지 못하고, 각자 말과 노새에 올라 길을 떠났으며, *라인* 강을 지나고, 알자스 지방을 통과하여, *리용*으로 진로를 정했기 때문에, 스트라스부르 사람들과 크베드린베르크의 여수도원장의 행렬이 시작되기도 전에, *페르난데스*와 *디에고*, 그리고 그의 *줄리아*는 이미 피레네 산맥을 지나, 발라돌리드에 안전하게 도착했다.

지리에 밝은 독자에게, *디에고*는 스페인에 있으니, 그 인정 많은 나그네를 프랑크푸르트 가에서 만나는 일은 불가능하다고 굳이 말할 필요도 없을 것이며, 여기서 밝혀두고 싶은 것은, 모든 불안한 욕망들 가운데, 호기심이 가장 강한 욕망이기 때문에—스트라스부르 시민들은 그 힘을 충분히 느꼈을 뿐 아니라, 이런 격렬한 열정의 난폭성으로 인해, 모든 것을 포기하고 집으로 돌아가기로 결심하기 전 사흘 밤낮으로, 프랑크푸르트 가에서 이리저리 동요했으며—그러나 아아, 안타깝게도! 한 가지 사변이 그들을 위해 예비되어 있었으니, 자유 시민에게 닥칠 수 있는 가장 고통스런 사건이었다.

스트라스부르 시민들의 혁명 사건이 자주 언급되기는 하지만, 제대로 이해되지 못하고 있기 때문에, 여기서 몇 마디로 설명하는 것으로써, 이 이야기를 끝내고자 한다고 슬로켄베르기우스가 말했다.

1664년, 콜베르[22] 씨의 지시로 구상되어, 루이 14세의 손에 필사본으로 전달되었던 보편 군주제라는 위대한 체제를 모두들 알고 있을 것이다.

---

22 콜베르는 루이 14세의 재무장관이었으며, 그중 영향력 있는 상담역이었다. 구전되는 이야기를 통해 복잡한 역사적 사건들을 설명하는 데 대한 스턴의 풍자이다.

마찬가지로 널리 알려진 사실은, 그 체제의 여러 지류들 가운데 하나가, *수아비아*로 들어가는 통로를 확보하기 위해, 스트라스부르를 차지하자는 것이었으며, 결과적으로 독일의 평화를 방해하려는 목적이었는데—이 계획의 결과로, 불행하게도 스트라스부르는 그들의 손에 넘어가고 말았다.

이와 같은 혹은 이와 유사한 혁명의 진원지를 밝혀내는 일은 소수의 몫으로서—서민들은 너무 높은 곳에서—그리고 정치가들은 너무 낮은 곳에서 찾게 마련이지만—진실은 (이번만은) 중간에 있는 법이다.

자유 도시의 시민들에게는 얼마나 자존심 상하는 일이었을까! 하고 한 역사가가 소리쳤다.—스트라스부르 시민들은 제국 수비대의 진주를 자유의 침해로 받아들였으며—그들은 결국 프랑스에 희생되고 말았다.

어떤 역사가는 스트라스부르 *사람들의* 운명이, 다른 자유 시민들에게 돈을 저축하라는 경고를 보낸다고 주장했는데,—그들은 세입을 위해—과도한 세금을 부과하여, 힘을 모두 고갈시킨 나머지, 약소 국가가 되었고, 더 이상 성문을 닫아놓을 힘이 없어, 결국 프랑스가 열어젖혔다는 것이다.[23]

아아! 슬프다! 슬로켄베르기우스가 소리쳤다. 프랑스가 아니라—호기심이 그 문을 열고—계략으로 가득한 프랑스인들이, 스트라스부르의 남자들, 여자들, 어린이들이 모두 나그네의 코를 좇아 줄지어 나가자—곧장 앞으로 줄지어 들어간 것입니다.

---

[23] Gilbert Burnet의 *Some Letters Containing an Account of* [……] *Travelling through Switzerland, Italy, Some Parts of Germany*, 2nd ed. (Rotterdam, 1687): 제국의 병력이 주둔하는 것을 자유의 침해로 받아들였던 스트라스부르 시민들은, 3천 명의 수비대를 자체적으로 유지하다가 세수가 고갈되어 결국 프랑스 군대에 성문을 열어주고 말았다.

그때부터 무역과 제조업은 쇠퇴하여 점차 축소되었으며—그 원인은 업계 지도자들이 밝힌 곳에 있지 않고, 스트라스부르 사람들의 머릿속이 코로 가득 차, 일을 할 수 없었다는 데 있다.

아아! 슬프다! 슬로켄베르기우스가 절규하며 소리쳤다. 이런 일은 처음이 아니며—코 때문에 정복하거나 빼앗기는——마지막 성채가 되지도 않을 것이라는 사실이—염려스러울 뿐이다.

슬로켄베르기우스의 이야기
끝

제1장

이와 같은 코에 대한 잡다한 지식들이 아버지의 머릿속에서 끊임없이 맴도는 가운데—가족들에 대한 온갖 편견과—열 권에 달하는 이와 비슷한 이야기들까지 합세하고 있었으니—아버지처럼 예민한 사람이—그런데 그 코는 진짜였습니까?—아버지처럼 예민한 사람이, 앞에서 말한 바로 그 자세 외에, 어떤 자세로,—아래층에서든, 위층에서든, 그 충격을 견딜 수 있겠습니까.

—침대 위에 몸을 수없이 던져보십시오.—그 전에, 한쪽 편에 있는 의자 위에 거울을 놓아두는 것을 잊지 마시고—그런데 그 나그네의 코는 진짜였습니까—가짜였습니까?

그것을 미리 말씀드린다면, 부인, 기독교 세계에서 그중 훌륭한 이야기 하나를 훼손하는 셈이 되며, 열번째 10권짜리의 중 열번째이니까 이번 바로 다음 이야기입니다.

슬로켄베르기우스가 다소 흥분하며 외쳤습니다. 그 이야기는, 내 작품을 마감하는 이야기로 아껴두고 있었으니, 내가 그 이야기를 하고, 독자가 그것을 끝까지 읽고 나면,—우리 모두 책을 덮어야 하는 때가 올 것이며, 그후로는, 더 이상 어떤 이야기도 하지 못할 것이 분명하기 때문이오.

—정말 대단한 이야기로군요!

그 이야기는 리용의 여관에서, 페르난데스가 동생 줄리아와 인정 많은 나그네를 방에 단둘이 남겨두고 나간 후, 이들이 처음으로 대화를 나누는 장면으로 시작되는데, 좀 과장된 면이 있습니다.

줄리아와 디에고의 착잡한 마음

아이고! 당신은 정말 별난 사람입니다, 슬로켄베르기우스 씨! 여자의 복잡하고 변덕스런 심경을 열어 보이다니, 어떻게 번역을 하란 말씀입니까! 그러나 슬로켄베르기우스의 이야기와 그의 깊이 있는 교훈이 사람들을 즐겁게 한다면—두어 권 정도는 번역할 수 있겠지요.—그런데, 도대체 어떻게 해야 제대로 된 영어로 번역할 수 있을지 고민입니다.—이런 문구를 제대로 옮기자면 육감까지 동원해야 할 지경입니다.—자연스런 어조보다 오음(五音) 정도 느리고, 낮고, 단조로운, 눈동자가 나불거리는 대화라니, 도대체 무슨 말인지,—부인도 아시겠지만, 속삭임보다 조금 큰 소리라는 뜻인 것 같기도 한데. 내가 그 말을 입 밖에 내자마자, 내 가슴께의 현이 진동하려는 것을 느낄 수 있었습니다.—그러나 뇌에서는 아무런 반응이 없었지요.—가끔 이들 사이의 의사 소통이 잘 안 될 때가 있긴 합니다.―그 말을 이해할 수 있을 듯했는데―정말 모르겠군요.―가슴께의 진동에 무슨 이유가 있었을 텐데.―정말 난감합니다. 전혀 이해가 가지 않으니,―그나저나, 각하님들, 목소리가 속삭임보다 조금 큰 정도라면, 서로의 눈이 어쩔 수 없이 6인치도 안 되게 가까이 접근해야 하는데―그렇게 눈동자를 들여다본다면―위험하지 않겠습니까?―하지만 어쩔 수 없는 것이―그런 상황에서 천장을 올려다보면, 서로의 아래턱이 닿게 될 것이 뻔하고―각자의 무릎을 쳐다보자니, 이마가 바로 부딪치게 되어,―감상적인 이야기는 더 이상 이어갈 수 없게 되겠지요.―그러니, 부인, 나머지는 들으나마나 아니겠습니까.

제2장

　한 시간 반 동안이나, 침대를 가로질러 길게 누워 마치 죽음의 손이 내리누르고 있기라도 하듯, 꼼짝 않고 있던 아버지가, 침대 옆으로 늘어져 있던 한쪽 다리의 발가락으로 방바닥에 장난을 치기 시작하자, 토비 삼촌의 마음은 한 짐을 더는 듯했습니다.―얼마 후, 요강 손잡이에 손가락 마디를 기대고 있던 왼손에 감각이 돌아오자―아버지는 요강을 장식 커튼 밑으로 더 깊숙이 밀어넣은 후―손을 끌어올려 품안에 찔러넣고―헛기침을 했습니다!―삼촌은 무한한 기쁨으로 화답했으며, 이참에 한마디 위로의 말이라도 기꺼이 건넸겠지만, 그는 그런 쪽으로는 재주가 없었고, 상황을 더 악화시킬지도 모른다는 생각에, 목발에 조용히 턱을 괴는 것으로 만족했습니다.

　토비 삼촌의 얼굴이 기분좋은 타원형으로 축소된 것이 이렇게 눌렸기 때문인지,—혹은 형님이 고통의 바다에서 헤쳐나오기 시작하는 것을 목격한 그의 박애 정신이 근육에 힘을 불어넣어,—턱의 눌림이 이미 있던 온화함을 배가시켰는지, 그 결론을 내리기는 그리 어려운 일이 아니었습니다.—눈길을 돌린 아버지는, 기쁨으로 빛나는 삼촌의 얼굴에 매료되어, 순간적으로 자신의 슬픔으로 야기된 우울함이 녹아내리는 듯했습니다.

　아버지는 이렇게 말문을 열었습니다.

제3장

　토비 동생, 세상에 어떤 인간이 말이야 하고 아버지는 팔꿈치를 받치고 몸을 일으켜, 토비 삼촌이 목발에 턱을 괴고 술장식이 달린 낡은 의자에 앉아 있는 쪽 반대편, 침대 저쪽으로 몸을 돌리며 말했습니다.— 동생, 세상에 이렇게 심하게 두들겨 맞은 불행한 인간이 또 있겠는가? 하고 소리쳤습니다.—제가 목격한 바에 의하면 세상에서 매를 가장 많이 맞은 사람은, (트림을 부르기 위해 침대 머리맡에 놓인 종을 흔들며) 멕케이의 연대에 있던 척탄병이었습니다 하고 삼촌이 말했습니다.

　—삼촌이 아버지의 심장에 총알을 관통시켰다 해도, 그가 이렇게 갑작스럽게 이불 위에 코를 박고 쓰러지지는 않았겠지요.

　아이구! 하고 삼촌이 소리쳤습니다.

제4장

　부르게스에서 금화 때문에 무자비하게 매를 맞았던 그 불쌍한 척탄병 말이야, 멕케이의 연대가 맞지 하고 삼촌이 말했습니다.—뭐라구요! 그는 결백했습니다! 트림은 길게 한숨을 쉬며 소리쳤습니다.—나리, 그런데도 그는 저승 문턱에 갈 때까지 맞지 않았습니까.—그의 애원대로 즉각 총살시켰더라면, 분명히 천당에 갔을 것입니다. 그 친구는 나리에 못지않게 결백한 사람이었으니까요.—고맙네, 트림 하고 삼촌이 말했습니다. 트림이 얘기를 계속했습니다. 우리 셋은 동기들이었기 때문에, 나는 그 친구와 내 동생의 불행을, 겁쟁이처럼 눈물을 흘리지 않고는, 생각할 수조차 없습니다.—눈물을 흘린다고 겁쟁이가 되는 않는다네, 트림.—나도 눈물을 종종 흘리곤 하니까 하고 삼촌이 말했습니다.—나리께서도 그러시는 건 잘 알고 있고, 저도 부끄럽게 생각하지는 않습니다. 트림은 눈가에 눈물을 비치며 말을 이었습니다. 그러나 생각해보십시오, 나리,—마음이 따뜻하며 덕망도 있고, 하나님이 지극히 정직하게 창조하신 두 젊은이가—정직한 사람들의 자손들로서, 늠름한 기상으로 출세를 위해 세상에 뛰어들었다가—그런 악운을 만나다니요!—가엾은 톰! 고문대에서 그 고통을 당하다니—단지 소시지를 파는 *유대인*의 과부와 혼인했다는 이유로—또 정직한 딕 존슨은, 어떤 놈이 그의 배낭에 넣어놓은 금화 때문에 채찍질에 혼이 빠지지 않았습니까!—아!—이런 불행은 하고 트림이 손수건을 꺼내며 울부짖었습니다.—이런 불행은, 나리, 정말로 엎어져 울 만한 일이 아니겠습니까.

　—아버지는 무심결에 얼굴을 붉혔습니다.

—서글픈 일이야, 트림. 토비 삼촌이 말했습니다. 다른 사람의 슬픔을 그토록 예민하게 느끼는 자네가, 본인의 슬픔까지 느껴야 하다니 말이야.—그러자 상병의 얼굴이 밝아지며 대답했습니다.—서글픈 일이긴 하지만, 나리도 아시다시피 저야 마누라도 자식도 없으니—세상에 무슨 걱정거리가 있겠습니까.—아버지는 미소짓지 않을 수 없었습니다.—삼촌이 얘기를 계속했습니다. 그런 사람은 정말 드물지, 트림, 자네처럼 낙천적인 사람이야 고통받을 일이 어디 있겠는가, 은퇴하고,—친구들도 세상을 떠난 뒤,—노년에 가난의 고통을 당한다면 모르겠지만 말이야.—나리, 걱정하지 마십시오 하고 트림이 씩씩하게 말하자—삼촌은 이렇게 대답했습니다. 자네가 염려하지 않도록 해주겠네, 트림, 그래서 말인데 하고 삼촌이 목발을 던져버리고, 그래서라는 말을 하며 자리에서 일어났습니다.—트림, 나에 대한 자네의 오랜 충성과 내가 아는바 자네의 착한 마음씨에 대한 보답으로—내 수중에 단 1실링이라도 남아 있는 한—자네가 다른 데서 1페니를 구걸하는 일은 없을 것이네. 트림은 삼촌에게 고마움을 표하려 했으나,—그럴 수가 없었으니—눈물이 뺨을 타고 너무나 빨리 흘러내려 미처 닦을 틈도 없었기 때문이며—손을 가슴에 얹고—고개 숙여 절을 한 뒤, 문을 닫았습니다.

—나는 트림에게 잔디 볼링장을 물려주었지요 하고 *토비 삼촌이* 말하자—아버지는 미소를 지었습니다.—게다가 연금도 남겼지요 하고 그가 덧붙이자—아버지의 표정이 어두워졌습니다.

제5장

　지금이 도대체, 연금과 척탄병 이야기를 할 때란 말인가? 하고 아버지가 중얼거렸습니다.

제6장

　토비 삼촌이 척탄병 이야기를 처음 꺼냈을 때, 이미 말씀드렸듯이, 아버지는 삼촌의 총에 맞기라도 한 듯 이불 위에 코를 박고 쓰러졌으며, 그의 몸의 다른 부분도 코와 마찬가지로 처음에 누웠던 바로 그 자세로 즉시 되돌아갔다는 말을 덧붙이지 않았는데, 트림 상병이 방을 나간 후, 아버지가 다시 침대에서 몸을 일으키려 하자,―그렇게 하기까지의, 모든 소소한 준비 과정을 다시 반복해야 했습니다.―자세는 별것이 아닙니다, 부인.―불협화음에서 협화음으로의 준비와 이행이나 마찬가지로서―한 가지 자세에서 다른 자세로 이행하는 것일 뿐입니다.
　때문에 아버지는 아까 그랬던 것처럼 다시 발가락으로 방바닥에 장난을 치다가―요강을 장식 커튼 밑으로 더 깊숙이 밀어넣고―헛기침을 하고―팔꿈치를 받치고 다시 몸을 일으키고는―막 토비 삼촌에게 말을 걸려다가―아까 그런 자세가 실패로 돌아갔다는 생각이 떠오르자,―아버지는 몸을 일으켜, 방을 세 번 가로질러 걷고는, 삼촌을 마주하고 멈춰 서서, 오른손의 손가락 세 개를 왼손바닥에 펴보이며, 몸을 약간 구부리고, 삼촌에게 이렇게 말했습니다.

제7장

토비 동생, 인간에 대해 깊이 고찰하던 중, 온갖 재난에 노출된 삶으로 표현되는 인생의 어두운 면을 생각해보았는데―우리는 평생 고통의 빵을 맛보고, 태어날 때부터 이것을 유산의 일부로 물려받는다는 사실을―나는 받은 것이라고는 장교 임명 외에는 아무것도 없는걸요 하고 삼촌이 아버지의 말에 끼어들며 덧붙였습니다. 뭐라고! 숙부께서 자네에게 120파운드의 연금을 남기지 않았는가? 하고 아버지가 말했습니다.―그 돈이 없었다면 제가 어떻게 살았겠습니까? 하고 토비 삼촌이 대답했습니다.―그러나 그건 별개의 문제라네. 아버지가 신경질적으로 말했습니다.―내 말은, 토비, 인간의 가슴 속에 넘쳐나는 불행과 슬픔의 목록을 훑어보니, 마음 속에 감추어져 있는 자원으로 이것을 견디어 내고, 꺾이지 않는다는 것이, 얼마나 훌륭한 일인가 하는 생각이 들고, 인간의 본질적인 짐에 대해서도 마찬가지라는 말이네.―그건 전능하신 하나님의 도우심 때문이지요. 삼촌은, 천장을 향하여, 양 손바닥을 꼭 마주잡으며 소리쳤습니다―그건 우리들의 능력이 아니지요, 샌디 형님―목조 초소에 있는 보초가, 50명의 분대를 상대하는 편이 차라리 낫지,―우리는 신의 은총과 도우심 없이는 살아갈 수 없습니다.

―자네는 마디를 풀려고 하지 않고 끊어버리고 있네 하고 아버지

가 말했습니다.—동생, 이 신비로운 일을 좀더 깊이 들여다볼 수 있는 기회를 주지 않겠나.

기꺼이 그렇게 하겠습니다 하고 삼촌이 대답했습니다.

아버지는 *라파엘*의 명화에서, 소크라테스가 아테네의 학교에서 가르치는 모습으로 즉시 자세를 바꾸었으며, 그 그림은 전문가들께서도 아시겠지만, 상상력이 얼마나 뛰어났던지, 소크라테스 특유의 추론 방식까지 표현했는데—그는 왼쪽 집게손가락을 오른쪽 집게손가락과 엄지손가락 사이에 쥐고는, 마치 자신이 교화시키고 있는 난봉꾼에게 이렇게 말하고 있는 듯했습니다.—"이것은 *인정하겠지*—그리고 이것도 말이네. 그리고 이것과, 이것도, 자네더러 그렇게 하라고 하는 것이 아니라—저절로 그렇게 되는 것이네."

아버지는 그렇게, 집게손가락을 집게손가락과 엄지손가락 사이에 쥐고, 알록달록한 털실술과 장식 커튼으로 가장자리를 꾸민 낡은 의자에 앉아 있는 *토비* 삼촌과 담론을 벌이며 서 있었습니다.—오 *개릭*! 그대의 훌륭한 재능이라면 이 광경을 얼마나 절묘하게 표현했을까! 그리고 이와 비슷한 장면을 내가 또 써서 당신의 불멸의 명성에 기꺼이 보탬이 되게 하고, 그 뒤에 내 자리도 마련했겠지.

제8장

세상에 사람만큼 호기심 많은 매체가 없지 하고 아버지가 얘기를 계속했습니다. 그러나 동시에 사람은 골격이 약하고 불안정하게 만들어졌기 때문에, 험난한 세상 역정에서, 어쩔 수 없이 불시에 찔리고 사정없이 떼밀려, 하루에도 수없이 뒤집어지고 갈기갈기 찢기게 마련이지만—토비 동생, 우리 안에는 비밀스런 용수철이 하나씩 있다네.—그 용수철은, 종교라고 생각하는데요 하고 삼촌이 말했습니다.—그래 그게 내 아이의 코를 세워주기라도 한단 말인가? 아버지는 잡고 있던 손가락을 놓고, 두 손을 마주치며 소리쳤습니다.—모든 것을 곧게 만들어주지요 하고 삼촌이 대답했습니다.—이봐 토비, 비유적으로 말하자면 아마 그렇겠지. 그러나 내가 말하는 용수철은, 우리 안에 있는 악을 상쇄하는 강하고 탄력적인 힘을 말하며, 잘 돌아가는 기계의 용수철처럼, 충격을 막지는 못해도—최소한 그 힘을 완화시켜준다는 것이네.

자, 이보게 동생. 아버지는 요점에 가까워짐을 느끼며, 집게손가락을 다시 제자리에 놓고 말했습니다.—내 아이가 그 소중한 부분이 희생되지 않고 안전하게 세상에 나왔더라면—이름에 대한 나의 신념과 좋은 이름과 나쁜 이름이 사람의 성격과 행동에 불가피하게 영향을 끼친다는 나의 기이한 편견이, 아무리 유별나고 터무니없다 하더라도—하늘에 맹세코! 아이의 성공을 소원하는 나의 간절한 심정에도 불구하고, 조지나 에드워드보다 더한 영광과 명예로 내 아이의 머리를 장식할 생각은 없었네.

그러나 슬프게도! 하고 아버지가 얘기를 계속했습니다. 아이에게 최악의 불행이 닥쳤으니—최선을 다해 여기 대항하고 바로잡아야 하지 않겠나.

트리스메기스투스라고 이름 짓겠네, 동생.

효험이 있기를 빕니다.—하고 토비 삼촌이 일어나며 대답했습니다.

제9장

　정말 놀라운 우연의 장(章)이 아닌가. 아버지는 삼촌과 함께 아래층으로 내려가다 말고, 첫번째 계단에서 돌아서며 말했습니다.―세상 일들이 우리 앞에 얼마나 긴 우연의 장을 펼쳐놓는가 말이네! 토비 동생, 펜과 잉크를 집어들고, 한번 제대로 계산해보게.―저는 계산에 대해서라면 저 층계 난간 기둥만큼도 모르는걸요 하고 삼촌이 대답했습니다. (그는 목발로 층계 난간 기둥을 치려다가 채 미치지 못하고, 아버지의 정강이뼈를 세게 때리고 말았습니다)―백 대 일의 확률이었습니다.―하고 삼촌이 소리쳤습니다.―동생, 자네는 계산에 문외한이라고 생각했는데. (정강이뼈를 문지르며) 아버지가 말했습니다.―그저 우연이었습니다 하고 삼촌이 대답했습니다.―그렇다면 그 우연의 장에 한 가지가 더해지는 셈이구먼.―하고 아버지가 말했습니다.

　아버지는 자신의 재치 있는 대답이 두 번이나 성공을 거두자 당장 정강이뼈의 통증이 누그러졌으며―결과적으로 잘된 일이었으니―(또다시 우연!)―그렇지 않았다면 오늘날까지도 아버지가 계산하려던 것이 도대체 무엇이었는지 아무도 알아내지 못했을 것이며―짐작조차―불가능한 일이었으니―얼마나 운 좋은 우연의 장이 되었습니까! 이로써 나는 급하게 한 장(章)을 써야 하는 번거로움도 덜었을 뿐 아니라, 사실 그것 말고도 갖가지 새로운 일을 앞에 놓고 있으니―이미 매듭에 관한 장 하나와 여성의 앞뒤에 관한 장 두 개, 수염에 관한 장 하나, 소망에 관한 장 하나,―코에 관한 장 하나,―아니, 아니 그건 벌써 썼고―토비 삼촌의 정숙함에 대한 장 하나 등을 약속하지 않았습니까?

내가 잠자리에 들기 전에 꼭 끝내려고 하는, 장(章)에 관한 장은 말할 것도 없이—증조할아버지의 수염에 걸고 말씀드립니다만, 올해 안에 절반도 끝내지 못할 것 같습니다.

펜과 잉크를 집어들고, 한번 제대로 계산해보게나, 토비 동생 하고 아버지가 말했습니다 하고많은 신체 부위 가운데, 그 겸자 끝이 하필이면 바로 그곳에 떨어져 그걸 내려앉게 만들다니, 덕분에 우리 가문의 운명도 함께 내려앉게 된 것은, 백만분의 일의 확률이네.

더 심각했을 가능성도 있지 않습니까 하고 삼촌이 말했습니다—무슨 소린가. 아버지가 물었습니다.—닥터 슬롭이 말했다시피, 만약 엉덩이가 먼저 나왔다면 어떻게 되었겠습니까 하고 삼촌이 대답했습니다.

아버지는 30초 정도 생각에 잠겨 있다가—아래를 한 번 내려다보더니—손가락으로 이마 한가운데를 살짝 건드리며—

—옳은 말이네 하고 말했습니다.

제10장

층계 하나를 내려가는 사이에 일어난 일로 두 장을 채운다는 것은 너무 심한 일이 아니겠습니까? 사실 우리는 이제 겨우 첫번째 층계참에 도달했을 뿐이며, 밑바닥까지는 모두 열다섯 개의 계단이 남아 있으니, 아버지와 토비 삼촌의 수다스런 분위기로 미루어, 아마도 계단 수만큼의 장이 필요할 것 같은데,—설사 그렇게 된다 해도, 선생, 내가 내 운명을 어찌할 수 없는 것처럼 속수무책일 따름입니다.—갑작스런 충동이 마음에 스치는군요.—막을 내려라, *샌디*.—나는 막을 내립니다.—종이를 가로질러 금을 그어라, *트리스트럼*.—내가 금을 그으니—보세요, 새 장이 되었습니다!

여기서 내가 지켜야 할 무슨 규칙이라도 있단 말입니까—만약 있다면—나는 무슨 일을 하든 어떤 규칙도 따르지 않기로 결심했기 때문에—그 규칙을 비틀어 갈기갈기 찢은 다음, 불 속에 던져버리겠습니다.—따뜻하냐고요? 물론, 따뜻합니다.—사람이 규칙을 따라야 하는가—아니면 규칙이 사람을 따라야 하는가? 멋진 이야기 아닙니까!

그런데, 이번 장은 내가 잠자리에 들기 전에 끝내겠다고 약속드렸던, 장(章)에 관한 장인 만큼, 끝내기 전에 내 마음을 전부 털어놓아야겠다는 생각이며, 이 문제에 관해 내가 아는 모든 것을 말씀드리려고 합니다. 딱딱한 금언을 줄줄이 늘어놓으며 교리적으로 시작해서, 불에 구운 말 이야기[24] 같은 터무니없는 소리를 늘어놓는 것보다 이렇게 하는 편이 열 배나 낫다고 생각하는데—장(章)이란 마음을 털어놓게 하고—상상력을 보조하여—풍부하게 북돋워주며—이런 극적인 형식을 갖춘 작품에서는 배경의 변화와 마찬가지로 반드시 필요한 것이며—여기다 수많은 냉철한 관념들을 더한다면, 그 말을 구운 불을 꺼뜨리기에 충분하지 않겠습니까.—아! 그러나 이것은 *다이아나*의 신전의 불을 훅 불어 끄는 것이니만큼, 제대로 이해하기 위해서는—롱기누스를 읽으셔야 합니다.[25]—통독하십시오.—한 번 읽는 것으로 조금도 현명해졌다는

---

24 지어낸 터무니없는 이야기.
25 롱기누스를 읽으셔야 합니다: 『숭고미 이론*On the Sublime*』이라는 카시우스 롱기누스의 비평서에는 '공허한 거품'으로 가득한 작가가 묘사되어 있다. 스턴은 윌리엄 스미스(1739)가 그 작품에 붙인 주석을 인용하고 있는데, 이런 '형식적인' 글의 예로 알렉산더 대왕이 태어나던 날 에페소스의 다이아나의 신전이 불타버린 이유는, 그녀가 산파의 시중을 드느라 '불을 끌 여가가 없었기 때문'이라는 것이다. 이 말은 흔히 졸작을 가리키는 상투적인 표현으로 사용되었다.

생각이 들지 않는다면—염려하지 마시고—다시 읽으십시오.—*아비체나*와 *리체투스*는,[26] 아리스토텔레스의 형이상학을 각각 마흔 번이나 읽었으나, 한마디도 이해하지 못했다고 하지 않습니까.—그러나 결과를 보세요.—*de omni scribili* [27]로 책을 집필한 *아비체나*는—모든 분야에 없어서는 안 될 작가가 되었으며, *리체투스*(포르투니오)는 우리가 알다시피 태아*로 세상에 나왔을 때는, 키가 5인치 반에 불과했으나, 문학

---

26 스턴은 각주에서 밝히고 있는 대로, 아드리앵 바예 Adrien Baillet의 『유명한 아이들 *Des enfans célèbres*』을 인용하고 있다. 바예에 따르면 아라비아의 의사이자 철학자였던 아비체나(980~1037)는 아리스토텔레스의 형이상학을 마흔 번이나 읽었으나 전혀 이해할 수 없었다고 한다. 리체투스(1577~1657)에 대한 증거는 없으나, 바예가 밝힌 바로는, 그는 조산아였으나, 열아홉 살에 영혼의 기원에 대한 논문인, Gono-psychanthropologia를 저술했다. 스턴의 주석은 바예의 글을 그대로 옮겨놓은 것인데, 손바닥보다 작은 태아를, 그의 아버지가 학자들과 논의한 끝에, 온도가 조절되는 오븐에 (이집트에서 병아리를 부화시키는 데 사용하는 방법) 넣어놓았다고 한다. 이 방법이 성공적이었다는 것은 리체투스가 팔십까지 살았으며 여든 권의 작품을 집필했다는 사실로 증명되었다고 한다. 바예는 믿어지지 않는 일이라고 해서 반드시 거짓인 것은 아니며, 겉모습이 항상 진실의 편을 드는 것은 아니라고 결론짓고 있다.

27 온갖 주제를 망라하여.

* Ce Fœtus n'étoit pas plus grand que la paume de la main; mais son pere l'ayant éxaminé en qualité de Médecin, & ayant trouvé que c'étoit quelque chose de plus qu'un Embryon, le fît transporter tout vivant à Rapallo, où il le fît voir à Jerôme Bardi & à d'autres Médecins du lieu. On trouva qu'il ne lui manquoit rien d'essentiel à la vie; & son pere pour faire voir un essai de son expérience, entreprit d'achever l'ouvrage de la Nature, & de travailler à la formation de l'Enfant avec le même artifice que celui dont on se sert pour faire éclorre les Poulets en Egypte. Il instruisit une Nourrice de tout ce qu'elle avoit à faire, & ayant fait mettre son fils dans un four proprement accommodé, il reussit à l'élever et à lui faire prendre ses accroissemens nécessaires, par l'uniformité d'une chaleur étrangère mesurée éxactement sur les dégrés d'un Thermomètre, ou d'un autre instrument équivalent. (Vide Mich. Giustinian, ne gli Scritt. Liguri à Cart. 223.488.)

On auroit toujours été très satisfait de l'indusrie d'un Pere si expérimenté dans l'Art de la Génération, quand il n'auroit pû prolonger la vie a son fils que pour quelques mois, ou pour peu d'années. Mais quand on se represente que l'Enfant a vécu pres de quatre-vingts ans, & qu'il a composé quatre-vingts Ouvrages différents tous fruits d'une longue lecture,—il faut convenir que tout ce qui est incroyable n'est pas

계의 거장이 되어, 키만큼이나 긴 제목의 책을 썼으며—학문이 깊은 사람이라면 내가 말하는 책이 인간 영혼의 본질을 주제로 한 그의 작품, 고노사이켄스로폴로지아를 가리킨다는 것을 아실 테지요.

장들에 대한 장은 이것으로 충분하다는 생각이며, 나는 이번 장을 내 작품 전체에서 가장 훌륭한 장으로 평가하는 바이며, 누가 읽어도, 지푸라기 줍는 일[28]이나 한가지로 가치 있는 일이라고 생각합니다.

제11장

모든 것을 바로잡아야 해. 아버지는 층계참에서 첫번째 계단으로 한 발을 내려놓으며 말했습니다.—트리스메기스투스는 세상에서 가장 위대한 사람이었지(토비).—아버지는 발을 다시 거두어들이며, 삼촌을 쳐다보고 말했습니다—그는 위대한 왕이자—위대한 입법가였으며— 위대한 철학자이자—위대한 성직자였지.—그리고 공학자이기도 했고요.—하고 삼촌이 덧붙였습니다.—

—그렇게 되겠지 하고 아버지가 말했습니다.

---

toujours faux, & que le *Vraisemblance n'est pas toujours du côté de la Verité*. Il n'avoit que dix-neuf ans lorsqu'il composa Gonopsychanthropologia de Origine Animae humanae. (Les Enfans celebres. revus & corrigés par M. De la Monnoye de l'Académie Francoise.)

28 무의미한 일.

제12장

　—그런데 마님은 좀 어떠시냐? 아버지는 아까처럼 층계참에서 계단으로 발을 내려놓으며, *수잔나*가 커다란 바늘겨레를 손에 들고 층계 아래를 지나가는 것을 보고 소리질렀습니다.—마님은 좀 어떠시냐? *수잔나*는 위는 쳐다보지도 않고, 서둘러 지나가며 말했습니다. 웬만하십니다.—나는 정말 바보야! 아버지는 다리를 다시 거두어들이며 말했습니다.—순리대로 두어야 해, *토비* 동생, 그게 영원한 답이야.—그런데 그나저나 아이는 좀 어떠냐?—아무런 대답이 없었습니다. 닥터 슬롭은 도대체 어디 있는 거야? 아버지는 목소리를 한층 높여, 난간 아래를 내려다보고 계속해서 소리쳤으나—*수잔나*에게 미치지 못했습니다.

　이보게 동생, 결혼 생활의 수많은 난제들 가운데 말이야. 아버지는 이렇게 말하며 등을 벽에 기대기 위해, 층계참을 가로질러 걸어가며 삼촌에게 쉬지 않고 얘기를 계속했습니다.—결혼 생활의 수많은 골치 아픈 난제들 가운데,—요컨대, 욥의 나귀떼가 질 수 있는 짐보다 더 많은 그 모든 난제들 가운데—이보다 복잡 미묘한 것은 없다고 자신 있게 말할 수 있으니—안주인이 해산하는 바로 그 순간부터, 집안의 모든 여자들이, 즉 안주인의 몸종을 비롯해 부엌의 하녀에 이르기까지, 키가 1인치는 올라간단 말이네, 그런데 그 1인치에서 풍기는 거만함이란, 나머지 키 전부에서 풍기는 것보다 더하단 말이지 하고 아버지가 말했습니다.

　제 생각은 이렇습니다 하고 삼촌이 말했습니다. 오히려 우리가 1인치 정도 침몰하는 것 같은데요.—저는 아이를 가진 여인을 만날 때마다—그렇게 느끼며—우리 동포의 반이 짊어진 그 무거운 짐은, 샌디 형님—정말 애처로운 짐이지요. 삼촌이 고개를 저으며 덧붙였습니다. —그래, 그렇고말고, 고통스런 일이지.—아버지도 고개를 저으며 말했습니다.—그러나 한 가지 분명한 것은 고개젓기가 유행하기 시작한 이후로, 두 사람이, 서로 이렇게 상이한 동기를 가지고, 동시에 고개를 저은 적은 없었습니다.

그들을 하나님이 축복하시기를. } 토비 삼촌과 아버지가—각자
악마가 잡아갔으면.   혼잣말로 중얼거렸습니다.

제13장

어이!—가마꾼!—여기 6펜스가 있으니—저 서적상에 들어가, 날품팔이 비평가를 한 사람 불러주게나. 그가 그 특유의 논쟁 솜씨로 아버지와 *토비* 삼촌을 층계참에서 물러나, 잠자리에 들도록 도와준다면 기꺼이 은화 한 닢을 주겠네.—

—그럴 때도 된 것이, 두 사람 다, 트림이 장화에 구멍을 뚫고 있을 때 잠깐 눈을 붙인 후로는 전혀 쉬지 못했으며—사실 그때도, 고장난 돌쩌귀 때문에 아버지는 아무런 휴식을 얻지 못했으니—*오바댜*와 맞닥뜨려 지저분한 곤경에 빠졌던 닥터 슬롭이 뒷방에 나타난 후로 아홉 시간 동안이나 두 사람은 눈을 붙일 새가 없었습니다.

내 인생의 하루하루가 이날처럼 분주하고,—이렇게 많은,—잠깐 중지—

이 문장을 끝내기 전에, 지금 이대로 독자와 함께, 이 묘한 상황을 한번 고찰해보려고 하는데—이와 같은 고찰은, 세상이 창조된 이후로, 나 외에, 다른 어떤 전기 작가도 시도한 바가 없으며—세상 마지막 날까지, 어떤 사람도 시도하지 않을 것이 확실하기 때문에—그 참신함 때문에라도, 각하들께서 주의를 기울이실 만하다고 생각합니다.

나는 열두 달 전 오늘보다 이번 달에 한 살 더 나이가 들어 있으며, 보시는 바와 같이, 지금 4권의 중간쯤에 도달해 있으나—아직도 내 생의 첫날을 넘기지 못했으며—처음 시작했을 때와 비교하자면, 바로 지금 내 생의 364일을 더 써야 한다는 사실을 시사해주는 셈이니, 여느 작가들처럼, 작품을 쓰는 대로 계속 앞으로 진행하기보다는—오히려 몇 권 뒤로 되돌아간 것이 되었군요—내 인생의 하루하루가 이날 하루처럼 이렇게 분주하냐고요—그러면 또 어떻습니까?—내 인생을 평가하고 판단하는 데 아무리 많은 설명이 소요된다 해도—짧게 잘라버릴 이유가 어디 있겠습니까? 이런 식이라면, 나는 쓰는 것보다 364배 빨리 살면 될 일이고—각하, 쓰면 쓸수록, 더 많이 써야 한다는 얘기이며—결과적으로, 각하께서도 읽으면 읽을수록, 더 많이 읽어야 한다는 말입니다.

각하의 시력에 해가 되지 않겠습니까?

저야 아무 상관 없으니, 나의 견해 때문에 내가 죽는 일만 없다면, 바로 이 삶으로 인해 그 삶도 훌륭하게 살 것이며, 다시 말해, 두 가지 삶을 동시에 훌륭하게 살 것입니다.

그리고 일 년에 열두 권, 혹은 매달 한 권이라는 나의 계획이, 이러한 기대를 틀어지게 하지는 않으리라고 생각하며—내가 쓰고 싶은 대로 쓰고, 호라티우스의 충고대로 사건의 중간으로 뛰어든다 해도,—그리고 아무리 질책받고 종용당한다 해도,—절대로 나 자신을 추월하지는 못할 것이며, 최악의 경우 하루를 잡아 펜을 들면—그 하루에 대해 두 권은 충분히 쓸 수 있으니—일 년에 두 권이면 충분하지 않겠습니까.—

지금 막 우리에게 열린, 이 복받은 시대에 종이 제조업자들이 번창하기를 빌며,—이 나라 사람들이 시작하는 모든 사업이 하나님의 섭리에 힘입어 융성하기를 기원합니다.

그리고 거위들의 번식에 대해서는—걱정이 없으니—자연은 항상 관대한 법이기 때문에—절대로 일할 도구가 부족하지는 않을 것입니다.[29]

—뭐라구요, 당신이! 아버지와 *토비* 삼촌을 층계참에서 물러나, 잠자리에 들게 했다고요?—도대체 어떻게 했습니까?—층계 밑에 커튼을 쳤다고요—불가능한 일이라고 생각했는데—여기 수고비로 은화 한 닢이 있습니다.

제14장

—의자 위에 있는 내 반바지 좀 주려무나. 아버지가 *수잔나*에게 말했습니다.—나리, 지금 나리 옷 시중들 때가 아닙니다 하고 *수잔나*가 소리쳤습니다.—도련님의 얼굴이 흑색인 것이, 마치 내—. 네 뭐? 하고 아버지가 물었습니다. 웅변가들이 대부분 그렇듯이, 아버지도 비유를 열심히 찾는 분이었지요.—맙소사, 나리. *수잔나*가 말했습니다. 도

---

29 거위의 깃대 등으로 만드는 깃털 펜의 공급.

련님이 경기를 일으켰다고요.—그런데 요릭 목사는 어디 있는 거야. 계셔야 할 곳에 계시는 법이 없지요 하고 수잔나가 대답했습니다. 대신 부목사님이 도련님을 안고, 목욕탕에서 이름을 알려달라고 기다리고 있으니—마님이 저보고 빨리 뛰어가서, 샌디 대령님이 대부이시니, 그 이름을 따라야 하느냐고 여쭤보라고 하셨습니다.

아버지가 눈썹을 긁으며 중얼거렸습니다. 아이가 살지 못할 것 같으면, 토비 동생에게 경의를 표하는 편이 낫겠지—그리고 만약 그런 일이 생긴다면, 트리스메기스투스같이 훌륭한 이름을 내버리기는 아깝지—그러나 사실 아이가 회복할 수도 있고.

아니, 아니야.—아버지가 수잔나에게 말했습니다. 내가 일어나야겠어. 시간이 없는걸요 하고 수잔나가 소리쳤습니다. 도련님이 내 신발처럼 흑색이라니까요. 트리스메기스투스 하고 아버지가 말했습니다.—그런데 잠깐—수잔나, 너 같은 깨진 쪽박이, 트리스메기스투스를 머리에 담고, 복도 끝까지 쏟지 않고 갈 수 있을까 하고 아버지가 말했습니다.—제가요? 수잔나는, 발끈 화를 내고 문을 닫으며 소리쳤습니다.—저 아이가 그걸 제대로 기억한다면 죽어도 여한이 없겠구먼. 아버지는 이렇게 말하며, 어둠 속에서 침대를 튀어나와, 바지를 찾느라고 더듬거렸습니다.

수잔나는 서둘러 복도를 뛰어갔지요.

아버지는 서둘러 바지를 찾았습니다.

수잔나가 일찍 출발했으니, 당연히 선두를 지켰지요.—아기 이름이 트리스—뭐였는데 하고 수잔나가 소리쳤습니다.—그러자 목사가 말했습니다. 트리스로 시작하는 이름이라고는—트리스트럼밖에 없지. 그렇다면 트리스트럼-기스투스가 맞아요. 수잔나가 말했습니다.

—거기 기스투스가 붙을 리가 있나, 멍청하게!—그게 바로 내 이

W. Hogarth inv.   F. Ravenet sculp.

름인데. 목사는 이렇게 말하며, 대야에 손을 담갔습니다.―*트리스트럼!* 하고 그가 말했습니다. 그리고 등 등 등 등. 이렇게 하여 나는 트리스트럼이라고 불리게 되었으며, 죽을 때까지 트리스트럼이 되었습니다.

아버지는 잠옷을 팔에 감아쥔 채, 반바지만 걸치고, 수잔나의 뒤를 쫓아갔는데, 너무 급히 서두른 까닭에 단추는 하나밖에 채우지 못했으며, 그 단추마저도 급하게 끼워 단춧구멍에 반만 들어가 있었습니다.

―이름을 잊어버리지는 않았겠지 하고 아버지는 문을 반쯤 열며 소리쳤습니다.―아니오, 아닙니다. 부목사가 잘 알고 있다는 듯 말했습니다.―도련님도 좋아졌고요 하고 *수잔나*가 소리쳤습니다. 그런데 마님은 좀 어떠시냐? 웬만하십니다 하고 *수잔나*가 말했습니다.―그때 아버지가 홍! 하고 콧방귀를 뀌었는데, 마침 반바지의 단추가 단춧구멍에서 빠져나오고 있었기 때문에―그 감탄사의 대상이 *수잔나*였는지, 단춧구멍이었는지,―혹은 그 홍!이 경멸의 탄성이었는지, 정숙함의 탄성이었는지 모호했으며, 내가 특히 좋아하는 세 개의 장(章)을 저술할 시간적인 여유가 생기기 전까지는 모호함으로 남을 수밖에 없으며, 그 세 개의 장이란, *하녀*에 관한 장―*콧방귀*에 관한 장, 그리고 *단춧구멍*에 관한 장입니다.

지금 당장 독자에게 밝힐 수 있는 것은, 아버지는 홍! 하고 콧방귀를 뀌는 순간 민첩하게 몸을 움직여―한 손으로 반바지를 움켜쥐고, 잠옷은 다른 팔에 걸친 채, 올 때보다 좀 느린 속도로, 복도를 지나 침대로 돌아갔다는 사실입니다.

제15장

나는 잠에 관한 장을 하나 쓰고 싶습니다.

집 안의 커튼이 모두 드리워지고—촛불이 꺼지고—모든 피조물들의 눈이 감겨 있는 지금 이 순간보다 더 적절한 시기는 없다는 생각인데, 단 하나 떠 있는 눈은, 어머니의 유모의 눈으로서, 한쪽은 20년 전에 감겼기 때문입니다.

정말 괜찮은 주제가 아닙니까!

그러나, 좋긴 하지만, 잠에 관해 한 장을 쓰기보다는, 단춧구멍에 관해 열두 장을 쓰는 편이, 훨씬 빠르고 유명세도 타지 않겠습니까.

단춧구멍이라!—생각만 해도 생동감이 넘치는군요—게다가 내가 일단 단춧구멍에 대해 쓰기 시작하면—수염이 멋진 신사분들이야 엄숙한 척하고 있으라지요—나는 단춧구멍으로 재미가 넘치는 작품을 만들어—나 혼자 실컷 즐길 것이며—아직 아무도 손대지 않은 주제이니만큼—다른 사람의 명언이나 금언에 부딪힐 일도 없겠지요.

그러나 잠에 관해서라면—나는 아무것도 할 수 없다는 사실을 시작도 하기 전에 이미 알고 있으며—애초에 금언에 통달한 것도 아니고—또한, 좋지도 않은 것을 앞에 놓고 심각한 얼굴을 지어 보인다거나,—불행한 이들의 안식이니—자유를 빼앗긴 이들의 해방이니—절망하고, 지치고, 상심한 사람들에게는 부드러운 무릎이니 하고 떠들어댈 수는 없는 노릇이며, 한술 더 떠서 자비로운 조물주께서 그의 정의와 유익한 즐거움에 지친 우리들의 고통에 보답하는 뜻으로 내려주신, 여러 가지 부드럽고 달콤한 인간의 본질적인 기능들 가운데,—(나는 이보다 열 배나 더한 즐거움을 알고 있지만) 잠이 가장 최고가는 것이라느니, 하루의 염려와 격정에 막을 내리고, 몸을 쭉 뻗고 누우면, 영혼이 우리 속에서 제대로 자리잡아, 눈을 어디로 돌리든, 천상이 머리 위에 고요하고 아름답게 보이고—대기를 어지럽히는, 어떤 욕망이나—두려움—의 혹도, 또한 과거, 현재, 미래의 어떤 고통도, 이 달콤한 은둔 속에서는, 우리의 심상을 방해하지 않고 지나쳐버리니, 인간에게 커다란 행복이 아닐 수 없다느니 하며 처음부터 잿물을 입에 물고 떠들어댈 수는 없지 않겠습니까.

—산초 판사는 "사람을 외투처럼 폭 싸주는—잠이라는 것을 처음 발견한 사람에게, 하나님의 축복이 내리기를 비노라"라고 말했습니다. 이러한 그의 말은, 이 주제에 관해 학자들의 머리에서 짜낸 온갖 논문들을 모두 합쳐놓은 것보다 더 의미 있고, 따뜻하고, 정감 있게 내 마음에 다가옵니다.

—그러나 잠에 대한 *몽테뉴*의 의견을 그대로 부정하자는 것은 아니며—그 나름대로 훌륭한 점이 있다고 생각합니다.—(기억나는 대로 인용하겠습니다.[30]

그는 이렇게 말했습니다. 사람들은 세상의 다른 쾌락과 마찬가지로 잠도 충분히 음미하거나 느끼지 못하고 향유하기 때문에—우리에게 이런 것을 내려주신 그분께 제대로 감사하기 위해서는, 이에 대한 연구와 숙고를 아끼지 않아야 하며—나로 말하자면, 잠을 좀더 현명하게 풍미하기 위해 잠을 설치는 것도 마다하지 않지만—필요에 따라 잠을 줄이는 사람은 거의 본 적이 없으며, 내 몸은 단단한, 그러나 너무 격렬하거나 갑작스럽지 않은 흥분은 잘 견디지만—최근 모든 격렬한 운동은 피

---

30 스턴은 몽테뉴의 「경험에 관하여 Of Experience」라는 글에서 인용하고 있는데, 서로 연관성이 없는 두 개의 문단을 임의로 짜깁기하여 외설적인 암시를 덧붙였다.

하는 편이며—걷다가 지치는 법은 절대 없으나—젊은 시절부터 포장도로를 말을 타고 달리는 것은 좋아하지 않았다. 또한 나는 혼자 가만히, 아내도 없이, 누워 있기를 즐기는 편이다.—이 마지막 말은 사람들의 신뢰를 흔들 수도 있겠지만—기억하십시오. "La Vraisemblance (*리세티*에 대해 *바예*가 말한 바와 같이) n'est pas toujours du Côté de la Verité."[31] 잠에 관해서는 이것으로 끝내겠습니다.

제16장

아내만 괜찮다면—우리가 아침 식사를 하고 있을 때, 트리스메기스투스를 옷을 입혀 데리고 내려와도 괜찮을 텐데 말이야.—
—가서 수잔나를 불러오게나, *오바댜*.
*수잔나*는 지금 막 위층으로 뛰어올라가던걸요. *오바댜*가 말했습니다. 바로 지금, 흐느껴 울며, 가슴이 터질 듯이 손을 비틀면서요.—
정말 보기 드문 한 달이 될 거야. 아버지는, *오바댜*에게서 고개를 돌려, 삼촌의 얼굴을 불안스러운 듯 가만히 쳐다보며 말했습니다.—정말 잔인한 한 달이 될 거야, *토비* 동생. 아버지는, 손을 허리에 얹고, 고개를 저으며 말했습니다. 물, 불, 여자, 바람—*토비* 동생!—큰 불행이지요 하고 삼촌이 말했습니다.—정말 그래 하고 아버지가 소리쳤습니다.—수많은 불운한 기운들이 풀려나와, 이 점잖은 집안의 구석구석을

---

[31] 겉모습이 항상 진실의 편을 드는 것은 아니다.

의기양양하게 돌아다니니―동생, 우리 머리 위에 폭풍우가 쌩쌩 불고 있는데,―자네와 내가 이렇게 인내하며, 조용히 아무런 동요 없이 앉아 있는 것은,―가족의 평화에 전혀 보탬이 되지 않는 것 같네.―

―무슨 일이냐, *수잔나*? 도련님 이름을 *트리스트럼*이라고 지었는데―그 때문에 마님이 히스테리 발작을 일으켰다가 방금 전에야 겨우 회복하셨습니다.―아니에요!―제 잘못이 아니라고요 하고 *수잔나*가 말했습니다.―나는 *트리스트럼-기스투스*라고 분명히 말했는걸요.

―차나 마시게, *토비* 동생. 아버지는 이렇게 말하며, 모자를 벗었습니다.―평범한 독자가 상상했을 폭발적이고 격앙된 목소리와 태도로부터 얼마나 거리가 멀었는지!

―아버지의 억양은 지극히 부드러웠으며―모자를 벗는 아버지의 손놀림은, 지금까지 고통이 화합하고 조합해낸 어떤 손놀림보다 품위 있었습니다.

―잔디 볼링장에 가서 트림 상병을 불러오게. 아버지가 방을 나가자마자, 삼촌이 *오바댜*에게 말했습니다.

제17장

내 코의 불행에 머리를 무겁게 짓눌린 아버지가, 곧바로 위층으로 올라가, 침대 위에 몸을 던졌던 사실을 독자는 기억하고 있을 것이며, 때문에, 인간 본성에 대한 깊은 통찰력이 없는 사람이라면, 지금 내 이름에 관한 불행에 대해서도, 똑같이 올라가고 내려가는 움직임의 순환을 기대하겠지요.—아닙니다.

선생, 서로 무게가 다르고,—아니 동일한 무게의 고통이라 하더라도 포장이 다른 경우에는,—그 고통을 참고 이겨내는 방식도 매우 다르게 마련입니다.—한 30분 전에, 나는 (글을 써서 먹고 사는 목숨이니만큼 급하게 서두르다 보니) 방금 완성한, 정성 들여 쓴 원고를, 잘못 쓴 것으로 착각하고 불 속에 아무렇게나 던져버리고 말았습니다.

그 즉시 나는 가발을 벗어, 있는 힘껏, 천장을 향해, 수직으로 던졌는데—물론 떨어지는 가발을 잡는 것으로—그 일은 마무리되었으며, 이렇게 즉각적으로 괴로움을 없애주는 방편은 세상에 또 없다고 생각합니다. *자연의 섭리는*, 속상한 일이 생길 때마다, 순간적으로, 우리가 신체의 어느 부분을 휘둘러야 할지 알려주며—무엇 때문인지는 알 수 없지만, 우리를 이쪽저쪽으로, 혹은 몸의 자세를 이렇게저렇게 하도록 가르쳐줍니다.—그리고 부인, 우리가 사는 세상은 불가사의하고 모호하기 때문에—아무리 확실해 보이는 일이라 하더라도, 수수께끼 같은 면이 있게 마련이며, 어떤 민첩한 판단력으로도 이해할 수 없는 것이 있고, 우리 가운데 그중 순수하고 숭고한 지식의 소유자도 자연의 섭리의 온갖 틈새에서 혼란스럽고 난처해지기는 마찬가지기 때문에, 이번 일을 포함한, 다른 많은 일들도, 어떻게 보면 결국 우리가 이해는 못 하더라도,—그 가치는 느낄 수 있으니, 각하님들—그것만으로도 충분하지 않겠습니까.

그나저나 아버지는 평생 이 고통에 눌려 있을 수는 없는 노릇이었고—그렇다고 지난번처럼 위층으로 올라갈 수도 없었기 때문에—연못으로 차분히 걸어나갔습니다.

설사 아버지가 머리를 손에 괴고, 어디로 갈 것인지 한 시간 동안이나 논리적으로 따져보았다 해도—또한 논리가 그 모든 힘을 다 동원했다 하더라도, 그런 곳으로 인도하지는 못했을 것입니다. 선생, 사실 연못에는, 무엇인가가 있었으며—그게 무엇인지는, 건설업자와 연못 파는 사람들이 알아내야겠지요—다만 무엇인가 있기는 있는 것이 분명하며, 아버지가 처음에는 혼란스러워 어쩔 줄 몰라하다가, 설명할 수 없는 차분함으로 질서 있고 절도 있게 연못을 향해 걸어가는 것을 보니, 피타고라스, 플라톤, 솔론, 리쿠르거스, 마호메트나, 그 외 유명한 입법자가 연못에 질서를 부여한 적이 없다는 사실이 이상스러울 뿐입니다.

제18장

나리. 트림은 얘기를 꺼내기 전에 거실 문을 닫으며 말했습니다. 나리께서도 들으셨으리라 생각합니다. 그 불행한 사고에 대해서 말입니다.—아 그래, 트림! 삼촌이 말했습니다. 정말 걱정이야.—저도 진심으로 걱정이 되긴 하지만, 그러나 나리. 트림이 말했습니다. 그 일이 저 때문에 일어났다고 생각하지는 않으시겠지요.—자네 때문이라고—트림!—삼촌은 그의 얼굴을 다정스럽게 쳐다보며 소리쳤습니다.—그건 수잔나와 목사 사이의 실수가 아닌가.—도대체 두 사람이 정원에서 무슨 짓을 했을까요, 나리?—복도에서 말이지, 자네 말은. 토비 삼촌이 말했습니다.

트림은 자신이 헛다리를 짚었다는 사실을 깨닫고는, 고개를 숙이며 바로 그 이야기를 그만두었습니다.—상병은 혼잣말로 중얼거렸습니다. 두 가지 불행을 한꺼번에 얘기하자면, 최소한 두 배의 불행이 되는 것이니.―소가 요새에 쳐들어간 사고는, 차후에 말씀드려야겠군.―푹 수그린 고개 밑으로 흘러나오는, 트림의 알 수 없는 중얼거림은, 아무런 의심도 불러일으키지 않았으며, 삼촌은 트림에게 하려던 말을 계속했습니다.

―사실 내 입장에서는, 조카 이름이 트리스트럼이든 트리스메기스투스든, 무슨 상관이겠나―그러나 형님이 그 문제에 지나치게 마음을 쓰시니, 트림―할 수만 있다면 100파운드를 들여서라도 그 일을 막았을 텐데 말이야.―나리, 100파운드라니요.―저는 앵두씨 한 알도 내놓을 맘이 없는걸요 하고 트림이 대답했습니다.―나도 그랬을 거야, 트림, 내 일이었다면 하고 삼촌이 대답했습니다.―그러나 형님은, 전혀 한 치의 양보도 없이―사람들이 흔히 생각하는 것보다 훨씬 많은 것이 이름에 달려 있다고 고집하시니 말이야,―형님 말씀에 따르면, 유사 이래로 트리스트럼이라는 사람이 위대하고 영웅적인 일을 한 적이 없다는군.―뿐만 아니라, 트림, 그런 이름으로는 학식이 많을 수도, 현자가 될 수도, 용감할 수도 없다는 거야.―그건 모두 부질없는 생각입니다, 나리.―상병이 대답했습니다. 저를 보아도, 연대에서 트림이라 부르건, *제임스 버틀러*라고 부르건 잘만 싸우지 않았습니까.―내 경우를 보아도 그렇지 하고 삼촌이 말했습니다. 사실 내 자랑을 하기가 부끄럽기는 하지만, 트림,―내 이름이 알렉산더였다 해도, 내가 *나무르*에서 그보다 더 훌륭하게 싸우지는 못했을 거야.―나리를 축복하소서! 트림은 이렇게 소리치며, 앞으로 세 발짝을 걸어나가 말했습니다. 공격을 감행하는 중에, 이름 생각이 날까요?―그리고 참호 안에 있을 때는, 트림? 삼촌이 단호한 표정을 지으며 말했습니다.―성벽 틈새로 들어갈 때는요? 트림이 의자 두 개 사이로 끼어들어가며 말했습니다.―그리고 전선을 뚫을 때는? 삼촌은 자리에서 일어나, 목발을 미늘창처럼 찌르며 외쳤습

니다.—적의 소대와 마주쳤을 때는요. 트림은 이렇게 소리치며, 장작을 화승총처럼 내밀었습니다.—요새의 제방을 향해 진격할 때는 어떻고. 삼촌은 온화한 얼굴로 발판 위에 발을 올려놓으며 말했습니다.—

제19장

　삼촌이 공격의 절정에 이르러, 막 요새의 제방을 향해 진격하려던 참에,—연못으로 산책을 나갔던 아버지가 돌아와 거실 문을 열었으며, —트림은 팔을 내렸습니다.—삼촌이 이처럼 필사적인 속도로 달리다가 들키기는 평생 처음 있는 일이었지요! 아, 가엾어라! 토비 삼촌! 보다 중대한 일이 아버지의 열변을 기다리고 있지만 않았어도—삼촌과 삼촌의 목마는 얼마나 고역을 치렀을까요!
　아버지는 모자를 집어들었을 때와 동일한 태도로 다시 걸어놓고는, 어질러진 방안을 흘끗 보더니, 상병이 성벽 틈새로 사용했던 의자 하나를 집어, 삼촌을 마주하고 앉아, 찻상을 물린 뒤 문을 닫고, 자신의 비탄함을 토로했습니다.

아버지의 애가

　헛된 일이야. 아버지는 벽난로 선반 위에 놓인 에르눌푸스의 욕설집과—그 밑에 앉아 있던 삼촌을 향해—불만에 가득 찬 딱딱한 목소리로 말했습니다. 내가 이처럼 고통스럽게 인간의 신념에 대항해 싸운다는 것은, 헛된 일이야—한 가지 분명한 사실은, *토비 동생*, 내 죄 때문이든, 혹은 *샌디* 가문의 죄와 우매함 때문이든,[32] 하늘은 나를 향해 끔찍한 대포를 겨누고 있고, 게다가 그 모든 파괴력은 내 아이의 운명을 목표로 하고 있단 말이야.—그 정도 무기라면 우리 주위의 모든 것을 때려부수겠지요, *샌디* 형님 하고 삼촌이 말했습니다.—그렇게 된다면—불행한 *트리스트럼!*—불평! 노쇠! 훼방! 실수! 그리고 진노의 아이![33] 태아기에 당할 수 있는 해악을 기록한 책의 불행이나 재난들 가운데, 신체를 망가뜨리고 섬유 조직을 엉망으로 만드는 것들 중, 너를 괴롭히지 않은 것이 어디 있으며, 네가 세상에 나오다가—그 중도에 겪은 재난은 또 어떻고!—그리고 그후에도 얼마나 많은 불행이 뒤따랐는지!—아버지의 만년에—머리와 육신의 힘이 기울고 쇠퇴했을 때 생명으로 태어나—너의 구성 분자를 조절해야 할, 원초적인 열기[34]와 원초적인 습기는 말라버렸고, 네 체력의 밑받침이 될 만한 것이라고는, 아무것도 남아 있지 않으니,—아무리 좋게 생각하려 해도,—비참할 따름이라, 배려와 관심이 양쪽에서 제공할 수 있는 모든 것에 도움을 청하지 않았나. 그러나 우리는 패배하고 말았네! 자네도 알고 있겠지만, *토비 동생*,—그 이야기를 여기서 다시 하자면 너무 우울한 일이지.—내가 가지고 있던 얼마 안 되는 혈기가, 기억력과 사고력, 민첩함을 전달했어야 하는데,—모두 흩어지고, 혼란에 빠져, 당황하고 분산되어, 엉망이 되어버리고 말았지.—

---

32 『구약성서』「출애굽기」 20장 5절을 흉내내고 있다. "주 너희의 하나님은 질투하는 하나님이다. 나를 미워하는 사람에게는, 그 죗값으로, 본인뿐 아니라 삼사대 자손에게까지 벌을 내린다."
33 『신약성서』「에베소서」 2장 3절에서 인용. "우리도 전에는 그들 가운데서 모두 육신의 정욕대로 살고 〔……〕 날 때부터 진노의 자식이었습니다."
34 『챔버스 백과사전 *Chambers' Cyclopaedia*』 "동물의 심장에 있는 따뜻한 발화성 물질로서 생명에 필수적이다."

거기서 그 아이에 대한 박해가 멈추었어야 했는데,—그리고 최소한 시험 삼아서라도—자네 형수가 심적으로 평온하고 침착한 마음을 먹고, 배설과 식사—그리고 그 나머지 비자연성에 적절한 주의를 기울였더라면, 임신이 진행되는 열 달 동안, 모든 것이 바로잡히지 않았겠나.—그러나 내 아이는 그럴 기회가 없었네!—런던에서 해산을 해야 한다는 어리석은 욕심으로, 자네 형수도 그렇고, 결과적으로 태아도 얼마나 큰 괴로움을 당했는가? 저는 형수님이 지극한 인내심을 가지고 순종하셨다고 알고 있는데요 하고 삼촌이 말했습니다.—형수님이 그 문제로 짜증을 내는 일을 본 적도 없고요.—그거야 속으로만 안달을 했으니 그렇지 하고 아버지가 말했습니다. 그러니, 동생, 자네에게만 하는 말이지만, 아이에게는 열 배나 더 나쁜 영향을 주지 않았겠나—게다가! 내가 자네 형수하고 얼마나 싸웠는지, 산파 때문에 끝도 없이 다툰 걸 생각하면 말이야.—거기서 형수님이 폭발하지 않았습니까.—폭발이라고! 아버지가 천장을 쳐다보며 소리쳤습니다.—

그러나, 동생, 내 아이가 머리부터 세상에 나오는 바람에 얻은 상처에 비한다면, 그게 다 뭐란 말인가, 나의 바람은 이미 망가질 대로 망가진 그 아이의 신체에서, 그 조그만 것만은 부서지거나 약탈당하지 않는 것이었는데.—

그 모든 예방책에도 불구하고, 내 계획이 아이와 함께 자궁 속에서 거꾸로 뒤집히다니! 아이의 머리가 폭력적인 손에 내맡겨지고, 그 꼭대기를 470파운드에 달하는 압력이 수직으로 내리눌렀으니—지금쯤, 섬세한 지성의 망상 조직이 갈가리 찢겨 해졌을 것이 90퍼센트 확실하지 않겠나.

—그래도 기회는 있었는데.—멍청이든, 광대든, 숙맥이든—코만 제대로 붙어 있다면—병신이든, 난쟁이든, 바보든, 얼간이든—(어떻

게 생겨먹었든) 행운의 여신이 문을 열어놓았을 텐데—오 *리체투스!
리체투스!* 당신을 닮은 5인치 반의 태아로 축복받을 수만 있었다면—
운명의 여신은 그것으로 끝냈을 텐데.

그런데도, 동생, 내 아이에게 아직도 주사위 한 개가 던져지지 않고
남아 있었다니—오 *트리스트럼! 트리스트럼! 트리스트럼!*

요릭 씨를 부르지요. 삼촌이 말했습니다.

—부르고 싶은 사람은 누구든 부르게. 아버지가 대답했습니다.

제20장

내가 얼마나 속력을 내었는지, 뛰어 돌아다니며 까불기를, 천방지
축 4권에 이르기까지, 뒤도 돌아보지 않고, 혹시 옆에 있는 사람을 밟지
나 않았는지 살피지도 않고!—처음 말에 오를 때,—나는 아무도 밟지
않겠다고—아무리 빠른 속력으로 질주한다 하더라도, 길에 있는 얼간
이 하나도 다치게 하지 않겠다고, 스스로에게 약속하고—그렇게 출발
하여—오르막길—내리막길, 이쪽 신작로—저쪽 신작로를, 기수 중의
우두머리 기수가 쫓아오고 있다는 듯 달렸습니다.

이런 식으로 달린다면 아무리 목적과 의도가 훌륭하다 해도,—십
중팔구 자기 자신이나, 다른 사람에게 해를 입힐 것이니—말이 날뛰어
—중심을 잃고—안장에서 미끄러져—땅에 처박혀—목을 부러뜨리지
않겠습니까—보세요!—주제넘은 비평가들의 골조물 속으로 전속력으
로 뛰어들다니!—기둥에 부딪혀 머리가 박살날 텐데—아, 다시 튀어나

오는군요!—보십시오—이제는 앞뒤를 가리지 않고 전속력으로 화가, 음악가, 시인, 전기 작가, 의사, 변호사, 논리학자, 배우, 교사, 성직자, 정치가, 군인, 궤변가, 감식가, 수도원장, 교황, 공학자들의 무리 속으로 전속력으로 달려들어가고 있군요—하지만 걱정 말라고 하지 않았습니까—나는 국도에 있는 얼간이 하나도 다치게 하지 않겠습니다.—그렇지만 선생의 말이 흙탕물을 튀기는 바람에, 보세요, 주교 한 사람이[35] 그걸 몽땅 뒤집어쓰지 않았습니까.—나는 그 사람이 에르눌푸스이기를 간절히 바랍니다.—게다가 선생은 르 모인 씨, 드 로미니 씨, 드 마르실리 씨 등, 소르본의 학자들에게까지 흙탕물을 뿜었는걸요.—그건 작년 일이지요.—그러나 이번에는 왕을 밟지 않았습니까.—왕들은 나 같은 사람에게 밟히는 것을 달가워하지 않을 텐데요.

—선생이 밟았습니다 하고 나를 고발하는 사람이 말했습니다.

나는 그것을 부정한다고 말하고는, 곤경을 면하여, 다시 한 손에는 고삐를, 다른 손에는 모자를 들고, 내 이야기를 계속하기 위해 여기 서 있습니다.—무슨 이야기죠? 다음 장에서 말씀드리겠습니다.

제21장

프랑스의 프랑수아 1세가 어느 겨울밤 타다 남은 장작불에 몸을 녹

---

[35] 글로스터의 주교 윌리엄 워버턴(1698~1779)을 가리키는 것으로서, 처음에는 『트리스트럼 섄디』에 호감을 가지고 스턴에게 음담패설의 수위를 좀 낮추어달라는 조언을 했으나 효과가 없자 그를 비난하고 나섰다.

이며, 잡무부 수석장관과 국익을 위해 담소를 나누던 중*[36]—지팡이로 장작불을 뒤적이며 말했습니다. 스위스와의 우호 관계를 좀더 강화시켜야겠소.—그 사람들에게 돈을 주는 것도 한계가 있습니다 하고 장관이 대답했습니다.—그들은 프랑스의 국고를 통째 삼켜버리고 말 것입니다.—홍! 하고 콧방귀를 뀌며 왕이 이렇게 말했습니다.—수석 장관, 돈이 아니라도 국가를 매수하는 방법은 얼마든지 있지 않겠소.—스위스에 다음에 태어날 내 아이의 대부 자격을 수여하겠어.—각하 하고 장관이 말했습니다. 그렇게 하신다면, 유럽의 모든 문법학자들이 가만히 있지 않을 텐데요.—스위스는 공화국으로서, 여성형이기 때문에, 절대 대부가 될 수 없습니다.—그렇다면 대모가 되어야겠지. 프랑수아는 서둘러 덧붙였습니다.—내일 아침에 사신을 보내 내 의도를 전달하시오.

정말 놀랍군. (그로부터 2주 후) 프랑수아 1세가 화장실[37]로 들어서며 장관에게 말했습니다. 스위스에서 아무런 응답이 없다니 말이야.—각하, 지금 그 일에 대한 급송 공문서를 보여드리려던 참이었습니다 하고 수석 장관이 말했습니다.—그들이 쾌히 받아들이던가? 하고 왕이 물었습니다—그렇습니다, 각하 하고 장관이 대답했습니다. 그들은 각하께서 큰 영광을 베풀어주셨다고 여기고 있습니다.—그런데 공화국이, 대모로서, 아이의 이름을 지을 권리를 주장하고 있습니다.

당연한 주장이지. 왕이 말했습니다.—공화국은 프랑수아나 앙리, 루이, 혹은 그 외 우리에게 어울린다고 생각되는 아무 이름이나 붙이겠지. 각하께서는 잘못 알고 계십니다 하고 장관이 말했습니다.—제가 지금 막 우리 공사(公使)로부터, 그 일에 관한 답이 들어 있는 공문서

---

* 메나지아나 제1권 참조.
36 질 메나주 Gilles Ménage(1613~1692)의 잡담과 명언 모음집 『메나지아나』(1693).
37 루이 14세는 변기에 앉아 국정을 처리하는 것으로 유명했다.

를 받았습니다.―그래 공화국이 황태자에게 어떤 이름을 붙였던가?―사드락, 메삭, 아벳느고입니다[38] 하고 장관이 대답했습니다.―성 베드로의 허리띠 맙소사, 스위스는 정말 몹쓸 나라로구먼. 프랑수아 1세는 이렇게 소리치며, 반바지를 치켜올리고 급하게 방을 가로질러 걸어갔습니다.

각하. 장관이 침착하게 말했습니다. 일이 어렵게 되었습니다.

돈을 주면 되겠지.―왕이 말했습니다.

각하, 국고에는 6만 크라운도 남아 있지 않습니다 하고 장관이 대답했습니다.―내 왕관에서 가장 값나가는 보석을 저당 잡히면 되지 않겠나. 프랑수아 1세가 말했습니다.

그거야 각하께서 이미 저당 잡히지 않았습니까 하고 수석 장관이 대답했습니다.

그렇다면, 수석 장관. 왕이 말했습니다. ……에 맹세코 그들과 전쟁을 하고 말겠소.

제22장

훌륭하신 독자님, 선생의 손에 부치는 이 보잘것없는 책이, 세상의 수많은 훌륭한 책들보다 오래 보전되기를, 진심으로 열망하는 바이며, 그렇게 되기를 성심껏 (하나님께서 내려주신 빈약한 재능의 정도에 따

---

[38] 『구약성서』「다니엘서」에 등장하는 다니엘의 세 친구. 활활 타는 화덕에 들어갔다가 죽음을 모면한다. 「다니엘서」1장 7절, 3장 1~30절.

라, 그리고 확실한 이익이 보장되는 일과 유익한 오락 후에 남아도는 여가 시간에) 노력했으나, 그럼에도 불구하고―선생 앞에서 너무나 경솔하게 까불어대며 변덕스러운 태도를 보인 탓에, 선생의 인자함에 진지하게 호소하기가 가슴이 쓰라릴 정도로 부끄럽게 느껴지지만―선생께서 믿어주시기를 바라는 바가 있다면, 아버지와 이름에 관해 이야기하면서, ―프랑수아 1세를 짓밟으려 했다거나―코에 대한 문제를 논하며―프랑수아 9세를 짓밟으려 했다거나―토비 삼촌의 성격을 논하며―조국의 호전성을 지적하려 했다거나―삼촌이 샅에 입은 상처도, 그런 종류의 상처를 비유한 것이었다거나,―트림을,―오르몬드 공[39]에 비유했다거나 하는 것은 전혀 아니었으며―내 책을 예정설과 자유 헌금, 혹은 세금에 반대하여 쓸 생각도 없었으며,―사실 무엇인가에 반대하여 썼다면,―각하님들, 우울함에 반대하여 쓴 것으로서, 빈번하고 급격한 횡경막의 오르내림과, 웃을 때 늑간과 복부 근육의 연속적인 운동으로, 담즙을 비롯한 그 외 쓴 *체액*들을, 우리 국민들의 쓸개와 간, 췌장에서, 그 안에 있는 모든 해로운 열정들과 함께, 십이지장으로 밀어내버리려는 것입니다.

제23장

―이보게, 요릭 목사! 그걸 취소할 수는 없겠소? 하고 아버지가 물었습니다.―내 생각에는 불가능한 일인 것 같은데 말이야. 저는 교회법

---

[39] 2권 5장 참조.

에는 문외한이지만, 모든 해악들 가운데, 마음을 졸이는 것이 가장 해롭기 때문에, 최소한 최악의 경우라도 알고 있는 편이 낫다고 생각합니다. 하고 요릭이 대답했습니다. 그나저나 나는 이런 거창한 만찬[40]은 딱 질색이란 말이야.—하고 아버지가 말했습니다.—만찬의 규모야 상관없지요 하고 요릭이 대답했습니다.—샌디 선생님, 우리가 원하는 것은, 그 문제의 근본으로 들어가, 이름을 바꿀 수 있는지 알아내는 것이니까요. —그리고 주교 대리, 관리, 변호사, 대소인, 호적 기록인, 그리고 유능한 신학자 등, 그 많은 사람들이 한 식탁에서 얼굴을 맞대고 만날 것이며, 게다가 디디우스 씨가 당신을 간곡히 초대했으니,—선생님처럼 고통 속에 있는 사람이 그런 기회를 어떻게 놓치겠습니까? 요릭이 얘기를 계속했습니다. 식사 후에 화제가 그쪽으로 자연스럽게 흘러가도록 디디우스 씨께 부탁하기만 하면 됩니다.—그렇다면 토비 동생도 우리와 함께 가야 하네. 아버지가 두 손을 마주치며 소리쳤습니다.

—내 묶음가발과, 레이스 달린 연대복을 밤새 불에 쪼여주게나, 트림 하고 삼촌이 말했습니다.

제25장

—맞습니다, 선생—한 장 전체가 모자라는 것이 확실하며—결과적으로 이 책에 열 페이지의 틈이 생겼지만—제본업자가 멍청했다거나

---

40 고위 성직자의 시찰이 있을 때 지방 유지들이 함께 모여 식사를 했다.

사기꾼이었다거나, 혹은 미숙했던 탓이 아니고—(더욱이) 책에 결함이 있어서도 아니며—오히려, 역으로, 그 장이 없는 편이, 있는 것보다, 작품을 보다 완전하고 완벽하게 만들어주기 때문인데, 이 문제에 관해서는 존경하는 선생님들께 보다 자세히 설명드리고자 하며—말이 났으니 말이지만, 다른 장에 대해서도 동일한 시도를 성공적으로 할 수 있을까 하는 의문이 들지만—존경하는 선생님들께서도 아시다시피, 장에 대한 이런 시도는 끝이 없게 마련이니—이것으로 충분하다는 생각에—여기서 끝내도록 하겠습니다.

그러나 이야기를 계속하기 전에 말씀드리고 넘어가야 할 것은, 여러분이 바로 지금 이번 장 대신 읽고 있었을, 내가 뜯어내버린 그 장은,—순시 만찬에 참석하기 위해 ****로 길을 떠난 아버지와 *토비* 삼촌, 트림, *오바댜*의 여정을 묘사한 장입니다.

마차로 가야겠군 하고 아버지가 말했습니다.—그나저나, *오바댜*, 마차의 문장(紋章)을 고쳤나?—이 이야기를, 아버지가 막 결혼을 하고, 어머니의 문장을 *샌디* 가의 문장에 더하기 위해, 마차를 새로 칠할 때부터 시작했더라면 훨씬 좋았을 텐데, 일이 어떻게 되었는고 하니, 마차 칠장이가, *로마*의 *터필리우스*나 *바질*의 한스 홀베인처럼,[41] 왼손으로 일을 했는지—아니면 손보다는 머리가 실수를 했는지—그것도 아니라면, 우리 가족과 관련된 모든 것이 늘 그렇듯이, 무슨 불길한 세력 때문이었는지—결과적으로 생긴 일은, 망신스럽게도, *해리* 8세 치세 때부터 우리 가문의 마땅한 권리로 내려오던, *우경선*[42] 대신에,—무슨 운명이었는지, *샌디* 가문의 문장 방패를 가로질러 *좌경선*이 그려진 것입

---

41 터필리우스(1세기)와 한스 홀베인(1497~1543)은 왼손잡이 화가였다.
42 문장학에서 우경선은 왼쪽 상단에서 반대 방향으로 그리는 대각선 띠를 말하며, 그 반대 방향의 띠는 좌경선이라고 부르며 서출(庶出)을 의미한다.

니다. 그러나 사실 아버지처럼 현명한 분이, 이렇게 미미한 일로 그토록 괴로워했다는 사실은 믿어지지 않는 일이었습니다. 마차라는 말이나— 누구의 소유든 상관없이—마부, 말, 전세 마차라는 단어를 가족들 가운데 누구든 언급하기만 하면, 마차 문에 그 불쾌한 서출의 표시를 달고 다니는 데 대한 불만을 끊임없이 토로했으며, 그는 마차를 타고 내릴 때마다, 몸을 돌려 문장을 바라보며, *좌경선*을 지우지 않는 한 절대 마차에 다시 오르지 않겠다고 맹세하곤 했으나—*운명의 여신들*이 고장난 돌쩌귀처럼—불평의 대상이 될 뿐(우리보다 똑똑한 집안에서도)—절대 고치지는 못하는 일로 그들의 장부에 기록한 것이 분명합니다.

—*좌경선*을 닦아 없앴는가? 하고 아버지가 말했습니다.—닦은 거라고는, 나리, 마차 속밖에 없는걸요. *오바댜*가 대답했습니다. 말을 타고 가십시다. 아버지는 요릭을 돌아보며 말했습니다.—정치를 제외하고, 성직자들이 그중 문외한인 것이 문장입니다 하고 요릭이 대답했습니다.—그래도 안 돼요 하고 아버지가 소리쳤습니다.—방패에 오점을 남긴 채 그들 앞에 나타나고 싶지는 않소.—*좌경선*은 신경 쓰지 마세요. 토비 삼촌이 묶음가발을 쓰며 말했습니다.—절대로 안 되네. 아버지가 말했습니다.—원한다면, 자네나 *좌경선*을 붙이고 *디나* 고모와 함께 순회 만찬에 가게나.—토비 삼촌은 얼굴을 붉혔습니다. 아버지는 자기 자신에게 화가 나서—아니네—동생 하고 어조를 바꾸며 말했습니다.—지난 겨울 *12월*, *1월*, *2월*에 그랬던 것처럼, 마차 안의 습기가, 내 허리께의 좌골 신경통을 재발시킬까 봐 그러는 것이네.—그러니 요릭 목사, 당신은 설교를 해야 하니 내 아내의 말을 타고 먼저 출발하시오.—우리는 동생이 채비를 하는 대로, 천천히 뒤따라가겠소.

내가 찢어버린 장은, 바로 이 행렬을 묘사하는 부분이었으며, 트림 상병과 *오바댜*가 나란히 두 마리의 마차 끄는 말을 타고, 순찰이라도 하듯 천천히 앞장섰고―토비 삼촌은, 레이스가 달린 연대복을 입고 묶음 가발을 쓰고, 말을 타고 가며, 지식의 유익함과 군대의 유익함에 대해 토론하면서, 앞서거니 뒤서거니, 아버지와 대열을 흐뜨러트리지 않고 갔습니다.

―위의 여정을 묘사한 부분을 다시 읽어보니, 이 작품에서 내가 그린 어떤 그림보다 그 양식과 작풍이 빼어나기 때문에, 그대로 남겨두면 다른 장면들을 깎아내릴 뿐 아니라, 작품 전체의 적절한 균형과 화합을 위해, 장과 장 사이에 반드시 필요한, (좋든 나쁘든) 평형과 조화를 깨뜨린다는 생각이 들었습니다. 나는, 아직 이 방면에는 초보자인 셈이어서, 아는 것이 별로 없지만―굳이 내 의견을 밝힌다면, 부인, 책을 쓰는 것은 콧노래를 부르는 것과 꼭 같아서―스스로 듣기에 곡조가 맞다면, 아무리 높거나 낮아도 문제가 되지 않습니다.―

―그렇기 때문에, 존경하는 선생님들, 아무리 저속하고 밋밋한 작품도,―(어느 날 밤 요릭이 토비 삼촌에게 말했듯이) 공략만 한다면, 성공을 거두는 것입니다.―삼촌은 공략이라는 말에 활기를 띠는 듯했지만, 도대체 무슨 말인지 알 수가 없었습니다.

다음 주 일요일에 법원에서 설교를 해야 하니, 원고를 한번 봐주시오 하고 호메나스[43]가 말했습니다.―그래서 나는 호메나스 목사의 원고를 흥얼거려보았습니다.―음조가 잘 맞으니―이대로 계속하면 충분하겠소, 호메나스.―계속 흥얼거려보니―꽤 괜찮은 곡조라는 생각이 들었으며, 존경하는 선생님들, 내가 지금까지도 궁금하게 여기는 바는, 그렇게 저급하기 짝이 없고, 기개 없는, 무미건조한 곡조가, 갑자기, 중간에서, 세련되고, 풍부한, 아름다운 곡조로 변하여―내 영혼을 별세계

---

[43] 라블레의 작품에 등장하는 성직자의 이름으로 기지도 없고 멍청한 인물이다.

로 이끌어갔으며, 만약, (몽테뉴가 비슷한 일을 놓고 불평했던 것처럼
[44])—만약 내리막이 수월했다거나, 오르막이 접근하기 쉬웠더라면—
나는 확실히 넘어가,—호메나스, 당신의 원고는 정말 훌륭하오, 라고
말했겠지만,—그 절벽은 너무나 가팔랐으며,—첫 음을 흥얼거려보니,
작품의 다른 부분과 완전히 단절되어, 나를 별세계로 날아가게 했으며,
거기서 전에 있던 계곡을 바라다보니, 너무나 깊고, 낮고, 음울하여, 다
시 내려가고 싶은 마음이 나지 않았습니다.

☞자기 키를 재려고 전신주를 가지고 다니는 난쟁이는—정말 재
주가 남다른 난쟁이가 분명합니다.—뜯어낸 장에 대해서는 이것으로
충분하겠지요.

제26장

—그가 그것을 갈기갈기 찢어, 파이프에 불이나 붙이게 나누어주
지 않는지 보십시오!—정말 형편없군요 하고 *디디우스*가 말했습니다.
그냥 넘어갈 일이 아니에요. *키살키우스*[45] 박사가 덧붙였으며— ☞그
는 북해 연안 저지대 지방의 *키살키* 출신이었습니다.

나는 이렇게 생각합니다. 그와 요릭 사이에 일직선으로 늘어서 있
던 술병과 목이 긴 식탁용 디캔터 술병을 치우기 위해, 의자에서 반쯤

---

44 몽테뉴는 「어린이 교육에 관하여 Of the Education of Children」에서 고전의 인용은 책을 무미건조하게 만든다고 했다.
45 3권 20장 참조.

일어나며 *디디우스*가 말했습니다.—요릭 씨, 그런 빈정대는 말은 아껴 두시고, 좀더 품위 있는 표현을 쓰시든가—아니면 우리 일에 대한 그런 경멸은 적당한 다른 기회로 미루어주십시오. 만약 그 설교가 담뱃대 불쏘시개만한 가치밖에 없다면—분명한 것은, 선생, 이렇게 학문이 깊은 사람들 앞에서 설교하기에는 적당하지 않다고 생각하며, 만약 이렇게 학문이 깊은 사람들 앞에서 설교하기에 적당하다면—선생, 담뱃대 불쏘시개로는 아까운 설교가 분명합니다.

—내가 그를 내 양도논법(兩刀論法)의 두 개의 뿔 중 하나에 단단히 매달아놓았으니, 할 수 있으면 한번 내려가보시라지 하고 *디디우스*가 중얼거렸습니다.

나는 이번 모임을 위해 설교를 준비하면서, 말할 수 없는 고통을 겪었으며,—분명히 말씀드립니다만, *디디우스* 씨—이런 설교를 하나 더 써내느니, 차라리, 가능하다면 내 말과 함께,—수천 번에 걸쳐 순교를 당했을 것입니다. 나는 이 설교를 거꾸로 분만한 까닭에—내 마음이 아닌 머리에서 나왔으며[46]—이것을 쓰고 설교하면서 받은 고통 때문에, 나 스스로에게 이런 식으로 복수하는 것입니다.—설교를 하면서, 우리의 학식과 기지를 자랑하고—대중들의 눈 앞에, 따뜻함은 없고 희미한 반짝임만 있는, 미미한 지식에서 나온 보잘것없는 이야기를, 몇 마디 번쩍거리는 말로 치장하여 과시한다면—한 주에 겨우 30분씩 우리에게 주어지는 시간을 불성실하게 사용하는 것이며—복음을 전파하는 것이 아니고—우리 자신을 전파하는 것이니—내 입장을 말씀드리자면 이렇습니다 하고 요릭이 이야기를 계속했습니다. 즉 차라리 가슴을 향해 다

---

46 스턴이 자신의 설교집에서 자주 언급한 내용으로서, 18세기 영국 국교회에서 보편적으로 받아들여지고 있었던 생각인데, 지난 세기의 논쟁적이고 대립적이었던 신학에 대한 반작용의 결과였다.

섯 마디 말을 직사하는 편이 낫다고 말입니다.—

직사라는 말이 요릭의 입에서 나오자마자, 토비 삼촌이 발사물에 대해 무엇인가 얘기하려고 일어났는데—바로 그때, 식탁 반대편에서, 더도 덜도 아닌, 단 한마디의 말이, 모든 사람들의 귀를 집중시켰으며—이 말은 사전에 있는 수많은 단어들 가운데 이런 자리에서 그중 기대하기 힘든 단어였고—여기 기록하는 것조차 부끄럽지만—꼭 써야 하며—읽어야 하는 말이고,—법에 어긋날 뿐 아니라—교회법에도 어긋나는 말이며—만 가지 추측이다, 만을 곱하고—상상력을 아무리 쥐어짜고—고문을 해도, 여전히 알아낼 수 없을 것입니다.—결론은, 다음 장에서 제가 말씀드리겠다는 것입니다.

제27장

제기랄!———————————

—————— 제—랄! 푸타토리우스가 외쳤습니다. 혼잣말이었으나—주위 사람들에게 들릴 정도로 소리가 높았으며—특이한 점은, 그 소리의 양상과 음조가, 경이로움과 육체적인 고통 사이 어딘가에서 생겨나 터져나온 외침 같았다는 것입니다.

그 두 가지 음의 음색과 화음을, *제3*, *제5*, 혹은 그 외 다른 화음을 식별하듯 정확하게 식별할 줄 아는, 귀가 제법 트인 사람들에게—가장 혼란스럽고 당황스러웠던 점은—*화음*은 그런대로 훌륭했지만—곡조가 완전히 틀렸을 뿐 아니라, 논의 중에 있던 주제에도 전혀 어울리지 않았으며,—그들의 심원한 학식에도 불구하고, 도대체 무슨 소리인지 알 수가 없었습니다.

음악적인 표현에 대해 아무것도 모르는 사람들은, 그 말을 곧이곧 대로 받아들여, 성질이 불같았던 *푸타토리우스*[47]가, 디디우스의 손에서 곤봉을 빼앗아, 요릭을 후려칠 것이라고 생각했으며—극단적인 단음절 어인 제—기랄을 연설의 서문으로 본다면, 견본으로 미루어, 요릭이 분명히 곤경에 빠졌다는 예감을 했으며, 천성이 착했던 토비 삼촌은 요릭이 당할 일을 생각하며 가슴 아파했습니다. 그러나 푸타토리우스가 계속하려고 하지도 않고, 시도를 하려는 의지도 보이지 않자—세번째 부류는, 그 소리는 무의식적인 호흡 작용에 불과했고, 우연히 12페니짜리 욕설[48]로 들린 것일 뿐이며—그런 악의도 취지도 없었다고 생각했습니다.

다른 사람들, 특히 그의 곁에 앉아 있던 한두 사람은, 반대로, *푸타토리우스*가 평소에 요릭을 달갑지 않게 여기고 있었기 때문에, 그가 의도적으로 퍼부은 실제적이고 의미 있는 욕설로 받아들였으며—아버지의 논리에 따르면, 이 욕은, *푸타토리우스*의 내장 꼭대기에서 안달하며 씨근대고 있다가, 마침 때를 만나자, 갑자기 쏟아져 들어온 혈액에 자연스럽게 밀려나갔고, 이 혈액은 기묘하기 짝이 없는 설교 이론에 의한 충격으로, *푸타토리우스*의 우심실로 돌진해 들어갔다는 것입니다.

우리가 잘못된 판단을 얼마나 당당하게 주장하곤 하는지 아시겠

---

47 3권 20장 참조.
48 1746년 불경스런 욕설 방지법에 따르면, 욕을 할 때 부과되는 벌금은 욕하는 사람의 신분에 따라 책정되었는데, 12페니는 신분이 낮은 사람에게 해당되는 벌금이었으며, 귀족들은 액수가 더 컸다. 이 법을 일 년에 네 번씩 일요일에 교회에서 낭독하도록 했다.

지요!

　푸타토리우스가 내뱉은 단음절어에 관한 갖가지 추론에 몰두해 있던 사람들은, 모두 다음과 같은 사실을 공리로 받아들이고 출발했는데—즉, 푸타토리우스가 *디디우스*와 *요릭* 사이에 벌어지고 있던 논쟁에 열중해 있었다는 것이며, 사실 그가 한 번은 이 사람에게 한 번은 저 사람에게 눈길을 주며, 논쟁에 귀를 기울이고 있다는 표정을 지었으니,—누가 그런 생각을 하지 않겠습니까? 그러나 사실, *푸타토리우스*는 오고 가는 말을 한마디도 아니 한 음절도 알아듣지 못했으며—그의 생각과 주의력은, 입고 있던 헐렁 *바지* 주변에서, 그것도 어떤 부위보다 사고를 가장 경계해야 할 바로 그 부위에서 한창 진행되고 있던 한 가지 일을 처리하는 데 집중되어 있었습니다. 그러니 그가 아무리 집중을 하고 있는 것처럼 보이고, 그를 마주하고 앉아 있던 요릭에게 신랄한 응수를 보내기 위해, 얼굴의 모든 신경과 근육을 오그라뜨려, 그 기관이 낼 수 있는 최대한의 소리를 내려 하고 있는 것처럼 보였다고 해도—그럼에도 불구하고, *요릭*은 푸타토리우스의 머릿속 어디에도 들어간 적이 없었으며—그의 외침의 진짜 원인은 최소한 1야드 아래에 있었습니다.

　나는 예의를 지키기 위해 최대한의 노력을 기울이며 설명드리도록 하겠습니다.

　먼저 말씀드려야 할 것은, 식사가 시작되기 얼마 전, 준비가 잘되고 있는지 살피기 위해, 부엌으로 들어갔던 *게스트리페레스*[49]가—찬장 위에 놓인 바구니에 담긴 먹음직스런 밤을 발견하고는, 백 개나 이 백 개 정도 구워 식사가 끝나는 대로 들여보내라는 지시를 내렸는데—*게스트리페레스*는 지시를 내리면서 *디디우스*와, 특히 *푸타토리우스*가 밤을 좋

---

49 게스트리페레스를 비롯한 순시 만찬에 참석한 모든 인물들의 이름은 3권 20장 참조.

아한다는 점을 강조했습니다.

　토비 삼촌이 요릭의 열변을 방해하기 2분쯤 전에—*게스트리페레스*가 시킨 밤이 들어왔으며—푸타토리우스가 밤을 좋아한다는 생각이 급사의 머릿속을 지배하고 있었기 때문에, 그는 단자천으로 만든 냅킨에 싸인 밤을 푸타토리우스 앞에 놓았습니다.

　여섯 개의 손이 동시에 냅킨 속으로 들어간다는 것이 물리적으로 불가능했기 때문이었는지—혹은 그 중의 한 톨이 유난히 동그랗고 생명력이 있어, 움직이지 않을 수 없었기 때문인지—밤 한 톨이 실제로 식탁을 구르기 시작했고, 마침 푸타토리우스가 양다리를 벌리고 앉아 있던 참이라—하필이면 푸타토리우스의 반바지 바로 그 틈새에 수직으로 떨어졌으며, 불행하게도, 우리말의 상스러움과 외설스러움 때문에, 존슨의 사전 어디에도 이것을 표현할 만한 정숙한 단어를 찾을 수가 없으니—이렇게밖에 쓸 수가 없는데—모든 상류 사회의 예절이 엄격하게 요구하는 대로, 야누스의 신전과 같이[50] (평화 시에는) 항상 닫혀 있어야 하는 바로 그 틈새였던 것입니다.

　이런 세부 사항에 주의를 기울이지 않았던 푸타토리우스가 (말이 났으니 말이지만 인류 모두에게 교훈이 될 만한 일이며) 사고를 자초한 셈이었지요.—

　—보편적인 표현 양식에 따르자면, 나는, 사고였다고 하겠지만,—이 일에 관한 *아크리테스와 마이소게라스*[51]의 의견에 굳이 반대하자는 것은 아니며, 그들이 선입관에 사로잡혀 오늘날까지도 확신하고 있는 바에 따르면—그 일은 전혀 사고가 아니었으며—그 밤톨이 어느 정도

---

50 로마 신화의 야누스 신은, 앞뒤가 다른 두 개의 얼굴을 가진 문의 수호신이자, 사물의 시작과 끝을 관장하는 신으로서, 이 신의 신전 문은 평화 시에는 닫혀 있었고, 전쟁이 나면 열어놓았다.
51 각각 '혼란스럽고 분별력이 없는' 그리고 '고자질쟁이'라는 의미이다.

자발적으로, 그쪽으로 방향을 잡고—하필이면, 바로 그곳에 열기를 품은 채 떨어진 것은—20여 년 전에 출판된, 푸타토리우스의 외설스럽고 음란한 논문, *de Concubinis retinendis*[52]에 대한 실질적인 심판으로서—바로 그 주에 두번째 판이 나오기로 되어 있었습니다.

내 작품을 이런 논쟁에 말려들게 하고 싶은 생각은 없으며—논쟁 당사자들이 쓸거리가 많은 인물들이긴 하지만,—역사가로서 내 관심을 끄는 부분은, 사실을 있는 그대로, 독자의 신뢰를 얻을 수 있도록 묘사하는 것으로서, 푸타토리우스의 반바지 틈새는 밤이 들어갈 수 있을 정도로 충분히 넓었으며,—당시 그 뜨거운 밤은, 어찌 되었든, 푸타토리우스는 물론, 그 누구도 눈치채지 못하는 사이에 수직으로 떨어졌다는 것입니다.

밤이 전달한 아랫도리의 온기가, 처음 20 혹은 25초 동안은 기분좋은 정도였으며,— 푸타토리우스의 주의를 그쪽으로 부드럽게 유혹하는 정도에 불과했습니다.—그러나 열기는 점점 강해져, 몇 초 지나지 않아 적당한 쾌감의 정도를 넘어서서, 전속력으로 고통의 영역으로 내달렸으며,—푸타토리우스의 영혼은, 관념, 생각, 주의력, 상상력, 판단력, 결단력, 신중함, 추리력, 기억력, 공상력 및 열 개 대대의 혈기와 함께, 온갖 협곡과 우회로를 거쳐, 상부 지역은, 아시는 바대로, 텅 빈 내 지갑처럼 남겨두고, 아래쪽의 그 위험 지역으로 모두 우레같이 몰려들었습니다.

그 많은 전령들이 전달하는 값진 정보에도 불구하고, 푸타토리우스는 아랫도리에서 어떤 일이 진행되고 있는지 그 속사정을 알아차리지 못했으며, 도대체 그곳에 무슨 문제가 있는지 짐작조차 할 수 없었습니

---

52 첩을 두는 것에 관하여.

다. 그러나 진짜 원인이 무엇인지 알 수 없는, 그런 상황에서는, 극기주의자처럼 참는 것이 가장 현명한 처신이라고 생각했으며, 그의 상상력이 계속 중립을 지켰더라면, 얼굴을 찌푸리고 입을 오므리는 것으로, 목적을 충분히 달성했겠지만—이런 경우에는 상상력의 출격을 제어하기 힘든 까닭에—그가 느끼는 고통이 뜨거운 열기 같다는 느낌이긴 했지만, 순간적으로 그의 마음 속에 뛰어든 생각은—열기도 열기지만 무엇인가 무는 것 같다는, 즉 도롱뇽이나 도마뱀, 혹은 그 외 온갖 혐오스런 파충류가 기어올라가 이빨로 매달려 있을 수도 있다는 끔찍한 생각이—군밤에서 새롭게 배어나오는 뜨거움과 함께 그를 사로잡아, 감정이 폭발하는 첫 순간의 공포스런 혼란이 세상에서 그중 훌륭한 장군들을 방심케 했던 것처럼, 푸타토리우스도 마찬가지 형편이 되어,—결과적으로, 그는 즉시 튀어올라, 위에 자세히 설명드린 바와 같이 바로 그 놀라움의 감탄사를, 중간에 돈절법(頓絶法)적인 휴지를 넣어, 제—기랄 이라고 내뱉었으며, 엄격하게 말해 교회법에 준한다고 할 수는 없었지만, 그런 일을 당한 사람이라면 누구든 그 정도 반응은 보였을 것이며,—말하자면, 교회법에 합당하든 않든, 그 원인을 어찌할 수 없었으니, 푸타토리우스도 참을 수가 없었던 것입니다.

　이야기를 하는 데는 시간이 꽤 걸렸지만, 일 처리는 신속하게 끝나, 푸타토리우스가 밤을 꺼내 바닥에 팽개치고—요릭이 의자에서 일어나, 밤을 집어드는 것으로 일단락이 났습니다.

　사소한 사건들이 사람들의 마음을 어떻게 지배하는지 살펴보는 것은 흥미로운 일입니다.—이런 사건이 인간과 사물에 대한 우리의 생각을 정리하고 결정하는 데 얼마나 큰 힘을 발휘하는지,—즉 공기처럼 가벼운 하찮은 사건들이, 갖가지 편견들을 사람들의 영혼 깊숙이 날려보내, 그 속에 얼마나 뿌리 깊게 심는지,—유클리드의 증명이 정면에서 공격한다 해도, 파괴하지 못할 것입니다.

　푸타토리우스가 격정에 사로잡혀 내던진 밤을 요릭이 집어들었다고 말씀드렸는데—사실 그 행동은 별다른 의미가 없었으며—말씀드리기 쑥스럽지만—요릭은 그 밤이 수난을 겪었다고 해서 품질이 떨어지는 것은 아니며—허리를 굽힐 만한 가치가 있다고 생각했습니다.—그러나 이러한 그의 행동은, 하찮은 것이긴 했지만, 푸타토리우스의 머릿속에는 달리 새겨졌습니다. 그는 요릭이, 의자에서 일어나, 밤을 주워든 행동이, 그 밤의 소유권을 인정하는 것으로 받아들였으며,—그 밤의 주인밖에는, 그런 못된 장난을 칠 사람이 없다고 생각하기에 이르렀습니다. 그가 이러한 생각을 굳히게 된 이유는, 식탁이 평행사변형으로 폭이 좁았기 때문에, 푸타토리우스와 마주 앉아 있던 요릭에게, 밤을 몰래 집어넣을 충분한 기회가 있었다고 생각했으며—따라서 그의 짓이라는 결론을 내렸습니다. 이런 생각을 하며 푸타토리우스가 요릭을 향해 던진, 의혹 이상의 눈길은, 그의 마음을 명백히 내비쳐주었으며—모두들 푸타토리우스가 이 사건에 대해 누구보다 잘 알고 있다고 생각했으니, 그의 의견이 당장 보편적인 의견이 되었고,—지금까지 제시되었던 근거들과는 전혀 다른 근거로서—얼마 지나지 않아 논쟁의 여지가 없는 확실한 근거가 되고 말았습니다.

　세상이라는 무대에 엄청난, 혹은 예기치 못한 사건이 생길 때마다—강한 호기심을 타고 태어난 사람의 마음은, 본능적으로, 무대 뒤로 숨어들어가, 그 원인과 근거를 알아내려고 하게 마련이며—이번 경우에는 그리 오래 걸리지 않았습니다.

　요릭이 푸타토리우스가 저술한 논문 *de Concubinis retinendis*가 세상에 해를 주었다고 생각하여, 탐탁지 않게 여겼다는 사실은 모두들 익히 알고 있었으며—요릭의 장난에 신비적인 의미가 내포되어 있음을 곧 발견했는데—푸타토리우스의 *** *****에 밤을 던져넣은 행동은, 그의 저서에 대한 풍자적인 비웃음이었으며—일설에 의하면, 그 책의 이론이 점잖은 양반들의 바로 그곳을 자극했다는 것입니다.

이러한 상상이 솜놀렌투스를 깨우고—아겔라스티스를 미소짓게 했으며—수수께끼를 알아맞히기 위해 애쓰고 있는 사람의 얼굴 표정과 분위기를 정확하게 떠올릴 수 있다면—게스트리페레스가 바로 그런 모습이었으며—결론적으로 이 사건은 짓궂은 재주꾼의 빛나는 업적이라는 평가를 받았습니다.

그러나 독자께서 처음부터 끝까지 보셨다시피, 이러한 발상은 철학적인 몽상이나 매한가지로 아무런 근거가 없었으며, 요릭은, *셰익스피어가 자기 조상을 두고 말한 것처럼*—*"농담을 좋아하는 사람"*이기는 했지만,[53] 그는 이번 일과 같은, 혹은 그 외 그가 부당하게 비난받는 여러 가지 상스러운 장난에 빠지지 않도록 조절하는 무엇인가를 지니고 있었으며,—그럼에도 불구하고, 요릭은 평생 동안 천성적으로 불가능한 (내가 너무 높이 평가하고 있는 것이 아니라면) 갖가지 말과 행동 때문에 비난받는 불행을 겪어야 했습니다. 내가 유일하게 그의 탓으로 돌리는 것이 있다면—즉, 그를 탓하면서도 그를 좋아하는 이유가 된다고 할 수 있는 바로 그것은, 그럴 만한 힘이 있음에도 불구하고 잘못된 사유를 바로잡아 세상에 알리려고 노력하지 않는 그의 성격이었습니다. 이런 불행한 일이 생길 때마다, 그는 말라비틀어진 말의 경우와 똑같이 행동했으며—자신의 명예를 위해 변명을 할 수도 있었지만, 그러기에는 그의 영혼이 너무나 고귀했고, 그에게 해가 되는 저속한 소문을 만들어내고 퍼뜨리고 믿는 사람을 보아도,—그는 오해를 풀려 하지 않았으

---

53 『햄릿』, 5막 1장: "아, 가엾은 요릭! 그는 정말 무한한 익살과, 끝없는 상상력의 소유자가 아닌가, 호레이쇼."

며—시간과 진실이 모두 다 해결해주리라고 믿었습니다.

　이러한 그의 영웅적인 기질은 갖가지 곤란한 사태를 유발시켰으며—이번 일만 해도, 요릭을 향한 푸타토리우스의 적대감을 확인시켜주었으며, 그는 다시 의자에서 일어나, 확실히 다짐하기를—미소를 지으며, 이렇게—즉 자신이 진 빚을 절대 잊지 않겠노라고 말했습니다.

　그러나 우리는 마음속으로 다음과 같은 두 가지 사실을 조심스럽게 분리하고 구분지어야 합니다.

　—미소는 일행을 향한 것이었고,
　—위협은 요릭을 향한 것이었습니다.

제28장

　—말씀해보십시오. 푸타토리우스가 옆자리에 앉은 *게스트리페레스*에게 말했습니다.—이런 웃지 못할 일을 의사에게 문의할 수는 없는 일이었기 때문에—말씀해보십시오, *게스트리페레스* 씨, 열기를 없애자면 어떻게 하면 되겠습니까? 하고 물었습니다.—유제니우스 씨께 물어보시지요 하고 게스트리페레스가 말했습니다.—그거야 부위에 따라 다르겠지요. 유제니우스는 부위가 부위이니만큼 그 사고에 대해서는 전혀 모른 체하며 말했습니다.—연하고, 쉽게 덮어 쌀 수 있는 부위라면 말입니다.—두 가지 모두 해당되지요. 푸타토리우스는 이렇게 말하며, 손을 문제의 그곳으로 가져가더니 고개를 세게 끄덕였으며, 고통을 덜고 공기를 쏘이기 위해 오른쪽 다리를 들어올렸습니다.—사정이 그렇다

면, 푸타토리우스 씨 하고 유제니우스가 말했습니다. 절대 함부로 건드리지 마시고, 막 인쇄 기계를 빠져나온 종이 한 장의 치료 효과를 믿으신다면, 가까운 인쇄소에 사람을 보내,—가져온 종이를 그곳에 감아두기만 하면 됩니다.—그때 (벗 유제니우스의 옆자리에 앉아 있던) 요릭이 말했습니다. 꿉꿉한 종이는, 상쾌하고 시원한 느낌은 있지만,—매개물에 불과하며—종이에 흠뻑 배어 있는 기름과 잉크가 효과를 발휘하는 것 아닙니까.—옳은 말이오 하고 유제니우스가 말했습니다. 이 방법이 그중 안전하게 통증을 없애주는 외상 치료법이라고 자신 있게 권합니다.

나 같으면 말입니다, *게스트리페레스*가 말했습니다. 중요한 것은 기름과 잉크이니, 주걱으로 헝겊에 그 두 가지를 두껍게 발라, 그대로 붙이겠습니다. 그렇게 한다면 그 물건이 인쇄소의 급사처럼 되지 않겠습니까 하고 요릭이 덧붙였습니다.—게다가 말입니다. 유제니우스가 말했습니다. 의사들이 가장 중요하게 생각하는 두 가지 사안인, 처방전이 의도하는 최대한의 깔끔함과 품위에도 부응하지 못하게 되는데—활자가 아주 작은 경우에, (반드시 그래야 하며) 치유하는 입자들이, 그 모양 그대로 상처에 접촉하여, 무한히 얇고 수학적으로 균일하게 펼쳐져 (문단이 바뀌는 경우와 대문자는 제외하고) 주걱의 기술과 솜씨가 필적할 수 없기 때문입니다. 그렇다면 다행스러운 일이군요. 푸타토리우스가 말했습니다. 내 논문 *de Concubinis retinendis*의 두번째 판이 지금 이 순간 인쇄 중에 있습니다.—그렇다면 아무것이나 한 장 쓰면 되겠군요. 유제니우스가 말했습니다.—아무 페이지나요.—그래도 외설스런 부분은 안 되겠지요 하고 요릭이 덧붙였습니다.—

지금 막, 마지막에서 두번째 장인 9장을 인쇄하는 중이지요.— 푸타토리우스가 대답했습니다.—그 장의 제목이 어떻게 되지요? 요릭은 푸타토리우스에게 정중하게 고개를 숙여 보이며 물었습니다.―내가 기억하는 바로는, *de re concubinariâ*[54]입니다 하고 푸타토리우스가 대답했습니다.

부디 그 장만은 피해주십시오 하고 요릭이 말했습니다.

―부탁드립니다― 유제니우스가 덧붙였습니다.

제29장

―자, 이름에 얽힌 그런 실수가, 종교 개혁 이전에 있었다면.―하고 디디우스가 자리에서 일어나, 오른손을 펴서 가슴에 대며 말했습니다.―(그 일은 그저께 일어났는걸 하고 토비 삼촌이 중얼거렸습니다) 즉 세례를 *라틴어*로 베풀었다면―(영어로 했지요, 라고 삼촌이 말했습니다)―이런저런 일을 핑계로 법령으로 포고된 갖가지 판례에 따라, 세례를 무효화하고, 아이의 이름을 새로 짓는 일은 흔하지요. 예를 들어, 신부가, *라틴어*에 대한 지식이 부족하여, 톰-오스타일스의 아이를, *in nomino patrice & filia & spiritum sanctos*[55]로 세례를 주었다면,―그 세례는 무효입니다.―실례합니다만 하고 키살키우스가 말했습니다.―그런 경우에는, *어미*(語尾) 변화만 잘못되었으니, 세례는 유효하다고 보아야 하며―신부가 각 명사의 첫번째 음절에서 실수를 한다면 모를

---

54 첩의 물건에 관하여.
55 성부, 성자, 성령의 이름으로. 어미 변화가 맞는 라틴어 표현은 in nomine patris et filii et spiritus sancti.

까―마지막 음절이라면 무효화할 수 없습니다.―

아버지는 이런 미묘한 사안을 즐겼기 때문에, 아주 열심히 귀를 기울였습니다.

키살키우스가 얘기를 계속했습니다. 예를 들어 게스트리페레스 씨가, 존 스트래들링[56]의 아이를, *Nomine* patris 등등이 아니라 *Gomine gatris* 등등으로 세례를 주었다면―이것도 세례라고 하겠습니까? 아닙니다.―권위 있는 교회법학자들이 이것을 부정하고 있으며, 각 단어의 어근이 망가지고, 그 의미와 뜻이 제거되고 변화되어 완전히 다른 단어가 되어버려, *Gomine*는 이름이라는 뜻이 될 수 없고, *gatris*도 아버지라는 뜻이 될 수 없습니다.―그렇다면 무슨 뜻이지요? 하고 토비 삼촌이 물었습니다―아무런 의미도 없습니다.―요릭이 대답했습니다―따라서, 그런 세례는 무효입니다 하고 키살키우스가 말했습니다―그렇게 되겠지요. 요릭이 진담보다 농담이 다분한 말투로 덧붙였습니다―

그러나, *patris*를 *patrim*이라고 했다거나, *filij*를 *filia*라고 하는 등의 경우에는,―어미 변화에만 문제가 있을 뿐, 어근은 다치지 않고 남아 있으니, 가지의 어형 변화야 어찌 되었든, 단어의 뜻이 달라지지 않고 그대로 있는 한, 세례를 가로막을 일은 없습니다 하고 키살키우스가 말했습니다―그렇다면, 신부가 문법에 맞게 낭독하는 의도는, 그 세례를 인정하기 때문이군요 하고 디디우스가 말했습니다―옳습니다 하고 키살키우스가 대답했습니다. 디디우스 형제, 교황 리오 3세의 교령집의 법령 한 가지를 그 예로 들 수도 있습니다.―그렇지만 우리 형님의 아이는, 교황과 아무런 상관이 없습니다 하고 토비 삼촌이 소리쳤습니다―신교도 신사의 평범한 아이가, 아버지와 어머니, 그리고 그 외 모든

---

56 위에 나오는 톰-오스타일과 마찬가지로, 소송 당사자에 대한 가공의 이름이다.

친지들의 의지와 의사에 반하여 *트리스트럼*이라는 세례명을 받은 것뿐이며—

*키살키우스*가 삼촌의 말을 가로막으며 이렇게 말했습니다. 만약 그 의지와 의사가, *샌디* 선생의 아이와 혈연 관계에 있는 사람들에게만 해당되는 것이라면, 그 가운데, *샌디* 부인이 가장 영향력이 없습니다.—순간 삼촌은 담뱃대를 입에서 뗐으며, 아버지는 이런 기묘한 서론의 결론을 듣기 위해 의자를 식탁으로 더 가까이 끌어당겼습니다.

샌디 대령, 이 나라의 그중 뛰어난 변호사들과 민법학자들 사이에서 논의되었던 일로서*[57] 하고 *키살키우스*가 얘기를 계속했습니다. "*어머니가 아이의 친족인가*" 하는 문제를 놓고—다각적인 방면의 냉정한 연구와 논의를 거친 끝에,—아니라는 판결이 났는데,—즉, "*어머니는 아이의 친족이 아니라는 것입니다.*"*[58] 아버지는 순간 삼촌에게 귀엣말을 하는 척하며 손으로 그의 입을 막았는데—사실은, *릴리블레로* 때문이었으며—이렇게 호기심을 돋우는 이야기를 끝까지 듣고 싶은 마음이 간절하여—삼촌에게 제발 방해하지 말아달라고 부탁한 것입니다—삼촌은 고개를 끄덕여 보이며—다시 담뱃대를 입에 물고, *릴리블레로*를 속으로 휘파람 부는 것에 만족했으며—*키살키우스*, *디디우스*, *트립톨레무스*는 이야기를 계속했습니다.

그 판결이, 아무리 일반적인 중론에 반한다고 해도, 충분한 근거가 있었습니다 하고 *키살키우스*가 말했습니다. 서퍽 공작 사건이라 불리

---

* 스윈번의 유서와 마지막 유언, 7, 8장 참조.
57 헨리 스윈번(1551~1624): 영국의 교회법학자. 가족법과 혼인법에 관한 글을 남겼다. 스턴이 인용한 작품은 「유언에 관한 간략한 논고A Brief Treatise of Testaments and Last Wills」
* 브루크의 유산 관리 초록본 47호 참조.
58 로버트 부르크 경(1744~1811)의 유산 관리 초록본을 스윈번이 인용했다.

는, 그 유명한 사건으로 모든 논쟁에 종지부를 찍었지요.—그 사건은 브루크도 인용했습니다 하고 트립톨레무스가 말했습니다—코크 경[59]도 언급한 바 있지요. 디디우스가 덧붙였습니다—그리고 스윈번이 저술한 유언에 관한 책에서도 찾아볼 수 있습니다. 키살키우스가 말했습니다.

샌디 선생, 그 사건은 바로 이렇습니다.

에드워드 6세 치세하에, 서퍽 공작 찰스는 부인과의 사이에 아들을 하나 두었고, 또 다른 부인을 통해 딸을 얻었으며, 재산을 아들에게 물려준다는 유언을 남기고 사망했는데, 그 아들도 사망하여—유언도, 배우자도, 자식도 없이—어머니와 이복 (어머니가 달랐으니) 여동생이 유족으로 남았습니다. 그 어머니는 *헨리* 8세의 법령 21조에 따라, 아들의 재산을 관리하게 되었으며, 그 법령은 혹자가 유언 없이 사망하는 경우, 그의 재산을 가장 가까운 친족이 관리한다고 명시하고 있습니다.

어머니가 재산 관리인으로 (은밀히) 임명되자, 이복 여동생은 교회 재판소에 소송을 제기하여, 첫째, 자신이야말로 고인의 가장 가까운 친족이며, 둘째, 어머니는 고인의 친족이 아니기 때문에, 어머니에게 부여된 재산 관리권을 무효화시키고, 상기한 법령에 의해, 고인의 가장 가까운 친족인 자신에게 위탁해달라고 재판정에 탄원했습니다.

이 문제는 보통 일이 아닌 데다, 많은 것이 좌우되는 중요한 쟁점이었고—무엇보다 그 선례에 따라, 앞으로 상당한 재산의 운명이 결정될 형편이었기 때문에—이 분야의 법을 비롯해 민법에 그중 박식한 학자들이, 어머니가 아들의 친족이 아닌가 하는 문제를 놓고 논쟁을 벌였습니다.—그 결과 일반 법학자들뿐 아니라—교회 법학자들—법률 고문—법리학자—민법학자—변호사—주교 대리—*캔터베리*와 *요크*의

---

[59] 에드워드 코크 경(1552~1634): 영국의 법학자.

종교 법원과 유언 재판소의 재판관들, 그리고 그 외 법률에 종사하는 많은 사람들이 만장일치로 결론짓기를, 어머니는 자녀의 친족이 아니라는* 것이었습니다.―

서퍽 공작 부인의 반응은 어땠습니까? 토비 삼촌이 물었습니다.

그의 갑작스런 질문은, 내로라하는 변호사의 질문보다 키살키우스를 당혹스럽게 만들었습니다――그는 1분 정도 멍하니, 대답도 못 하고 삼촌의 얼굴만 쳐다보았으며―그 1분 동안 트립톨레무스가 대신 얘기를 계속했습니다.

이 세상 모든 것은 위로 올라가지 않고 아래로 내려간다는 사실은, 근본적인 원리이자 원칙이며, 바로 그 때문에 자녀가 부모의 생명과 씨에서 나왔다는 사실이 아무리 진실이라 해도―부모가 자녀를 통해 태어난 것이 아니라, 자녀가 부모를 통해 태어난 이상, 부모는 자녀의 생명과 씨를 타고나지 않았기 때문에―*Liberi sunt de sanguine patris & matris, sed pater et mater non sunt de sanguine liberorum*[60]이라는 결론을 내렸습니다.

―그러나 그렇다면 트립톨레무스 씨 하고 디디우스가 외쳤습니다. 예삿일이 아닌 것이―위에 인용한 판례에 따라, 모두들 확실히 인정하는 대로, 어머니가 자녀의 친족이 아니라면―아버지도 그렇게 되는 것이 아닙니까.―마찬가지라고 보면 됩니다 하고 트립톨레무스가 대답했습니다. 아버지, 어머니, 아이, 이들은 세 사람이지만, 한* 몸이니, 결과적으로 어떤 친족 관계도 아니며―현실적으로 그렇게 될 수도 없습니다.―지나친 추론입니다 하고 디디우스가 외쳤습니다.―「레위기서」

---

* 스윈번 참조. 『유언에 관한 관략한 논고』 7장 8절.

60 자녀가 아버지와 어머니의 혈족이라고 해도, 아버지와 어머니는 자녀의 혈족이 아닙니다.

* una caro: 브루크의 유산 관리 초록본 47호 참조.

에는 금하고 있지만, 현실적으로는 가능한 일인 것이,—누구든 할머니와의 사이에 자식을 보아—딸이 태어난다면, 그 아이는 두 사람 모두와 친족 관계가 아니겠습니까.—이때 키살키우스가 소리쳤습니다. 도대체 할머니와 동침하는 사람이 어디 있단 말입니까?—그러자 요릭이 이렇게 말했습니다. 셀던**61**이 말하는 그 청년은—그 일을 마음에 두었을 뿐 아니라, 아버지에 대한 보복 법칙에 따른 논쟁에 힘입어 자기 의도의 정당성을 이렇게 주장하지 않았습니까—"아버지는, 나의 어머니와 동침했으니,—내가 아버지의 어머니와 동침하지 못할 이유가 어디 있겠는가?"——*교환의 논증*이지요 하고 요릭이 덧붙였습니다.—충분히 그럴 만한 사람들입니다. 유제니우스가 모자를 집어들며 말했습니다.

모임은 여기서 끝났습니다—

제30장

—그나저나, 요릭 선생. 토비 삼촌은 아버지와 함께 자신을 부축하여 층계를 천천히 내려가고 있던 요릭에게 말했습니다.—아, 부인, 겁내지 마십시오, 지난번 층계에서 있었던 대화만큼 길지 않습니다.—그나저나, 요릭 선생. 삼촌이 말했습니다. 그래 트리스트럼의 일을 그 박식한 양반들이 어떻게 결정지었습니까? 더할 나위 없이 만족스러운 것이, 선생, 이제 아무도 상관할 바 없게 되었는데—샌디 부인이 아이와

---

61 존 셀던(1584~1654)은 영국의 법학자였다. 『잡담 *Table Talk*』은 1689년 그의 사후에 출판되었다.

친족이 아니라니—아이와 가장 가까운 사람이 어머니인 만큼—샌디 씨도, 결과적으로, 친족이 아닌 것보다 더 아닌 것이 되었으며—친족 으로 말하자면, 샌디 씨는, 선생이나 저나 마찬가지인 셈이지요.—

—그런 것 같아 하고 아버지가 고개를 저으며 말했습니다.

—학자들이 아무리 그렇게 말한다 해도, *서퍽 공작 부인*과 그 아들 사이는 어떤 방식으로든 친족 관계로 이어질 것 같은데요 하고 삼촌이 말했습니다.—

서민들은 아직도 그렇게 생각하고 있지요 하고 요릭이 말했습니다.

제31장

아버지는 이런 미묘한 학구적인 담화에 큰 즐거움을 느꼈으나—골 절된 뼈에 연고를 바르는 것에 불과했으며—기대고 있던 지팡이가 부 러진 것처럼, 집으로 돌아오자마자, 고통의 무게가 이전보다 더 무겁게 내리눌러—수심에 잠긴 채—연못가로 나가는 일이 잦아졌으며—모 자의 한쪽 챙을 눌러쓰고—자주 한숨을 내쉬며 화를 억눌렀는데—히 포크라테스에 따르면, 오히려 발끈하고 성질을 부리며, 화를 내는 편이, 발한(發汗)과 소화에 도움이 된다고 했으니—아버지는 그 두 가지의 부족으로 병을 얻게 되었을 것이 분명하지만, 결정적인 순간에 그의 주 의를 딴 곳으로 돌려, 새로운 걱정거리를 제공함으로써 건강을 해치지 않게 만든 것은, *디나 고모*가 물려준 천 파운드의 유산이었습니다.—

아버지는 편지를 다 읽기도 전에, 손가락으로 편지지 오른쪽 귀퉁이를 잡고, 그 돈을 가족의 명예를 위해 어떻게 쓸 것인가 하는 문제로 머리를 썩이고 쥐어짜기 시작했습니다.—이것을 할까, 저것을 할까, 아니면 다른 것을 할까 하는—150여 가지나 되는 갖가지 계획이 아버지의 머릿속을 차례로 지나갔습니다.—*로마*에도 가고—고소도 하고—투자도 하고—존 홉슨의 농장도 사들이고—집의 정면을 새로 단장하고, 별채를 지어 균형을 이루게 하겠다는 생각도 했습니다.—또한 강 이쪽 편에 있는 멋진 수차에 어울리도록, 저쪽 편에 풍차를 지어 서로 화답하게 하여도 괜찮을 듯했습니다.—그러나 당시 아버지가 가장 절실하게 원했던 것은 옥스무어에 울타리를 치는 일과, 형 *바비*를 유람 여행에 보내는 일이었습니다.

그러나 액수가 *제한되어* 있었으니, 모든 것을 할 수는 없는 형편이었고—사실 몇 가지도 제대로 하기가 불가능했으며,—물망에 오른 온갖 계획들 가운데, 마지막 두 가지가 가장 깊은 인상을 남겨, 당장 그 두 가지로 결정을 내리기로 했으나, 앞에 언급한 작은 문제 때문에, 그중 한 가지로 마음을 정할 수밖에 없는 형편이 되었습니다.

그러나 그렇게 하기란 결코 쉬운 일이 아니었으니, 아버지는 오랫동안 형님에게 이 방면의 교육이 필요하다고 느끼고 있었고, 당시 아버지가 투자하고 있던 *미시시피 회사*[62]의 두번째 주식 배당에서 나오는 첫번째의 이익금으로, 그 일을 실행에 옮기려는 빈틈없는 계획을 가지고 있었으며—한편으로는 가지금작화 수풀로 덮인, 질 좋고 드넓은 목초지로서, 아직 배수 시설이 없고 개간도 안 된, *샌디* 가 소유의 옥스무어에도, 동일한 권리가 있다고 생각했기 때문입니다. 아버지는 오랫동안 애정을 가지고 그곳을 쓸 만한 땅으로 만들어보려고 마음먹고 있었지요.

---

[62] 미시시피 회사는 1719~1720년 겨울에 전성기를 맛보았다가 그해 봄에 파산했다.

그러나 지금까지는, 어느 한 가지의 우선권이나 정당성을 결정하지 않으면 안 되는 사태를 맞아 압박을 받아본 적이 없었기 때문에,—세밀하고 비판적인 검토를 자제하는 현명함을 보여왔습니다. 그러나 이런 중대 국면에 접어들어 다른 모든 계획들을 포기하고 나니,—오랫동안 마음에 두고 있었던, 옥스무어와 형의 일, 이 두 가지가 다시 아버지의 마음을 갈라놓았으며, 서로 너무나 팽팽한 맞수가 되어, 두 가지 중 어느 것을 먼저 해야 할지,—노신사의 마음에 적잖은 갈등을 불러일으켰습니다.

—사람들은 웃을지 모르겠지만—진상은 이렇습니다.

우리 집안의 오랜 관습이자, 세월이 지남에 따라 당연한 권리로 받아들여지게 된 관례로서, 큰아들은 결혼을 하기 전에 외국으로 나가고, 돌아오고, 다시 나가는 자유를 보장받았으며,—목적은 체력 단련과 요양을 통해, 개인적인 자질을 키우는 데 있었으나—무엇보다 외국에 나갔다는 사실을 자랑거리로 삼아, 자부심을 느끼자는 것이었으며—아버지는 *tantum valet, quantum sonat*[63]이라고 말하곤 했습니다.

따라서 이처럼 합리적이고, 점차적으로 아주 기독교적인 것으로 받아들여지게 된 특권을—아무런 이유나 목적 없이, 형님에게서 빼앗는다면,—그래서 형님이 단지 굼뜨다는 이유로, 그를 역마차로 유럽을 질주해보지 못한 최초의 *샌디*로 만들어버린다면— *터키인*보다 못한 대접을 하는 것이었습니다.

한편, 옥스무어도 마찬가지 형편에 있었습니다.

원래 매입 급액인 8백 파운드를 제하고도—15년 전에 있었던 소송 때문에 8백 파운드나 더 들어갔고—그 동안 우리 가족을 끔찍이도 성

---

[63] 말 그대로 가치가 있는 일.

가시고 짜증나게 만들었습니다.

지난 세기 중반에 *샌디* 가문의 소유가 된 옥스무어는, 집 앞으로 한 눈에 보이는 곳에 있었으며, 한쪽 끝은 수차가, 그리고 다른 쪽 끝은 앞에서 그 계획을 밝힌 바 있는 풍차가 경계를 이루고 있었으며,—이런 여러 가지 이유로 *샌디* 저택 어떤 곳보다 가문의 배려와 보호를 받아 마땅했으나—사람들에게, 그리고 그들이 딛고 사는 땅에 심심찮게 찾아드는, 불가사의한 운명 때문에,—지금까지 줄곧 외면당해왔으며, 솔직하게 말씀드리자면, 너무나 고초를 당해, 땅의 가치를 아는 사람이, 말을 타고 그곳을 지나다가, 그 상태를 보았다면, (*오바댜*가 말하기를) 동정심을 갖지 않을 수 없었을 것입니다.

그러나, 정확히 말하자면, 땅을 구입하고—옥스무어를 그곳에 배치한 사람이, 아버지가 아니었기 때문에—그 일에 관여할 필요를 느끼지 못하고 있었으나—15년 전, 위에 언급한 그 지긋지긋한 (경계 문제로 제기되었던) 소송은—전적으로 아버지 때문에 일어난 일이었으니, 자연히 옥스무어 쪽으로 기울게 만드는 변수들이 하나씩 고개를 들었고, 종합적인 검토 결과, 단순한 이해관계뿐 아니라, 명예를 위해서도, 옥스무어를 위해 무엇인가 하지 않을 수 없으며—지금이 그 마지막 기회라는 생각이 들었습니다.

두 가지 모두 논리적으로 너무나 팽팽한 균형을 이루는 바람에, 무엇인가 불운한 기운이 개입되어 있음이 분명하다는 생각이 들 지경이었으며, 아버지는 다양한 기분과 상태에서 저울질을 해보며—어떻게 해야 가장 좋을지 깊고 심오한 사색에 잠겨 근심스런 시간을 수없이 보냈고—하루는 농사에 관한 책을—다른 날은 여행에 관한 책을 읽으며—모든 열정을 접어두고—다양한 시각과 상황에서 양쪽의 논점을 깊이 있게 고려하며—*토비* 삼촌과 매일 이야기를 나누고—*요릭*과 논쟁을 벌이고, 오바댜와 옥스무어의 전반적인 상황을 논의했지만—아무리 해도, 한쪽을 든든하게 지지해주는 동시에 다른 쪽에는 전혀 해당이 안 되거나, 혹은 최소한의 균형을 잡아주어 저울을 수평으로 유지하게 만드는, 동일한 무게의 다른 고려 사항을 가지고 있지 않은 것은 한 가지도 찾아낼 수 없었습니다.

사실, 적당한 사람들의 손에, 제대로 도움을 받는다면, 옥스무어는 지금과는, 혹은 현 상태로 보아 앞으로도 전혀 다른 모습이 될 것이 분명하지만—형 *바비*의 경우도—오바댜가 뭐라고 하든—마찬가지였습니다.—

사실 이해관계로 따지자면—언뜻 보기에, 이들 사이의 경쟁이 그리 치열해 보이지는 않았으며, 아버지가 펜과 잉크를 가지고, 옥스무어에 들불을 놓고, 울타리를 치는 등의 기본적인 비용과—그 대가로 돌아오게 될 순익을 계산해본 결과—그의 계산으로는 후자가 너무나 큰 액수였기 때문에, 옥스무어가 쉽사리 이기리라고 확신했을 것입니다. 첫해에 1라스트[64]에 20파운드씩, 100라스트의 유채(油茶)를—그리고 다음 해에는 밀을 수확하고—그 다음 해에는, 아무리 못해도, 100쿼터—아니, 아마, 150—혹은 200쿼터의 완두콩과 일반 콩을—그리고 감자를 한정 없이 수확할 수 있을 것이 분명했습니다. 그러나 바로 그때, 지금까지 형님을 식용 돼지나 마찬가지로 키웠다는 생각이—다시 아버지의 머리를 온통 두들겨대는 통에, 노신사는 또다시 불안에 빠져—토비 삼촌에게도 말했듯이—도대체 어떻게 해야 할지 발뒤꿈치만큼도 알 수 없게 되었습니다.

사람의 마음이, 반대 방향으로 동시에 끈질기게 잡아당기는 두 가

---

64 중량 단위. 지역과 물건에 따라 다르다.

지 대등한 힘에 의해 찢기는 경험을 해보지 않았다면, 아무도 이것을 이해하지 못합니다. 심장에서 머리 등으로, 혈기를 비롯한 묽은 체액을 전달하는 신경의 섬세한 구조 전체에 필연적으로 미치는 영향에 따른 피해는 말할 것도 없으며──이런 불안정한 마찰은 알갱이와 고체로 된 부분에도 강력하게 작용하여, 앞뒤로 움직일 때마다 몸의 영양분을 소모하고, 근력을 약화시킵니다.

아버지는 내 이름 때문에 그랬던 것처럼, 이 불행한 사태로 인해 결국 쓰러지고 말았겠지만──지난번과 마찬가지로, 이번에도 새로운 불행의 등장으로 구출되었으며──그 불행이란 나의 형 *바비*의 죽음이었습니다.

인생이란 무엇인가! 좌우로 오가는 것이 아닌가?──불행에서 불행으로?──한 가지 고통을 해결하고 나면!──또 다른 고통이 등장하는 것을!

제32장

지금 이 순간부터 나는 *샌디* 가의 법정 상속인으로서──내 삶과 견해에 정식으로 착수하는 바이며, 지금까지는 건물을 짓기 위해 급히 서둘러 땅을 고르는 일을 했을 뿐이며──이 건물은 *아담* 이후로 그 누구도 기획하거나 시도한 적이 없는, 그런 건물이 될 것임을 미리 말씀드립니다. 나는 앞으로 5분이 지나기 전에 펜을 불 속에 던져버리려고 하는데, 잉크병 속에 남아 있는 진한 잉크 한 방울로──그 시간 안에 할 일이 열 가지나 있으니──이름을 짓고──슬퍼하고──소망하고──약속하고, 협박하고―추측하고―선언하고―숨기고―선택하고, 기도도 해야 합니다.―그래서, 나는 이번 장을 일의 장이라고 명명하는 바이며―다음 장은, 즉, 다음 권의 첫번째 장은, 내가 그때까지 살아 있다면, 내 작품의 맥락을 어느 정도 유지하는 의미에서, *구레나룻*에 관한 장이라고 하겠습니다.

무엇보다 애통하게 생각하는 바는, 너무나 많은 일이 나에게 한꺼번에 몰려들어, 이 작품에서, 지속적으로, 진지한 열정을 가지고 고대하여왔던, 한 가지 부분을 손대지 못했다는 것인데, 그 부분은 군사 작전으로서, 특히 *토비* 삼촌의 연애 사건을 가리키며, 기묘하기 짝이 없는, 세르반테스적인 성향을 띤 그 사건은, 내게 그런 능력이 있어, 그 사건이 내 머릿속에 불러일으키는 감동을 다른 사람의 머릿속에도 그대로 전달할 수 있다면―자신 있게 말하지만 이 책이, 주인보다, 입신출세할 것이 확실합니다.―아 트리스트럼! 트리스트럼! 그렇게 할 수만 있다면―작가로서 그대를 따라다닐 그 명성은, 인간으로서 그대가 경험했던 수많은 불행을 상쇄시켜주어―전자로 인해 즐거워하는 동안―후자에 대한 감정과 기억을 모두 잊어버릴 것이 아닌가!―

그러니 그 연애 사건을 다루고 싶어 안달하는 것도 당연하지 않겠습니까.―그 부분은 내 이야기의 가장 맛있는 조각이지요! 그리고 그 연애 사건을 다룰 때가 오면―여러분,―(어느 누구의 메스꺼운 속이 뒤집어지든 상관하지 않고) 나는 분명 좋은 말만 가려 쓰지는 않겠습니다.―내가 선언해야 할 일은 바로 이것이었습니다.―5분 동안 전부 끝낼 수 있을지 걱정이지만―내가 소망하는 바는, 각하들을 언짢게 하지 않는 것이며―만약 언짢으시다면, 신사분들께는, 내년에 진짜 기분이 언짢아질 만한 무엇인가를 내어놓겠으며―그것은 나의 *제니*에 관한 얘기로서―*제니*가 누구인지―그리고, 여자의 앞뒤가 어디인가 하는 것이 바로 그 *숨겨야 할 일*이며—여기에 관해서는 단춧구멍에 관한 장 전전 장에서 말씀드릴 예정이며,—바로 그 전 장은 아닙니다.

그리고 지금 4권의 마지막에 도달한 마당에—제가 묻고 싶은 바는, 혹시 머리가 아프지 않은가 하는 것입니다. 내 머리는 지독하게 쑤시는군요—그러나 선생의 건강에는, 큰 보탬이 되리라고 확신합니다. —진정한 *샌디주의*는, 설사 반론을 제기하는 사람이 있다 해도, 가슴과 폐를 열어젖히고, 이와 유사한 모든 감정들과 함께, 피와 그 외 생명을 유지하는 모든 체액들이 통로 속으로 자유롭게 흐르도록 압력을 가하여, 생명의 바퀴가 오래도록 즐겁게 돌아가도록 하는 것입니다.

산초 판사처럼, 내 왕국을 선택하도록 허락된다면,[65] 해저 왕국이나 —흑인의 왕국으로 돈을 벌 생각은 없으며—마음이 따뜻하고 명랑한 국민들의 왕국이 될 것입니다. 그리고 까다롭고 무뚝뚝한 감정은, 피와 체액에 질병을 생기게 하며, 육체뿐 아니라 국가에도 나쁜 영향을 끼치며—덕(德) 있는 삶만이 이런 감정들을 제대로 다스리고, 이성에 종속시킬 수 있기 때문에—나의 기도에 더할 것이 있다면—하나님이 은총을 베푸셔서 나의 국민들이 즐거운 만큼 현명하게 된다면, 나는 세상에서 가장 행복한 왕이, 그리고 그들은 가장 행복한 국민들이 될 것입니다—

지금으로서는 이번 교훈을 마지막으로, 열두 달 후 오늘까지, 각하들께 작별을 고하며, (그 사이 내가 이 지독한 기침 때문에 죽어버리지 않는다면) 그때 다시 각하들의 수염을 잡아당기며, 상상도 못 할 이야기 보따리를 풀어놓겠습니다.

---

65 『돈 키호테』(I.IV.2)에서 산초는 자신이 다스릴 국민들이 흑인이라는 것을 알고, 유일한 해결책은 이들을 모두 배에 태워 스페인으로 보내는 것이라는 결정을 내린다.

대산세계문학총서

001-002 소설	**트리스트럼 섄디**(전 2권)	로렌스 스턴 지음 | 홍경숙 옮김
003 시	**노래의 책**	하인리히 하이네 지음 | 김재혁 옮김
004-005 소설	**페리키요 사르니엔토**(전 2권)	
	호세 호아킨 페르난데스 데 리사르디 지음 | 김현철 옮김	
006 시	**알코올**	기욤 아폴리네르 지음 | 이규현 옮김
007 소설	**그들의 눈은 신을 보고 있었다**	조라 닐 허스턴 지음 | 이시영 옮김
008 소설	**행인**	나쓰메 소세키 지음 | 유숙자 옮김
009 희곡	**타오르는 어둠 속에서/어느 계단의 이야기**	
	안토니오 부에로 바예호 지음 | 김보영 옮김	
010-011 소설	**오블로모프**(전 2권)	I. A. 곤차로프 지음 | 최윤락 옮김
012-013 소설	**코린나: 이탈리아 이야기**(전 2권)	마담 드 스탈 지음 | 권유현 옮김
014 희곡	**탬벌레인 대왕/몰타의 유대인/파우스투스 박사**	
	크리스토퍼 말로 지음 | 강석주 옮김	
015 소설	**러시아 인형**	아돌포 비오이 까사레스 지음 | 안영옥 옮김
016 소설	**문장**	요코미쓰 리이치 지음 | 이양 옮김
017 소설	**안톤 라이저**	칼 필립 모리츠 지음 | 장희권 옮김
018 시	**악의 꽃**	샤를 보들레르 지음 | 윤영애 옮김
019 시	**로만체로**	하인리히 하이네 지음 | 김재혁 옮김
020 소설	**사랑과 교육**	미겔 데 우나무노 지음 | 남진희 옮김
021-030 소설	**서유기**(전 10권)	오승은 지음 | 임홍빈 옮김
031 소설	**변경**	미셸 뷔토르 지음 | 권은미 옮김

032-033 소설	**약혼자들**(전 2권)	알레산드로 만초니 지음	김효정 옮김
034 소설	**보헤미아의 숲/숲 속의 오솔길**	아달베르트 슈티프터 지음	권영경 옮김
035 소설	**가르강튀아/팡타그뤼엘**	프랑수아 라블레 지음	유석호 옮김
036 소설	**사탄의 태양 아래**	조르주 베르나노스 지음	윤진 옮김
037 시	**시집**	스테판 말라르메 지음	황현산 옮김
038 시	**도연명 전집**	도연명 지음	이치수 역주
039 소설	**드리나 강의 다리**	이보 안드리치 지음	김지향 옮김
040 시	**한밤의 가수**	베이다오 지음	배도임 옮김
041 소설	**독사를 죽였어야 했는데**	야샤르 케말 지음	오은경 옮김
042 희곡	**볼포네, 또는 여우**	벤 존슨 지음	임이연 옮김
043 소설	**백마의 기사**	테오도어 슈토름 지음	박경희 옮김
044 소설	**경성지련**	장아이링 지음	김순진 옮김
045 소설	**첫번째 향로**	장아이링 지음	김순진 옮김
046 소설	**끄르일로프 우화집**	이반 끄르일로프 지음	정막래 옮김
047 시	**이백 오칠언절구**	이백 지음	황선재 역주
048 소설	**페테르부르크**	안드레이 벨르이 지음	이현숙 옮김
049 소설	**발칸의 전설**	요르단 욥코프 지음	신윤곤 옮김
050 소설	**블라이드데일 로맨스**	나사니엘 호손 지음	김지원·한혜경 옮김
051 희곡	**보헤미아의 빛**	라몬 델 바예-인클란 지음	김선욱 옮김
052 시	**서동 시집**	요한 볼프강 폰 괴테 지음	안문영 외 옮김
053 소설	**비밀요원**	조지프 콘래드 지음	왕은철 옮김
054-055 소설	**헤이케 이야기**(전 2권)	지은이 미상	오찬욱 옮김
056 소설	**몽골의 설화**	데. 체렌소드놈 편저	이안나 옮김
057 소설	**암초**	이디스 워튼 지음	손영미 옮김
058 소설	**수전노**	알 자히드 지음	김정아 옮김
059 소설	**거꾸로**	조리스-카를 위스망스 지음	유진현 옮김
060 소설	**페피타 히메네스**	후안 발레라 지음	박종욱 옮김
061 시	**납**	제오르제 바코비아 지음	김정환 옮김
062 시	**끝과 시작**	비스와바 쉼보르스카 지음	최성은 옮김
063 소설	**과학의 나무**	피오 바로하 지음	조구호 옮김
064 소설	**밀회의 집**	알랭 로브-그리예 지음	임혜숙 옮김
065 소설	**붉은 수수밭**	모옌 지음	심혜영 옮김

066 소설	**아서의 섬** 엘사 모란테 지음	천지은 옮김
067 시	**소동파사선** 소동파 지음	조규백 역주
068 소설	**위험한 관계** 쇼데를로 드 라클로 지음	윤진 옮김
069 소설	**거장과 마르가리타** 미하일 불가코프 지음	김혜란 옮김
070 소설	**우게쓰 이야기** 우에다 아키나리 지음	이한창 옮김
071 소설	**별과 사랑** 엘레나 포니아토프스카 지음	추인숙 옮김
072–073 소설	**불의 산**(전 2권) 쓰시마 유코 지음	이송희 옮김
074 소설	**인생의 첫출발** 오노레 드 발자크 지음	선영아 옮김
075 소설	**몰로이** 사뮈엘 베케트 지음	김경의 옮김
076 시	**미오 시드의 노래** 지은이 미상	정동섭 옮김
077 희곡	**셰익스피어 로맨스 희곡 전집** 윌리엄 셰익스피어 지음	이상섭 옮김
078 희곡	**돈 카를로스** 프리드리히 폰 실러 지음	장상용 옮김
079–080 소설	**파멜라**(전 2권) 새뮤얼 리처드슨 지음	장은명 옮김
081 시	**이십억 광년의 고독** 다니카와 슌타로 지음	김응교 옮김
082 소설	**잔지바르 또는 마지막 이유** 알프레트 안더쉬 지음	강여규 옮김
083 소설	**에피 브리스트** 테오도르 폰타네 지음	김영주 옮김
084 소설	**악에 관한 세 편의 대화** 블라디미르 솔로비요프 지음	박종소 옮김
085–086 소설	**새로운 인생**(전 2권) 잉고 슐체 지음	노선정 옮김
087 소설	**그것이 어떻게 빛나는지** 토마스 브루시히 지음	문항심 옮김
088–089 산문	**한유문집─창려문초**(전 2권) 한유 지음	이주해 옮김
090 시	**서곡** 윌리엄 워즈워스 지음	김승희 옮김
091 소설	**어떤 여자** 아리시마 다케오 지음	김옥희 옮김
092 시	**가윈 경과 녹색기사** 지은이 미상	이동일 옮김
093 산문	**어린 시절** 나탈리 사로트 지음	권수경 옮김
094 소설	**골로블료프가의 사람들** 미하일 살티코프 셰드린 지음	김원한 옮김
095 소설	**결투** 알렉산드르 쿠프린 지음	이기주 옮김
096 소설	**결혼식 전날 생긴 일** 네우송 호드리게스 지음	오진영 옮김
097 소설	**장벽을 뛰어넘는 사람** 페터 슈나이더 지음	김연신 옮김
098 소설	**에두아르트의 귀향** 페터 슈나이더 지음	김연신 옮김
099 소설	**옛날 옛적에 한 나라가 있었지** 두샨 코바체비치 지음	김상헌 옮김
100 소설	**나는 고故 마티아 파스칼이오** 루이지 피란델로 지음	이윤희 옮김
101 소설	**따니아오 호수 이야기** 왕정치 지음	박정원 옮김

102 시	**송사삼백수** 주조모 엮음	이동향 역주
103 시	**문턱 너머 저편** 에이드리언 리치 지음	한지희 옮김
104 소설	**충효공원** 천잉전 지음	주재희 옮김
105 희곡	**유디트/헤롯과 마리암네** 프리드리히 헤벨 지음	김영목 옮김
106 시	**이스탄불을 듣는다**
	오르한 웰리 카늑 지음	술탄 훼라 아크프나르 여·이현석 옮김
107 소설	**화산 아래서** 맬컴 라우리 지음	권수미 옮김
108-109 소설	**경화연**(전 2권) 이여진 지음	문현선 옮김
110 소설	**예피판의 갑문** 안드레이 플라토노프 지음	김철균 옮김
111 희곡	**가장 중요한 것** 니콜라이 예브레이노프 지음	안지영 옮김
112 소설	**파울리나 1880** 피에르 장 주브 지음	윤 진 옮김
113 소설	**위폐범들** 앙드레 지드 지음	권은미 옮김
114-115 소설	**업둥이 톰 존스 이야기**(전 2권) 헨리 필딩 지음	김일영 옮김
116 소설	**초조한 마음** 슈테판 츠바이크 지음	이유정 옮김
117 소설	**악마 같은 여인들** 쥘 바르베 도르비이 지음	고봉만 옮김
118 소설	**경본통속소설** 지은이 미상	문성재 옮김
119 소설	**번역사** 레일라 아부렐라 지음	이윤재 옮김
120 소설	**남과 북** 엘리자베스 개스켈 지음	이미경 옮김
121 소설	**대리석 절벽 위에서** 에른스트 윙거 지음	노선정 옮김
122 소설	**죽은 자들의 백과전서** 다닐로 키슈 지음	조준래 옮김
123 시	**나의 방랑—랭보 시집** 아르튀르 랭보 지음	한대균 옮김
124 소설	**슈톨츠** 파울 니종 지음	황승환 옮김
125 소설	**휴식의 정원** 바진 지음	차현경 옮김
126 소설	**굶주린 길** 벤 오크리 지음	장재영 옮김
127-128 소설	**비스와스 씨를 위한 집**(전 2권) V. S. 나이폴 지음	손나경 옮김
129 소설	**새하얀 마음** 하비에르 마리아스 지음	김상유 옮김
130 산문	**루테치아** 하인리히 하이네 지음	김수용 옮김
131 소설	**열병** 르 클레지오 지음	임미경 옮김
132 소설	**조선소** 후안 카를로스 오네티 지음	조구호 옮김
133-135 소설	**저항의 미학**(전 3권) 페터 바이스 지음	탁선미·남덕현·홍승용 옮김
136 소설	**신생** 시마자키 도손 지음	송태욱 옮김
137 소설	**캐스터브리지의 시장** 토머스 하디 지음	이윤재 옮김

138 소설	죄수 마차를 탄 기사 크레티앵 드 트루아 지음	유희수 옮김
139 자서전	2번가에서 에스키아 음파렐레 지음	배미영 옮김
140 소설	묵동기담/스미다 강 나가이 가후 지음	강윤화 옮김
141 소설	개척자들 제임스 페니모어 쿠퍼 지음	장은명 옮김
142 소설	반짝이끼 다케다 다이준 지음	박은정 옮김
143 소설	제노의 의식 이탈로 스베보 지음	한리나 옮김
144 소설	흥분이란 무엇인가 장웨이 지음	임명신 옮김
145 소설	그랜드 호텔 비키 바움 지음	박광자 옮김
146 소설	무고한 존재 가브리엘레 단눈치오 지음	윤병언 옮김
147 소설	고야, 혹은 인식의 혹독한 길 리온 포이히트방거 지음	문광훈 옮김
148 시	두보 오칠언절구 두보 지음	강민호 옮김
149 소설	병사 이반 촌킨의 삶과 이상한 모험
블라디미르 보이노비치 지음	양장선 옮김
150 시	내가 얼마나 많은 영혼을 가졌는지 페르난두 페소아 지음	김한민 옮김
151 소설	파노라마섬 기담/인간 의자 에도가와 란포 지음	김단비 옮김
152-153 소설	파우스트 박사(전 2권) 토마스 만 지음	김륜옥 옮김
154 시, 희곡	사중주 네 편—T. S. 엘리엇의 장시와 한 편의 희곡
T. S. 엘리엇 지음	윤혜준 옮김
155 시	궐뤼스탄의 시 배흐티아르 와합자대 지음	오은경 옮김
156 소설	찬란한 길 마거릿 드래블 지음	가주연 옮김
157 전집	사랑스러운 푸른 잿빛 밤 볼프강 보르헤르트 지음	박규호 옮김
158 소설	포옹가족 고지마 노부오 지음	김상은 옮김
159 소설	바보 엔도 슈사쿠 지음	김승철 옮김
160 소설	아산 블라디미르 마카닌 지음	안지영 옮김
161 소설	신사 배리 린든의 회고록 윌리엄 메이크피스 새커리 지음	신윤진 옮김
162 시	천가시 사방득, 왕상 엮음	주기평 역해
163 소설	모험적 독일인 짐플리치시무스 그리멜스하우젠 지음	김홍진 옮김
164 소설	맹인 악사 블라디미르 코롤렌코 지음	오원교 옮김
165-166 소설	전차를 모는 기수들(전 2권) 패트릭 화이트 지음	송기철 옮김
167 소설	스너프 빅토르 펠레빈 지음	윤서현 옮김
168 소설	순응주의자 알베르토 모라비아 지음	정란기 옮김
169 소설	오렌지주를 증류하는 사람들 오라시오 키로가 지음	임도울 옮김